Markus Hens
Christoph Haub
Thomas Joachim Meyer

Shareholder Value und Immobilien

Shareholder Value und Immobilien
Konzepte wertsteigernder Strategien

mit 64 Abbildungen und 16 Tabellen

Markus Hens
Christoph Haub
Thomas Joachim Meyer

Rudolf Müller

Die Deutsche Bibliothek – CIP-Einheitsaufnahme
Shareholder Value und Immobilien : Konzepte wertsteigernder Strategien ; mit 17 Tabellen / Markus Hens ; Christoph Haub ; Thomas Joachim Meyer. – Köln : Müller, 1998
(Immobilienforum)
ISBN 3-481-01484-8

ISBN 3-481-01484-8

Umschlaggestaltung: Rainer Geyer, Köln
Druck: Druck- und Verlagshaus Beltz, Hemsbach/Bergstraße

Printed in Germany

Das vorliegende Buch wurde auf umweltfreundlichem Papier aus chlorfrei gebleichtem Zellstoff gedruckt.

Zu den Autoren

Markus Hens

studierte nach der Ausbildung zum Bankkaufmann Betriebswirtschaftslehre an der EUROPEAN BUSINESS SCHOOL, Oestrich-Winkel, an der Universidad Argentina de la Empresa, Buenos Aires und an der THUNDERBIRD, American Graduate School of International Management, Glendale, USA. Seit 1997 ist er Mitarbeiter im Investment Banking der amerikanischen Investmentbank J.P. Morgan und beschäftigt sich u.a. mit der Immobilienwirtschaft in Deutschland. Die hier abgedruckten Aussagen stellen seine persönliche Meinung dar und müssen nicht in jedem Fall mit der Haltung von J.P. Morgan übereinstimmen. Seine Schwerpunkte sind das wertorientierte Management von Unternehmensimmobilien, Mergers and Acquisitions in der Immobilienwirtschaft, !mmobilien und Kapitalmarkttransaktionen und die Strukturierung von Immobilienfinanzierungen.

Christoph Haub

studierte Betriebswirtschaftslehre an der EUROPEAN BUSINESS SCHOOL Schloß Reichartshausen, der Ecole Supérieure de Commerce de La Rochelle und der San Francisco State University. Heute arbeitet er als freier wissenschaftlicher Mitarbeiter an der ebs IMMOBILIENAKADEMIE in Oestrich-Winkel. Seine Schwerpunkte sind Immobilieninvestment, Immobilienfinanzierung, Corporate Real Estate Management und Shareholder Value-Management.

Thomas Joachim Meyer

studierte nach seiner Ausbildung zum Bauzeichner/Hochbau Betriebswirtschaftslehre an der EUROPEAN BUSINESS SCHOOL, Oestrich-Winkel, an der Ecole Supérieure de Commerce de Dijon und an der THUNDERBIRD, American Graduate School of International Management, Glendale, USA

Während des Studiums hat Herr Meyer mehrere Praktika im Immobilienbereich absolviert, z. B. bei I.T.C. Immobilien Team Consulting, bei der Köllmann Gruppe sowie in der Real Estate Services Group von Arthur Andersen.

Nach seinem Studium war Herr Meyer zunächst bei der Allgemeinen Immobilien Holding AG als Assistent des Vorstandes angestellt. Seit 1998 arbeitet Herr Meyer als Projektmanager bei der Kyrein GmbH + Co Projektmanagement KG in München, einer Tochterfirma der Allgemeinen Immobilien Holding AG.

Geleitwort der Herausgeber

Seit einigen Jahren steht das Shareholder Value-Konzept im Mittelpunkt zahlreicher wissenschaftlicher Publikationen. Mit sehr großer zeitlicher Verzögerung – immerhin wurden die Grundlagen der Kapitalmarkttheorie schon vor mehr als dreißig Jahren gelegt – ist der Shareholder Value-Ansatz inzwischen als Zielsystem und Management-Konzept auch in der Unternehmenspraxis grundsätzlich anerkannt. In der Anwendung besteht jedoch das konkrete Problem, die zumeist auf sehr hohem Niveau aggregierten Shareholder Value-Modelle anglo-amerikanischen Ursprungs auf den Immobilienbereich zu übertragen und Empfehlungen für das Corporate Real Estate Management abzuleiten.

Angesichts der Größenordnung des Immobilienvermögens in den Bilanzen von Industrie-, Handels- und Dienstleistungsunternehmen (den sogenannten non-property-companies) erscheint es dringend geboten, immobilienbezogene Strategien zur Steigerung des Shareholder Value zu entwickeln. Die Forschung in Deutschland steht hier erst am Anfang. Daher sind die drei Beiträge dieses Buches nicht als in sich geschlossene Problemlösung, sondern als eine Grundlage für die unternehmensinterne und wissenschaftliche Diskussion zu verstehen.

Das Buch ist aus drei Diplomarbeiten hervorgegangen, die im Februar 1997 am Stiftungslehrstuhl Immobilienökonomie der EUROPEAN BUSINESS SCHOOL Schloß Reichartshausen eingereicht wurden. Sie beleuchten unterschiedliche Aspekte des Problems, aber aufgrund der theoretischen Verwandtschaft lag es nahe, sie unter dem Titel „Shareholder Value und Immobilien – Konzepte wertsteigernder Strategien" gemeinsam zu publizieren.

Die Herausgeber hoffen, daß das vorliegende Buch der Praxis zahlreiche Denkanstöße liefert und die Forschungsbemühungen auf diesem Gebiet intensiviert.

Oestrich-Winkel, im Februar 1998

Prof. Dr. Karl-Werner Schulte HonAssocRICS
Stiftungslehrstuhl für Immobilienökonomie
EUROPEAN BUSINESS SCHOOL

Dr. Wolfgang Schäfers
Vorstandsmitglied des Vereins
der Ehemaligen und Förderer
des Kontaktstudiums Immobilienökonomie (*immo***ebs**) e. V.

Vorwort der Autoren

Während sich zahllose Literaturbeiträge allgemein mit dem Shareholder Value-Konzept befassen, ist bislang wissenschaftlich nur ansatzweise untersucht worden, inwieweit Immobilien, die einen Großteil des Vermögens von Industrie- Handels- und Dienstleistungsunternehmen ausmachen, zur Steigerung des Marktwerts des Eigenkapitals eingesetzt werden können. Diese unbefriedigende Situation lieferte die Motivation, unsere Diplomarbeiten über diesen Problembereich zu verfassen, wobei unterschiedliche Schwerpunkte gesetzt wurden.

Im Beitrag von Markus Hens zum Thema „Der immobilienspezifische Einsatz des Shareholder Value-Konzeptes“ steht die Analyse des Einflusses von Immobilienentscheidungen in „non-property-companies“ auf den Shareholder Value im Mittelpunkt. Ferner werden mögliche Immobilienstrategien zur Steigerung des Unternehmenswertes aufgezeigt. Ergänzend wird in einer empirisch-explorativen Studie untersucht, inwieweit Unternehmen in Deutschland das Shareholder Value-Konzept bei Immobilieninvestitionen einbeziehen.

Christoph Haub behandelt in seinem Beitrag einen speziellen Aspekt der Thematik: „Erfolgschancen einer Ausgliederung des Immobilienbereichs in eine börsennotierte Aktiengesellschaft und deren Steuerung mit dem Shareholder Value-Konzept“. Er vertritt die These, eine Börseneinführung des Immobilienbereichs großer Aktiengesellschaften könne zu einer Steigerung des Unternehmenswertes führen, und begründet seine Auffassung mit effizienteren Organisations- und Finanzierungsstrukturen. Nach Ansicht des Autors bestehen derzeit gute Aussichten dafür, daß börsennotierte Immobiliengesellschaften auf reges Interesse privater und institutioneller Investoren stoßen.

Der Beitrag von Thomas Joachim Meyer behandelt das Thema: „Immobilien als strategisches Geschäftsfeld von Non-Property-Unternehmen - Darstellung der Kriterien für eine Diversifikationsentscheidung“. Die Ausführungen richten sich vor allem an Unternehmen, die Immobilien bereits als wichtige Unternehmensressource erkannt haben und vor der Frage stehen, ob der Immobilienbereich im Rahmen einer Diversifikation zu einem Kerngeschäftsfeld aufgewertet werden soll.

Das Buch ist insofern nicht „aus einem Guß“ als wir – mit jeweils guten Begründungen – in Einzelfragen unterschiedlicher Meinung sind; es stellt kein „Rezeptbuch“ dar, sondern einen Grundbaustein zur weiteren Befassung mit diesem Thema in Wissenschaft und Praxis

Diese Veröffentlichung wäre ohne die tatkräftige Unterstützung und das persönliche Engagement zahlreicher Personen nicht zustande gekommen. Für die Aufnahme unserer Diplomarbeiten in die Schriftenreihe „Immobilienforum" danken wir den Herausgebern, Prof. Dr. Karl-Werner Schulte und Dr. Wolfgang Schäfers (als Vertreter der *immo***ebs**). Besonderer Dank gilt unserem akademischen Lehrer für die richtungsweisende, wissenschaftliche Unterstützung und für sein unermüdliches Engagement für die Studenten am Stiftungslehrstuhl Immobilienökonomie. Ferner gilt unser Dank den Vertretern der Unternehmen, die uns zu Gesprächen mit wertvollen Anregungen und kritischen Hinweisen zur Verfügung standen, sowie der Gesellschaft für immobilienwirtschaftliche Forschung e.V. (gif) für die finanzielle Unterstützung der empirischen Untersuchung.

Oestrich-Winkel, im Februar 1998

Markus Hens Christoph Haub Thomas Joachim Meyer

Inhaltsübersicht

Teil 3

Immobilien als strategisches Geschäftsfeld von Non Property Unternehmen

Der immobilienspezifische Einsatz des Shareholder Value-Konzeptes

Markus Hens

„In order to maximize shareholder value,

corporate real estate cannot be ignored by top management."

M. Rodriguez/C. F. Sirmans

Inhaltsverzeichnis

Abbildungsverzeichnis

Tabellenverzeichnis

Abkürzungsverzeichnis

a. A.	anderer Ansicht
AER	American Economic Review
AG	Die Aktiengesellschaft (Zeitschrift), (zugleich Aktiengesellschaft)
APV	Adjusted Present Value
AREUEAJ	Journal of the American Real Estate and Urban Economics
BFuP	Betriebswirtschaftliche Forschung und Praxis (Zeitschrift)
BMF	Bundesminister für Finanzen
bspw.	Beispielsweise
BStBl	Bundessteuerblatt
BZ	Börsenzeitung
CAPM	Capital Asset Pricing Model
CFROI	Cash-flow Return on Investment
CM	Controller Magazin
CRE	Corporate Real Estate
CREM	Corporate Real Estate Management
DB	Der Betrieb (Zeitschrift)
DBW	Die Betriebswirtschaft (Zeitschrift)
DCF	Discounted Cash-flow
Diss.	Dissertation
EPS	Earnings per Share
et al.	et alii
EVA	Economic Value Added
FAZ	Frankfurter Allgemeine Zeitung
FCF	Free Cash-flow
Fifo	First-in-first-out
FM	Financial Management (Zeitschrift)

FuW	Finanz und Wirtschaft (Zeitschrift)
GM	Gablers Magazin
GuG	Grundstücksmarkt und Grundstückswert (Zeitschrift)
H.	Heft
HB	Handelsblatt (Zeitung)
HBM	Harvard Businessmanager
HBR	Harvard Business Review
i.d.R.	in der Regel
ID	Industrial Development (Zeitschrift)
IRR	Internal Rate of Return
JoACF	Journal of Applied Corporate Finance
JoBS	Journal of Business Strategy
JoF	Journal of Finance
JoFE	Journal of Financial Economics
JoFQA	Journal of Financial and Quantitative Analysis
JoPE	Journal of Political Economy
JoPF	Journal of Property Finance
JoPM	Journal of Portfolio Management
JoPR	Journal of Property Research
JoREFE	Journal of Real Estate Finance and Economics
JoREL	Journal of Real Estate Literature
JoRER	Journal of Real Estate Research
JoUE	Journal of Urban Economics
KAGG	Gesetz über Kapitalanlagegesellschaften
Lifo	Last-in-first-out
M&A	Mergers and Acquisitions
MCFJ	Midland Corporate Finance Journal
mm	Manager Magazin
MVA	Market Value Added
NettoUV	Nettoumlaufvermögen

NFA	Net Fixed Assets
No.	Number
NOPAT	Net Operating Profit after Tax
NREI	National Real Estate Investor (Zeitschrift)
NWC	Net Working Capital
NZZ	Neue Zürcher Zeitung
o.V.	ohne Verfasser
p.	Page
pp.	Pages
REAA	The Real Estate Appraiser and Analyst (Zeitschrift)
REE	Real Estate Economics (Zeitschrift)
REFJ	Real Estate Finance Journal
REI	Real Estate Issues (Zeitschrift)
RFE	Review of Financial Economics
ROA	Return on Assets
ROE	Return on Equity
RoES	Review of Economics and Statistics
ROI	Return on Investment
ROIC	Return on Invested Capital
SG	Schmalenbach-Gesellschaft Deutsche Gesellschaft für Betriebswirtschaft e.V.
SGE	Strategische Geschäftseinheit(en)
SLBT	Sale Leaseback-Transaktion(en)
STH	Schweizer Treuhänder (Zeitschrift)
StP	Strategische Planung (Zeitschrift)
SZ	Süddeutsche Zeitung
Univ.	Universität
Verf.	Verfasser
Vol.	Volume
WACC	Weighted Average Cost of Capital
WiSt	Wirtschaftswissenschaftliches Studium (Zeitschrift)

WISU	Das Wirtschaftsstudium (Zeitschrift)
ZfB	Zeitschrift für Betriebswirtschaft
zfbf	Schmalenbachs Zeitschrift für betriebswirtschaftliche Forschung
ZfgK	Zeitschrift für das gesamte Kreditwesen
ZfO	Zeitschrift für Organisation (zugleich Zeitschrift für Führung + Organisation)

1 Einleitung

1.1 Problemstellung und Zielsetzung

Die wirtschaftlichen, technologischen und politischen Entwicklungen der Rahmenbedingungen für eine erfolgreiche Unternehmensführung fordern vom modernen Management eine ständige Weiterentwicklung der Führungskonzepte und -leitbilder.[1] Insbesondere entfacht die Globalisierung der Kapitalmärkte im Zusammenwirken mit zunehmender Deregulierung, Disintermediation und zahlreichen Finanzinnovationen einen intensivierten Wettbewerb der Unternehmen um knappe Finanzmittel, dem sich auch verstärkt deutsche Unternehmen stellen müssen.[2] Infolge dieser erheblichen Veränderungen des Wettbewerbsumfeldes der Unternehmen beschleunigt sich die Entwicklung des weltweiten Marktes für Verfügungsrechte an Unternehmen in den letzten beiden Dekaden,[3] was sich in der steigenden Anzahl und erhöhenden Volumina der M&A-Transaktionen auch in Deutschland widerspiegelt.[4] Akquisitionen resultieren dabei mehrheitlich aus der Identifikation von Wertlücken zwischen dem aktuellen Börsenkurs und dem inneren Wert der Aktie der Unternehmen.[5]

Das Shareholder Value-Konzept[6] bestimmt als Unternehmensziel die Maximierung des Wertes des Eigenkapitals und fordert die Eliminierung der Wertlücken als Hauptaufgabe des Managements.[7] Während in der Vergangenheit die Investitionen in das Anlagevermögen bei der Suche nach Wertpotentialen eine geringere Rolle spielten,[8] wird der Nutzung des Anlagevermögens zur Wertsteigerung in den letzten Jahren verstärkt Bedeutung bei-

1 Vgl. Henzler, Führung, S. 1286f.; Klimecki/Probst/Eberl, Management, S. 1-13.

2 Vgl. Giersch, Globalisierung, S. 13; Starbatty, Welt, S. 17; Bühner, Unternehmenssteuerung, S. 334; Kollar, Kapitalverkehr, S. 108; Arbeitskreis „Finanzierung" der SG, Unternehmenssteuerung, S. 543f.; Büschgen, Aktienkultur, S. 17; o.V., Kampf, S. 20.

3 Vgl. Jensen/Ruback, Market, pp. 5-50; Manne, Market, pp. 110-120; Copeland/Koller/Murrin, Unternehmenswert, S. 32; Drukarczyk, Theorie, S. 637f.; Klien, Wertsteigerungsanalyse, S. 1-4; Schneider, Investition, S. 642-645; Schmidt/Terberger, Grundzüge, S. 464-468.

4 Vgl. Giersberg, Konzentrationsprozeß, S. 18.

5 Vgl. Copeland/Koller/Murrin, Unternehmenswert, S. 44-49; Klien, Wertsteigerungsanalyse, S. 3; Bühner, Management-Wert-Konzept, S. 1; Hachmeister, Unternehmenswertsteigerung, S. 51f.

6 Der Shareholder Value-Ansatz wurde in seinen unterschiedlichen Erscheinungsformen maßgeblich von Rappaport, Copeland/Koller/Murrin, Lewis/Lehmann/Stelter und Stern/Stewart geprägt. Vgl. Abschnitte 2.1 und 2.2 dieses Beitrages.

7 Vgl. Rappaport, Value, S. 1f.; Herter, Management, S. 27f.; Bühner, Führung, S. 11; Hachmeister, Unternehmenswertsteigerung, S. 11 und S. 49-53; Drukarczyk, Theorie, S. 74-78.

8 Vgl. Herter, Unternehmenswertsteigerung, S. 352; Bell, Management, pp. 11-13.

gemessen,[9] da dieses nach einer Untersuchung von BÜHNER nicht unerheblich den Shareholder Value zu beeinflussen scheint.[10]

Verschiedene Studien zeigen, daß zahlreiche Unternehmen einen erheblichen Teil des Anlagevermögens in Immobilien investieren,[11] deren Wertpotentiale als „hidden values"[12] in M&A-Transaktionen und für den Shareholder Value eine bedeutende Rolle spielen.[13] Vor dem Hintergrund, daß der Marktwert der Immobilien im Unternehmensbesitz aufgrund der Bilanzierungsvorschriften für Immobilien[14] und den hohen Kosten der Informationsbeschaffung dem Aktienmarkt nicht bekannt ist, erhöhen die entstehenden Wertlücken die Übernahmegefahr.[15] Diese ist um so höher, je größer die Immobilienaktiva sind.[16] Da die „Bottom Line Performance" der Unternehmen durch ein aktives Immobilienmanagement erheblich verbessert werden kann,[17] wird vielfach die Nutzung der Immobilien zur Steigerung des Shareholder Value gefordert.[18] Daß Unternehmen, die dem Shareholder Value-Konzept in verstärktem Maße Priorität einräumen, eher auch ein aktives Immobilienmanagement verfolgen,[19] zeigt, daß diese Forderung in der Unternehmenspraxis z.T. schon umgesetzt wird.

Obwohl vielfach eine wissenschaftliche Bearbeitung des Einflusses der Immobilien auf den Shareholder Value gefordert wird,[20] finden sich in der Literatur nur wenige erste Ansätze, die den Wertbeitrag einzelner Immobilienstrategien zum Shareholder Value zu ermitteln versuchen.[21]

---

9 Vgl. Rappaport, Corporation, p. 100; Lewis/Stelter, Steigerung, S. 78; Herter, Management, S. 129f. und S. 185; Bühner, Risiko, S. 38; Hardtmann, Wertsteigerungsanalyse, S. 213f.; Bühner, Führung, S. 61; Obermeier, Umsetzung, S. 84f.

10 Vgl. Bühner, Shareholder, S. 759. Gaitanides/Raster üben an dieser Untersuchung scharfe Kritik, die jedoch von Bühner als nicht gerechtfertigt strikt zurückgewiesen wird. Vgl. Gaitanides/Raster, Management, S. 261-265; Bühner, Value, S. 265-268. Vgl. auch Hardtmann, Wertsteigerungsanalyse, S. 99f.

11 In den USA erreichen Immobilien einen Anteil zwischen 25% - 40% an der Bilanzsumme. Vgl. Zeckhauser/Silverman, Rediscover, pp. 111-117; Arthur Andersen, Corporation, p. 7; Valencia, Value, p. 2. In Deutschland ist diese Kennziffer mit ca. 10% geringer.; Vgl. Schäfers, Management, S. 69. Vgl. auch Arthur Andersen, Assets, p. 2; Francfort/Rudolph, Kapitalstruktur, S. 1067.

12 Vgl. Brueggeman/Fisher/Porter, Rethinking, p. 40 und Valencia, Value, pp. 1-5. Andere Autoren bezeichnen die Wertreserven plakativ als „Store of Value" (Vgl. Case, Stores, p. 11) oder „Corporate Reservoir" (Vgl. Haverkampf/Salton, Reservoir, p. 16).

13 Vgl. Zettel, Steigerung, S. 178; Liow, Property, S. 27; Davis/Vogelzang, Value, p. 1; Brueggeman/ Fisher/Porter, Rethinking, p. 39; Joseph, Mergers, pp. 16-19; Jinnett, Takeovers, pp. 5-10; Coenenberg/Sautter, Unternehmensakquisition, S. 698f.

14 Im deutschen Handelsrecht werden die Gebäude zu Anschaffungs- bzw. Herstellungskosten vermindert um die kumulierte Abschreibung im Sinne des § 253, I und II HGB in der Bilanz angesetzt. Vertiefend zur Bilanzierung von Immobilien vgl. Glanegger, Herstellungskosten, S. 2173-2176 und Coenenberg, Jahresabschluß, S. 81-111.

15 Vgl. Brueggeman/Fisher/Porter, Rethinking, pp. 39-41; Manning, Getting, p. 13; Isakson/Sircar, Management, p. 27.

16 Vgl. Ambrose, Impact, pp. 307-318.

17 Vgl. Sarvis, Facility, p. 10; Arthur Andersen, Value, pp. 6f.; Estey, Corporate, pp. 4-6.

18 Vgl. Rodriguez/Sirmans, Corporate, S. 15; Gomez, Wertmanagement, S. 216f.; Roventa, Value, S. 187; Zettel, Steigerung, S. 178; Friedlinger, Management, S. 301; Bühner, Management, S. 163.

19 Vgl. Schäfers, Management, S. 259.

20 Vgl. Liow, Property, S. 27; Rodriguez/Sirmans fassen zusammen: „If maximazation of the value of the firm is assumed to be the goal, it is important to understand how decisions related to real estate assets affect the firm value." Vgl. Rodriguez/Sirmans, Corporate, S. 13.

21 Vgl. Neidich/Steinberg, Corporate, pp. 76-83; Balogh/Corgel/Logan, Planning, pp. 1-5; Manning, Getting, pp. 12-22; Miles/Pringle/Webb, Decision, pp. 355-372.

Ziel des vorliegenden Beitrages ist es daher, zum einem den Einfluß von Immobilienentscheidungen auf den Shareholder Value darzustellen und mögliche Immobilienstrategien zur Steigerung des Unternehmenswertes aufzuzeigen, sowie zum anderen zu untersuchen, inwieweit Unternehmen in Deutschland das Shareholder Value-Konzept zu Steuerung ihrer Unternehmensimmobilien zugrunde legen.

1.2 Gang der Untersuchung

Um die Vielzahl der in der Literatur zum Teil kontrovers diskutierten Ansätze systematisch analysieren zu können, ist es zunächst einleitend notwendig, eine definitorische Basis für die weiteren Ausführungen zu schaffen. Im zweiten Abschnitt wird das Zielsystem des Shareholder Value-Konzeptes und die Methodik der Shareholder Value-Analyse als Instrument der wertorientierten Unternehmensführung in allgemeiner Form vorgestellt und das Konzept als Unternehmensleitbild kritisch gewürdigt. Im folgenden werden dann die traditionellen anglo-amerikanischen Shareholder Value-Konzepte nach RAPPAPORT, COPELAND/KOLLER/MURRIN, LEWIS/LEHMANN/STELTER und STERN/STEWART in gebotener Kürze skizziert und deren Anwendbarkeit zur Abbildung von Immobilienstrategien als Ausgangspunkt der weiteren Analyse beurteilt, wobei auf eine Darstellung der theoretischen Grundlagen wie bspw. der Portfoliotheorie[22] und des Capital Asset Pricing Models (CAPM)[23] verzichtet wird.

Um eine differenzierte Abbildung der Immobilienstrategien zu ermöglichen, wird daraufhin versucht, ein immobilienspezifisches Shareholder Value-Modell zu entwickeln. Hierbei steht nicht die Erörterung technischer Aspekte des Investitionskalküls,[24] sondern die Abbildung der Immobilienstrategien und deren Beitrag zum Unternehmenswert im Vordergrund der Analyse. Aus Gründen der Übersichtlichkeit wird auf eine vollständige Berücksichtigung des deutschen Steuersystems verzichtet und ein Berechnungsmodell anhand vereinfachender Annahmen über das Steuersystem entwickelt (Gliederungspunkt 2).

Im dritten Abschnitt der Arbeit werden exemplarisch Immobilienstrategien vorgestellt und ihre Wirkung auf den Shareholder Value anhand des entwickelten Modells untersucht. Hier liegt der Schwerpunkt des Beitrages, in dem versucht wird, die Vorteilhaftigkeit einzelner Strategien anhand des Modells aufzuzeigen, mögliche Wertsteigerungspotentiale zu identifizieren und aus den Ergebnissen eine Handlungsanweisung für eine immobilienspezifische

22 Grundlegend zur Portfoliotheorie vgl. Markowitz, Portfolio, pp. 77-91 und umfassend Elton/Gruber, Portfolio. Eine Einführung bietet Brealey/Myers, Finance, pp. 173-180 und Drukarczyk, Theorie, S. 226-233.

23 Grundlegend zum CAPM siehe Sharpe, Capital, pp. 425-442; Lintner, Valuation, pp. 13-37; Mossin, Equilibrium, pp. 768-783. Einführend siehe Ross/Westerfield/Jaffe, Finance, pp. 271-309 und Brealey/Myers, Finance, pp. 180-195.

24 Siegert bemängelt, daß sich die wissenschaftliche Diskussion zu sehr auf diese Aspekte konzentriert und die Wertsteigerungsstrategien vernachlässigt. Vgl. Siegert, Value, S. 598.

Shareholder Value-orientierte Unternehmensführung abzuleiten (Gliederungspunkt 3). In diesem Abschnitt werden u.a. die Ergebnisse amerikanischer Studien über die Reaktionen des Kapitalmarktes auf die Ankündigung von Immobilienstrategien zitiert, die Hinweise auf deren Vorteilhaftigkeit für die Anteilseigner bieten. Eine vorbehaltlose Übertragung auf deutsche Unternehmen oder Märkte ist jedoch nicht angebracht, da insbesondere die Rahmenbedingungen in Deutschland von denen der Versuchsanordnungen der Studien in den meisten Fällen nicht unerheblich abweichen.

Zur Überprüfung, inwieweit deutsche Unternehmen bereits Immobilien zur Unternehmenswertsteigerung nutzen, schließt sich eine explorativ-empirische Studie an, deren Methodik und Ergebnisse kurz dargestellt werden (Gliederungspunkt 4). Der Beitrag schließt mit einer Zusammenfassung, in der die Ergebnisse kritisch beurteilt werden, und in einem Ausblick, in dem mögliche Stoßrichtungen weiterführender Untersuchungen aufgezeigt werden (Gliederungspunkt 5).

1.3 Notwendige Begriffsbestimmungen

In der wissenschaftlichen Literatur findet sich eine Vielzahl von Konzepten der Unternehmenswertsteigerung,[25] die sich trotz unterschiedlicher Bezeichnungen in Methodik und Zielsetzung stark ähneln, so daß sie überwiegend als Shareholder Value-Konzepte kategorisiert werden können. Wesentliche Merkmale eines Shareholder Value-Ansatzes sind zum einen die Zielsetzung der Steigerung des Marktwertes des Eigenkapitals, und zum anderen das Instrumentarium der Analyse von Strategiealternativen auf der Basis zukünftiger Zahlungsströme.[26]

In Anlehnung an DRUKARCZYK wird der Unternehmensgesamtwert (V) als Summe aus Marktwert des Eigenkapitals (E) und Marktwert des Fremdkapitals (F) definiert,[27] wobei die Begriffe Marktwert des Eigenkapitals, Shareholder Value und Aktionärsvermögen synonym verwendet werden.

Zur späteren Analyse ist es notwendig, zwischen betriebsnotwendigem Vermögen und betriebsbedingtem Eigentum zu unterscheiden. Das betriebsnotwendige Vermögen umfaßt alle Vermögensgegenstände, die für die Führung des Betriebes wesentlich sind und „die laufend dem Betriebszweck dienen."[28] Das betriebsnotwendige Vermögen ist eine positive, also beschreibende, Ist-Größe, die sich aus ex post-Bestandsgrößen errechnet. Wie in Abbildung 1 dargestellt, bestimmt sich diese Rechengröße retrograd aus der Bilanzsumme

25 Vgl. Herter, Management, S. 13f.; Hardtmann, Wertsteigerungsanalyse, S. 2-6.
26 Vgl. Henzler, Führung, S. 1296.
27 Vgl. Drukarczyk, Unternehmensbewertung, S. 125.
28 Vgl. Wöhe, Einführung, S. 1233.

und wird bspw. zur Ermittlung von kalkulatorischen Zinsen oder zur Messung der Rentabilität[29] verwendet.[30]

Abbildung 1: Berechnungsschema für das betriebsnotwendige Vermögen

	Bilanzpositionen nach § 266 HGB
Gesamtvermögen[31]	
./. Finanzanlagen	A III
./. Sonstige Vermögensgegenstände	B II 4
./. Wertpapiere des Umlaufvermögens	B III
= Betriebsnotwendiges Vermögen	

Quelle: in Anlehnung an Coenenberg, Jahresabschluß, S. 615

Das betriebsbedingte Eigentum hingegen wird im folgenden als die Summe der Vermögensgegenstände definiert, an denen das Eigentumsrecht aus strategischen Kalkülen zur Generierung des operativen freien Cash-flows zwingend notwendig und für den originären Geschäftszweck wesentlich ist, so daß der Wert dieser Aktiva den Risikocharakteristika des zugrunde liegenden Geschäfts folgen.[32]

Aus dieser Definition kann abgeleitet werden, daß Immobilien ex post zwar Bestandteil des betriebsnotwendigen Vermögens sein können, allerdings nicht ex ante betriebsbedingtes Eigentum darstellen müssen. Wenn Immobilien nicht drittverwendungsfähig sind, also einer alternativen Nutzung für einen Dritten nicht zugeführt werden können, und aus der Nutzung dieser Immobilien operative freie Cash-flows generiert werden, liegt i.d.R. betriebsbedingtes Eigentum an Immobilien vor. Sofern Immobilien drittverwendungsfähig sind, stellt sich die Frage, ob diese im betriebsnotwendigen Vermögen befindlichen Immobilien betriebsbedingtes Eigentum darstellen und ob das Eigentum an diesen Immobilien das Ziel der Maximierung des Shareholder Value fördert oder behindert. Das betriebsbedingte Eigentum stellt somit eine Soll-Größe dar, die einen Vergleich mit dem betriebsnotwendigen Vermögen ermöglicht.

---

29 In dem vorliegenden Beitrag wird Rentabilität als Quotient einer buchhalterischen Erfolgsgröße zu einem buchhalterischen Kapitalbestand definiert. Unter Rendite wird im folgenden die (interne) Verzinsung des eingesetzten Kapitals auf Basis von Marktwerten verstanden. Vgl. Herter, Management, S. 32-37.

30 Vgl. Coenenberg, Jahresabschluß, S. 615; Wöhe, Einführung, S. 1233.

31 Zur Definition siehe Coenenberg, Jahresabschluß, S. 492.

32 So teilen z.B. spezielle Anlagen, die keiner alternativer Verwendung zuführbar sind, das Risiko des Geschäftsbereiches, dem sie dienen. Laut Aussage von CRE-Managern werden z.B. Produktionsimmobilien in der Computerindustrie, die sich ausschließlich zur Produktion einer einzigen Chipgeneration eignen, bei Auslaufen dieser Chipgeneration obsolet.

Weiterhin soll zwischen Non Property- und Property-Unternehmen differenziert werden: Während Non Property-Unternehmen als Unternehmen definiert werden, deren Geschäftszweck durch eine bewußte, strategische Entscheidung nicht das Bereitstellen, Betreiben oder Verwerten von Immobilien ist, stellen bei Property-Unternehmen Immobilien den Kern der Geschäftstätigkeit dar. Non Property-Unternehmen hingegen nutzen Immobilien ausschließlich als Produktionsfaktor.

2 Einfluß von Immobilien auf den Shareholder Value

2.1 Ziel und Systematik des Shareholder Value-Ansatzes

2.1.1 Maximierung des Marktwertes des Eigenkapitals als Zielsystem

Das finanzielle Ziel eines Investors mit einer Investition in ein Unternehmen ist die Erzielung von Einzahlungen in Form von Ausschüttungen oder Veräußerungserlösen, die der Investor zu Konsumzwecken verwenden kann.[33] Dabei orientieren sich rationale Investoren grundsätzlich an zwei Regeln:

1. der Maximierung des Kapitalwertes der Investition und

2. der Renditeadäquanz der Investition mit anderen Investitionen identischer Risikoklasse.[34]

Unternehmensleitungen erreichen die Ziele der Investoren, wenn sie die Maximierung des Marktwertes des Eigenkapitals als Unternehmensziel verfolgen, indem sie Kurse der Aktien maximieren und Ausschüttungen optimieren.[35] Der Aktionär kann durch Kauf und Verkauf von Anteilen am vollkommenen Kapitalmarkt seinen gewünschten Konsumstrom außerhalb des Unternehmens herstellen,[36] so daß sich die Ausschüttungshöhe pro Periode ausschließlich über die vom Markt geforderte Rendite (k) für Investitionen dieser Risikoklasse

---

33 Vgl. Süchting, Finanzmanagement, S. 297f.; Drukarczyk, Theorie, S. 69f.; Schmidt/Terberger, Grundzüge, S. 97-118.

34 Vgl. Ross/Westerfield/Jaffe, Finance, pp. 71f.; Brealey/Myers, Finance, pp. 21f.

35 Brealey/Myers fassen treffend zusammen: „The remarkable thing is that managers of firms can all be given one simple instruction: Maximize net present value." Vgl. Brealey/Myers, Finance, p. 24. Vertiefend zur Zielfunktion vgl. Drukarczyk, Theorie, S. 67-92; Süchting, Finanzmanagement, S. 330-339.

36 Vgl. Ross/Westerfield/Jaffe, Finance, pp. 60-62; Schmidt/Terberger, Grundzüge, S. 97-118.

als Residuum bestimmt:[37] Verfügt das Unternehmen nicht über Projekte, die einen positiven Kapitalwert bei Diskontierung der erwarteten Einzahlungsüberschüsse mit der geforderten Rendite erreichen, werden die Mittel an die Anteilseigner ausgeschüttet, damit diese sie alternativen Investitionen zuführen können.[38]

Bedingt durch fehlende Interessenidentität zwischen Eigentümern und Managern sowie Informations- und Verhaltensasymmetrien folgen jedoch Manager i.d.R. dieser Entscheidungsregel nicht,[39] sondern verursachen „Agency Costs of Free Cash Flow“[40]. Diese Ineffizienzen des Managements aufgrund hoher FCF_J-Positionen führen zu Wertvernichtungen für die Anteilseigner aufgrund von z.B. Überinvestitionen in Unter-Par-Projekte.[41] Da der Markt für Verfügungsrechte an Unternehmen sowie der Markt für Managementleistungen dieses Fehlverhalten nicht ausreichend regulieren, werden als Lösung Kontroll- und Anreizsysteme auf der Grundlage der Shareholder Value-Analyse vorgeschlagen.[42]

Gemäß dem Shareholder Value-Konzept folgt aus dem Zielsystem des Unternehmens, daß der Nutzen jedes Projektes dem Wertbeitrag zum Unternehmenswert entspricht, also dem diskontierten, aus dem Projekt erzielten freien Cash-flow, der so zur Zielgröße der wertorientierten Unternehmensführung wird.[43]

2.1.2 Methodik der Shareholder Value-Analyse

Für die Shareholder Value-Analyse nach der Discounted Cash-flow (DCF)-Methode kann, wie in Abbildung 2 dargestellt, auf drei verschiedene Arten der Shareholder Value ermittelt werden: die Entity-, die APV- und die Equity-Methode.[44] Bei der Equity-Methode wird der Shareholder Value direkt aus den an die Anteilseigner zufließenden Zahlungen ermittelt,

---

37 Vgl. Schneider, Investition, S. 636f.; Drukarczyk, Theorie, S. 90.

38 Vgl. Arbeitskreis „Finanzierung“ der SG, Unternehmensteuerung, S. 544; Dirrigl, Konzepte, S. 420; Drukarczyk, Theorie, S. 70-78; Schmidt/Terberger, Grundzüge, S. 224-229; Süchting, Finanzmanagement, S. 544f. Jensen definiert die auszuschüttenden Zahlungsüberschüsse als "[...] cash-flow in excess of that required to fund all projects that have positive net present values when discounted at the relevant cost of capital.", die als „Free Cash-flow nach Jensen“ (FCF_J) bezeichnet werden. Vgl. Jensen, Agency, p. 323 und Drukarczyk, Unternehmenswert, S. 105.

39 Vgl. Jensen/Meckling, Theory, pp. 305-360; Fama, Agency, pp. 288-307. Einführend zur Agency-Theorie vgl. Richter, Institutionenökonomik, S. 197-241.

40 Jensen, Agency, pp. 323-329.

41 Vgl. Schneider, Investition, S. 631-636; Spremann, Investition, S. 602-615; Schmidt/Terberger, Grundzüge, S. 432-436; Bischoff, Shareholder, S. 64f. Auch bei Immobilieninvestitionen treten Agency costs of free cash-flow auf: Die vermutlich durch Eigeninteresse der Manager motivierten Standortentscheidungen sanktioniert der Kapitalmarkt mit negativen Kursabschlägen. Vgl. Ghosh/Rodriguez/Sirmans, Relocations, o.S.

42 Vgl. Jensen/Murphy, Incentives, pp. 138-153; Elschen, Agency, S. 218-220; Hardtmann, Wertsteigerungsanalyse, S. 42-51; Spremann, Wertsteigerung, S. 308-311; Eicker, Unternehmens-Value, S. K1.

43 Vgl. Börsig, Unternehmenswert, S. 89.

44 Vgl. Drukarczyk, Unternehmensbewertung, S. 143.

während bei der Entity- und APV-Methode zunächst der Unternehmensgesamtwert (V) bestimmt wird, von dem der Marktwert des Fremdkapitals (F) subtrahiert wird, um den Marktwert des Eigenkapitals des Unternehmens (E) zu erhalten.

Abbildung 2: Überblick über die DCF-Methoden

DCF - Methoden

Entity - Methode

Komponentenweise Ermittlung des Unternehmensgesamtwertes (V)

1. Schritt: Ermittlung des Unternehmensgesamtwertes (V)
- Ermittlung des entziehbaren Cashflows des Unternehmens bei fingierter Eigenfinanzierung
- Diskontierung mit durchschnittlich gewogenen Kapitalkosten (WACC)

2. Schritt: Ermittlung des Wertes des Eigenkapitals (E), indem (V) um den Wert des Fremdkapitals reduziert wird.

APV - Methode

Komponentenweise Ermittlung des Unternehmensgesamtwertes (V)

1. Schritt:
- Ermittlung des entziehbaren Cashflows des Unternehmens bei fingierter Eigenfinanzierung
- Diskontierung mit den Kosten des Eigenkapitals; Ergebnis: V_E

2. Schritt: Ermittlung der Vor- bzw. Nachteile aus der realisierten Kapitalstruktur bzw. aus Innenfinanzierungseffekten
Ergebnis aus 1. und 2. ergibt den Unternehmensgesamtwert (V)

3. Schritt: Ermittlung des Wertes des Eigenkapitals (E), indem (V) um den Wert des Fremdkapitals reduziert wird.

Equity - Methode

Direkte Ermittlung des Wertes des Eigenkapitals
- Ermittlung des entziehbaren den Eigentümern zustehenden Cashflows unter Beachtung der vom Unternehmen realisierten Kapitalstruktur (Fremdkapital, Pensionsrückstellungen etc.)
- Diskontierung mit den Kosten des Eigenkapitals

Quelle: Drukarczyk, Unternehmensbewertung, S. 143

Bei allen Methoden wird ein Unternehmen in zweckmäßige Untersuchungseinheiten aufgeteilt, die meist aus Analysen der strategischen Planung abgeleitet werden.[45] Nach der Bestimmung des Wertes der einzelnen Untersuchungseinheiten wird durch Addition der Werte der Shareholder Value des Unternehmens ermittelt.

Weiterhin ist allen DCF-Methoden gemeinsam, daß unternehmens- bzw. geschäftsbereichsspezifische Kapitalkosten bestimmt und Free Cash-flows (FCF)[46] für den Detailprognosezeitraum für die verschiedenen Planungsalternativen prognostiziert und der Restwert der Investition für die nach dem Prognosezeitraum anfallenden Perioden geschätzt werden müssen.

Durch den Vergleich des Shareholder Value bei alternativen Strategien wird schließlich dasjenige Bündel an Strategien ausgewählt, das den Unternehmenswert maximiert.[47] Wertsteigerungspotentiale lassen sich durch eine strategische Analyse mittels differenzierter Instrumente, wie z.B. der VALCOR-Matrix[48], identifizieren und durch den Vergleich des Shareholder Value bei Projektrealisierung mit dem der Unterlassungsalternative messen.[49] Vergleiche des Shareholder Value mit der Börsenkapitalisierung erlauben ferner Rückschlüsse auf die Beurteilung des Unternehmens durch den Kapitalmarkt.[50] Die Shareholder Value-Analyse wird neben der Ermittlung des Shareholder Value auch zur Bewertung von einzelnen SGEs, zur Festlegung von Mindestrenditezielen in diversifizierten Konzernen, zur Wertbestimmung von Akquisitionen und für Make-or-Buy-Entscheidungen[51] und operative Fragestellungen verwendet.[52]

---

45 Als mögliche Untersuchungseinheit werden z.B. Strategischen Geschäftseinheiten (SGE) vorgeschlagen. Vgl. Höfner/Pohl, Werterzeuger, S. 52; Günther, Notwendigkeit, S. 16. Einführend zu SGE vgl. Gälweiler, Geschäftseinheiten, S. 252-260; Kreikebaum, Unternehmensplanung, S. 113f.

46 In der wissenschaftlichen Literatur findet sich eine Vielzahl von Definitionen für den FCF, denen zum Teil sehr unterschiedliche Unternehmensbewertungskonzepte zugrunde liegen. Für einen Überblick vgl. z.B. Hardtmann, Wertsteigerungsanalyse, S. 63-70 und Drukarczyk, Unternehmensbewertung, S. 103-112. Hier wird der FCF als der entnehmbare Einzahlungsüberschuß definiert, der sämtlichen Kapitalgebern zur Verfügung steht. Vgl. z.B. Raster, Management, S. 46f.

47 Vgl. Rappaport, Selecting, p. 141; Blyth/Friskey/Rappaport, Value, p. 49; Rappaport, Value, S. XIV

48 Einführend zur VALCOR-Matrix („VALue is CORe") vgl. Gomez/Weber, Akquisitionsstrategie, S. 54 und Weber, Akquisitionen, S. 226.

49 Für eine Darstellung des Einsatzes strategischer Analyseinstrumente vgl. Gomez, Wertmanagement, S. 56-87 und S. 107-276; Raster, Management, S. 119-206.

50 Vgl. Rappaport, Market, pp. 57-58; Copeland/Koller/Murrin, Unternehmenswert, S. 62f.; Siegert, Value, S. 592; umfassend Hachmeister, Unternehmenswertsteigerung, S. 38-49.

51 Vgl. Blyth/Friskey/Rappaport, Value, p. 50. Einführend zu Make-or-Buy-Entscheidungen vgl. Reichmann/Palloks, Make-or-Buy, S. 4-11.

52 Vgl. Hardtmann, Wertsteigerungsanalyse, S. 58; Coenenberg/Sautter, Unternehmensakquisition, S. 691-710; Dirrigl, Konzepte, S. 418; Siegert, Value, S. 592-602.

2.1.3 Kritische Würdigung des Shareholder Value-Konzeptes als Zielsystem

Das Shareholder Value-Konzept steht im Mittelpunkt der öffentlichen Diskussion,[53] was sich in einer Vielzahl kritischer Beiträge in der wissenschaftlichen Literatur[54] sowie in populären Managementzeitschriften[55] niederschlägt, wobei dem Shareholder Value-Ansatz folgende neue Erkenntnisse attestiert werden:[56] Ein wesentlicher Beitrag des Shareholder Value-Konzeptes stellt die Eliminierung der Unzulänglichkeiten von buchhalterischen Kennziffern, wie z.B. Return on Investment (ROI) oder Earnings per Share (EPS), als Instrumente zur Approximation der Rendite des Unternehmens dar.[57] Die besondere Leistung des Shareholder Value-Konzeptes liegt in der Integration der Investitions- und Kapitalmarkttheorie mit der strategischen Analyse zur quantitativen Bewertung von Strategien des Unternehmens auf der Basis des entscheidungsorientierten Kapitalwertkalküls.[58]

Die Orientierung des Konzeptes an den Zielen der Anteilseigner („Neo-Zielmonismus"[59]) und die angeblich daraus resultierende Vernachlässigung der Interessen anderer Anspruchsgruppen wird von Vertretern eines Stakeholder-Ansatzes stark kritisiert.[60] Hierzu muß jedoch entgegnet werden, daß die Befriedigung der Stakeholder-Interessen als wichtige Nebenbedingung Grundvoraussetzung für die Zielerreichung der Unternehmenswertmaximierung ist.[61]

Weiterhin wird vor dem Hintergrund des geringen Anteils des Restwertes am Unternehmensgesamtwert behauptet,[62] daß der Shareholder Value-Ansatz Strategien der kurzfristigen Gewinnmaximierung postuliere.[63] Dem steht jedoch entgegen, daß der Shareholder Value den Wert aller zukünftigen FCF und somit auch die langfristige Geschäftsperspektive des Unternehmens widerspiegelt. Eine wertorientierte Unternehmensführung erfordert somit zwingend eine langfristige strategische Ausrichtung der Unternehmensplanung als Grund-

---

53 Als Beispiel dafür läßt sich der öffentlich geführte Disput in der NZZ im Jahr 1996 anführen, der sich in sehr kritischen Beiträgen verschiedener Autoren über mehrere Ausgaben erstreckte. Vgl. z.B. Kleinewefers, Nutzen, S. 11.

54 Für einen Überblick vgl. z.B. Herter, Management, S. 13.

55 Vgl. bspw. Baden, Wohl, S. 146-157; Simon, Anlauf, S. 164-166; Kaden, Aktionäre, S. 3.

56 Vgl. Bühner, Risiko, S. 36; Raster, Management, S. 217; Unzeitig/Köthner, Analyse, S. 20-22; Mirow, Shareholder, S. 243; a.A. Hanssmann, Revolution, S. 3.

57 Vgl. Rappaport, Selecting, p. 140; McCrory/Gerstberger, Performance, pp. 34f.; Rappaport, Value, S. 19-31; a.A. Philipp, Modewort, S. 23. Für Berechnungsbeispiele vgl. Siegert, Value, S. 585-592.

58 Vgl. Henzler, Führung, S. 1296; Serfling/Pape, Unternehmensbewertung, S. 57f; Day/Fahey, Strategy, p. 156; Siegert, Value, S. 603f.; Börsig, Unternehmenswert, S. 91.

59 Vgl. Janisch, Stakeholder, S. 105.

60 Vgl. Janisch, Stakeholder, S. 103-108. Vgl. auch Piltz, Shareholder, S. 298.

61 Vgl. Bühner, Mehr-Wert, S. 20; Rosen, Shareholder-Value, S. 17; Lambsdorff, Ansprüche, S. 24; Volkart, Shareholder, S. 11; Volkart, Management, S. 1065; Berger, Aktionäre, S. 24.

62 Dieser Anteil ist selbstverständlich von der Wahl der Dauer des Detailprognosezeitraumes abhängig und kann bei Prognosezeiträumen von 5 bis 10 Jahren mehr als 60% des Unternehmensgesamtwertes erreichen. Vgl. Copeland/Koller/Murrin, Unternehmenswert, S. 223f.

63 Vgl. Janisch, Stakeholder, S. 103; Zettel, Steigerung, S. 48.

voraussetzung.[64] Zusammenfassend läßt sich feststellen, daß trotz der geäußerten Kritik das Shareholder Value-Konzept als konsistentes Zielsystem für ein modernes Management bei den geltenden Rahmenbedingungen weite Zustimmung findet.[65]

Im folgenden sollen die traditionellen Shareholder Value-Ansätze anglo-amerikanischer Provenienz auf ihre Eignung zur Abbildung von Immobilienstrategien zur Unternehmenswertsteigerung untersucht werden.

2.2 Analyse anglo-amerikanischer Shareholder Value-Konzepte bezüglich ihrer Behandlung von Immobilien

2.2.1 Shareholder Value-Ansatz von RAPPAPORT

Der Ansatz von RAPPAPORT als erste vollständige Shareholder Value-Konzeption[66] zur Beurteilung von Wachstumsstrategien nutzt das Kapitalwertkriterium im Rahmen eines Entity-Ansatzes zur Beurteilung der Vorteilhaftigkeit einzelner Strategien. Abbildung 4 verdeutlicht in einem zusammenfassenden Gleichungssystem die notwendigen Rechenschritte zur Ermittlung des Shareholder Value im Modell von Rappaport.[67] Hierbei setzt sich der Unternehmensgesamtwert aus dem Barwert der Cash-flows[68] der Prognoseperiode, dem Residualwert und dem Marktwert der marktgängigen Wertpapiere zusammen.

Der Gegenwartswert der betrieblichen Cash-flows während der Prognoseperiode entspricht der Summe der mit dem Weighted Average Cost of Capital (WACC) diskontierten prognostizierten Cash-flows. Der WACC errechnet sich als der mit Marktwerten des Fremd- bzw. Eigenkapitals gewichtete Durchschnitt der steuerangepaßten Fremdkapitalkosten und der Eigenkapitalkosten, die mittels des CAPM ermittelt werden.[69]

---

[64] Vgl. Rappaport, Framework, p. 86; Seed, Creation, p. 47; Drees, Aktionärsinteressen, S. 31.

[65] Vgl. Raster, Management, S. 216f.; Hartmann, Wertsteigerungsanalyse, S. 182. Allerdings bleibt festzuhalten, daß ein Zielsystem für ein Unternehmen auf Individualzielen (der Eigentümer, Arbeitnehmer, Gläubiger etc.) beruht. Wenn diese divergieren und sich nicht gleichzeitig erreichen lassen, ist die Wahl für ein Individualziel (hier: der Eigentümer) als Annahme für eine normative Analyse zwingend notwendig. Vgl. Drukarczyk, Finanzierung, S. 1-20.

[66] Für einen Überblick über frühere Ansätze vgl. Bischoff, Shareholder, S. 88.

[67] Siehe Abbildung 3: Gleichungssystem des Ansatzes von Rappaport, S. 38. Hierbei wurde eine vereinfachende, sich stark an Rappaport anlehnende Darstellung gewählt. Vgl. Rappaport, Value, S. 53-78. Für ein alternatives Gleichungssystem auf der Basis von Rappaports Werttreibern vgl. Dirrigl, Konzepte, S. 417f.

[68] Hier wird strikt der Terminologie Rappaports gefolgt. Es handelt sich um einen FCF eines rein eigenkapitalfinanzierten Unternehmens. Vgl. Raster, Management, S. 46f.

[69] Zur Ermittlung des WACC vgl. auch Abschnitt 2.3.2 dieses Beitrages.

Der Residualwert wird als ewige Rente der nach der Detailprognoseperiode anfallenden Cash-flows berechnet, indem der dann als konstant angenommene freie Cash-flow durch den WACC dividiert und auf den Berechnungszeitpunkt diskontiert wird.

Eine strategiebedingte Wertsteigerung ergibt sich, wenn der Shareholder Value nach der Realisierung der Strategie über dem Vorstrategie-Shareholder Value liegt.[70]

---

70 Vgl. Rappaport, Value, S. 72f.

Abbildung 3: Gleichungssystem des Ansatzes von Rappaport

(1)	Unternehmenswert	=	Fremdkapital + Shareholder Value
(2)	Unternehmenswert	=	Gegenwartswert der betrieblichen Cash-flows während der Prognoseperiode
		+	Residualwert
		+	Marktwert börsenfähiger Wertpapiere
(3)	Gegenwartswert der betrieblichen Cash-flows während der Prognoseperiode $= \sum_{t=1}^{n} \text{Cash-flow}_t (1+\text{WACC})^{-t}$ n = Anzahl der Jahre der Prognoseperiode, t = Periodenlaufindex		
(4)	Cash-flow	=	Einzahlungen - Auszahlungen
		=	[(Umsatz des Vorjahres) * (1+Wachstumsrate des Umsatzes) * (betriebliche Gewinnmarge) * (1 - Cash-Gewinnsteuersatz)]
		-	[(Zusatzinvestitionsrate ins Anlagevermögen + Zusatzinvestitionsrate ins Nettoumlaufvermögen) * (Umsatz des Vorjahres) * (Wachstumsrate des Umsatzes)]
(5)	WACC	=	Anteil des Eigenkapitals * Eigenkapitalkosten
		+	Anteil des Fremdkapitals * Fremdkapitalkosten * (1-Steuersatz)
(6)	Eigenkapitalkosten = Risikofreier Zinssatz + Risikoprämie des Eigenkapitals		
(7)	Risikofreier Zinssatz = Realer Zinssatz + erwartete Inflationsrate		
(8)	Risikoprämie = Betafaktor * (Erwartete Marktrendite - risikofreier Zinssatz)		
(9)	Residualwert = Ewiger Cash-flow/WACC $C * (1 + \text{WACC})^{-T}$		
(10)	Strategiebedingte Wertsteigerung	=	Shareholder Value
		-	Vorstrategie-Shareholder Value

Quelle: eigene Darstellung in enger Anlehnung an Rappaport, Value, S. 53-78

Das besondere Kennzeichen des Ansatzes von Rappaport ist, daß die Cash-flows der Prognoseperiode aus den Werttreibern („Value Drivers") Umsatzwachstumsrate, Umsatzüberschußrate, Cash-flow-Steuersatz und den Erweiterungsinvestitionsraten ins Anlagevermögen (AV) und ins Nettoumlaufvermögen (NettoUV) errechnet werden,[71] deren Berechnungsmodi in Abbildung 4 dargestellt werden. Dabei werden die Einnahmen aus der operativen Tätigkeit aus den Werttreibern Umsatzwachstumsrate, Umsatzüberschußrate und Cash-flow-Steuersatz berechnet. Von diesen Einnahmen wird der verfügbare Cash-

71 Vgl. Rappaport, Value, S. 53.

flow durch Subtraktion der Erweiterungsinvestitionen ermittelt. Als weitere Werttreiber lassen sich die Kapitalkosten als Diskontierungssatz und die Dauer der Werthaltigkeit des Projektes als Diskontierungszeitraum identifizieren. Die Werttreiber stellen diejenigen Variablen dar, die den Shareholder Value bestimmen, und stellen so für das Management identifizierbare und steuerbare Stellgrössen dar.

Abbildung 4: Definition der Werttreiber

$$\text{Umsatzwachstum} = \frac{\text{Umsatz}_t}{\text{Umsatz}_{t-1}}$$

$$\text{Umsatzüberschußrate} = \frac{\text{Cash} - \text{flow}}{\text{Umsatz}}$$

$$\text{Erweiterungsinvestitionsrate (NettoUV)} = \frac{(\text{NettoUV}_t - \text{NettoUV}_{t-1})}{(\text{Umsatz}_t - \text{Umsatz}_{t-1})}$$

$$\text{Erweiterungsinvestitionsrate (AV)} = \frac{(\text{AV}_t - \text{AV}_{t-1})}{(\text{Umsatz}_t - \text{Umsatz}_{t-1})}$$

$$\text{Cash - Flow} - \text{Gewinnsteuersatz} = \frac{\text{Steuerzahlung}}{\text{Betriebsgewinn}_{t-1}}$$

Quelle: eigene Darstellung in Anlehnung an Rappaport, Value, S. 53-78

In Tabelle 1 bis Tabelle 4 ist ein auf Basis eines Tabellenkalkulationsprogramms entworfenes Modell dargestellt, das die Berechnung des Shareholder Value mit Hilfe der Werttreiber ermöglicht.

Tabelle 1: Berechnungsbeispiel nach Rappaport

Periode	**1**	**2**	**3**	**4**	**5**
Annahmen					
Umsatz der Vorperiode	100,000	116,000	134,560	156,090	181,064
Wachstumsrate des Umsatzes	16%	16%	16%	16%	16%
Betriebliche Gewinnmarge	13%	13%	13%	13%	13%
Cash-Gewinnsteuersatz	50%	50%	50%	50%	50%
Zusatzinvestitionsrate ins AV	21%	21%	21%	21%	21%
Zusatzinvestitionsrate ins NettoUV	15%	15%	15%	15%	15%
Marktwert der Wertpapiere	3,000	3,000	3,000	3,000	3,000
Marktwert des Fremdkapitals (F)	10,000	10,000	10,000	10,000	10,000
Kapitalkostensatz	20%	20%	20%	20%	20%
Zahlungen					
Umsatz	116,000	134,560	156,090	181,064	210,034
Kosten	100,920	117,067	135,798	157,526	182,730
Betriebsergebnis	**15,080**	**17,493**	**20,292**	**23,538**	**27,304**
Steuern	7,540	8,746	10,146	11,769	13,652
Betriebsergebnis nach Steuern	**7,540**	**8,746**	**10,146**	**11,769**	**13,652**
Investitionen ins AV	3,360	3,898	4,521	5,245	6,084
Investitionen ins NettoUV	2,400	2,784	3,229	3,746	4,346
Cash-flow	**1,780**	**2,065**	**2,395**	**2,778**	**3,223**
Diskontierungsfaktor	0,833	0,694	0,579	0,482	0,402
Diskontierter Cash-flow	1,483	1,434	1,386	1,340	1,295
Kumulierter Gegenwartswert Cash-flows	1,483	2,917	4,303	5,643	**6,938**
Residualwert					
Residualwert in der Periode t	37,700	43,732	50,729	58,846	68,261
Diskontierter Residualwert	31,417	30,369	29,357	28,379	**27,433**
Marktwert der Wertpapiere	3,000	3,000	3,000	3,000	**3,000**
Unternehmensgesamtwert (V)	35,900	36,287	36,660	37,022	**37,371**
Marktwert des Fremdkapitals (F)	10,000	10,000	10,000	10,000	**10,000**
Shareholder Value (E)	25,900	26,287	26,660	27,022	**27,371**
Wertsteigerungsanalyse					
Vorstrategie Cash-flow	6,500	6,500	6,500	6,500	6,500
Vorstrategie Shareholder Value	25,500	25,500	25,500	25,500	**25,500**
Wertsteigerung	0,400	0,387	0,374	0,361	0,349
Kumulierte Wertsteigerung	0,400	0,787	1,160	1,522	**1,871**

Quelle: eigene Darstellung in Anlehnung an das Beispiel von Rappaport, Value, S. 67-72

Tabelle 2: Annahmen für ein einfaches Berechnungsbeispiel

	A	B	C	D	E	F
1	**Periode**	**1**	**2**	**3**	**4**	**5**
2	**Annahmen**					
3	Umsatz der Vorperiode	100	=B15	=C15	=D15	=E15
4	Wachstumsrate des Umsatzes	0,16	=B4	=C4	=D4	=E4
5	Betriebliche Gewinnmarge	0,13	=B5	=C5	=D5	=E5
7	Cash-Gewinnsteuersatz	0,5	=B7	=C7	=D7	=E7
8	Zusatzinvestitionsrate ins AV	0,21	=B8	=C8	=D8	=E8
9	Zusatzinvestitionsrate ins NettoUV	0,15	=B9	=C9	=D9	=E9
10	Marktwert der Wertpapiere	3	=B10	=C10	=D10	=E10
11	Marktwert des Fremdkapitals (F)	10	=B11	=C11	=D11	=E11
12	Kapitalkostensatz	0,2	=B12	=C12	=D12	=E12
14	**Zahlungen**					
15	Umsatz	=B3*(1+B4)	=C3*(1+C4)	=D3*(1+D4)	=E3*(1+E4)	=F3*(1+F4)
16	Kosten	=B15*(1-B5)	=C15*(1-C5)	=D15*(1-D5)	=E15*(1-E5)	=F15*(1-F5)
17	Betriebsergebnis	=B15-B16	=C15-C16	=D15-D16	=E15-E16	=F15-F16
18	Steuern	=B17*B7	=C17*C7	=D17*D7	=E17*E7	=F17*F7
19	Betriebsergebnis nach Steuern	=B17-B18	=C17-C18	=D17-D18	=E17-E18	=F17-F18
20	Investitionen ins AV	=(B15-B3)*B8	=(C15-C3)*C8	=(D15-D3)*D8	=(E15-E3)*E8	=(F15-F3)*F8
21	Investitionen ins NettoUV	=(B15-B3)*B9	=(C15-C3)*C9	=(D15-D3)*D9	=(E15-E3)*E9	=(F15-F3)*F9

Quelle: eigene Darstellung

Tabelle 3: Modell für ein einfaches Berechnungsbeispiel

	A	B	C	D	E	F
23	**Cash-flow**	=B19-B20-B21	=C19-C20-C21	=D19-D20-D21	=E19-E20-E21	=F19-F20-F21
24	Diskontierungsfaktor	=1/((1+B12)^B2)	=1/((1+C12)^C2)	=1/((1+D12)^D2)	=1/((1+E12)^E2)	=1/((1+F12)^F2)
25	Diskontierter Cash-flow	=B23*B24	=C23*C24	=D23*D24	=E23*E24	=F23*F24
26	Kumulierter Gegenwartswert Cash-flows	=B25	=B26+C25	=C26+D25	=D26+E25	=E26+F25
28	**Residualwert**					
29	Residualwert in der Periode t	=B19/B12	=C19/C12	=D19/D12	=E19/E12	=F19/F12
30	Diskontierter Residualwert	=B29*B24	=C29*C24	=D29*D24	=E29*E24	=F29*F24
32	Marktwert der Wertpapiere	=B10	=C10	=D10	=E10	=F10
33	**Unternehmensgesamtwert (V)**	=B30+B26+B32	=C30+C26+C32	=D30+D26+D32	=E30+E26+E32	=F30+F26+F32
34	Marktwert des Fremdkapitals (F)	=B11	=C11	=D11	=E11	=F11
35	Shareholder Value (E)	=B33-B34	=C33-C34	=D33-D34	=E33-E34	=F33-F34
37	**Wertsteigerungsanalyse**					
38	Vorstrategie Cash-flow					=B3*(1-B5)*B7
39	Vorstrategie Shareholder Value	=F39	=F39	=F39	=F39	=F38/B12-F34+F32
40	Wertsteigerung	=B35-B39	=C32-B32	=D32-C32	=E32-D32	=F32-E32
41	Kumulierte Wertsteigerung	=B40	=B41+C40	=C41+D40	=D41+E40	=E41+F40

Quelle: eigene Darstellung

Der Ansatz bietet dem Management mit der auf der Grundlage dieses Modells entwickelten Margenbetrachtung, Szenario- und Sensitivitätsanalysen und dem in Abbildung 5 dargestellten Shareholder Value-Netzwerk[72] ein Instrument zur Strategieevaluierung und Steuerung des Unternehmens.[73] Das Shareholder Value-Netzwerk bildet den Zusammenhang zwischen strategischen Entscheidungen und Shareholder Value über die Werttreiber ab und schafft so Transparenz über die Wirkung der Entscheidungen der Unternehmensführung.

Abbildung 5: Shareholder Value-Netzwerk

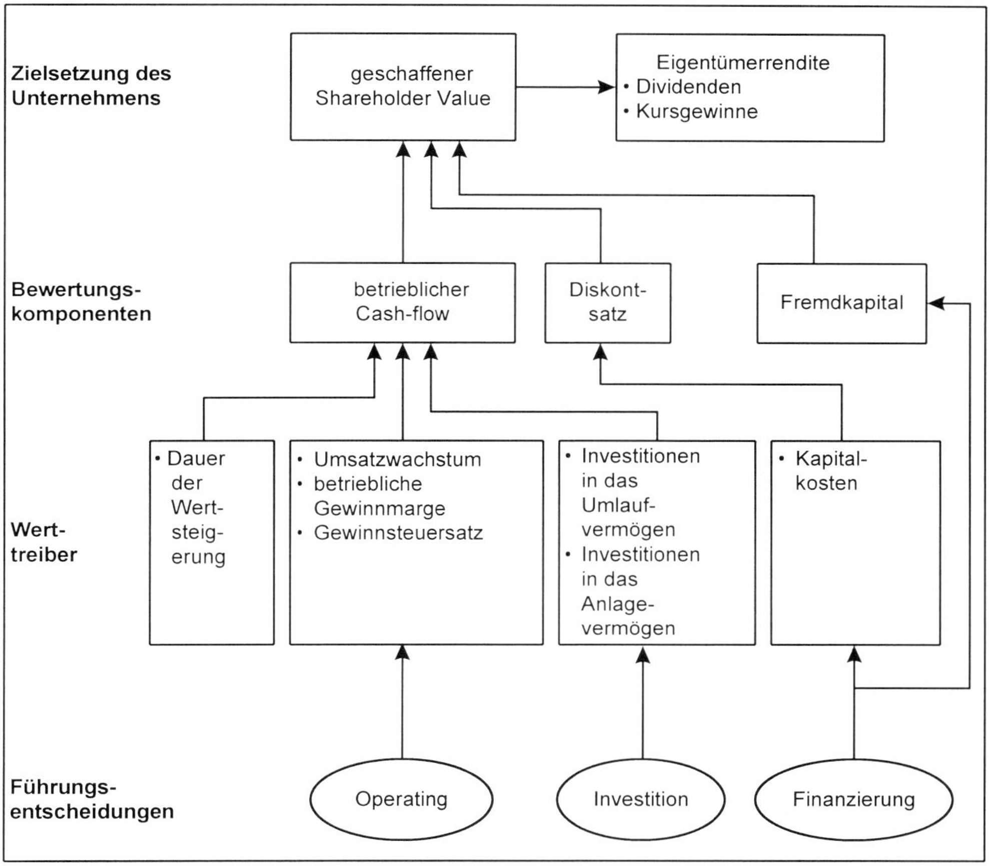

Quelle: Rappaport, Value, S. 79

Im Ansatz von Rappaport werden durch die Berücksichtigung des Werttreibers Zusatz-

[72] Vgl. Rappaport, Value, S. 79.

[73] Vgl. Balachandran/Nagarajan/Rappaport, Margins, pp. 68-77; Rappaport, Value, S. 53-80; Bühner, Führung, S. 37f. Kritisch zu den Werttreibern vgl. Hachmeister, Unternehmenswertsteigerung, S. 48.

investitionsrate in das Anlagevermögen die Immobilieninvestitionen nur zum Teil, aber nicht explizit in das Kalkül der Unternehmenswertsteigerung einbezogen. Zwar ist dieser Werttreiber als Entscheidungsvariable offensichtlich,[74] eignet sich aber nicht zur Abbildung eines Immobilienkalküls, da immobilienspezifische Zahlungsströme nicht ausreichend differenziert betrachtet werden.

In Erweiterung des Modells von Rappaport könnte die Bildung z.B. der Werttreiber „Immobilienkosten“ und „Immobilieninvestitionen“ für die Praxis wertvoll sein, die durch eine aggregierte Betrachtungsweise aufschlußreiche Hinweise über die Wirkung der Immobilien auf den Shareholder Value bieten. Ein solches immobilienspezifisches Modell zur Ermittlung des Shareholder Value auf der Basis von Werttreibern kann, wie in Tabelle 4 bis Tabelle 6 dargestellt, relativ unproblematisch aus dem bereits bekannten, allgemeinen Modell weiterentwickelt werden. Während die Immobilienkosten den Cash-flow direkt und somit ceteris paribus den Shareholder Value verringern, reduzieren die Immobilieninvestitionen indirekt über die Umsatzsteigerung den Cash-flow und den Shareholder Value.

Gegen eine solche Vorgehensweise spricht, daß hier implizit eine eindeutige, lineare Beziehung zwischen Umsatz bzw. Umsatzsteigerung und immobilienspezifischen Kosten unterstellt wird. Dies dürfte in praxi kaum vorliegen. Vielmehr ist davon auszugehen, daß sich immobilienspezifische Kosten sprungfix zu Umsatzsteigerungen verhalten. Zwar wäre das Modell in der Lage, die Auswirkungen von Senkungen der immobilienspezifischen Kosten auf den Shareholder Value quantitativ abzubilden, aber es ist nicht fähig, die Immobilieninvestitionen ohne detaillierte Investitionsplanung zu bestimmen.

Insgesamt ist eine dem Ziel der Arbeit entsprechende, differenzierte Betrachtung der Wirkungsweise von Immobilien auf diesem Aggregationsniveau nicht möglich und wird daher im folgenden nicht weiter betrachtet.

---

[74] Vgl. Bühner, Shareholder, S. 751.

Tabelle 4: Immobilienspezifisches Berechnungsbeispiel

Periode	**1**	**2**	**3**	**4**	**5**
Annahmen					
Umsatz der Vorperiode	100,000	116,000	134,560	156,090	181,064
Wachstumsrate des Umsatzes	16%	16%	16%	16%	16%
Kosten in % des Umsatzes	80%	80%	80%	80%	80%
Immobilienkosten in % des Umsatzes	7%	7%	7%	7%	7%
Cash-Gewinnsteuersatz	50%	50%	50%	50%	50%
Zusatzinvestitionsrate ins AV	19%	19%	19%	19%	19%
Zusatzinvestitionsrate in Immobilien	2%	2%	2%	2%	2%
Zusatzinvestitionsrate ins NettoUV	15%	15%	15%	15%	15%
Marktwert der Wertpapiere	3,000	3,000	3,000	3,000	3,000
Marktwert des Fremdkapitals (F)	10,000	10,000	10,000	10,000	10,000
Kapitalkostensatz	20%	20%	20%	20%	20%
Zahlungen					
Umsatz	116,000	134,560	156,090	181,064	210,034
Kosten	92,800	107,648	124,872	144,851	168,027
Immobilienkosten	8,120	9,419	10,926	12,674	14,702
Betriebsergebnis	15,080	17,493	20,292	23,538	27,304
Steuern	7,540	8,746	10,146	11,769	13,652
Betriebsergebnis nach Steuern	7,540	8,746	10,146	11,769	13,652
Investitionen ins AV	3,040	3,526	4,091	4,745	5,504
Investitionen in Immobilien	0,320	0,371	0,431	0,499	0,579
Investitionen ins NettoUV	2,400	2,784	3,229	3,746	4,346
Cash-flow	**1,780**	**2,065**	**2,395**	**2,778**	**3,223**
Diskontierungsfaktor	0,833	0,694	0,579	0,482	0,402
Diskontierter Cash-flow	1,483	1,434	1,386	1,340	1,295
Kumulierter Gegenwartswert Cash-flows	1,483	2,917	4,303	5,643	**6,938**
Residualwert					
Residualwert in der Periode t	37,700	43,732	50,729	58,846	68,261
Diskontierter Residualwert	31,417	30,369	29,357	28,379	**27,433**
Marktwert der Wertpapiere	3,000	3,000	3,000	3,000	**3,000**
Unternehmensgesamtwert (V)	35,900	36,287	36,660	37,022	**37,371**
Marktwert des Fremdkapitals (F)	10,000	10,000	10,000	10,000	**10,000**
Shareholder Value (E)	25,900	26,287	26,660	27,022	**27,371**
Wertsteigerungsanalyse					
Vorstrategie Cash-flow					6,500
Vorstrategie Shareholder Value	25,500	25,500	25,500	25,500	**25,500**
Wertsteigerung	0,400	0,387	0,374	0,361	0,349
Kumulierte Wertsteigerung	0,400	0,787	1,160	1,522	**1,871**

Tabelle 5: Annahmen für ein immobilienspezifisches Berechnungsbeispiel

	A	B	C	D	E	F
1	**Periode**	**1**	**2**	**3**	**4**	**5**
2	**Annahmen**					
3	Umsatz der Vorperiode	100	=B16	=C16	=D16	=E16
4	Wachstumsrate des Umsatzes	0,16	=B4	=C4	=D4	=E4
5	Kosten in % des Umsatzes	0,80	=B5	=C5	=D5	=E5
6	Immobilienkosten in % des Umsatzes	0,07	=B6	=C6	=D6	=E6
7	Cash-Gewinnsteuersatz	0,5	=B7	=C7	=D7	=E7
8	Zusatzinvestitionsrate ins AV	0,19	=B8	=C8	=D8	=E8
9	Zusatzinvestitionsrate in Immobilien	0,02	=B9	=C9	=D9	=E9
10	Zusatzinvestitionsrate ins NettoUV	0,15	=B10	=C10	=D10	=E10
11	Marktwert der Wertpapiere	3	=B11	=C11	=D11	=E11
12	Marktwert des Fremdkapitals (F)	10	=B12	=C12	=D12	=E12
13	Kapitalkostensatz	0,2	=B13	=C13	=D13	=E13
15	**Zahlungen**					
16	Umsatz	=B3*(1+B4)	=C3*(1+C4)	=D3*(1+D4)	=E3*(1+E4)	=F3*(1+F4)
17	Kosten	=B16*B5	=C16*C5	=D16*D5	=E16*E5	=F16*F5
18	Immobilienkosten	=B6*B16	=C6*C16	=D6*D16	=E6*E16	=F6*F16
19	Betriebsergebnis	=B16-B17-B18	=C16-C17-C18	=D16-D17-D18	=E16-E17-E18	=F16-F17-F18
20	Steuern	=B19*B7	=C19*C7	=D19*D7	=E19*E7	=F19*F7
21	Betriebsergebnis nach Steuern	=B19-B20	=C19-C20	=D19-D20	=E19-E20	=F19-F20
22	Investitionen ins AV	=(B16-B3)*B8	=(C16-C3)*C8	=(D16-D3)*D8	=(E16-E3)*E8	=(F16-F3)*F8
23	Investitionen in Immobilien	=(B16-B3)*B9	=(C16-C3)*C9	=(D16-D3)*D9	=(E16-E3)*E9	=(F16-F3)*F9
24	Investitionen ins NettoUV	=(B16-B3)*B10	=(C16-C3)*C10	=(D16-D3)*D10	=(E16-E3)*E10	=(F16-F3)*F10

Quelle: eigene Darstellung

Tabelle 6: Modell für ein immobilienspezifisches Berechnungsbeispiel

	A	B	C	D	E	F
26	**Cash-flow**	=B21-B22-B23-B24	=C21-C22-C23-C24	=D21-D22-D23-D24	=E21-E22-E23-E24	=F21-F22-F23-F24
27	Diskontierungsfaktor	=1/((1+B13)^B2)	=1/((1+C13)^C2)	=1/((1+D13)^D2)	=1/((1+E13)^E2)	=1/((1+F13)^F2)
28	Diskontierter Cash-flow	=B26*B27	=C26*C27	=D26*D27	=E26*E27	=F26*F27
29	Kumulierter Gegenwartswert Cash-flows	=B28	=B29+C28	=C29+D28	=D29+E28	=E29+F28
30	**Residualwert**					
31	Residualwert in der Periode t	=B21/B13	=C21/C13	=D21/D13	=E21/E13	=F21/F13
32	Diskontierter Residualwert	=B31*B27	=C31*C27	=D31*D27	=E31*E27	=F31*F27
34	Marktwert der Wertpapiere	=B11	=C11	=D11	=E11	=F11
35	**Unternehmensgesamtwert (V)**	=B32+B29+B34	=C32+C29+C34	=D32+D29+D34	=E32+E29+E34	=F32+F29+F34
36	Marktwert des Fremdkapitals (F)	=B12	=C12	=D12	=E12	=F12
37	**Shareholder Value (E)**	=B35-B36	=C35-C36	=D35-D36	=E35-E36	=F35-F36
39	**Wertsteigerungsanalyse**					
40	Vorstrategie Cash-flow					=B3*(1-(B5+B6))*B7
41	Vorstrategie Shareholder Value	=F41	=F41	=F41	=F41	=F40/B13-F36+F34
42	Wertsteigerung	=B37-B41	=C37-B37	=D37-C37	=E37-D37	=F37-E37
43	Kumulierte Wertsteigerung	=B42	=B43+C42	=C43+D42	=D43+E42	=E43+F42

Quelle: eigene Darstellung

2.2.2 Unternehmenswert-Ansatz von COPELAND/KOLLER/MURRIN

COPELAND/KOLLER/MURRIN ermitteln den Unternehmensgesamtwert anhand eines DCF-Modells und unterteilen die Shareholder Value-Analyse in vier Schritte, die in Abbildung 6 dargestellt sind.[75]

Abbildung 6: Vorgehensweise nach Copeland/Koller/Murrin

1. Prognose der freien Cash-flows

- Identifizierung der Komponenten des freien Cash-flows
- Erarbeitung einer historischen Gesamtperspektive
- Bestimmung der prognoserelevanten Annahmen und Szenarien
- Durchführung und Auswertung der Prognose

2. Ermittlung der Kapitalkosten

- Bestimmung der marktwertgewichteten Zielkapitalstruktur
- Berechnung der Fremdkapitalkosten
- Schätzung der Eigenkapitalkosten

3. Schätzung des Fortführungswertes

- Bestimmung des Zusammenhangs zwischen Fortführungswert und Cash-flow
- Festlegung des Prognosezeitraums
- Schätzung der Parameter
- Abzinsung auf die Gegenwart

4. Berechnung und Auswertung der Ergebnisse

- Berechnung und Überprüfung der Ergebnisse
- Interpretation der Ergebnisse im Entscheidungskontext

Quelle: Copeland/Koller/Murrin, Unternehmenswert, S. 128

75 Vgl. Copeland/Koller/Murrin, Unternehmenswert, S. 119-125.

In einem ersten Schritt wird der zu diskontierende FCF berechnet, der als Cash-flow nach Steuern, der sämtlichen Kapitalgebern eines Unternehmens zur Verfügung steht, definiert ist und aus den (Plan-) Bilanzen und (Plan-) Gewinn- und Verlustrechnungen indirekt ermittelt wird, wobei zwischen einem operativen und einem nicht-operativen freien Cash-flow, der gesondert bewertet wird, differenziert wird.[76] Der operative freie Cash-flow wird hierbei, wie in Abbildung 7 dargestellt, indirekt aus dem operativen Ergebnis nach Steuern durch Addition der Abschreibungen und Subtraktion der Investitionen in Anlage- und Nettoumlaufvermögen (Net Working Capital)[77] ermittelt.

Abbildung 7: Berechnung des FCF nach Copeland/Koller/Murrin

	Operatives Ergebnis (vor Steuern und Zinsen)
-	Ertragsteuern
+	Veränderung der Steuerrückstellungen
=	**Operatives Ergebnis nach Steuern**
+	Abschreibungen
=	**Brutto Cash-flow**
-	Zunahme des Net Working Capital
-	Investitionen in Sachanlagen
-	Investitionen in Goodwill
-	Veränderung sonstiger Vermögensgegenstände
=	**Operativer freier Cash-flow**
+	Nicht-operativer freier Cash-flow
=	**Freier Cash-flow**

Quelle: eigene Darstellung in Anlehnung an Copeland/Koller/Murrin, Unternehmenswert,S. 131

76 Vgl. Copeland/Koller/Murrin, Unternehmenswert, S. 130.

77 Das Net Working Capital entspricht der Differenz aus Umlaufvermögen und kurzfristigem Fremdkapital. Vgl. Coenenberg, Jahresabschluß, S. 515.

Die Steuern auf das operative Ergebnis werden, wie aus Abbildung 8 ersichtlich, um den Steuervorteil der Fremdfinanzierung sowie um die Steuern auf Erträge aus nicht-operativer Tätigkeit und auf Zinserträge korrigiert.[78]

Abbildung 8: Berechnung der Steuern auf das operative Ergebnis

	Ertragsteuern gemäß Gewinn- und Verlustrechnung
+	Steuervorteil aus Fremdfinanzierung (Zinsaufwand * Steuersatz)
-	Steuern auf Zinserträge
-	Steuern auf das nicht-operatives Ergebnis
=	**Steuern auf das operative Ergebnis**

Quelle: Copeland/Koller/Murrin, Unternehmenswert, S. 134

Zur Vereinfachung und Überprüfung der FCF-Ermittlung werden die an das DuPont-Schema[79] angelehnten, wertbestimmenden Faktoren „Kapitalrendite“ und “Investitionsrate“ verwendet.[80] Diese wertbestimmenden Faktoren errechnen sich, wie Abbildung 9 zeigt, aus dem operativen Ergebnis nach Steuern, Nettoinvestitionen und investiertem Kapital.

Abbildung 9: Definition der wertbestimmenden Faktoren

$$\text{Kapitalrendite (ROIC)} = \frac{\text{Operatives Ergebnis} \; * \; (1 - \text{Steuersatz})}{\text{Investiertes Kapital}}$$

$$\text{Investitionsrate} = \frac{\text{Gesamtinvestitionen - Abschreibungen}}{\text{Operatives Ergebnis} \; * \; (1 - \text{Steuersatz})}$$

Quelle: Copeland/Koller/Murrin, Unternehmenswert, S. 144-149

78 Vgl. Copeland/Koller/Murrin, Unternehmenswert, S. 134.
79 Zum DuPont-Schema vgl. z.B. Perridon/Steiner, Finanzwirtschaft, S. 524-527 und S. 530-532.
80 Vgl. Copeland/Koller/Murrin, Unternehmenswert, S. 143.

Das in Abbildung 10 dargestellte System der wertbestimmenden Faktoren ist allerdings nicht überschneidungsfrei, da die Kapitalrendite zur Berechnung der Investitionsrate benötigt wird.[81]

Abbildung 10: Wertbestimmende Faktoren und FCF

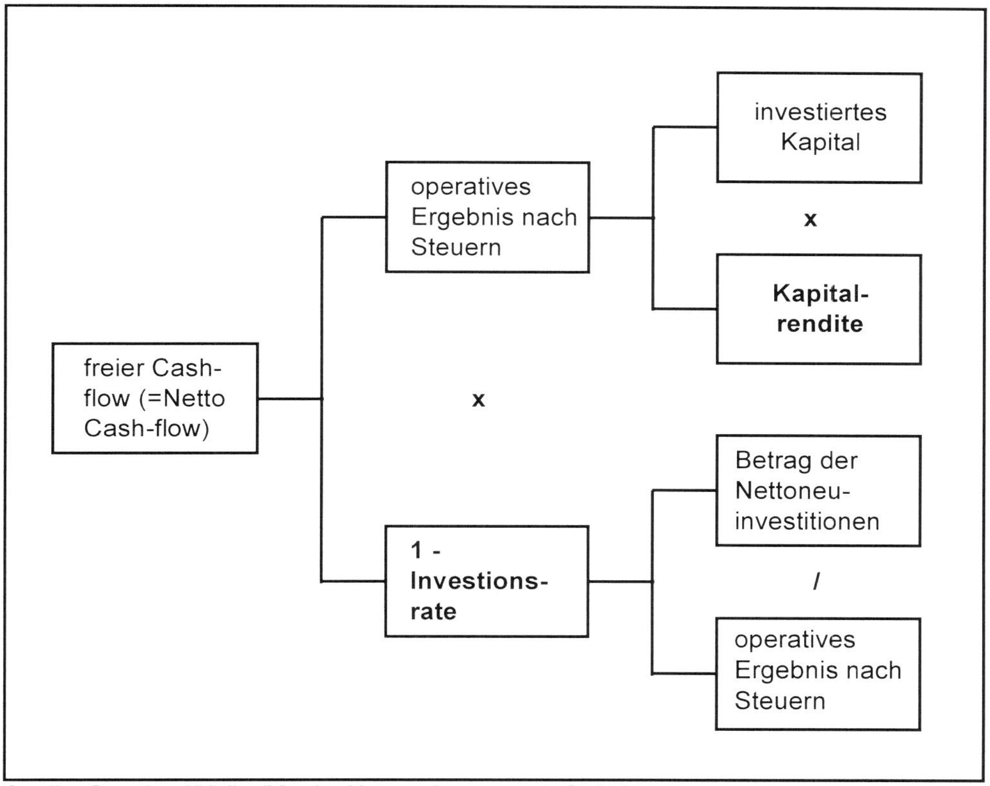

Quelle: Copeland/Koller/Murrin, Unternehmenswert, S. 143

Alle in die Prognose eingehenden Daten werden auf Grundlage der Analyse der Vergangenheitsdaten geschätzt, wobei die Schätzungsgenauigkeit mittels eines Branchenvergleichs anhand verschiedener Szenarien verbessert werden kann.[82]

In einem zweiten Schritt wird als Diskontierungssatz der WACC ermittelt, wobei COPELAND/KOLLER/MURRIN sämtliches zinstragendes Fremdkapital bei der Berechnung be-

[81] Vgl. Bühner, Führung, S. 40.
[82] Vgl. Copeland/Koller/Murrin, Unternehmenswert, S. 150-159.

rücksichtigen und die Kapitalstruktur auf Basis der Analyse der historischen Finanzierungspolitik und der Vergleichsunternehmen bestimmen.[83]

Die Berechnung des Restwertes erfolgt in einem dritten Schritt entweder mittels der langfristigen Detailprognose, der Fortführungswert-Formel unter Berücksichtigung wachsender Cash-flows oder der Wertfaktoren-Formel. Die Methode der langfristigen Detailprognose sowie die alternativen, in Abbildung 11 dargestellten Berechnungsmodi des Restwertes führen theoretisch zu einem identischen Ergebnis. Die Fortführungswert- und Wertfaktoren-Formeln bieten jedoch im Regelfall erhebliche rechentechnische Erleichterungen.

Abbildung 11: Fortführungswert- und Wertfaktoren-Formel

Fortführungswert-Formel unter Berücksichtigung wachsender Cash-flows

$$\text{Fortführungswert}_T = \frac{FCF_{T+1}}{WACC - g}$$

Wertfaktoren-Formel

$$\text{Fortführungswert}_T = \frac{\text{Operatives Ergebnis nach Steuern}_{T+1}\left(1 - \frac{g}{r_{NI}}\right)}{WACC - g}$$

$T+1$ = Index für das erste Jahr nach der Prognoseperiode

g = erwartete ewige Wachstumsrate des FCF

r_{NI} = erwartete Rendite der Neuinvestitionen

Quelle: Copeland/Koller/Murrin, Unternehmenswert, S. 225 f.

Der Ansatz von COPELAND/KOLLER/MURRIN offeriert der Unternehmensleitung und externen Analysten auf der Basis des Jahresabschlusses ein mit expliziten Prognosen zur finanziellen Entwicklung geschlossenes System zur Bewertung von Wachstums- und Investitionsstrategien. Die Operationalisierung mittels zweier wertbestimmender Faktoren läßt allerdings noch Fragen offen.[84] Der Ansatz liefert wertvolle Hinweise auf die Behandlung von Immobilien in Shareholder Value-Modellen: Immobilien wirken hier über ihren Anteil am

83 Vgl. Copeland/Koller/Murrin, Unternehmenswert, S. 193-201.

84 Vgl. Bühner, Führung, S. 41.

Sachanlagevermögen auf die Kapitalintensität bzw. auf den Kapitalumschlag, die jeweils bei Bestimmung der Investitionsrate bzw. der Kapitalrendite verwendet werden.[85]

Weiterhin wird Leasing als eine Form der Fremdfinanzierung betrachtet. Bei der Berechnung des FCF wird der implizite Zinsaufwand der Leasingrate aus dem Betriebs- in Zinsaufwand umgebucht; die fiktiven Steuern werden entsprechend angepaßt, was den FCF und durch die Kapitalisierung der zukünftigen Leasingverpflichtungen auch das Fremdkapital erhöht.[86] Dem Immobilienleasing dürfte hierbei aufgrund der geforderten hinreichenden Volumina für eine solche Anpassung eine besondere Bedeutung zukommen.[87] Insgesamt betrachtet werden allerdings die immobilienspezifischen Einflußfaktoren nicht ausreichend differenziert berücksichtigt, so daß der Ansatz nicht ohne weitere Anpassungen auf die Bewertung von Immobilienstrategien anwendbar ist.

2.2.3 Total Value Management-Ansatz von LEWIS/LEHMANN/STELTER

LEWIS/LEHMANN/STELTER errechnen mit der Methode des internen Zinsfußes auf der Basis von externen Rechnungslegungsdaten den Cash-flow Return on Investment (CFROI) auf die eingesetzte Kapitalbasis über eine durchschnittliche Nutzungsdauer. Der CFROI zeigt die Vorteilhaftigkeit einer Investition an, sofern er die Kapitalkosten übersteigt,[88] die entweder wie in den oben dargestellten Ansätzen mit Hilfe des CAPM oder auf der Grundlage empirischer Untersuchungen der Boston Consulting Group länderspezifisch bestimmt werden.[89] Für die Ermittlung des CFROI werden Brutto-Cash-flow, Bruttoinvestitionsbasis, die Nutzungsdauer und die nicht-abschreibbaren Aktiva gemäß dem in Abbildung 12 dargestellten Berechnungsschema berechnet.

---

85 Vgl. Copeland/Koller/Murrin, Unternehmenswert, S. 146-149.
86 Vgl. Copeland/Koller/Murrin, Unternehmenswert, S. 139f.
87 Vgl. Hachmeister, Unternehmenswertsteigerung, S. 247; Copeland/Koller/Murrin, Unternehmenswert, S. 140.
88 Vgl. Lewis/Lehmann, CFROI, S. 13; Lewis/Stelter, Steigerung, S. 40.
89 Vgl. Lewis/Stelter, Steigerung, S. 81-90.

Abbildung 12: Berechnungselemente des CFROI

(1)	Brutto-Cash-flow (zu laufenden Preisen)	=	Gewinn nach Steuern (bereinigt nach DVFA/SG)
		+	Abschreibungen
		+	Zinsaufwand
		+	Mietaufwendungen
		+	Fifo- und Lifo-Anpassung
		+	Inflationsgewinn/-verlust auf Nettoliquidität
(2)	Bruttoinvestitionsbasis	=	Buchmäßige Aktiva (inflationsbereinigt)
		-	Nicht-verzinsliche Verbindlichkeiten
		+	Kumulierte Abschreibungen
		+	Inflationsanpassung zum heutigen Geldwert
		+	Kapitalisierte Mietaufwendungen
		-	Goodwill
(3)	Nutzungsdauer	=	Sachanlagevermögen zu historischen Anschaffungskosten
		÷	Jährliche lineare Abschreibung
(4)	Nicht-abschreibbare Aktiva	=	Grund und Boden
		+	Nettoumlaufvermögen
		+	Finanzanlagen

Quelle: eigene Darstellung in Anlehnung an Lewis/Stelter, Steigerung, S. 41-43

In der in Abbildung 13 skizzierten Systematik des CFROI-Modells werden die inflationsbereinigte Bruttoinvestitionsbasis als fiktive Anfangsauszahlung, der Brutto-Cash-flow zu laufenden Preisen auf der Basis eines Jahres als jährlicher, konstant angenommener Einzahlungsüberschuß während der Nutzungsdauer der Aktiva und der Restwert als Summe der nicht-abschreibbaren Aktiva interpretiert.[90] Der CFROI wird dann aus diesem fiktiven Investitionsprofil als interner Zinsfuß bestimmt,[91] wobei die Konstanz der Brutto-Cash-flows über die gesamte Nutzungsdauer, die vollständige Abschreibung der Bruttoinvestitionsbasis und die bei allen Berechnungen des internen Zinsfußes geltende Wiederanlageprämisse die wesentlichen Annahmen des Modells bilden.[92]

Abbildung 13: Systematik des CFROI-Modells

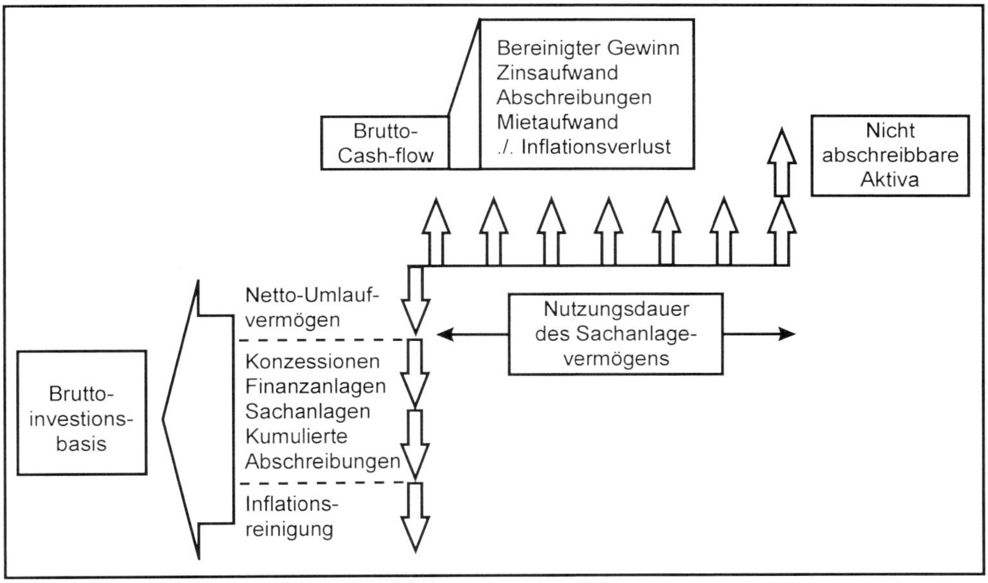

Quelle: in Anlehnung an Lewis/Stelter, Steigerung, S. 45

LEWIS/LEHMANN/STELTER sehen im CFROI einen den traditionellen Rentabilitätskennzahlen überlegenen Leistungsmaßstab zur Steuerung von Geschäftsbereichen und Unternehmen, der eine hohe Korrelation mit dem Börsenkurs aufweist und der es ermöglicht, unterschiedliche Kapitalumschlagshäufigkeiten und das unterschiedliche Alter der Aktiva zu berücksichtigen.[93]

Der Ansatz bietet interessante Hinweise auf die Behandlung von Immobilien in Shareholder Value-Ansätzen: Die Miet- und Leasingaufwendungen werden als eine Form der Fremdfinanzierung von betriebsnotwendigem Vermögen betrachtet, das bei der Ermittlung der

90 Vgl. Lewis/Stelter, Steigerung, S. 41f.; Lewis/Lehmann, CFROI, S. 9f.

91 Zur Ermittlung des internen Zinsfußes vgl. Schulte, Wirtschaftlichkeitsrechnung, S. 90-106.

92 Vgl. Lewis/Stelter, Steigerung, S. 44. Vgl. kritisch zu den Annahmen Herter, Management, S. 81.

93 Vgl. Lewis/Stelter, Mehrwert, S. 108; Lewis/Lehmann, CFROI, S. 12.

geschäftsspezifischen Rentabilität berücksichtigt werden muß.[94] Folglich werden diese kapitalisiert der Bruttoinvestitionsbasis zugerechnet und bei der Ermittlung der Nutzungsdauer der Aktiva einbezogen.

Aufgrund der angenommenen Konstanz des Brutto-Cash-flows über die Nutzungsdauer gewinnen die Nutzungsdauer und die Abschreibungsmethodik (z.B. Sonderabschreibungen etc.) wertbestimmenden Charakter für den CFROI. Wie ein einfaches Beispiel in Tabelle 7 zeigt, reagiert der CFROI erheblich auf eine Variation der Nutzungsdauer bei sonst identischen Variablen. Da Immobilien im Vergleich zu anderen Aktiva längere Nutzungsdauern aufweisen, wird damit der CFROI eines immobilienintensiven Non Property-Unternehmens tendenziell überschätzt. Der Ansatz kann folglich nicht zur weiteren Analyse von immobilienspezifischen Fragestellungen des Wertsteigerungsmanagements verwendet werden.

Wegen der stark vereinfachenden und zum Teil unrealistischen Annahmen und der problematischen Methodik des internen Zinsfußes[95] ist HERTER und HAGEMANN/MEYERSIEK in der Beurteilung des Ansatzes als generell ungeeignet für die Bewertung von Wertsteigerungsalternativen zuzustimmen.[96]

---

94 Vgl. Lewis/Stelter, Steigerung, S. 42, S. 60f. und S. 239.

95 Für die Erörterung der Probleme der internen Zinsfußmethode vgl. Schneider, Investition, S. 81-91.

96 Für eine umfassende Kritik vgl. Herter, Management, S. 80-82; Hagemann/Meyersiek, Vorwort, S. 10f.; Bühner, Shareholder, S. 752; Hardtmann, Wertsteigerungsanalyse, S. 92-97; Bühner, Führung, S. 44.

Tabelle 7: Einfluß der Nutzungsdauer auf den CFROI am Beispiel von Immobilien

Beispiel A

Annahmen

Historischer Kaufpreis Immobilie	130
Anteil Grund und Boden	30
Anschaffungskosten Gebäude	100
Jährliche Abschreibung	2
Kumulierte Abschreibungen	**80**
Heutiger Buchwert Gebäude	**20**
Inflationsanpassungsfaktor	3

Kalkulationen

Nutzungsdauer	**10**
Brutto-Cash-flow	100
Bruttoinvestitionsbasis	300
Restwert am Ende der Nutzungszeit	30
IRR = CFROI	**49%**

Zahlungsreihe

Periode	1	2	3	4	5	6	7	8	9	10
Brutto-Cash-flow	100	100	100	100	100	100	100	100	100	100
Bruttoinvestitionsbasis	-300									
Restwert										30
Zahlungsreihe	-200	100	100	100	100	100	100	100	100	130

Quelle: eigene Berechnungen

Beispiel B

Annahmen

Historischer Kaufpreis Immobilie	130
Anteil Grund und Boden	30
Anschaffungskosten Gebäude	100
Jährliche Abschreibung	2
Kumulierte Abschreibungen	**90**
Heutiger Buchwert Gebäude	**10**
Inflationsanpassungsfaktor	3

Kalkulationen

Nutzungsdauer	**5**
Brutto-Cash-flow	100
Bruttoinvestitionsbasis	300
Restwert am Ende der Nutzungszeit	30
IRR = CFROI	**38%**

Zahlungsreihe

Periode	1	2	3	4	5
Brutto-Cash-flow	100	100	100	100	100
Bruttoinvestitionsbasis	-300				
Restwert					30
Zahlungsreihe	-200	100	100	100	130

2.2.4 Economic Value Added-Ansatz von STERN/STEWART

STERN/STEWART verwenden als Diskriminanzkriterium eines Projektes das Residualeinkommenskonzept Economic Value Added (EVA), das als modifizierte Buchwertgröße dem Überschuß eines bereinigten operativen Gewinns nach Steuern über die eingesetzten gewichteten Kapitalkosten entspricht.[97]

Abbildung 14: Berechnung des EVA

$$EVA_t = NOPAT_t - WACC * (NWC + NFA)$$

bzw.

$$EVA_t = (ROIC_t - WACC) * (NWC + NFA)$$

EVA = Economic Value Added

NOPAT = Net Operating Profit After Tax

WACC = Weighted Average Cost of Capital

NWC = Net Working Capital

NFA = Net Fixed Assets

ROIC = Return on Invested Capital

Quelle: Stewart, Value, pp. 136-139

Eine Wertsteigerung ergibt sich folglich, wenn die Rentabilität die Kapitalkosten übersteigt, d.h. EVA positiv ist. Die gesamte Wertsteigerung für die Aktionäre, der Market Value Added (MVA), errechnet sich aus der Anzahl der Aktien multipliziert mit der Differenz aus Aktienkurs und ökonomischem Buchwert des Eigenkapitals[98] und entspricht dem Barwert der in der Zukunft anfallenden EVA. Der Unternehmensgesamtwert wird aus der Summe des MVA und des ökonomischen Buchwertes des Eigen- und Fremdkapitals ermittelt.[99] Das EVA/MVA-Konzept erreicht gleiche Vorteilhaftigkeitsentscheidungen wie die DCF-Methoden bei der Bewertung von Projekten und ermöglicht zusätzlich eine vergangenheitsorientierte

97 Vgl. Stewart, Value, p. 139. Im Gegensatz dazu errechnen Höfner/Pohl den EVA aus dem Überschuß von Rentabilität und Eigenkapitalkosten. Vgl. Höfner/Pohl, Werterzeuger, S. 51-56 und Höfner/Pohl, Wertsteigerungstechniken, S. 72-74.

98 Dieser entspricht dem bilanztypischen Eigenkapital zuzüglich nicht aktivierbaren Größen, in denen Eigenkapital gebunden ist, wie z.B. Goodwill. Vgl. Bühner, Führung, S. 47.

99 Vgl. Stewart, Value, p. 3 und p. 52.

Performancemessung.[100] Weiterhin bietet der Ansatz zwar formal die Möglichkeit einer Kombination von Periodenerfolgs- und Wertsteigerungsrechnung,[101] eignet sich jedoch wegen der eingeschränkten Vergleichbarkeit und nicht unerheblichen Beeinflußbarkeit buchhalterischer Größen, generell und speziell im Fall von immobilienspezifischen Fragestellungen, nur bedingt zur Wertsteigerungsanalyse.[102]

Zusammenfassend läßt sich feststellen, daß zwar die beschriebenen Ansätze in Methodik und mit Blick auf die Behandlung der Immobilien wichtige Hinweise für eine immobilienspezifische Shareholder Value-Konzeption bieten, aber nicht den dem Ziel der Arbeit entsprechenden Rahmen entwickeln, in dem Immobilienstrategien zur Unternehmenswertsteigerung bewertet werden können. Aus diesem Grund wird im folgenden Kapitel ein immobilienspezifisches Shareholder Value-Modell entwickelt.

2.3 Entwicklung eines immobilienspezifischen Shareholder Value-Modells für Non Property-Unternehmen

2.3.1 Zielsetzung und Modellrahmen eines immobilienspezifischen Ansatzes

Gegenstand der folgenden Untersuchung sind Non Property-Unternehmen, die zur Deckung ihres Bedarfes am Produktionsfaktor „Boden" Immobilienstrategien realisieren. Aufgabe der Unternehmensleitung eines Non Property-Unternehmens ist es, die Immobilien leistungsgerecht und kostenminimal dem Unternehmen für die operative Tätigkeit zur Verfügung zu stellen, wobei die Immobilienstrategie grundsätzlich in engem Zusammenhang mit der operativen Tätigkeit bestimmt wird und sich folglich, wie im Modell in Abbildung 15 dargestellt, aus den Erfordernissen der Unternehmensstrategie ableitet.[103]

---

100 Vgl. Bischoff, Shareholder, S. 152; Hachmeister, Unternehmenswertsteigerung, S. 151f. Stern/Stewart veröffentlichen jährlich ein EVA-Ranking in den USA. Vgl. Ross, Performance, p. 107.

101 Vgl. Hachmeister, Unternehmenswertsteigerung, S. 152.

102 Vgl. Unzeitig/Köthner, Analyse, S. 112; Bühner, Shareholder, S. 752.

103 Vgl. Nourse/Roulac, Linking, p. 478; Kane, Imperative, p. 5; Wilson, Plans, p. 28. Brown, Managing, p. 6. Roventa fordert die Konsistenz der Unternehmens- und Immobilienstrategie, indem er feststellt, daß „es relativ schlecht zusammenpaßt, wenn man als Unternehmen einerseits eine 'Low-cost-producer'-Strategie fährt, auf der anderen Seite aber aufwendige Verwaltungsgebäude in Form von Marmorpalästen hinstellt." Roventa, Value, S. 186.

Abbildung 15: Top-Down Modell von Kane

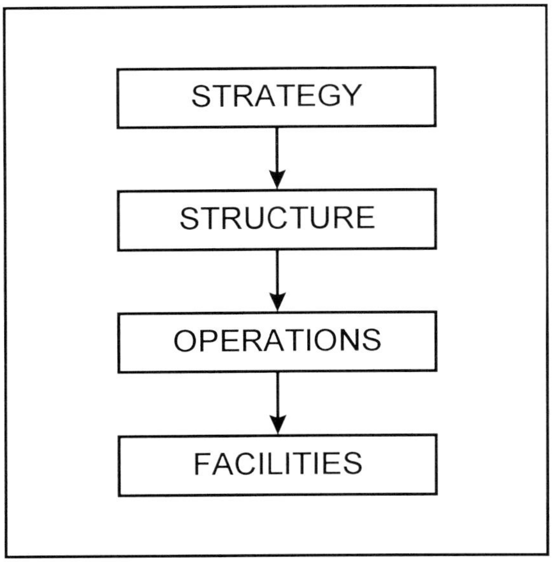

Quelle: Kane, Imperative, p. 5

Die hier geforderte enge Verknüpfung zwischen Immobilien- und Unternehmensstrategie scheint sich jedoch in der betrieblichen Praxis noch nicht vollständig durchgesetzt zu haben,[104] wenn auch in einigen Unternehmen Maßnahmen hierfür getroffen werden. Im Rahmen der operativen Geschäftsfelder wird jenes Bündel an Immobilienstrategien gesucht, das den Beitrag zum Marktwert des Eigenkapitals maximiert.[105] Ziel dieser immobilienspezifischen Konzeption ist es folglich, ein flexibles Modell zu entwickeln, das die relevanten Zahlungsströme verschiedener Immobilienstrategien erfaßt und deren Wirkung auf den Shareholder Value abbildet.[106]

Vorausgesetzt wird, daß die Geschäftstätigkeit in geeignete Untersuchungseinheiten (z.B. SGE) einteilbar ist und detaillierte Informationen verfügbar sind.[107] Der hier skizzierte Mo-

104 Arthur Andersen stellte fest, daß Manager überwiegend keine Erfordernis zur Verbindung von Unternehmensstrategie und Immobilienstrategie sehen. Vgl. Arthur Andersen, Corporation, pp. 7-9. Vgl. auch Nourse, Performance, pp. 434f. In Interviews zeigte sich jedoch auf Ebene der Corporate Real Estate (CRE-) Manager ein konträres Bild. So stellten diese deutlich heraus, daß es ihre Hauptaufgabe sei, die Kongruenz zwischen Immobilien- und Unternehmensstrategie herzustellen.

105 Ohne diese Zielsetzung explizit zu formulieren, vergleicht bspw. Herter verschiedene Strategiebündel, die sich u.a. in der Immobilienbereitstellung unterscheiden. Vgl. Herter, Management, S. 129-144.

106 Für erste Ansätze vgl. Holst, Finance, pp. 115-137; Brown et al., Corporate, pp. 469-471.

107 Für die Aufteilung des Unternehmens in Untersuchungseinheiten vgl. Copeland/Koller/Murrin, Unternehmenswert, S. 264f.; Zens/Rehnen, Bewertung, S. 89-92.

dellrahmen folgt der Empfehlung von RICHTER, bei strategischen Entscheidungen mit zentral vorgegebenen Kapitalkosten einer Zielkapitalstruktur die Entity-Methode für die Bestimmung des Unternehmensgesamtwertes zu verwenden.[108] Diese Konstellation scheint hier in besonderem Maße vorzuliegen, da davon auszugehen ist, daß für die operativen Geschäftseinheiten von der Geschäftsleitung risikoangepaßte Kapitalkosten und eine Zielkapitalstruktur langfristig vorgegeben werden,[109] die von den Immobilienentscheidungen grundsätzlich unabhängig sind. Im folgenden wird weiter angenommen, daß die Zielkapitalstruktur keine Entscheidungsvariable darstellt, um die Vorteilhaftigkeit von Immobilienstrategien losgelöst von der Verschuldungspolitik des Unternehmens zu beurteilen.

Der Unternehmensgesamtwert wird im Entity-Ansatz - wie bereits beschrieben - durch den Kapitalwert der mit dem WACC diskontierten, zukünftigen freien Cash-flows berechnet. Vom Unternehmensgesamtwert wird zur Berechnung des Shareholder Value der Marktwert des Fremdkapitals subtrahiert, der dem Barwert der aus Zinsen und Tilgungen bestehenden Zahlungen an die Fremdkapitalgeber entspricht.[110] Im hier unterstellten, einfachen Steuermodell wird der Unternehmensgesamtwert in der theoretisch reinen Form durch die Diskontierung der Zahlungsflüsse an sämtliche Kapitalgeber in allen Perioden bei fiktiver Eigenkapitalfinanzierung mit den im Durchschnitt der Kapitalstruktur gewogenen steuerangepaßten Kapitalkosten (WACC) ermittelt.[111] Da das Modell in theoretischer Form aufgrund der unmöglichen Abbildung aller Perioden in praxi nicht zweckmäßig angewendet werden kann,[112] wird es durch die Aufteilung in zwei Phasen mit unterschiedlichem Detaillierungsgrad der Prognose, wie Abbildung 16 zeigt, operationalisiert.[113]

---

108 Vgl. Richter, Entity-Ansatz, S. 1093. Bei dezentraler Struktur ist weder Ausschüttungs- noch Finanzierungspolitik durch die SGE beeinflußbar, so daß die vereinfachende Annahme einer Zielkapitalstruktur vertretbar erscheint. Vgl. Abschnitt 2.3.1 dieses Beitrages. Auch Ross/Westerfield/Jaffe und Hachmeister empfehlen den Entity-Ansatz bei einer am Unternehmenswert orientierten Fremdfinanzierung (Zielkapitalstruktur). Vgl. Ross/Westerfield/Jaffe, Finance, p. 500; Hachmeister, Unternehmenswertsteigerung, S. 127-131. Für eine kritische Würdigung der Entity-Methode vgl. Drukarczyk, Unternehmensbewertung, S. 149-155 und S. 173-176; Drukarczyk, Theorie, S. 212f.

109 Vgl. Drukarczyk, Theorie, S. 288-291.

110 Vgl. Copeland/Koller/Murrin, Unternehmenswert, S. 121-125; Rappaport, Value, S. 51; Herter, Management, S. 40.

111 Vgl. Hachmeister, Unternehmenswertsteigerung, S. 93.

112 Vgl. Hardtmann, Wertsteigerungsanalyse, S. 77.

113 Vgl. Rappaport, Value, S. 54; Copeland/Koller/Murrin, Unternehmenswert, S. 124.

Abbildung 16: Grundmodell des Entity-Ansatzes

Theoretische Form:

$$\text{Unternehmensgesamtwert} = DCF = \sum_{t=1}^{T} \frac{E(\tilde{X}_t)(1-s)}{\prod_{t''=1}^{t} 1+WACC_{t_T}}$$

Operationalisierte Form:

$$\text{Unternehmensgesamtwert} = \sum_{t=1}^{n} \frac{FCF_t}{(1+WACC)^t} + \frac{Endwert}{(1+WACC)^n} + Marktwert_{WP}$$

wobei:

$E(\tilde{X}_t)$ = Erwartungswert der periodenspezifischen, unversteuerten Einzahlungsüberschüsse

$WACC_{t_T}$ = periodenspezifische gewichtete Kapitalkosten = $k_s * \frac{E_F}{V_F} + (1-s) * i * \frac{F}{V_F}$

FCF = entziehbare Free Cash - flows in Periode t bei fiktiver Eigenkapitalfinanzierung

Endwert = $\frac{FCF_T}{WACC}$ = Ewige Rente des als konstant angenommenen FCF in Periode T

$Marktwert_{WP}$ = Marktwert des nicht betriebsnotwendigen, verwertbaren Vermögens

n = Prognosezeitraum

T = Letzte Periode des Prognosezeitraumes

i = risikoloser Zinssatz

s = Steuersatz

k_s = geforderte Rendite der Anteilseigner für eine gegebene Risikoklasse

E_F = Marktwert des Eigenkapitals eines verschuldeten Unternehmens

F = Marktwert des Fremdkapitals

V_F = Marktwert des Unternehmens, wobei $V_F = E_F + F$

Quelle: eigene Darstellung in Anlehnung an Hachmeister, Unternehmenswertsteigerung, S. 93; Herter, Management, S. 40 f.; Copeland/Koller/Murrin, Unternehmenswert, S. 193 f. und S. 208 f.

Die Entwicklung des Modells erfolgt in vier Schritten, denen sich die Gliederung des Kapitels anschließt: Zunächst werden die FCF aus operativer Geschäftstätigkeit für die Detailplanungsphase prognostiziert.[114] Der Planungshorizont bestimmt sich aus der Dauer der durch einen Wettbewerbsvorteil erzielten Überrendite, die die Untersuchungseinheit durch Realisierung des zu bewertenden Projektes im Vergleich zu den Wettbewerbern erzielt. Dabei wird angenommen, daß der Wettbewerbsvorteil durch Imitationswettbewerb im

114 Vgl. Copeland/Koller/Murrin, Unternehmenswert, S. 124; Rappaport, Value, S. 54.

Zeitablauf erodiert und sich so eine den Kapitalkosten entsprechende Rendite nach der Detailplanungsphase einstellt.[115]

Im zweiten Schritt werden die risikoadjustierten Kapitalkosten für die Untersuchungseinheit bestimmt. Vor dem Hintergrund der Annahme einer Zielkapitalstruktur wird hierbei auf die Ermittlung periodenspezifischer Kapitalkosten verzichtet und die errechneten Kapitalkosten der Periode 1 für die restliche Laufzeit als konstant angenommen. Daraufhin folgt die Ermittlung des Endwertes, ehe in einem letzten Schritt der Barwert der FCF der nichtoperativen Geschäftstätigkeit berechnet wird, der in anderen Modellen häufig als Liquidationswert des nicht betriebsnotwendigen Vermögens bzw. als Marktwert der veräußerbaren Wertpapiere approximiert wird.[116]

Grundsätzlich ist die direkte Übertragung der anglo-amerikanischen Shareholder Value-Konzepte auf deutsche Verhältnisse aufgrund der in Deutschland herrschenden handels- und steuerrechtlichen Rahmenbedingungen, dem Finanzierungsverhalten der Unternehmen sowie der Leistungsfähigkeit des Kapitalmarktes nicht ohne Vorbehalte angebracht.[117] Uneinigkeit herrscht in der wissenschaftlichen Diskussion in Fragen der notwendigen Anpassungen der Entity-Methode an die Besonderheiten des deutschen Steuersystems wie z.B. die Problematik der Erfassung der Körperschaftssteuer und der Ausschüttungspolitik sowie die Behandlung von Pensionsrückstellungen.[118] Da die Nutzung der Unternehmensressource Immobilie zur Steigerung des Unternehmenswertes und nicht deren Abbildung im deutschen Steuersystem im Mittelpunkt des Beitrages steht, wird der Untersuchung ein einfaches Steuersystem zugrunde gelegt, in dem die Erfolge der Unternehmen mit einem linearen, über die Perioden konstanten Steuersatz (s) belastet werden und Fremdkapitalzinsen sowie Abschreibungen bei der Berechnung der Steuerbemessungsgrundlage abzugsfähig sind. Die Berücksichtigung der Abzugsfähigkeit der Fremdkapitalzinsen erfolgt im Modell ausschließlich im Diskontierungszinssatz (WACC), während die steuermindernde Wirkung der Abschreibungen sich in der Diskontierungsgröße widerspiegelt.[119]

Entscheidend für die logische Konsistenz des Modells ist die Beachtung des „matching principle“, des Gebots der Risikoadäquanz zwischen Zahlungsströmen und Diskontie-

---

115 Vgl. Rappaport, Value, S. 54; Copeland/Koller/Murrin, Unternehmenswert, S. 232-238; Herter, Management, S. 53f.; Klien, Wertsteigerungsanalyse, S. 150-153. Für einen Überblick über die in den Publikationen verwendeten Prognosezeiträumen vgl. Hardtmann, Wertsteigerungsanalyse, S. 79.

116 Vgl. Copeland/Koller/Murrin, Unternehmenswert, S. 121; Rappaport, Value, S. 54; Klien, Wertsteigerungsanalyse, S. 30.

117 Vgl. Jonas, Unternehmensbewertung, S. 97f.; Herter, Management, S. 39; Hachmeister, Unternehmenswertsteigerung, S. 4; Unzeitig/Köthner, Analyse, S. 1; Zens/Rehnen, Bewertung, S. 85; Hardtmann, Herter, S. 37.

118 Vgl. Drukarczyk, Unternehmensbewertung, S. 150-156; Hachmeister, Unternehmenswertsteigerung, S. 138f.; Hachmeister, Finanzierung, S. 251-277; Richter, Anmerkungen, S. 927-930; Hachmeister, Erwiderung, S. 931-933; Richter/Stiglbrunner, Anwendung, S. 409-413; Jonas, Unternehmensbewertung, S. 93f.; Richter, Entity-Ansatz, S. 1089-1092; Schmidt, Abwandlung, S. 1108-1113; Hardtmann, Herter, S. 370f. Zur Abbildung des deutschen Steuersystem in DCF-Methoden vgl. Drukarczyk, Theorie, S. 177-185; Drukarczyk/Richter, Unternehmensgesamtwert, S. 559-580.

119 Für alternative einfache Modelle vgl. Hardtmann, Wertsteigerungsanalyse, S. 107-117.

rungsfaktor.[120] Da Investitionen in drittverwendungsfähige Immobilien anderen Risikoparametern als denen der operativen Geschäftstätigkeit unterliegen,[121] könnte argumentiert werden, diese mit immobilienspezifischen Kapitalkostensätzen zu diskontieren. Dies würde jedoch das Gebot der Risikoadäquanz verletzen: Da hier davon ausgegangen wird, daß Immobilien bei Non Property-Unternehmen per definitionem keine operativen FCF erwirtschaften, stellen Immobilieninvestitionen keine Projekte mit eigenem Risikoverhalten im Rahmen der Geschäftstätigkeit dar, woraus folgt, daß Immobilien in Non Property-Unternehmen bei der Bewertung des operativen Geschäfts keinem isolierten Kalkül mit immobilienspezifischen Diskontierungsfaktoren unterzogen werden dürfen. Dies wird zusätzlich dadurch unterstützt, daß Immobilien in Non Property-Unternehmen auch keine gesonderte Finanzierung mit unterschiedlichen Kapitalkosten zu erhalten scheinen, sondern überwiegend aus dem operativen Cash-flow des Unternehmens finanziert werden.[122]

Im Modell wird zur Bestimmung der Vorteilhaftigkeit einer Immobilienstrategie der Shareholder Value bei Durchführung des Projektes mit der Unterlassungsalternative und anderen Immobilienstrategien verglichen. Diejenige Immobilienstrategie wird ausgewählt, die den Shareholder Value maximiert. Im folgenden werden zunächst die notwendigen immobilienspezifischen Anpassungen an die FCF-, Kapitalkosten- und Restwertermittlung für die Bewertung des Unternehmens herausgearbeitet, ehe die Bestimmung von separaten Marktpreisen für Immobilien zur Vorbereitung des weiter anschließenden Vergleiches von Kauf und Miete kurz erläutert wird.

2.3.2 Bewertung des Unternehmens

2.3.2.1 Prognose der Free Cash-flows

Der FCF wird im Modell als der aus der operativen Geschäftstätigkeit resultierende, entnehmbare Einzahlungsüberschuß definiert, der nach den Investitionen in das Anlagevermögen und Nettoumlaufvermögen und den Zahlungen der Ertragsteuern sämtlichen Kapitalgebern zur Verfügung steht und so den FCF eines fiktiv rein eigenkapitalfinanzierten Unternehmens darstellt.[123] Zu dessen Ermittlung werden von den einzahlungsgleichen Netto-Umsatzerlösen alle auszahlungsgleichen Kosten abgezogen, wobei zu beachten ist, daß Zinsen auf das Fremdkapital und ähnliche finanzierungsinduzierte Zahlungen nicht als Auszahlungen von den Netto-Umsatzerlösen subtrahiert werden.

---

120 Vgl. Klien, Wertsteigerungsanalyse, S. 29 und S. 50.

121 Lockwood/Rutherford identifizieren als wesentliche Bestimmungsfaktoren des Wertes von Immobilien in Industrieeigentum die lokalen Markteffekte, physikalischen Charakteristika der Immobilie sowie die Lage des Objektes in ihrer Untersuchungsstichprobe. Vgl. Lockwood/Rutherford, Determinants, pp. 257-272.

122 Redman/Tanner kommen zu dem Ergebnis, daß die Immobilien durch „internally generated cash flow rather than external sources" finanziert werden. Vgl. Redman/Tanner, Financing, p. 220.

123 Drukarczyk, Unternehmenswert, S. 143f.

Um ein immobilienspezifisches Kalkül zu ermöglichen, ist es notwendig, die einzelnen immobilienspezifischen Zahlungsströme in der FCF-Berechnung abzubilden.[124] Dabei ist zwischen den laufenden Ein- und Auszahlungen und Investitionsauszahlungen zu unterscheiden: Die Anschaffungs- und Herstellungskosten von Immobilien sowie Erwerbsnebenkosten und aktivierungspflichtige, aperiodische Auszahlungen wie Instandsetzungs- und Modernisierungsaufwand werden unter den Immobilieninvestitionen erfaßt, während die periodisch laufenden Auszahlungen, wie z.B. Versicherungen und Verwaltungskosten, Instandhaltungskosten und Betriebskosten,[125] explizit als das operative Ergebnis mindernde Auszahlungen aufgeführt werden. Das Berechnungsschema ist in Abbildung 17 dargestellt.

124 Vgl. Schulte, Kapitalanlage, S. 141; Schulte/Ropeter, Rentabilitätsanalyse, S. 171-176.

125 Für eine umfassende Aufstellung der relevanten Betriebskosten vgl. Tauber, Betriebskosten, S. 36-42.

Abbildung 17: Ermittlung des operativen FCF im Modell

(1)		**Netto-Umsatzerlöse[1)]**
(2)	-	Materialaufwand[2)]
(3)	-	Personalaufwand[2)]
(4)	-	Sonstiger betrieblicher, nicht immobilienspezifischer Aufwand[2)]
(5)	-	Betriebskosten der Immobilien[2)]
(6)	-	Instandhaltungskosten für Immobilien[2)]
(7)	-	Mietaufwand[2)]
(8)	=	**Umsatzüberschuß vor Steuern und vor Zinsen**
(9)	-	Steuerzahlung
(10)	=	**Umsatzüberschuß nach Steuern und vor Zinsen**
(11)	-	Investitionen in Sachanlagen und immaterielles Vermögen
(12)	-	Investitionen in Immobilien
(13)	-	Erhöhung des Working Capital
(14)	=	**Operativer FCF**

1) einzahlungsgleich 2) auszahlungsgleich

Quelle: eigene Darstellung

Bei der Berechnung der Steuerbelastung reduzieren Abschreibungen im angenommenen Steuermodell, wie in Abbildung 18 dargestellt, die Steuerbemessungsgrundlage und folglich die Steuerzahlung, was ceteris paribus den FCF erhöht.

Abbildung 18: Steuerberechnung im Modell

(8)		**Umsatzüberschuß vor Steuern und vor Zinsen**
(15)	-	Abschreibungen auf Immobilien
(16)	-	Abschreibungen auf sonstige Aktiva
(17)	=	**Steuerbemessungsgrundlage**
(18)	*	Steuersatz
(9)	=	**Steuerzahlung des fiktiv eigenkapitalfinanzierten Unternehmens**

Quelle: eigene Darstellung

Mieterträge, die das Unternehmen bspw. durch kurzfristige Vermietungen erzielt, werden als Einzahlungen in der Berechnung des Barwertes der nicht-operativen Geschäftstätigkeit erfaßt, sofern sie unwesentlich und/oder unregelmäßig sind. Ansonsten muß unterstellt werden, daß das Vermietungsgeschäft eine eigene Geschäfts- und Untersuchungseinheit bildet und daher eigenständig bewertet werden muß. Da das Unternehmen in diesem Falle das Immobiliengeschäft als eigenständiges Geschäftsfeld betrachtet, handelt es sich dann um ein Property-Unternehmen, das hier von weiteren Analyse ausgeschlossen ist.

Immobilienleasing mit Zuordnung der Immobilie zum Leasinggeber wird als eine Form des Kaufes mit Fremdkapitalbeschaffung interpretiert.[126] Die Leasingraten setzen sich aus einem Zins- und Tilgungsanteil, einer Marge zur Abdeckung von Kosten wie z.B. Verwaltungsgebühren etc. und einer Gewinnmarge zusammen.[127] Der Zins- und Tilgungsanteil der Leasingraten wird in Finanzierungskosten umgerechnet, indem diese vom Betriebsaufwand in Zinsaufwand umgebucht werden und so nicht von den Netto-Umsatzerlösen subtrahiert werden.[128] Überdies muß das dem Leasing entsprechende und in Anspruch genommene Fremdfinanzierungsvolumen berücksichtigt werden. Hierzu wird der Zins- und Tilgungsanteil der Leasingraten, wie in Abbildung 19 dargestellt, mit dem unternehmens-

126 Dies erfolgt in Anlehnung an die Vorgehensweise bei Copeland/Koller/Murrin. Vgl. Copeland/ Koller/Murrin, Unternehmenswert, S. 139 und Hachmeister, Unternehmenswertsteigerung, S. 247. Für die Voraussetzungen für die Zuordnung beim Leasinggeber siehe BMF-Schreiben v. 23.11.1991, Behandlung, S. 14f. und Gondert et al., Immobilienleasing, S. 651-659.

127 Vgl. Gabele/Dannenberg/Kroll, Immobilien-Leasing, S. 92-97.

128 Vgl. Copeland/Koller/Murrin, Unternehmenswert, S. 139f. und S. 197f. Hachmeister argumentiert, daß sämtliche die Finanzierungsstruktur des Unternehmens beeinflussenden Zahlungen im FCF korrigiert werden müssen, und stellt eine Methode zur Bestimmung des Zins- und Tilgungsanteils sowie des Kostenanteils bei Leasingzahlungen dar. Vgl. Hachmeister, Unternehmenswertsteigerung, S. 244-247.

spezifischen Fremdkapitalzinssatz kapitalisiert und dem Fremdkapital auf der Passivseite und den Investitionen in Immobilien auf der Aktivseite der Bilanz zugeschlagen.[129]

Abbildung 19: Berechnung des kapitalisierten Fremdkapitalanteils von Leasingverpflichtungen

$$FKL = \sum_{t=1}^{m} \frac{\text{Zins - und Tilgungsanteil}_t}{i_U}$$

FKL = Fremdkapitalanteil des Leasingsvertrages
m = Laufzeit des Leasingvertrages
t = Periode
i_U = unternehmenspezifischer langfristiger Fremdkapitalzinssatz

Quelle: eigene Darstellung

Die Kapitalisierung und Zuordnung zum Fremdkapital entfällt im Modell mit der Annahme einer Zielkapitalstruktur, die jedoch diese Fremdfinanzierungsvolumina berücksichtigen muß.[130] Die Zurechnung zu den Aktiva wird im Modell durch eine Zunahme der Investitionen in Immobilien dargestellt. Ein ähnliches Vorgehen wird für den Mietaufwand gefordert,[131] dem hier aber nicht gefolgt wird, da bei der Miete eines Gebäudes der Mieter im Gegensatz zum Leasingnehmer i.d.R. keine Möglichkeit hat, wirtschaftlicher und rechtlicher Eigentümer der Immobilie durch Ausübung einer Kaufoption zu werden, um so an den Wertsteigerungen des Gebäudes zu partizipieren. Die Analogie zum Kauf mit Fremdfinanzierung ist demnach nicht so ausgeprägt wie beim Leasing. Weiterhin läßt sich beim Mietaufwand kein Zins- oder Tilgungsanteil herauskristallisieren. Der Mietaufwand wird im Modell daher explizit als auszahlungsgleicher Aufwand erfaßt.

Einzahlungen aus Veräußerungserlösen (nach Steuern) aus Desinvestitionen von Immobilien ergeben sich, wie in Abbildung 20 dargestellt, aus der Differenz der Einzahlungen und Steuerzahlungen und werden im Modell als „negative Investitionsauszahlungen“ erfaßt, die den FCF erhöhen, und an die Aktionäre in der Periode der Veräußerung ausgeschüttet oder in andere wertschaffende Projekte investiert.

---

129 Vgl. Copeland/Koller/Murrin, Unternehmenswert, S. 139f., S. 197f. und S. 207; Hachmeister, Unternehmenswertsteigerung, S. 247; Arbeitskreis „Finanzierung“ der SG, Unternehmenssteuerung, S. 56´f.

130 Vgl. Hachmeister, Unternehmenswertsteigerung, S. 247.

131 Vgl. Arbeitskreis „Finanzierung“ der SG, Unternehmenssteuerung, S. 561f.; Lewis/Stelter, Steigerung, S. 42.

Abbildung 20: Erfassung von Immobiliendesinvestitionen im Modell

(19)		**Einzahlungen aus Immobiliendesinvestitionen vor Steuern**
(20)	-	Steuerzahlung
(21)	=	**Einzahlungen aus Immobiliendesinvestitionen nach Steuern**

Quelle: eigene Darstellung

Die Steuerbelastung aus dem Immobilienverkauf berechnet sich, wie in Abbildung 21 gezeigt, aus der Differenz des Verkaufspreises und des Buchwertes der Immobilie.

Abbildung 21: Steuerberechnung bei Immobiliendesinvestitionen

(22)		**Verkaufspreis**
(23)	-	(Anschaffungs- bzw. Herstellungskosten des Gebäudes - kumulierte Abschreibungen)
(24)	-	Grundstücksbuchwert
(25)	=	**Steuerbemessungsgrundlage**
(18)	*	Steuersatz
(20)	=	**Steuerzahlung**

Quelle: eigene Darstellung

HELBLING fordert, daß Abschreibungen in DCF-Modellen im Sinne von auf Perioden verteilte Investitionskosten berücksichtigt werden sollten, die auf der Basis von jährlich neu kalkulierten Wiederbeschaffungskosten ermittelt werden. So würde insbesondere bei Immobilien verhindert, daß zukünftige Investitionsausgaben „mehr oder weniger zufällig" in das Modell fließen.[132] Alternativ dazu könnte vorgeschlagen werden, die Bereitstellungskosten der nach Projektabschluß nicht marktfähigen Immobilien über die Dauer des übergeordneten operativen Projektes zu verteilen, da diese Immobilien aufgrund fehlender Drittverwendungsfähigkeit (auch für andere interne Projekte) einen geringen Liquidationswert aufweisen. Abschreibungen wirken in diesem Modell ausschließlich bei der Berechnung der Steuerbelastung auf den FCF. Daraus folgt für das Modell, daß die zu verwendende Abschreibungsmethodik von der maßgeblichen steuerrechtlichen Regelung abhängt, die üblicherweise die Abschreibung der Anschaffungs- und Herstellungskosten vorsieht.

132 Vgl. Helbling, Unternehmensbewertung, S. 537.

Wesentliche Anforderungen an eine FCF-Projektion sind zum einen die Verbindung von nicht beeinflußbaren Ereignissen mit der unternehmerischen Planung und zum anderen die Offenlegung von Abhängigkeiten der wertbestimmenden Faktoren und von Unsicherheiten der Umweltentwicklung, wobei der Transformation der qualitativen in quantitative Größen besondere Bedeutung zukommt.[133] Für die Prognose der zukünftigen Berechnungselemente des FCF wird zunächst durch die Analyse der Bilanzen und Gewinn- und Verlustrechnungen der letzten Jahre ein umfassendes Bild der Vergangenheit als Ausgangsbasis geschaffen.[134] Dies zielt nicht auf eine Ermittlung von extrapolierten Trendwerten, sondern auf die Identifikation der Faktoren, auf die der FCF sensitiv reagiert, um Fehlerquellen wie „hockey stick-Effekte“ zu vermeiden.[135]

Im folgenden werden zunächst die prognoserelevanten Annahmen und Szenarien bestimmt und dann die Daten unter Zuhilfenahme von strategischen Analyseinstrumenten, wie z.B. auf Nutzungspotentialen beruhende VALCOR-Matrixen[136], Netzwerke[137], Wertgeneratoren und/oder (Plan-) Bilanzen und (Plan-) Gewinn- und Verlustrechnungen, prognostiziert.[138] Da hier die differenzierte Abbildung verschiedener Immobiliensstrategien im Vordergrund stehen soll, wird im folgenden davon ausgegangen, daß vollständige und detaillierte Plandaten für alle im Modell verwandten Zahlungsströme vorliegen.

2.3.2.2 Ermittlung der Kapitalkosten

Die Bestimmung der Kapitalkosten gestaltet sich vor dem Hintergrund des methodisch engen Rahmens des hier zu Anwendung kommen sollenden CAPM als schwierig und steht aufgrund der Sensitivität des Unternehmensgesamtwertes auf eine Variation der Kapitalkosten häufig im Vordergrund der Analyse.[139] Zur Diskontierung der prognostizierten FCF wird im Entity-Ansatz der unternehmensspezifische, gewichtete Kapitalkostensatz WACC verwendet. Der WACC wird, wie in Abbildung 22 dargestellt, als gewichteter Durchschnitt der Fremd- und Eigenkapitalkosten bestimmt.[140] Die Gewichtung der Fremd- und Eigenkapital erfolgt dabei zu Marktwerten.

---

133 Day veranschaulicht:„The critical link between strategy analysis and value analysis is the transformation of the hopes, fears, and expectations of competitive advantage in the verbal statement of a strategy into cash flows.“ Vgl. Day, Value, p. 349.

134 Vgl. Copeland/Koller/Murrin, Unternehmenswert, S. 142; Zens/Rehnen, Bewertung, S. 96.

135 Vgl. Herter, Management, S. 55. Zum „hockey stick-Effekt“ vgl. Hax/Mailuf, Management, S. 28.

136 Vgl. Gomez/Weber, Akquisitionsstrategie, S. 53f.; Gomez, Strategieplanung, S. 560. Einführend zu Nutzungspotentialen vgl. Pümpin, Unternehmensbewertung, S. 555.

137 Vgl. Gomez, Wertmanagement, S. 37-46 und S. 252-267; Zettel, Steigerung, S. 144-269.

138 Vgl. Rappaport, Value, 105-140; Copeland/Koller/Murrin, Unternehmenswert, S. 153-156; Brealey/Myers, Finance, pp. 795-808; Herter, Management, S. 62-69. Für eine kritische Würdigung vgl. Hachmeister, Unternehmenswertsteigerung, S. 75-82; Zettel, Steigerung, S. 269-275.

139 Vgl. Schneider, Investition, S. 523-526; Herter, Management, S. 89.

140 Vgl. Brealey/Myers, Finance, pp. 517-519; Copeland/Koller/Murrin, Unternehmenswert, S. 193f.; Ross/Westerfield/Jaffe, Finance, p. 350

Abbildung 22: Berechnung des WACC

(1) $\text{WACC} = k_s * \frac{E_F}{V_F} + (1-s) * i * \frac{F}{V_F}$

$\Leftrightarrow$

(1a) $\text{WACC} = k_s * \left(1 - s\frac{F}{V_F}\right)$

(2) $k_s = i + \beta * (r_M - i)$

(3) $\beta = \frac{\operatorname{cov}(\tilde{r}_j, \tilde{r}_M)}{\sigma_M^2}$

wobei

r_M = Rendite des Marktportefeuilles

σ_M^2 = Varianz des Marktportefeuilles

$\tilde{r}_j$ = erwartete Rendite der Aktie j

$\tilde{r}_M$ = erwartete Marktrendite risikobehafteter Anlagen

Quelle: eigene Darstellung in Anlehnung an Copeland/Koller/Murrin, Unternehmenswert, S. 193 und S. 208, Drukarczyk, Theorie, S. 234-245

Das mit der Bestimmung des Marktwertes des Eigenkapitals einhergehende Zirkelproblem wird hier durch die Annahme einer Zielkapitalstruktur eliminiert.[141] Die Verwendung einer Zielkapitalstruktur impliziert zum einen die Annahme, daß sich der Fremdkapitalanteil am Unternehmensgesamtwert und nicht an der Investitionsauszahlung orientiert, und zum anderen, daß alle beabsichtigten Projekte mit der gleichen Kapitalstruktur finanziert werden.[142]

Die Fremdkapitalkosten ergeben sich aus dem aktuellen Marktsatz für die Kreditrisikoklasse des Unternehmens, korrigiert um den Steuereffekt der Fremdkapitalzinsen.[143] Die risikoadjustierten Eigenkapitalkosten werden mit Hilfe des CAPM approximiert, indem zu der Verzinsung risikofreier Anlagen am Kapitalmarkt (i) die mit dem Betafaktor (β) multiplizierte Risikoprämie (r_P) addiert wird, die sich aus der Differenz der erwarteten Marktrendite risikobehafteter Anlagen (r_M) und der Verzinsung risikofreier Anlagen (i) ergibt.[144]

141 Vgl. Hachmeister, Unternehmenswert, S. 127-132.
142 Vgl. Hachmeister, Unternehmenswert, S. 361.
143 Vgl. Klien, Wertsteigerungsanalyse, S. 99-108; Herter, Management, S. 89f.
144 Vgl. Drukarczyk, Theorie, S. 234-246.

Der Betafaktor als unternehmensspezifischer Risikofaktor mißt die Volatilität der Aktie des Unternehmens im Verhältnis zum Marktportefeuille und umfaßt das systematische Risiko der Geschäftstätigkeit (Investitionsrisiko = β_{Asset} oder β_U)[145] und das finanzielle Risiko der Kapitalstruktur des Unternehmens.[146] Sollte die augenblickliche von der zu realisierenden Kapitalstruktur abweichen, ist aus dem Betafaktor des auch fremdkapitalfinanzierten Unternehmens (β_{Equity} oder β_L) zunächst das fiktive Beta bei vollständiger Eigenkapitalfinanzierung (β_U) zu berechnen, das dann wiederum an die angestrebte Zielkapitalstruktur angepaßt wird, wie Abbildung 23 verdeutlicht.

Das CAPM wird aufgrund des strikten Annahmenkranzes und der bisher fehlenden empirischen Bestätigung vielfach kritisiert.[147] In Ermangelung eines alternativen Verfahrens wird trotz der nicht zu Unrecht geäußerten Kritik das CAPM zur Bestimmung der Eigenkapitalkosten im Modell eingesetzt.[148] Bei der späteren Analyse gilt es zum einen zu untersuchen, ob und inwieweit Immobilienstrategien das Investitions- und Finanzierungsrisiko des Unternehmens und damit die Eigenkapitalkosten beeinflussen, und zum anderen, ob und wie sich das Kreditrisiko und damit die Fremdfinanzierungskosten durch alternative Immobilienstrategien verändern.

---

145 Die Bezeichnungen in der Literatur sind nicht eindeutig. Vgl. Drukarczyk, Theorie, S. 291.

146 Grundlegend vgl. Hamada, Portfolio, pp. 13-31 und einführend vgl. Hachmeister, Unternehmenswertsteigerung, S. 209f. Der Betafaktor wird mittels Analogien oder Fundamentalanalysen bestimmt. Vgl. bspw. Arbeitskreis „Finanzierung“ der SG, Unternehmenssteuerung, S. 552-558. Zur Bestimmung der Eigenkapitalkosten in Deutschland vgl. Herter, Management, S. 102-111.

147 Vgl. z.B. Fama/French, Returns, pp. 427-465; Roll/Ross, Relation, pp. 101-121; Schneider, Investition, S. 422f.; Baetge/Krause, Unternehmensbewertung, S. 454f.; Bischoff, Shareholder, S. 116f.; Volkart, Unternehmenswert, S. 551.

148 Vgl. Herter, Management, S. 116f. Für eine außergewöhnlich umfassende Darstellung der Studien zum CAPM vgl. Hachmeister, Unternehmenswertsteigerung, S. 155-228.

Abbildung 23: Bestandteile und Anpassung des Betafaktors

Definition des Betafaktor s :

$$\beta = \frac{\operatorname{cov}(\tilde{r}_j, \tilde{r}_M)}{\sigma_M^2}$$

Bestandtei le des Betafaktor s :

$$\beta_{Asset} = \beta_{Equity} * \frac{E}{V_F} + \beta_{Debt} * \frac{F}{V_F}$$

Für eine Unternehmu ng mit mehreren Geschäftsb ereichen gilt :

$$\beta_{Asset} = \sum_{a=1}^{h} x_a * \beta_{Asset}^{a}$$

a = Laufindex der Geschäftsb ereiche

h = Anzahl der Geschäftsb ereiche

x = Anteil des Marktwerte s des Geschäftsb ereichs am Marktwert des Unternehme ns

Anpassung des Betafaktor s an eine zu realisiere nde Zielkapita lstruktur

Annahme : $\beta_{Debt} = 0$

1) Ohne Berücksich tigung von Steuern

$$\beta_{Asset} = \beta_{Equity} * \frac{E}{V_F}$$

bzw.

$$\beta_{Equity} = \beta_{Asset} * \left(1 + \frac{F}{E}\right)$$

2) Steuersyst em des Modells

$$\beta_{Asset} = \frac{\beta_{Equity}}{1 + (1 - s) * \frac{F}{E}}$$

Quelle: eigene Darstellung in Anlehnung an Hachmeister, Unternehmenswertsteigerung, S. 209f.; Drukarczyk, Theorie, S. 290f.

2.3.2.3 Berechnung des Endwertes

Der Berechnung des Endwertes kommt besondere Bedeutung zu, da dieser in Abhängigkeit der Dauer des Detailprognosezeitraumes einen erheblichen Teil des Unternehmensgesamtwertes darstellen kann.[149] Grundsätzlich werden je nach strategischen Gegebenheiten verschiedene Methoden zur Anwendung vorgeschlagen, die in Abbildung 24 übersichtsartig zusammengefaßt sind. Sofern anzunehmen ist, daß nach dem Planungshorizont der auf das Projekt zurückzuführende Wettbewerbsvorteil erodiert und die Nettoinvestitionen eine exakt den Kapitalkosten entsprechende Unternehmensrendite erzielen, wird bei Unterstellung der Going Concern-Prämisse das Verfahren des ewig konstanten FCF verwendet, das den nachhaltigen FCF der letzten Periode des Planungshorizontes als ewige Rente mit dem WACC diskontiert.[150] Wenn jedoch unterstellt wird, daß der Wettbewerbsvorteil nach der Detailprognoseperiode ewig anhält und folglich die Nettoinvestitionen Überrenditen erbringen, wird die Methode des kontinuierlichen Wachstums des FCF zur Ermittlung des Endwertes angewendet, in der die zukünftigen FCF mittels eines um die Wachstumsrate (g) verminderten WACC diskontiert werden.[151]

Steht die Nutzung der Wettbewerbsvorteile mit hohen Rückflüssen während der Detailprognoseperiode im Vordergrund der strategischen Überlegungen, resultiert ein geringer Residualwert am Ende des Prognosezeitraumes. So kann es vorteilhaft sein, die mit der Untersuchungseinheit verbundenen Vermögensgegenstände zu veräußern, woraus folgt, daß ein Liquidations- oder Substanzwert als Restwert anzusetzen ist. Beim Liquidationswert wird von einer Zerschlagung der Untersuchungseinheit ausgegangen, während beim Substanzwert die Fortführung der Unternehmung im Eigentum eines Dritten unterstellt wird. Einen Verkauf des Unternehmens am Ende der Detailprognoseperiode annehmend, wird mit den Marktwertmethoden versucht, anhand von geschätzten Kurs/Gewinnverhältnis- oder Marktwert/Buchwert-Multiplikatoren einen zukünftigen Marktpreis für das Eigenkapital zu schätzen.[152]

---

149 Vgl. Copeland/Koller/Murrin, Unternehmenswert, S. 224.

150 Inflationsanpassungen sind durch den Ansatz von Realgrößen zu vernachlässigen. Vgl. Herter, Management, S. 68f.

151 Vgl. Unzeitig/Köthner, Analyse, S. 133-135; Zens/Rehnen, Bewertung, S. 107f.

152 Vgl. Klien, Wertsteigerungsanalyse, S. 176-178; Unzeitig/Köthner, Analyse, S. 129f.

Abbildung 24: Methoden der Bestimmung des Endwertes

1.) Methode des ewigen, konstanten FCF

$$\text{Endwert} = \frac{FCF_{T+1}}{WACC}$$

2.) Methode des kontinuierlichen Wachstums des FCF

$$\text{Endwert} = \frac{FCF_{T+1}}{WACC - g}; \textit{für } WACC > g$$

3.) Liquidationswert und Substanzwert

$$\text{Liquidationswert} = \sum_{j=1}^{k} \text{Aktivum}_j * \text{Liquidationspreis}_j^T$$

$$\text{Substanzwert} = \sum_{j=1}^{k} \text{Aktivum}_j * \text{Teilreproduktionswert}_j^T$$

4.) Marktwertmethoden

$$\text{Marktpreis} = \text{Kurs/Gewinnverhältnis}_e^T * \text{Betriebsgewinn}^T$$

$$\text{Marktpreis} = \text{Marktwert/Buchwertverhältnis}_e^T * \text{Buchwert des Eigenkapitals}^T$$

Indizes:

k	=	Anzahl der Vermögensgegenstände
j	=	Laufindex Vermögensgegenstand
T	=	Ende des Prognosezeitraums
e	=	Erwartete Größe

Quelle: eigene Darstellung

Aufgrund der methodischen Schwächen der Marktwertmethoden, der unrealistischen Annahmen der Methode des kontinuierlichen Wachstums der FCF und des Substanzwertes kann nur die Kalkulation eines Liquidationswertes oder die eines ewig konstanten, nachhaltigen FCF ggf. in Kombination mit einer zeitlich begrenzten Wachstumsrate sachgerecht erscheinen.[153] Die Auswahl des Verfahrens leitet sich aus dem strategischen Ziel der Untersuchungseinheit, das Projekt nach dem Detailprognosezeitraum abzubrechen oder weiterzuführen, ab.[154] Die Abbildung von im Eigentum stehenden Immobilien folgt hier im Modell dieser Vorgehensweise, indem diese entweder mit dem wahrscheinlichen Marktwert zum Liquidationszeitpunkt oder bei der ewigen Rente nicht gesondert erfaßt werden.

2.3.2.4 Bewertung der nicht-operativen Free Cash-flows

Der nicht-operative FCF wird als der aus der betriebszweckfremden Geschäftstätigkeit resultierende, entnehmbare Einzahlungsüberschuß nach Steuern definiert, der im Verhältnis zum operativen FCF keine wesentliche Größe erreicht und nicht regelmäßig auftritt.[155] Weiterhin folgt der nicht-operative FCF nicht den Risikocharakteristika der Untersuchungseinheit und muß folglich mit einem dem eigenen Risiko angepaßten Diskontierungszinssatz bewertet werden.[156] Die zukünftigen Zinserträge und realisierten Kursgewinne aus börsenfähigen, marktgängigen Wertpapieren entsprechen, diskontiert mit dem risikoangepaßten Zinssatz, dem Marktwert der Wertpapiere zum Bewertungszeitpunkt.[157] Die FCF aus den außerordentlichen Positionen sind aufgrund ihrer ungewöhnlichen Natur und ihres seltenen, meist einmaligen Auftretens nicht planbar und so in die Analyse nicht einbeziehbar.[158] Die FCF aus Mieterträgen werden mit einem objektspezifischen Diskontierungssatz kapitalisiert, sofern die Immobilie aus strategischen Gründen der operativen Geschäftstätigkeit langfristig im Eigentum verbleiben soll.[159] Im Falle der beabsichtigten Veräußerung der Immobilie wird wie bei sonstigen, verwertbaren Vermögensgegenständen der Barwert des zum Veräußerungszeitpunkt realisierbaren Liquidationswertes bzw. Marktpreises angesetzt.[160]

2.3.2.5 Wert von immobilienspezifischen Optionen

Da DCF-Modelle nur die expliziten Zahlungsströme erfassen und so den Wert von strategischer Flexibilität nicht quantifizieren, wird gefordert, daß die in der Einbeziehung von Optionalitäten vermuteten Wertsteigerungspotentiale in der Shareholder Value-Analyse berück-

153 Vgl. Hachmeister, Unternehmenswertsteigerung, S. 89f.; Herter, Management, S. 72.

154 Vgl. Bühner, Führung, S. 19.

155 Vgl. Copeland/Koller/Murrin, Unternehmenswert, S. 137. Ansonsten wäre es notwendig, in weitere Untersuchungseinheiten mit eigenständiger FCF-Prognose zu differenzieren.

156 Vgl. Copeland/Koller/Murrin, Unternehmenswert, S. 137; Klien, Wertsteigerungsanalyse, S. 51f.

157 Vgl. Rappaport, Value, S. 54; Copeland/Koller/Murrin, Unternehmenswert, S. 137; Klien, Wertsteigerungsanalyse, S. 53f.

158 Vgl. Klien, Wertsteigerungsanalyse, S. 52f.

159 Hier wird davon ausgegangen, daß die FCF aus Mieterträgen bei einem Non Property-Unternehmen aufgrund des geringen Beitrages zum Geschäftserfolg keine wesentliche Bedeutung haben.

160 Vgl. Rappaport, Value, S. 54; Copeland/Koller/Murrin, Unternehmenswert, S. 137.

sichtigt werden.[161] Der Wert der strategischen Flexibilität wird durch die Berechnung des Wertes von Realkaufoptionen und -verkaufsoptionen anhand von Optionspreismodellen oder Entscheidungsbaumverfahren ermittelt.[162] COPELAND/KOLLER/MURRIN identifizieren grundsätzlich fünf Typen von Realoptionen: Abbruchs-, Aufschubs-, Erweiterungs-, Einschränkungs- und Umlegungsoptionen.[163] Für einen immobilienspezifischen Ansatz sind insbesondere die Grundstücks- und Mietoptionen[164] und bei Leasingverträgen die Kauf- und Mietverlängerungsoptionen als Erweiterungsoptionen sowie die Möglichkeit, Immobilien zu veräußern, als Abbruchsoption relevant. Weiterhin kann die Möglichkeit, zwischen verschiedenen Standorten auszuwählen, als Umlegungsoption und bei einem frühzeitigen Kauf eines Grundstückes für spätere Entwicklungsvorhaben die Möglichkeit, den Baubeginn zu verzögern, als Aufschubsoption betrachtet werden. In der weiteren Analyse werden Optionen nicht verfolgt, da dazu die Entwicklung eines gesonderten Modells notwendig wäre.

161 Vgl. Brealey/Myers, Finance, pp. 591-609; Copeland/Koller/Murrin, Unternehmenswert, S. 345f.; Herter, Management, S. 82-87; Dirrigl, Konzepte, S. 422-427; Herter, Optionen, S. 320f.; Bühner/Weinberger, Value, S. 204-206; Unzeitig/Köthner, Analyse, S. 198-202.

162 Vgl. Brealey/Myers, Finance, pp. 572-580; Copeland/Koller/Murrin, Unternehmenswert, S. 347.

163 Vgl. Copeland/Koller/Murrin, Unternehmenswert, S. 354-358; grundlegend vgl. Brealey/Myers, Finance, pp. 589-610.

164 Posner analysiert den Wert von Optionen für Mieter und Vermieter. Vgl. Posner, Options, pp. 1-5.

2.3.3 Marktbewertung von Immobilien

Um verschiedene Immobilienstrategien vergleichen zu können, wird der Marktwert der Immobilien ebenfalls losgelöst von dem Unternehmen und ihrer operativen Nutzung ermittelt. Für die Bewertung von Immobilien liegen in praxi verschiedene Methoden vor, die verschiedene Bewertungsziele verfolgen und unterschiedliche Wertebegriffe ermitteln: Während die deutschen Verfahren zur Wertermittlung aus Sicht des Sachverständigen den Wert bestimmen, den der Markt einer Immobilie zeitpunktbezogen zubilligt,[165] wird bei angelsächsischen Verfahren der maximale Grenzpreis eines Investors bestimmt.[166]

Im Modell wird der Grenzpreis für alle drittverwendungsfähigen, nicht im betriebsbedingten Eigentum stehenden Immobilien eines Unternehmens gesucht, den ein oder mehrere Immobilieninvestoren bereit wären zu zahlen, da hier die Notwendigkeit der Zuführung der Immobilien zum „highest and best use" im Zentrum der Betrachtung stehen soll.[167] Vereinfachend wird dabei angenommen, daß dieser Grenzpreis dem Barwert der abgezinsten FCF entspricht, die aus den Immobilien auf dem freien Markt resultieren, wobei der Diskontierungssatz einer durchschnittlichen Rendite des Marktportefeuilles des Immobilienmarktes entspricht.[168]

Nachdem sämtliche Komponenten des Modells in ihrer Berechnungsweise und Wirkung auf den Shareholder Value erläutert wurden, werden diese Ergebnisse in einem vollständigen Berechnungsmodell zusammengefügt, dessen Struktur in den Tabellen 8 bis 10 abgebildet ist, um im folgenden Immobilienstrategien auf ihr Wertsteigerungspotential zu überprüfen. Da eine Quantifizierung der Strategien ohne ein umfassendes Datenbündel nicht möglich ist, liegt der Fokus in der folgenden Analyse nicht auf absoluten Wertveränderungen, sondern vielmehr auf dem qualitativen Einfluß der Immobilienstrategien auf die Parameter des entwickelten Modells.

165 Zu deutschen Bewertungsverfahren vgl. Kleiber/Simon/Weyers, Verkehrswertermittlung, S. 465-469.
166 Vgl. Sotelo, WertV, S. 91; Thomas, Immobilienwertbegriffe, S. 263-268.
167 Vgl. Brueggeman/Fisher/Porter, Rethinking, p. 43; Wilson, Plans, pp. 29f. Einführend zum Begriff des „highest and best use" vgl. Brown et al., Management, pp. 504-506.
168 Vgl. Miles/Pringle/Webb, Decision, p. 360.

Tabelle 8: Grundmodell einer immobilienspezifischen Shareholder Value-Analyse

Periode	**1**	**2**	**3**	**4**	**5**
Netto-Umsatzerlöse[1]					
Materialaufwand[2]					
Personalaufwand[2]					
Sonstiger betrieblicher, nicht immobilienspezifischer Aufwand[2]					
Betriebskosten der Immobilien[2]					
Instandhaltungskosten der Immobilien[2]					
Mietaufwand[2]					
Umsatzüberschuß vor Steuern und vor Zinsen					
Steuerzahlung					
Umsatzüberschuß nach Steuern und vor Zinsen					
Investitionen in Immobilien					
Investitionen in andere Sachanlagen und immaterielles Vermögen					
Erhöhung des Working Capital					
Operativer FCF					
Umsatzüberschuß vor Zinsen und vor Steuern					
Abschreibungen auf Immobilien					
Abschreibungen auf sonstige Aktiva					
Steuerbemessungsgrundlage					
Steuersatz					
Steuerzahlung					
Diskontierungsfaktor					
Abgezinster operativer FCF					
Summe abgezinster operativer FCF					
Wachstumsrate FCF (g)					
Restwert in Periode					
Diskontierter Restwert					
Mieterträge Objekt					
Diskontierungsfakor Mieterträge Objekt					
Diskontierte Mieterträge Objekt					
Summe diskontierter Mieterträge aller Objekte					
Marktwert vorübergehend gehaltener Wertpapiere					
Barwert der nicht-operativen FCF					
Barwert der operativen FCF					
Barwert der nicht-operativen FCF					
Marktwert des Fremdkapitals					
Marktwert des Eigenkapitals					
Ausschüttungen					
Reichtumsposition der Anteilseigner					
Risikoloser Zinssatz					
Erwartete Marktrendite risikobehafteter Anlagen					
Beta der Unternehmung					
Zielkapitalstruktur(F/V_F)					
Eigenkapitalkosten					
Fremdkapitalkosten					
Steuersatz					
WACC					

[1] einzahlungsgleich [2] auszahlungsgleich

Quelle: eigene Darstellung

Tabelle 9: Erläuterungen zum immobilienspezifischen Grundmodell (Teil 1)

	A	B	C	D	E	F
1	**Periode**	1	2	3	4	5
2	Netto-Umsatzerlöse[1]					
3	Materialaufwand[2]					
4	Personalaufwand[2]					
5	Sonstiger betriebl., nicht immobilienspezifischer Aufwand[2]					
6	Betriebskosten der Immobilien[2]					
7	Instandhaltungskosten der Immobilien[2]					
8	Mietaufwand[2]					
9	Umsatzüberschuß vor Steuern und vor Zinsen	=B2-SUMME(B3:B8)	=C2-SUMME(C3:C8)	=D2-SUMME(D3:D8)	=E2-SUMME(E3:E8)	=F2-SUMME(F3:F8)
10	Steuerzahlung	=B22	=C22	=D22	=E22	=F22
11	Umsatzüberschuß nach Steuern und vor Zinsen	=B9-B10	=C9-C10	=D9-D10	=E9-E10	=F9-F10
12	Investitionen in Immobilien					
13	Investitionen in Sachanlagen und immaterielles Vermögen					
14	Erhöhung des Working Capital					
15	**Operativer FCF**	=B11-SUMME(B12:B14)	=C11-SUMME(C12:C14)	=D11-SUMME(D12:D14)	=E11-SUMME(E12:E14)	=F11-SUMME(F12:F14)
17	Umsatzüberschuß vor Zinsen und vor Steuern	=B9	=C9	=D9	=E9	=F9
18	Abschreibungen auf Immobilien					
19	Abschreibungen auf sonstige Aktiva					
20	Steuerbemessungsgrundlage	=B17-SUMME(B18:B19)	=C17-SUMME(C18:C19)	=D17-SUMME(D18:D19)	=E17-SUMME(E18:E19)	=F17-SUMME(F18:F19)
21	Steuersatz	=F52	=F52	=F52	=F52	=F52
22	Steuerzahlung	=B20*B21	=C20*C21	=D20*D21	=E20*E21	=F20*F21
24	Diskontierungsfaktor	=1/(1+F53)^B1	=1/(1+F53)^C1	=1/(1+F53)^D1	=1/(1+F53)^E1	=1/(1+F53)^F1
25	Abgezinster operativer FCF	=B24*B15	=C24*C15	=D24*D15	=E24*E15	=F24*F15
26	**Summe abgezinster operativer FCF**					=SUMME(B25:F25)

1) einzahlungsgleich 2) auszahlungsgleich

Quelle: eigene Darstellung

Tabelle 10: Erläuterungen zum immobilienspezifischen Grundmodell (Teil 2)

	A	B	C	D	E	F
28	Wachstumsrate FCF (g)					
29	Restwert in Periode					=F15/(F53)
30	**Diskontierter Restwert**					=F29*F24
32	Mieterträge Objekt					
33	Diskontierungsfakor Mieterträge Objekt					
34	Diskontierte Mieterträge Objekt	=B33*B32	=C33*C32	=D33*D32	=E33*E32	=F33*F32
35	Summe diskontierter Mieterträge aller Objekte					
36	Marktwert vorübergehend gehaltener Wertpapiere					
37	**Barwert der nicht-operativen FCF**					=SUMME(B35:F36)
39	Barwert der operativen FCF					=F30+F26
40	Barwert der nicht-operativen FCF					=F37
41	Marktwert des Fremdkapitals					=(F39+F40)*F49
42	**Marktwert des Eigenkapitals**					=F39+F40-F41
43	Ausschüttungen					
44	**Reichtumsposition der Anteilseigner**					=F43+F42
46	Risikoloser Zinssatz					
47	Erwartete Marktrendite risikobehafteter Anlagen					
48	Beta des Unternehmens					
49	**Zielkapitalstruktur (F/V_F)**					
50	**Eigenkapitalkosten**					=F46+F48*(F47-F46)
51	**Fremdkapitalkosten**					=F46
52	Steuersatz					
53	**WACC**					=F50*(1-F49)+(1-F52)*F51*F49

Quelle: eigene Darstellung

3 Immobilienstrategien zur Unternehmenswertsteigerung

3.1 Immobilienmanagement in Non Property-Unternehmen

Aus den Ergebnissen unterschiedlicher Untersuchungen läßt sich ableiten, daß Immobilien in Unternehmen überwiegend nicht effizient zur Leistungserstellung genutzt werden.[169] Obwohl eine Integration des Immobilienmanagements in den strategischen Entscheidungsprozeß zur Steigerung des Unternehmenserfolges vielfach gefordert wird,[170] spielt das Immobilienmanagement in der betrieblichen Praxis bisher eine untergeordnete Rolle.[171] Erst in den letzten Jahren wurden Ansätze für geeignete Entscheidungsmodelle und Informationssysteme entwickelt, die eine sachgerechte Entwicklung von Immobilienstrategien ermöglichen können.[172]

Verschiedene Ansatzpunkte für eine verbesserte Nutzung der Immobilie als finanzieller und physischer Vermögensgegenstand zielen auf neue strategische Rahmenkonzepte einer Shareholder Value-orientierten Bereitstellung, Nutzung und Verwertung von Immobilien und auf die Restrukturierung der Immobilienaktiva auf Unternehmensebene, die im weiteren in dieser Reihenfolge erläutert werden sollen.[173]

---

169 Für eine Zusammenfassung der Untersuchungen vgl. Rodriguez/Sirmans, Corporate, p. 14.

170 Vgl. Nourse/Roulac, Linking, pp. 478-479; Sontora, Value, p. 7; Mount, Planning, p. 1.

171 Vgl. bspw. Arthur Andersen, Corporation, pp. 7f.; Nourse, Performance, pp. 434-436. Für eine umfassende Darstellung siehe Schäfers, Management, S. 49-52.

172 Vgl. Hoffmann/Schniederjans/Sirmans, Model, pp. 285-298; Duckworth, Dimension, pp. 495-509; Farragher, Asset, pp. 13-17.

173 Vgl. Arthur Andersen, Value, pp. 5-47; Davis/Vogelzang, Value, pp. 1-3; Bouris, Decisions, pp. 31-33; Brueggeman/Fisher/Porter, Rethinking, p. 39; Cameron, Corporate, pp. 14-16.

3.2 Immobilienbereitstellung

3.2.1 Grundüberlegungen

Die traditionell vorliegende Ansicht, daß Unternehmen einen komparativen Vorteil realisieren, wenn sie die Immobilien durch Kauf oder Entwicklung selbst bereitstellen, wird vor dem Hintergrund der Shareholder Value-Diskussion zunehmend in Frage gestellt.[174] Eine Entscheidung für Miete oder Kauf hängt insbesondere von den spezifischen Begebenheiten und den strategischen Zielen des Unternehmens ab:[175] Bei einem Kauf entscheidet sich das Unternehmen für das Eingehen des Verwertungsrisikos, das u.U. völlig unabhängig vom Geschäftsrisiko ist und in hohem Maße regionalen und lokalen Einflüssen unterliegen kann.[176] Da Non Property-Unternehmen mit hoher Wahrscheinlichkeit komparative Nachteile in Bezug auf die immobilienspezifische Kompetenz bei der Verwertung von Immobilien aufweisen, gewinnt dieser Faktor entscheidend an Bedeutung.[177]

Weiterhin sind der unternehmensspezifische Zeithorizont der Investition und die gewünschte Flexibilität hinsichtlich Standort, Immobilie und Fläche wichtige Entscheidungsparameter. Ferner kann aus Gründen der Liquiditätsplanung, Bilanzpolitik oder steuerlichen Erwägungen eine Alternative kurzfristig vorteilhaft erscheinen. Wenn die Unternehmen aus strategischen Gründen den Standort oder die Immobilie für die Geschäftstätigkeit zwingend benötigen, kann das Eigentum an der Immobilie ungeachtet eines finanziellen Nachteiles erforderlich sein. Weiterhin ist zu beachten, daß die Immobilie so spezifisch auf die Bedürfnisse des Unternehmens zugeschnitten sein kann, daß sie gar nicht auf dem Vermietungsmarkt verfügbar ist. Daraus folgt, daß die Entscheidung über Immobilien u.U. keinen Freiheitsgrad hinsichtlich des Kauf/Miete-Kalküls aufweist und folglich hier nur die Immobilien zu untersuchen sind, die nicht dem betriebsbedingten Eigentum zugehörig sind. Ein auf Zahlungsströme abzielendes Modell kann den Einfluß dieser beschriebenen qualitativen Faktoren auf den Shareholder Value bei Kauf oder Miete nicht ausreichend berücksichtigen.[178] Deshalb muß die Unternehmensleitung beurteilen, ob die Differenz des Shareholder Value bei alternativen Immobilienstrategien die Vor- und Nachteile der qualitativen Faktoren aufwiegt.

---

174 Vgl. Brueggeman/Fisher/Porter, Rethinking, p. 39.

175 Vgl. Levy/Matz, Objectives, pp. 52f.; Nourse, Performance, p. 437; grundlegend Smith/Wakeman, Determinants, pp. 895-908.

176 Vgl. Brueggeman/Fisher/Porter, Rethinking, p. 48.

177 Vgl. Nourse, Performance, p. 437; Brueggeman/Fisher/Porter, Rethinking, pp. 48f.

178 Vgl. Brueggeman/Fisher, Finance, p. 533-534.

In der wissenschaftlichen Literatur werden zur Analyse der Entscheidung "Kauf oder Miete" verschiedene quantitative Kapitalwertmodelle unterschiedlicher Komplexitätsgrade angeboten.[179] Die Vorteilhaftigkeit der Mietlösung läßt sich demnach feststellen, wenn der Kapitalwert der erwarteten, inkrementalen FCF zwischen Miete und Kauf geringer als der Kaufpreis der Immobilie ist.[180] Die Ermittlung des Restverkaufserlöses der Immobilie erweist sich bei einem differenzierten Kauf/Miete-Kalkül aufgrund der eingeschränkten Prognostizierbarkeit des zukünftigen Marktwertes der Immobilie und dessen signifikanten Einflusses auf die Vorteilhaftigkeitsentscheidung als problematisch.[181] Verschiedene Autoren sehen den Kauf der Immobilie als grundsätzlich vorteilhafter an, da große Unternehmen aufgrund von Größenvorteilen am Kapitalmarkt niedrigere Fremdkapitalzinsen als auf das Bereitstellen von Immobilien spezialisierter Anbieter erreichen könnten und zusätzlich die in der Miete enthaltenen Gewinnbestandteile der Vermieter nicht zahlen müßten.[182] Miete sei weiterhin unvorteilhaft, da es die langfristige Rendite schmälere und die Wertsteigerungspotentiale einer alternativen Verwendung der Immobilie vernachlässige.[183] Im folgenden wird versucht, diese Aussagen kritisch zu hinterfragen und innerhalb des Modells mögliche Gründe für eine Vorteilhaftigkeit der Mietlösung als überlegene, Shareholder Value-orientierte Immobilienbereitstellung herzuleiten.

---

179 Vgl. Manning, Model, pp. 26-28; Ebert, Perspective, pp. 15-20; Brueggeman/Fisher, Finance, pp. 523-532; Brown et al., Managing, pp. 304-307; Miles/Pringle/Webb, Decision, pp. 355-368.

180 Vgl. Sirmans, Finance, p. 404; Brueggeman/Fisher/Porter, Rethinking, pp. 44f.

181 Vgl. Brueggeman/Fisher, Finance, pp. 528-530.

182 Vgl. Ebert, Perspective, pp. 18-20; Manning, Ownership, pp. 9-12.

183 Vgl. Manning, Ownership, pp. 9-12; Ebert, Perspective, pp. 18-20; Manning, Getting, p. 13.

3.2.2 Kauf und Miete im Modell

Zur Beurteilung der Vorteilhaftigkeit von Kauf oder Miete bei der Immobilienbereitstellung bei einem Non Property-Unternehmen werden zwei Alternativen verglichen:[184]

1. Das Unternehmen hält sämtliche Immobilien im Eigentum.

2. Das Unternehmen mietet ausschließlich und die Immobilien werden separiert von dem Unternehmen bewertet.

Bei Annahme eines vollständigen Kapitalmarktes sind beide Alternativen gleichwertig.[185] Es ist im folgenden bei Aufgabe der Annahme eines vollständigen Kapitalmarktes zu zeigen, daß der Wert des Unternehmens inklusive der Immobilien (V_{CUM}) niedriger als die Summe aus dem Wert des Unternehmens exklusive der Immobilien (V_{EX}) und dem Marktpreis der Immobilien (M_{IM}) ist.

Die Unternehmenswerte werden anhand des Modells ermittelt, indem die jeweiligen FCF mit den entsprechenden Diskontierungssätzen abgezinst werden. Die Zahlungsströme beider Alternativen entsprechen sich per saldo, da sie in der Summe, wie Abbildung 25 verdeutlicht, die gleichen immobilieninduzierten, für den freien Cash-flow relevanten Bestandteile aufweisen. Unter der Vernachlässigung von Transaktionskosten neutralisieren sich die hier angenommenen Mietzahlungen zwischen dem Unternehmen ohne Immobilien und der Immobiliengesellschaft.

---

184 Ein erstes Modell auf der Basis eines Vergleiches eines Unternehmens mit und eines ohne Immobilien verwandten erstmalig Miles/Pringle/Webb. Vgl. Miles/Pringle/Webb, Decision, p. 358.

185 Vgl. Miles/Pringle/Webb, Decision, p. 362.

Abbildung 25: Bestandteile der immobilieninduzierten Zahlungsströme im Separationsmodell

FCF_{CUM}		FCF_{EX}	FCF_{IM}
Abschreibung	=		Abschreibung
Steuerschild der Abschreibung (Afa ∗ s)	=		Steuerschild der Abschreibung (Afa ∗ s)
Instandhaltungskosten	=		Instandhaltungskosten
Betriebskosten	=	Betriebskosten	
	=	Mietauszahlungen	Mieteinzahlungen
Veräußerungserlös nach Steuern	=		Veräußerungserlös nach Steuern

Quelle: eigene Darstellung

Unter den im weiteren Verlauf zu untersuchenden Annahmen, daß der unternehmensspezifische Kapitalkostensatz nicht vom Eigentum an Immobilien beeinflußt wird und daß der immobilienspezifische Diskontierungssatz geringer als der des Unternehmens ist, bestehen allerdings in den Diskontierungssätzen der zu bewertenden Zahlungsströme Unterschiede: Die Kapitalkosten des Unternehmens mit Immobilien ($WACC_{CUM}$) entsprechen den risikoangepaßten gewogenen Kapitalkosten des operativen Geschäftes,[186] die annahmegemäß gleich den des Unternehmens ohne Immobilien ($WACC_{EX}$) sind. Zur Ermittlung des M_{IM} werden die Zahlungsströme aus den Immobilien (FCF_{IM}) mit dem immobilienspezifischen Diskontierungsfaktor (p_{IM}) abgezinst, der annahmegemäß geringer ist als der des Unternehmens. Da die Zahlungsströme der Alternativen per saldo gleich sind, folgt aus dem niedrigeren Diskontierungssatz des Immobilienteils der Separationsalternative, daß die Summe aus V_{EX} und M_{IM} größer als V_{CUM} ist, und somit die Mietlösung vorteilhaft ist.

186 Vgl. Abschnitt 2.3.2 dieses Beitrages.

Dieser Gedanke ist in Abbildung 26 zusammengefaßt.

Abbildung 26: Separationsmodell

Zu zeigen ist:

$$V_{CUM} < V_{EX} + M_{IM}$$

Definitionen:

$$V_{CUM} = \sum_{t=1}^{n} \frac{FCF_{CUM}^{t}}{(1 + WACC_{CUM})^{t}}$$

$$V_{EX} = \sum_{t=1}^{n} \frac{FCF_{EX}^{t}}{(1 + WACC_{EX})^{t}}$$

$$M_{IM} = \sum_{t=1}^{n} \frac{FCF_{IM}^{t}}{(1 + p_{IM})^{t}}$$

Wenn:

1) $WACC_{CUM} = WACC_{EX} > p_{IM}$

2) $FCF_{CUM}^{t} = FCF_{EX}^{t} + FCF_{IM}^{t}$

dann gilt:

$$\sum_{t=1}^{n} \frac{FCF_{CUM}^{t}}{(1 + WACC_{CUM})^{t}} < \sum_{t=1}^{n} \frac{FCF_{EX}^{t}}{(1 + WACC_{EX})^{t}} + \sum_{t=1}^{n} \frac{FCF_{IM}^{t}}{(1 + p_{IM})^{t}} \Leftrightarrow V_{CUM} < V_{EX} + M_{IM}$$

Quelle: eigene Darstellung

3.2.3 Prüfung der Plausibilität der Annahmen

Die zentralen Prämissen der obigen Argumentation sind zum einen die Annahme, daß der WACC des Unternehmens vor und nach der Immobilienseparation gleich ist, und zum anderen, daß Kapitalkosten von Immobilieninvestoren geringer als die der Unternehmen sind. Im folgenden gilt es zu untersuchen, ob diese Annahmen realistisch sind.

Die Annahme, daß die Kapitalkosten von Immobilieninvestoren geringer als die eines Unternehmens sind, erscheint plausibel. Die immobilienspezifischen Kapitalkosten können z.B. als durchschnittliche Rendite einer auf das Halten von Immobilien in Portefeuilles spezialisierten Institution, wie z.B. Offene Immobilienfonds, approximiert werden.[187] Intuitiv einsichtig ist, daß jene Institutionen aufgrund besonderer immobilienspezifischer Kompetenzen und Größenvorteilen über komparative Vorteile gegenüber anderen Investoren verfügen. Ferner sind diese Institutionen in der Lage, durch eine breite Diversifizierung der Immobilieninvestitionen das unsystematische Risiko einer Immobilieninvestition auf Portfolioebene zu reduzieren.[188] Diese Eigenschaften der professionellen Immobilieninvestoren begründen geringere Kapitalkosten. Immobilieninvestitionen weisen in der Regel eine geringere Rendite als Investitionen in Aktien auf, was bei Annahme von rationalen Investoren auf ein niedrigeres Risikoprofil schließen läßt.[189] Es erscheint daher vertretbar anzunehmen, daß, von Spezialfällen abgesehen, der immobilienspezifische Diskontierungszinssatz niedriger als der WACC eines Non Property-Unternehmens ist.

Die Annahme der Konstanz des WACC ist ungleich schwieriger zu belegen: Die Kapitalstruktur und die Kosten des Fremdkapitals und des Eigenkapitals, die vom Geschäfts- und Kreditrisiko abhängen, wirken auf den WACC. Da die Veränderung der Zielkapitalstruktur eine Entscheidung der Finanzierungspolitik ist,[190] kann angenommen werden, daß diese vom Unternehmen bestimmt und so durch die Separation von Immobilien nicht beeinflußt wird. Grundsätzlich muß mit Blick auf die Eigen- und Fremdkapitalkosten angenommen werden, daß sich durch die Separation das Risiko und damit auch die Kapitalkosten des Unternehmens ändern könnten. Dabei argumentieren MILES/PRINGLE/WEBB, daß entschei-

187 Miles/Pringle/Webb diskontieren mit dem „required pre-tax return for unlevered real estate. This rate can be estimated from the mean DCF return actually realized on large national sample of properties." Vgl. Miles/Pringle/Webb, Decision, p. 360. Die hier als Beispiel betrachteten Immobilienfonds erfüllen die Forderung der fast ausschließlichen Equity-Finanzierung sowie die Streuung der Immobilien im Portfolio aufgrund gesetzlicher Vorschriften. Vgl. Laux/Ohl, Investment, S. 41f. und vgl. §§ 27, 28 und § 37 III KAGG.

188 Vgl. Brueggeman/Fisher/Porter, Rethinking, pp. 48f. Für eine Darstellung der unsystematischen Risiken einer Immobilieninvestition und die Möglichkeit der Risikoreduzierung durch Portfoliobildung vgl. Brown, Investment, pp. 18-20 und pp. 180-190.

189 Vgl. Chan/Hendershott/Sanders, Risk, pp. 431-451.

190 Vgl. Brealey/Myers, Finance, p. 447.

dend für die Richtung der Risikoänderung das Verhältnis der Unsicherheit der immobilienspezifischen Cash-flows zur Unsicherheit der operativen Cash-flows ist.[191]

In einer empirischen Untersuchung zeigen CHRISTENSEN/LEVI jedoch, daß sich das als β_{Equity} gemessene Risiko eines Unternehmens bei einem Verkauf von Immobilien nicht ändert;[192] demzufolge wäre auch keine Veränderung der Eigen- und der Fremdkapitalkosten zu erwarten, da das im β_{Equity} gemessene Geschäfts- und Finanzierungsrisiko konstant bleibt. ALLEN/RUTHERFORD/SPRINGER stellen ergänzend fest, daß das Eigentum von Immobilien risikoreicher als die Miete ist, da bei der Mietalternative das Verwertungsrisiko eliminiert ist und sich das Risiko aus Ansprüchen Dritter verringert.[193]

Weiterhin zeigt RUTHERFORD, daß sich das Risiko der Fremdkapitalgeber beim Verkauf der Immobilien und deren gleichzeitiger Anmietung nicht erhöht.[194] Ferner schließt NOURSE aus einer Befragung von Managern, daß Unternehmen, die eher mieten als kaufen, ihre Immobilienstrategien stärker an den strategischen Bedürfnissen ausrichten, was den Schluß nahe legt, daß diese Unternehmen nicht nur längerfristig geringere Immobilienkosten realisieren, sondern auch die in Immobilieninvestitionen inhärenten Risiken besser kontrollieren.[195]

Diese Studien unterstützen die These der Konstanz der Eigen- und Fremdkapitalkosten bei Separation. Es werden darüber hinaus erste Hinweise geliefert, daß die Separation der Immobilien u.U. sogar eine Reduzierung der Kapitalkosten zur Folge haben könnte. Zusammenfassend läßt sich festzuhalten, daß die Geltung der Annahme der Konstanz der Kapitalkosten insbesondere vor dem Hintergrund der Studie von CHRISTENSEN/LEVI als wahrscheinlich anzusehen ist. Solange aber der empirische Beweis nicht vollständig erhärtet ist, muß diese Annahme weiterhin kritisch in Frage gestellt werden.

---

191 Vgl. Miles/Pringle/Webb, Decision, p. 361.
192 Vgl. Christensen/Levi, Risk, pp. 583-591.
193 Vgl. Allen/Rutherford/Springer, Wealth, pp. 575f.
194 Vgl. Rutherford, Impact, pp. 75-80.
195 Vgl. Nourse, Performance, p. 437; Allen/Rutherford/Springer, Wealth, p. 569.

3.3 Immobiliennutzung

Ziel einer Nutzung der Ressource Immobilie ist es, die Raumbedürfnisse für die betriebliche Leistungserstellung der operativen Einheiten optimal und kostenminimal zu befriedigen.[196] Da die Immobilienkosten einen erheblichen Anteil an den Gesamtkosten erreichen können,[197] liegt der Fokus des Managements auf der Identifikation und Realisierung der als erheblich eingeschätzten Kostenreduktionspotentiale.[198] Aus einer Reduktion der Immobilienkosten resultiert direkt eine Steigerung des Shareholder Value, da die eingesparten Kosten unmittelbar zu einem höheren FCF und folglich zu einem höheren Unternehmensgesamtwert führen.[199] Das Ausmaß der Wertsteigerung ist dabei im unternehmensspezifischen Fall zu errechnen, wobei das Modell die immobilienspezifischen Kosten explizit erfaßt.

Als wesentliche Maßnahmen zur Reduzierung der immobilienspezifischen Kosten werden die Kontrolle des Flächenbedarfs, die Senkung der Miet- und Betriebskosten der Immobilie und das Outsourcing von Gebäudedienstleistungen genannt.[200] Da der Großteil der Immobilienkosten von der Flächengröße abhängig ist, wird als wesentlicher Kosten- und damit Werttreiber die aktuelle Flächengröße erkannt. Obwohl die Flächen- und Kostenreduktion wirksame Mittel zur Steigerung des Shareholder Value sind, bleibt festzuhalten, daß nicht vordergründige Flächenreduktionen, sondern die kosten- und nutzenorientierte Abstimmung von Soll- und Istflächengröße Wertbeiträge schafft.

Insbesondere wird von Managern auch der Konsolidierung und dem Wechsel von Standorten erhebliches Wertsteigerungspotential auf Unternehmensebene beigemessen.[201] Diese Maßnahmen sind immer dann vorteilhaft, wenn der Barwert der mit dem Umzug verbundenen expliziten und impliziten Kosten geringer als der Barwert der Kosten bei Unterlassung ist.[202] Allerdings sind auch nicht quantitative Faktoren wie z.B. die Zufriedenheit der Kunden und Mitarbeiter, Charakteristika der Immobilie, Imagewirkung und Annehmlichkeiten des Umfeldes in die Entscheidung einzubeziehen.[203]

---

196 Vgl. Brown et al., Managing, pp. 47f.
197 Vgl. Veale, Assets, pp. 1-22; Eversmann, Potentiale, S. 50.
198 Vgl. Zeckhauser/Silverman, Rediscover, p. 114; Deloitte & Touche, Reduction, p. 7; Arthur Andersen, Assets, p. 11; Apgar, Costs, pp. 124f.; Garcia, Operations, pp. 482f.; Wahlen, Praxis, S. 30f.; Eversmann, Potentiale, S. 50.
199 Vgl. Apgar, Costs, p. 127; Arthur Andersen, Value, p. 20.
200 Vgl. Deloitte & Touche LLP, Reduction, pp. 12-15; Kuhn, Management, S. 7.
201 Vgl. Deloitte & Touche LLP, Reduction, p. 8; Apgar, Managing, pp. 162-163; Apgar, Costs, pp. 124-136; Nourse, Performance, pp. 433-434; Tauber, Betriebskosten, S. 39-42; Heenan, Business, pp. 4-9.
202 Für einen Überblick über die Relokationskosten vgl. Alli/Ramírez/Yung, Relocation, pp. 583-584.
203 Vgl. Lawrence, Design, pp. 15-19; Sarvis, Facility, pp. 10-14.

Entscheidend für die Aufnahme der Relokation im Kapitalmarkt sind die Umzugsmotive: Während der Kapitalmarkt die durch Eigeninteresse der Manager motivierten Relokationen mit Kursabschlägen auf die Aktie sanktioniert, folgen aus Relokationen, die aus Gründen der Kostenreduktion oder Geschäftserweiterung realisiert werden, abnormale Kurssteigerungen.[204] Weiterhin wird den Unternehmen angeraten, an den „Spill-overs", den Gewinnen aus einer Grundstücksaufwertung durch die Ansiedlung des Unternehmens, zu partizipieren, indem größere Areale als benötigt erworben werden.[205] Dieser Empfehlung ist generell nicht zu folgen, da Non Property-Unternehmen das Immobiliengeschäft nicht als Geschäftsfeld definieren und so auch nicht zusätzliche Immobilienrisiken eingehen sollten.

---

204 Vgl. Ghosh/Rodriguez/Sirmans, Relocations, o.S.; Chan/Gau/Wang, Relocations, pp. 99f.; Alli/Ramírez/Yung, Relocation, p. 598.

205 Vgl. Liow, Acquisition, p. 20; Manning, Getting, p. 13; Case, Stores, pp. 11f.

3.4 Immobilienverwertung

3.4.1 Sell-off des Immobilienbestands

Wenn die Miet- der Kauflösung überlegen sein soll, muß nachgewiesen werden, daß Unternehmen, die dieser Überlegung folgen, durch eine gezielte Immobilienverwertung Shareholder Value schaffen und daß der Kapitalmarkt die Ankündigung von Sell-offs[206] mit positiven abnormalen Renditen honoriert.

Im Rahmen des Shareholder Value-Konzeptes werden Desinvestitionen als Instrument zur Schließung von Wertlücken betrachtet.[207] In der Praxis überwiegen allerdings vorwiegend strategische Neuausrichtungen, anhaltend schlechte Renditen der SGE und die Überwindung von Krisen und Illiquiditätsgefahren als Anlässe für Desinvestitionen.[208] In den Unternehmen bestehen wesentliche Hemmnisse für Desinvestitionen im Besitzstandsdenken, in emotionalen Bindungen sowie in erwarteten Reputationsverlusten.[209] Die Ankündigungen von Desinvestitionen im Rahmen eines Sell-off wirken jedoch positiv auf den Aktienkurs,[210] weil dem Kapitalmarkt neue Informationen über den Wert der vorher unterbewerteten Aktiva vorliegen.[211]

Insbesondere bei Immobilien werden Wertsteigerungspotentiale im Rahmen des Shareholder Value-Konzeptes identifiziert: NEIDICH/STEINBERG halten die Veräußerung von Immobilien sogar als „new source of equity"[212] für vorteilhaft. Unternehmen können durch den Sell-off nicht nur Wertpotentiale realisieren, sondern auch Finanzmittel für die Restrukturierung und Konsolidierung der Geschäftsbereiche generieren.[213] Untersuchungen zeigen jedoch, daß Unternehmensleitungen bei der Verwertung von Immobilien zum Teil sogar Sharehol-

---

206 Eine Definition liefert Jain: „A sell-off is defined as selling part of a firm´s assets (e.g. a segment, a division, etc.), while the firm continues to exist in essentially the same form as that prior to the sell-off." Vgl. Jain, Effect, p. 209. Vgl. auch Rechsteiner, Unternehmenswertsteigerung, S. 19. Hier wird im folgenden Sell-off als Veräußerung von „surplus property"- oder „underutilized property"-Immobilien definiert, die die Unternehmung nach dem Verkauf nicht weiter nutzen wird. Vgl. Neidich/Steinberg, Corporate, p. 77. Im folgenden Kapitel wird untersucht, wie die Veräußerung von Immobilien, die weiterhin genutzt werden, auf den Shareholder Value wirkt.

207 Vgl. Rechsteiner, Unternehmenswertsteigerung, S. 183-187; Herter, Management, S. 27.

208 Vgl. Hinterhuber/Friedrich, Desinvestition, S. 37; Rechsteiner, Unternehmenswertsteigerung, S. 37-54. So versuchte z.B. vor kurzem die G.M. Pfaff AG durch Verkauf von Immobilien die Finanzlage zu verbessern. Vgl. o.V., Immobilienverkauf, S. 14.

209 Vgl. Rechsteiner, Unternehmenswertsteigerung, S. 55-62; Hinterhuber/Friedrich, Desinvestition, S. 37.

210 Vgl. Jain, Effect, pp. 222-223; Linn/Rozeff, Corporate, p. 20.

211 Vgl. Linn/Rozeff, Corporate, p. 20.

212 Vgl. Neidich/Steinberg, Corporate, p. 76.

213 Vgl. Zeckhauser/Silverman, Rediscover, p. 114; Arthur Andersen, Value, pp. 36-37.

der Value vernichten, indem sie Immobilien ungeachtet des Nutzens für den Käufer unter Wert veräußern.[214] Weiterhin weisen Befragungen darauf hin, daß Unternehmen dazu tendieren, die Desinvestitionen von Immobilien seltener mit gleichen detaillierten DCF-Methoden wie die Akquisitionen zu bewerten.[215]

Für eine Shareholder Value-orientierte Verwertung der Immobilien müssen in der Abstimmung des zukünftigen Immobilienbedarfs und mit den strategischen Zielen des Unternehmens die zu veräußernden Immobilien identifiziert werden.[216] Durch eine Analyse der Vermarktungsalternativen werden der maximal erzielbare Preis eines potentiellen Käufers in der bestmöglichen Nutzung und der optimale Verkaufszeitpunkt bestimmt, um Wertverluste aus Verkäufen zu vermeiden.[217]

Auf die Ankündigungen von Sell-offs von Immobilien wurden in verschiedenen Studien in den USA positive abnormale Renditen festgestellt,[218] die darauf schließen lassen, daß der Unternehmensgesamtwert durch den Verkauf von Immobilien gesteigert werden kann.[219] Die Wertsteigerungen sind dabei auf die vom Kapitalmarkt erwarteten Steigerungen der FCF, auf alternative, günstigere Investitionsmöglichkeiten sowie auf die neu vorliegenden Informationen über die Marktwerte der Immobilien zurückführbar.[220]

Im Modell fließen die Finanzmittel aus Desinvestitionen nach Steuern zunächst als „negative Investition“ mit positivem Vorzeichen in die Cash-flow Berechnung ein. Wenn wertschaffende Projekte realisiert werden können, reduzieren die Investitionsausgaben dann wieder den FCF in der Berechnungsperiode und erhöhen zukünftige FCF durch die erwarteten Einzahlungen aus dem Projekt. Gemäß der Ausschüttungsregel werden die Mittel an die Aktionäre geleitet, sofern keine Über-Par-Projekte realisierbar sind. Eine Wertschaffung aus dem Verkauf der Immobilien ist an der Differenz des Shareholder Value zwischen Sell-off und Unterlassungsalternative ablesbar und vorhanden, sofern der Barwert der nichtoperativen FCF aus der Vermietungsalternative der freien Flächen geringer ist als die Ausschüttung oder als der Barwert der FCF der neuen Projekte.

---

214 Vgl. Nourse/Kingery, Marketing, p. 21; Nourse/Kingery, Surplus, pp. 1-3.

215 Vgl. Redman/Tanner, Disposition, p. 79.

216 Vgl. Davis/Vogelzang, Value, pp. 1-4.

217 Vgl. DeLisle, Model, p. 22; Bender, Disposition, p. 18; Gowan, Surplus, p. 25; Jewett, Surplus, pp. 7-10; Neidich/Steinberg, Corporate, pp. 76-83. Hier wird im folgenden angenommen, daß die Immobilien zu einem dem Wert entsprechenden Preis veräußert werden.

218 Vgl. Owers/Rogers, Divesture, pp. 29-33; Glascock/Davidson/Sirmans, Gains, pp. 567-582; Myer/He/Webb, Effect, pp. 487-500; Booth/Glascock/Sarkar, ReExamination, pp. 195-202; Christensen/Levi, Risk, pp. 591f.

219 Vgl. Rodriguez/Sirmans, Corporate, p. 22.

220 Vgl. Owers/Rogers, Divesture, p. 32; Rodriguez/Sirmans, Corporate, p. 22.

3.4.2 Sale Leaseback-Transaktionen

Bei einer Sale Leaseback-Transaktion (SLBT) veräußert das Unternehmen die Immobilie an einen Dritten bei gleichzeitigem Abschluß eines Mietvertrages, der je nach Ausgestaltung auch Optionen auf den späteren Erwerb der Immobilie umfassen kann.[221] Wenn die Mietlösung vorteilhafter als der Kauf von Immobilien sein soll, dann müssen die Aktien der Unternehmen, die selbstgenutzte Immobilien veräußern und zurückmieten, langfristig Kurssteigerungen aufweisen, was der Kapitalmarkt durch positive abnormale Renditen bei Ankündigungen einer SLBT signalisiert.

Während BÜHNER eine Verwertung von selbstgenutzten Immobilien nur „in Ausnahmefällen" empfiehlt,[222] halten andere Autoren SLBT für vorteilhaft, da die aus der Veräußerung gewonnenen Finanzmittel in andere Projekte investiert werden und so das Ertragspotential verbessern können.[223] Neben möglichen Steuervorteilen läßt sich die Fremdkapitalaufnahme reduzieren und immobilienspezifisches Risiko an andere Investoren weiterleiten.[224] Eine besonders wirksame Signalfunktion für eine Shareholder Value-orientierte Unternehmenspolitik wird einer SLBT im Zusammenwirken mit Aktienrückkäufen attestiert.[225]

Empirische Studien über die Auswirkungen der Ankündigungen von SLBT auf Aktienkurse des verkaufenden Unternehmens zeigen kein einheitliches Ergebnis: Während einige Studien zum Ergebnis kommen, daß SLBT den Aktienkurs positiv beeinflussen,[226] stellen andere Untersuchungen keine oder negative Auswirkungen fest.[227] ALVAYAY/RUTHERFORD/SMITH zeigen, daß insbesondere die geltenden steuerlichen Abschreibungsregeln signifikant die Vorteilhaftigkeit von SLBT zu bestimmen scheinen.[228] Im Modell werden bei einer SLBT die jetzt anfallenden Mietauszahlungen zusätzlich als den FCF reduzierende Zahlungsgröße berücksichtigt. Eine SLBT ist im Modell vorteilhaft, wenn der Shareholder Value bei Anmietung unter Berücksichtigung des Wertbeitrages der Neuprojekte und der Ausschüttung größer als die Unterlassungsalternative ist.

221 Vgl. Sirmans, Finance, p. 409; Rodriguez/Sirmans, Corporate, p. 22.
222 Vgl. Bühner, Management, S. 163.
223 Vgl. Knutsen, Impact, pp. 27-29; Brueggeman/Fisher, Finance, pp. 540-543; Sirmans, Finance, p. 410; Brueggeman/Fisher/Porter, Rethinking, pp. 44f.; Davis, Structures, pp. 5f.
224 Vgl. Brueggeman/Fisher/Porter, Rethinking, pp. 44f.; Sirmans, Finance, p. 410.
225 Vgl. Brueggeman/Fisher/Porter, Rethinking, p. 45. Aktienrückkäufe zur Steigerung des Shareholder Value werden vielfach auch in Deutschland gefordert. Vgl. von Rosen/Helm, Erwerb, S. 434-442; Löwe, Aktienrückkauf, S. 17.
226 Vgl. Solvin/Sushka/Polonchek, Wealth, pp. 289-299; Rutherford, Evidence, pp. 523-529; Rutherford, Impact, pp. 75-80.
227 Vgl. Adams/Clarke, Reaction, pp. 31-46; Alvayay/Rutherford/Smith, Tax, pp. 207-238.
228 Vgl. Alvayay/Rutherford/Smith, Tax, pp. 230-231.

3.5 Restrukturierung des Immobilienmanagements

3.5.1 Corporate Real Estate-Einheit

Die Bildung einer Corporate Real Estate (CRE)- Einheit wird als eine Voraussetzung für ein proaktives Immobilienmanagement angesehen, wobei sich als mögliche Organisationsformen eine zentrale CRE-Abteilung, eine im Konzernverbund gehaltene Tochtergesellschaft oder eine an der Börse gehandelte Tochtergesellschaft mit Mehrheitsbeteiligung der Muttergesellschaft identifizieren lassen.[229] Unternehmen versuchen, in der CRE-Einheit die immobilienspezifischen Ressourcen zu bündeln, um durch Kostenkontrolle, Risikoreduzierung, steuerliche Vorteile und Erzielung von Einzahlungen aus Verwertung und Vermietung Shareholder Value zu schaffen. RUTHERFORD/NOURSE zeigen, daß der Kapitalmarkt die Bildung einer CRE-Einheit um so positiver bewertet, je stärker die Immobilienaktivitäten von der Muttergesellschaft getrennt werden.[230]

Im Rahmen des Modells wirkt die Bildung einer CRE-Einheit nicht per se auf den Shareholder Value, aber durch die Reduzierung von Kosten sowie Erzielung von Erträgen aus kurzfristigen Vermietungen lassen sich Potentiale zur Steigerung des FCF und somit des Shareholder Value identifizieren. Inwieweit die Kapitalkosten durch vermindertes Risiko und den geschaffenen Zugang zum Kapitalmarkt bei börsennotierten Töchtern reduziert werden können, wird im folgenden Abschnitt untersucht.

3.5.2 Spin-off des Immobilienbestands

Bei einem Spin-off werden Teile des Betriebsvermögens in ein neu gegründetes Unternehmen transferiert und die Aktien der neu gegründeten Gesellschaft an die Aktionäre der Muttergesellschaft verteilt.[231] Das neu geschaffene Unternehmen operiert losgelöst von der Muttergesellschaft, die mit dem Spin-off beabsichtigt, Wertlücken zu schließen und so den Shareholder Value zu steigern.[232] Mögliche Quellen für eine Wertsteigerung sind vielfältig: Zum einen werden durch den Spin-off „hidden values" der Tochtergesellschaften aufgedeckt, und die Immobiliengesellschaft wird an der Börse entsprechend ihres Risikos separiert und neu bewertet, was in der Folge zu einer marktorientierten, dezentralisierten Allokation von Kapital führt.[233] Zum anderen kann die Muttergesellschaft durch Konzentration ihrer Aktivitäten auf das Kerngeschäft und durch erhöhte Selbständigkeit und Verantwort-

---

229 Vgl. Teoh, Corporate, pp. 613-614; Rutherford/Nourse, Impact, pp. 73-84.
230 Vgl. Rutherford/Nourse, Impact, pp. 73-84.
231 Vgl. Hite/Rogers, Spin-off, p. 410; Schipper/Smith, Wealth, p. 437.
232 Vgl. Gordon, Value, p. 61; Brueggeman/Fisher/Porter, Rethinking, pp. 41f.
233 Vgl. Cusatis/Miles/Woolridge, Evidence, p. 107.

lichkeit des Managements der Tochtergesellschaft die operative Performance beider Gesellschaften steigern.[234]

Widerlegt erscheint die als Erklärung von Steigerungen des Shareholder Value durch Spin-offs angeführte These, daß die Aktionäre zu Lasten der Fremdkapitalgeber Wertgewinne realisieren. Intuitiv einsichtig erscheint, daß steuerliche Rahmenbedingungen den Wertbeitrag von Spin-offs signifikant beeinflussen.[235] Empirische Studien zeigen, daß die Ankündigung und Durchführung von Spin-offs den Aktienkurs der Muttergesellschaft positiv beeinflussen und daß in der Folge höhere Renditen bei beiden Gesellschaften erwirtschaftet werden.[236]

Mit Blick auf den bedeutenden Wert von Immobilien wird gefordert, diese im Wege eines Spin-off zu verwerten.[237] Durch die Realisierung einer solchen Strategie betrachtet der Kapitalmarkt die Immobilienaktivitäten der Gesellschaft unabhängig und losgelöst von der Muttergesellschaft. Die Immobiliengesellschaft bietet dem Markt Informationen über die Werte der Immobilien im Portfolio und wird entsprechend dem Risiko der Geschäftsaktivitäten der Immobiliengesellschaft mit einem eigenen Aktienkurs bewertet, in dem sich der Wert sämtlicher zukünftiger FCF widerspiegelt.[238]

Im Kapitalmarkt werden Ankündigungen von Spin-offs von Immobilienaktivitäten mit positiven abnormalen Renditen honoriert,[239] wobei OWERS/ROGERS eine stärkere Reaktion als bei Sell-offs feststellen.[240] Die Performance der neu geschaffenen Gesellschaften nach dem Spin-off liegt signifikant höher als der Marktdurchschnitt, was wahrscheinlich auf die erhöhte M&A-Aktivität mit Beteiligung von Spin-off-Unternehmen zurückzuführen ist.[241]

Wenn der Verkauf der Immobilien nicht das Risiko des Unternehmens ändert,[242] erscheint es plausibel anzunehmen, daß auch die Kapitalkosten der Muttergesellschaft bei einem Spin-off der Immobilien bei gleicher Kapitalstruktur konstant bleiben.[243] Im Modell bewirkt ein Spin-off durch jetzt zu zahlende Mieten an die Immobiliengesellschaft eine Reduktion des FCF der Muttergesellschaft. In der Folge bewirkt ein Spin-off der Immobilienaktivitäten durch die reduzierten FCF bei gleichbleibenden Kapitalkosten eine Verringerung des Sha-

234 Vgl. Schipper/Smith, Wealth, pp. 463-464; Hite/Rogers, Spin-off, p. 434.

235 Vgl. Hite/Rogers, Spin-off, pp. 434f.; Schipper/Smith, Corporate, pp. 24f.

236 Vgl. Hite/Rogers, Spin-off, pp. 434f.; Schipper/Smith, Wealth, pp. 463f.; Cusatis/Miles/ Woolridge, Evidence, p. 107; Schipper/Smith, Corporate, pp. 22-29.

237 Vgl. Owers/Rogers, Divesture, pp. 29f.

238 Vgl. Brueggeman/Fisher/Porter, Rethinking, pp. 41f.

239 Vgl. Ball/Rutherford/Shaw, Wealth, pp. 597-606; Owers/Rogers, Divesture, p. 33.

240 Vgl. Owers/Rogers, Divesture, p. 33.

241 Vgl. Cusatis/Miles/Woolridge, Evidence, p. 107; Ball/Rutherford/Shaw, Wealth, p. 597.

242 Vgl. Christensen/Levi, Risk, pp. 591f.

243 Lewis/Stelter behaupten, daß bei Spin-offs die Kapitalkosten der gesplitteten Unternehmen nicht von den Kapitalkosten des ursprünglichen Unternehmens abweichen. Vgl. Lewis/Stelter, Steigerung, S. 96.

reholder Value der Muttergesellschaft. Die Aktionäre erhalten eine Ausschüttung in Form von Aktien der neu gegründeten Immobiliengesellschaft. Die Reichtumsposition der Aktionäre erhöht sich immer dann, wenn die Summe aus Ausschüttung und verbleibendem Shareholder Value der Muttergesellschaft höher als der Shareholder Value vor Durchführung des Spin-off ist. Vor dem Hintergrund der oben zitierten empirischen Ergebnisse scheint dies bei Spin-offs von Immobiliengesellschaften wahrscheinlich zu sein.

3.5.3 Property Initial Public Offering

Bei einem Property Initial Public Offering emittiert eine Gesellschaft, die überwiegend Immobilienaktivitäten verfolgt, Aktien am Kapitalmarkt.[244] Ein Non Property-Unternehmen kann wie bei einem Spin-off seine Immobilienaktivitäten in eine Immobiliengesellschaft ausgliedern, mit dem Unterschied, daß die Aktien der zu gründenden Immobiliengesellschaft nicht an die Aktionäre der Muttergesellschaft, sondern an Dritte auf dem Kapitalmarkt z.B. im Wege einer öffentlichen Begebung emittiert werden. Die Erlöse aus dem Property Initial Public Offering fließen der Muttergesellschaft zu, die diese entweder an die Aktionäre ausschüttet oder in alternative, wertschaffende Projekte investiert. Untersuchungen zeigen, daß Property Initial Public Offerings signifikant positive Renditen am Tag der Emission aufweisen, die aber im Vergleich zu Emissionen anderer Industrien geringer sind.[245]

Im Modell generiert ein Property Initial Public Offering eine den FCF erhöhende Einzahlung aus dem Emissionserlös und Mietauszahlungen an die Immobiliengesellschaft. Je nach Verwendung des Emissionserlöses erhalten die Aktionäre eine Barausschüttung und/oder die Muttergesellschaft investiert in Über-Par-Projekte, die Steigerungen des Shareholder Value bewirken. Property Initial Public Offerings sind vorteilhaft, wenn der Shareholder Value nach der Ausgliederung, bestehend aus Ausschüttung, Marktwert der Muttergesellschaft und Marktwert der zukünftigen neuen Projekte, größer ist als bei der Unterlassungsalternative.

---

244 Vgl. WestLB Research GmbH, Immobilienaktien, S. 10; Gerbich/Levis/Venmore-Rowland, Property, p. 42. Einführend vgl. Bone-Winkel, Immobilienanlageprodukte, S. 675-677.

245 Vgl. Gerbich/Levis/Venmore-Rowland, Property, pp. 38-54.

3.6 Ableitung einer Handlungsanweisung für eine immobilienspezifische, Shareholder Value-orientierte Unternehmensführung

Anhand der vorherigen Ausführungen läßt sich zusammenfassen, daß unter den getroffenen Annahmen bei nicht betriebsbedingtem Eigentum die Mietlösung vorteilhafter als der Kauf einer Immobilie ist. Aus diesen Überlegungen folgt, daß Unternehmen laufend untersuchen müssen, ob die im Eigentum befindlichen Immobilien aus strategischen Gründen betriebsbedingtes Eigentum darstellen.[246] Sofern das Eigentum an der Immobilie für die operative Geschäftstätigkeit nicht zwingend notwendig ist, sollten die Unternehmen prüfen, ob die Immobilie veräußerbar ist. Die Verwendung des Veräußerungserlöses orientiert sich dabei strikt an der beschriebenen Ausschüttungsregel.

Unter den getroffenen Annahmen minimiert eine Shareholder Value-orientierte Immobilienbereitstellung eines Non Property-Unternehmens die Investition in Immobilien, da die Kapitalkosten des Unternehmens aufgrund der geringeren Möglichkeit des Abbaus von unsystematischen Risiken durch Portfoliodiversifikation i.d.R. größer sind als die eines Immobilieninvestors. Diese Sichtweise scheint sich in den USA in der stark zurückgegangenen Eigentumsrate an betrieblich genutzten Immobilien widerzuspiegeln.[247]

Weiterhin können Non Property-Unternehmen durch Sell-offs und SLBT einzelne Immobilien und durch Spin-offs oder Property Initial Public Offerings ganze Immobilienportefeuilles im Rahmen der Restrukturierung des CRE verwerten und den Shareholder Value erhöhen. Eine organisatorische Einheit, welche die Abstimmung der strategischen Pläne des Unternehmens mit dem Immobilienmanagement umsetzt und Strategien zur optimalen und kostengünstigsten Deckung des Raumbedarfs entwickelt, schafft durch ein effizientes Management der Immobilien im betriebsbedingten Eigentum und der angemieteten Flächen einen Wertbeitrag zum Shareholder Value. Zusammenfassend läßt sich als Leitbild einer immobilienspezifischen Shareholder Value-orientierten Unternehmensführung formulieren: „The value of corporate real estate demands that it be put to its highest and best use, either by the company or by others."[248]

---

246 Dies gilt für die gesamten Aktiva. Vgl. Linn/Rozeff, Corporate, p. 21.

247 Vgl. Brueggeman/Fisher/Porter, Rethinking, p. 39.

248 Zeckhauser/Silverman, Rediscover, p. 117. Vgl. auch Brueggeman/Fisher/Porter, Rethinking, p. 42.

4 Shareholder Value und Immobilien in Deutschland

4.1 Empirische Erkenntnisse

Bisherige Studien zur Frage, inwiefern das Shareholder Value-Konzept von Unternehmen in Deutschland verfolgt wird, fokussieren auf die vergangenheitsorientierte Beurteilung der Schaffung von Shareholder Value durch das Management und zielen so ausschließlich auf die Feststellung des Ist-Zustandes ab.[249] Das Potential des maximal realisierbaren Shareholder Value zu bestimmen, ist nicht möglich, jedoch kann über die Einstellung des Managements zur Maximierung des Shareholder Value als Unternehmensziel darauf geschlossen werden, mit welcher Intensität die Unternehmensführungen versuchen, Wertsteigerungspotentiale konsequent zu erschließen. Eine Befragung unter den DAX-Werten zeigt, daß die Mehrheit der Unternehmensleitungen der großen deutschen kotierten Aktiengesellschaften die Steigerung des Marktwertes des Eigenkapitals als wesentliches Ziel betrachten.[250]

Eine empirische Studie zeigt ferner, daß die Unternehmen, die das Shareholder Value-Konzept überdurchschnittlich verfolgen, auch in hohem Maße ein aktives Immobilienmanagement implementieren.[251] Da bisher keine Untersuchungen bekannt sind, ob und inwieweit Unternehmen Immobilienstrategien zur Steigerung des Shareholder Value nutzen, wurde in einer empirisch-explorativen Studie versucht, erste Anhaltspunkte und Möglichkeiten für ein solches Vorgehen zu ermitteln.

---

249 Vgl. Bühner, Shareholder, S. 749-769; SGZ-Bank, Analyse, S. 1-13.

250 Vgl. o.V., Aktienkultur, S. 481-495.

251 Schäfers stellt fest, daß 61,5% der befragten Unternehmen das Shareholder Value-Konzept „in mittlerem Ausmaß" bis „in sehr hohem Maße" und 22,9 % „in geringem Maße" verfolgen, während 15,6% der befragten Unternehmen den Shareholder Value als Zielgröße gar nicht betrachten. Vgl. Schäfers, Management, S. 258f.

4.2 Explorative Studie „Unternehmenswert und Immobilien"

4.2.1 Ziel, Aufbau und Methodik

Ziel der Studie ist es, Hypothesen über die Nutzung von Immobilien zur Steigerung des Unternehmenswertes in Deutschland zu formulieren. Da ausschließlich bei kotierten Unternehmen die Möglichkeit eines Vergleichs zwischen dem auf der Grundlage eines DCF-Modells ermittelten Shareholder Value und dem Börsenkurs vorhanden ist, wurde an die Geschäftsleitungen der börsennotierten Aktiengesellschaften in Deutschland ein zweiseitiger, standardisierter Kurzfragebogen versandt, der in Tabelle 11 und Tabelle 12 abgebildet ist.[252]

Von den 608 angeschriebenen Unternehmen reagierten 64 Unternehmen. Von den an der Umfrage partizipierenden 45 Unternehmen konnten 41 konsistent ausgefüllte Fragebögen analysiert werden.[253] Bei einem Antwortverhalten mit einer Rücklaufquote von 6,7% kann aufgrund der geringen Grundgesamtheit nicht der Anspruch erhoben werden, allgemeingültige Aussagen zu treffen. Dennoch lassen sich erste interessante Hypothesen auf der Basis von Häufigkeitsauszählungen formulieren, die es durch weitere Studien zu verifizieren gilt.

252 Die Stichprobe basiert auf der Hoppenstedt Wirtschaftsdatenbank (Stand 8/1996), in der Börsennotierung und Adressen der Unternehmen verzeichnet sind.

253 Hier wurde durch eine einfache Plausibilitätsprüfung die Konsistenz der Antworten überprüft.

Tabelle 11: Fragebogen "Unternehmenswert und Immobilien" (Seite 1)

1. In welcher Branche ist Ihr Konzern schwerpunktmäßig tätig?
a) Energie- und Wasserversorgung
b) Grundstoff- und Produktionsgütergewerbe
c) Investitionsgüter produzierendes Gewerbe
d) Verbrauchsgüter produzierendes Gewerbe
e) Nahrungs- und Genußmittelgewerbe
f) Baugewerbe
g) Handel
h) Verkehr und Nachrichtenübermittlung
i) Kredit-, Versicherungs- und Dienstleistungsgewerbe

2. Wie hoch war *circa* der Gesamtumsatz Ihres Konzerns im vergangenen Geschäftsjahr ?
(in DM) <250 Mio. 251-500 Mio. 501-1 Mrd. 1-5 Mrd. 5-10 Mrd. >10 Mrd.

3. Wie hoch war *circa* die Bilanzsumme Ihres Konzerns im vergangenen Geschäftsjahr ?
(in DM) <500 Mio. 501-1 Mrd. 1-5 Mrd. 5-10 Mrd. 10-50 Mrd. > 50 Mrd.

4. Beurteilen Sie Ihren Konzern an der Börse für ...
stark unterbewertet unterbewertet angemessen bewertet überbewertet keine Aussage

5. Wie groß ist der von Ihrem Konzern genutzte Immobilienbestand ?
a) Gebäudenutz-/-mietfläche circa ____ m²
b) Grundstücksfläche circa ____ m²
c) Nicht bekannt

6. Die Hauptnutzungsarten Ihres Immobilienbestandes sind: (Schätzung genügt)
Bürofläche ca.____% Produktionsfläche ca.____% Lagerfläche ca.____% Einzelhandelsfläche ca.____% Sonstige: .... ca.____%

7. Welchen prozentualen Anteil hat die Summe der *Verkehrswerte* der Immobilien an...
a) der Bilanzsumme Ihres Konzerns circa ____ %
b) dem Marktwert des Eigenkapitals Ihres Konzerns circa ____ %
c) Nicht bekannt

8. Welchen prozentualen Anteil haben die immobilienspezifischen Kosten an...
a) dem Gesamtumsatz Ihres Konzerns circa ____ %
b) den fixen Kosten Ihres Konzerns circa ____ %
c) Nicht bekannt

9. Welchen Anteil der Immobilienfläche halten Sie für marktfähig ?
circa ____ %

10. Wie stellt Ihr Konzern die benötigten Flächen bereit ? (Schätzung genügt)
Miete ca.____% Kauf ca.____% Entwicklung ca.____% Leasing ca.____% Sonstige: .... ca.____%

11. Wie hoch waren *circa* die Immobilieninvestitionen Ihres Konzerns im letzten Geschäftsjahr?
(in DM) <10 Mio. 10-50 Mio. 51-100 Mio. 101-250 Mio. 251 -500 Mio. >500 Mio.

12. Wie finanziert Ihr Konzern die Immobilieninvestitionen ? (Mehrfachnennungen möglich)
a) Grundpfandrechtlich gesicherte Darlehen
b) Einbehaltene Gewinne
c) Cash Flow aus gewöhnlicher Betriebstätigkeit
d) Grundpfandrechtlich gesicherte Schuldverschreibungen oder Schuldscheine
e) Begebung von Stammaktien
f) Begebung von Genußscheinen und Vorzugsaktien
g) Begebung von Commercial Paper-Schuldverschreibungen
h) Langfristiges Leasing
i) Sale Leaseback-Transaktionen
j) Andere Finanzierungsquellen: ....

Quelle: eigene Darstellung

Tabelle 12: Fragebogen "Unternehmenswert und Immobilien" (Seite 2)

13. Welche Priorität hat das Shareholder Value-Konzept in Ihrem Konzern ?

höchste | hohe | durchschnittliche | niedrige | sehr niedrige

14. Welches Konzept stellt die theoretische Grundlage für das Vorgehen Ihres Konzerns dar?

a) Das Shareholder Value-Konzept nach Rappaport
b) Der Ansatz nach Copeland, Koller, Murrin (McKinsey-Konzept)
c) Das CFROI-Konzept nach Lewis (BCG-Ansatz)
d) Der EVA/MVA-Ansatz nach Stern und Stewart
e) Andere Konzepte: ....

15. Wird dieses Konzept auch auf Immobilieninvestitionen angewendet ?

gar nicht | in hohem Maß verändert | in geringem Maß verändert | vollständig übertragen

16a Welche interne Verzinsungsgrenze besteht...

a) für die einzelnen Geschäftsbereiche Ihres Konzerns ________ %
b) für die Immobilieninvestitionen ________ %
c) Nicht definiert

16b Welche Kennzahlen werden ins Verhältnis gesetzt ?

	Nenner	Zähler
a) Für die einzelnen Geschäftsbereiche Ihres Konzerns		
b) Für die Immobilieninvestitionen?		

17. Werden bei der Planung der langfristigen Konzernstrategie Immobilien berücksichtigt?

gar nicht | in geringem Ausmaß | in Ø Ausmaß | in hohem Ausmaß | in sehr hohen Ausmaß

18. In welcher Stärke wirken immobilienspezifische Werttreiber auf den Unternehmenswert?

(1 = sehr stark ; 6 = sehr schwach)	1	2	3	4	5	6	gar nicht
a) Betriebskosten der Immobilien							
b) Bereitstellungskosten der Immobilien							
c) Abschreibung auf Immobilien							
d) Immobilieninduzierte Fremdkapitalkosten							
e) Andere Werttreiber: 1.)...							
f) Andere Werttreiber: 2.)...							

19. Wie verhält sich die Performance der Immobilien zu der anderer Konzernaktivitäten ?

höher als Konzernperf. | entspricht der Konzernperf. | geringer als Konzernperf.

20. Welche Immobilienstrategien und -maßnahmen halten Sie in Ihrem Konzern für...

(Mehrfachnennungen möglich)	a) wertsteigernd	b) realisierbar
a) Verkauf von nicht betriebsnotwendigen Immobilien		
b) Vermietung von nicht betriebsnotwendigen Immobilien		
c) Gründung einer Corporate Real Estate Management-Abteilung		
d) Ausgründung aller Immobilienaktivitäten in eine Konzerntochter		
e) Ausgründung aller Immobilienaktivitäten und Gang an die Börse		
f) Sale Leaseback-Transaktionen		
g) Immobilienmanagement als eigenes Geschäftsfeld		
h) Reduzierung der Arbeitsfläche je Mitarbeiter		
i) Einführung von innerbetrieblichen Verrechnungspreisen		
j) Andere Strategien:...		

21. Wie hoch schätzen Sie das Wertsteigerungspotential bei den einzelnen Strategien ein ?

	in % des Unternehmenswertes	keine Schätzung möglich
a) Verkauf von nicht betriebsnotwendigen Immobilien	%	
b) Vermietung von nicht betriebsnotwendigen Immobilien	%	
c) Gründung einer Corporate Real Estate Management-Abteilung	%	
d) Ausgründung aller Immobilienaktivitäten in eine Konzerntochter	%	
e) Ausgründung aller Immobilienaktivitäten und Gang an die Börse	%	
f) Sale Leaseback-Transaktionen	%	
g) Immobilienmanagement als eigenes Geschäftsfeld	%	
h) Reduzierung der Arbeitsfläche je Mitarbeiter	%	
i) Einführung von innerbetrieblichen Verrechnungspreisen	%	
j) Andere Strategien:	%	

Quelle: eigene Darstellung

4.2.2 Interpretation der Ergebnisse

An der Befragung nahmen überwiegend Unternehmen des produzierenden Gewerbes (71%) teil. Die Analyse der Bilanz- und Umsatzzahlen zeigt, daß die Grundgesamtheit sehr heterogen zusammengesetzt und daher eine Gruppenbildung mit Blick auf die geringe Anzahl verwertbarer Fragebögen nicht möglich ist. Es fällt auf, daß 39% der antwortenden Unternehmen ihre Aktien an der Börse für unterbewertet halten. 14% der antwortenden Unternehmen treffen über die Bewertung der Aktien am Markt keine Aussage.

Bei 12 Unternehmen liegt der Anteil der Summe der Verkehrswerte an der Bilanzsumme über 25%, bei vier Unternehmen sogar über 75%. Bei neun Unternehmen erreicht die Summe der Verkehrswerte der Immobilien mehr als 75% der Börsenkapitalisierung, wobei die Summe der Verkehrswerte bei fünf dieser Unternehmen die Börsenkapitalisierung übersteigt, in einem Fall sogar um 25%. Dies weist darauf hin, daß in den Unternehmen z.T. ganz erhebliche Wertlücken in den Immobilien verborgen sind.

Daß diese Potentiale auch größtenteils am Markt verwertbar zu sein scheinen, belegt die Tatsache, daß 15 Unternehmen mehr als 60% ihrer Immobilien für marktfähig halten. Während 36 Unternehmen dem Shareholder Value-Konzept hohe bzw. mittlere Priorität einräumen, übertragen nur 16 Unternehmen, davon sieben vollständig und neun partiell, den verfolgten Shareholder Value-Ansatz überhaupt auf Immobilieninvestitionen. Weiterhin wird von 23 Unternehmen angegeben, daß die Immobilienperformance unterhalb der Konzernperformance liegt. Dies läßt vermuten, daß Immobilienkalküle in den Shareholder Value-Analysen eine untergeordnete Rolle spielen, obwohl die Unternehmen zu erkennen scheinen, daß der Wertbeitrag der Immobilien im Unternehmen gering ist.

Zwar halten 23 Unternehmen die Veräußerung von nicht betriebsnotwendigen Immobilien für wertsteigernd, aber nur zehn von diesen geben an, in der Lage zu sein, die aus dem Verkauf resultierende Wertsteigerung abzuschätzen. Zusammenfassend kann aus den Ergebnissen der Kurzumfrage die Hypothese formuliert werden, daß die Schließung der Wertlücken bei Unternehmensimmobilien keine vorrangige Priorität genießt.

5 Zusammenfassung und Ausblick

Der vorliegende Beitrag zielte zunächst auf die Analyse des Einflusses der Immobilien auf den Shareholder Value von Non Property-Unternehmen ab. Ausgehend von der Erkenntnis, daß das Shareholder Value-Konzept als Zielsystem des Unternehmens trotz vorgebrachter Kritik eine hohe Relevanz für die moderne Unternehmensführung besitzt, wurden die traditionellen Shareholder Value-Ansätze anglo-amerikanischer Provenienz auf ihre Behandlung der Immobilien untersucht und festgestellt, daß diese keinen geeigneten Rahmen für eine differenzierte Wertsteigerungsanalyse von Immobilienstrategien bieten.

Vor diesem Hintergrund erfolgte die Entwicklung eines immobilienspezifischen Shareholder Value-Modells auf der Basis des Entity-Ansatzes im einfachen Steuersystem, wobei insbesondere die notwendigen immobilienspezifischen Anpassungen der FCF-Definition dargelegt wurden. Weiterhin wurde exemplarisch die Wirkungsweise von Immobilienstrategien auf den Shareholder Value untersucht. Anhand des entwickelten Modells konnte die Vorteilhaftigkeit der Miete im Vergleich zum Kauf von Immobilien unter der Gültigkeit bestimmter Annahmen festgestellt werden, deren Plausibilität diskutiert wurde. Aufbauend auf dieser Feststellung wurden verschiedene Maßnahmen einer wertsteigernden Immobiliennutzung wie Flächenreduktionen und Relokationen in ihrer Wirkung auf den Shareholder Value beschrieben.

Ferner wurde deutlich, daß durch eine konsequente Verwertung von nicht benötigten Immobilien im Wege des Sell-off und durch Sale Leaseback-Transaktionen bei genutzten Immobilien Shareholder Value geschaffen werden kann. Die Bildung einer CRE-Einheit in Form einer CRE-Abteilung oder Konzerntochtergesellschaft wirkt nicht per se, sondern durch die zu erwartende Effizienzsteigerung des Immobilienmanagements auf den Shareholder Value. Die Ausgliederung der Immobilienaktivitäten in Form eines Spin-off oder eines Property Initial Public Offering erhöht mit hoher Wahrscheinlichkeit die Reichtumsposition der Anteilseigner, da die Muttergesellschaft und die Immobiliengesellschaft entsprechend ihres Risikos einzeln bewertet werden.

In einer explorativ-empirischen Studie wurde weiterhin untersucht, inwiefern in Deutschland Unternehmen ihre Immobilien zur Steigerung des Shareholder Value nutzen. Auf der Grundlage der Ergebnisse der Studie wird die Hypothese aufgestellt, daß Unternehmen in Deutschland die Ressource Immobilie bei der Identifikation von Wertsteigerungspotentialen vernachlässigen, obwohl Shareholder Value-Konzepte in den Unternehmen zur Anwendung zu kommen scheinen. Diese Hypothese gilt es in zukünftigen Studien zu verifizieren.

Einen weiteren wertvollen Beitrag zur Analyse der Steigerung des Unternehmenswertes mittels Immobilien könnte die Entwicklung eines an das deutsche Steuersystem angepaßten immobilienspezifischen Shareholder Value-Modells liefern. Weiterhin gilt es zu untersuchen, wie andere, hier nicht betrachtete Strategien wie z.B. Joint Ventures oder die Diversifizierung ins Immobiliengeschäft und damit den Wandel zum Property-Unternehmen auf den Shareholder Value wirken.

Für die Unternehmen wird es in Zukunft entscheidend sein, Immobilien in nutzenoptimaler und kostenminimaler Form den operativen Einheiten zur Verfügung zu stellen und so eine möglichst hohe Kongruenz zwischen Unternehmensstrategie und Immobilienstrategie zu erreichen. Eine Shareholder Value-orientierte Unternehmensführung wird die Investitionen in Immobilien im nicht betriebsbedingten Eigentum minimieren und die freigesetzten Kapitalien in höher verzinsliche Projekte investieren bzw. ausschütten.

Den CRE-Managern kommt hier die besondere Aufgabe zu, die geforderte Flexibilität in der Beschaffung des Produktionsfaktors „Boden“ sicherzustellen und durch ein am Unternehmenswert ausgerichtetes Immobilienmanagement Kosten einzusparen und Kapitalien freizusetzen. Die Forderung der Aktionäre, Shareholder Value zu schaffen, erfordert eine konsequente Nutzung der Immobilien zur Unternehmenswertsteigerung, was in besonderem Maße für deutsche Unternehmen mit großem Immobilienvermögen eine erhebliche Herausforderung darstellt, die es in der Zukunft zu bewältigen gilt.

Literaturverzeichnis

Adams, A. T./Clarke, R. T. *(Reaction)*: Stock market reaction to sale and leaseback announcements in the UK, in: JoPR, Vol. 13 (1996), pp. 31-46.

Allen, M. T./Rutherford, R. C./Springer, T. M. *(Wealth)*: The Wealth Effects of Corporate Real Estate Leasing, in: JoRER, Vol. 8 (1993), No. 4, pp. 567-578.

Alli, K. L./Ramírez, G. G./Yung, K. *(Relocation)*: Corporate Headquarter Relocation: Evidence of Capital Markets, in: AREUEAJ, Vol. 19 (1991), No. 4, pp. 583-599.

Alvayay, J. R./Rutherford, R. C./Smith, W. S. *(Tax)*: Tax Rules and the Sale and Leaseback of Corporate Real Estate, in: REE, Vol. 23 (1995), No. 2, pp. 207-238.

Ambrose, B. W. *(Impact)*: Corporate Real Estate´s Impact on the Takeover Market, in: JoREFE, Vol. 3 (1990), No. 4, pp. 307-322.

Apgar, M. *(Costs)*: Uncovering Your Hidden Occupancy Costs, in: HBR, Vol. 71, May/June 1993, No. 3, pp. 124-137.

Apgar, M. *(Managing)*: Managing Real Estate to Build Value, in: HBR, Vol. 67, November/December 1995, No. 6, pp. 162-179.

Arbeitskreis „Finanzierung“ der Schmalenbach-Gesellschaft Deutsche Gesellschaft für Betriebswirtschaftslehre e.V. [zitiert: Arbeitskreis „Finanzierung“ der SG] *(Unternehmenssteuerung)*: Wertorientierte Unternehmenssteuerung mit differenzierten Kapitalkosten, in: zfbf, 48. Jg.(1996), H. 6, S. 543-578.

Arthur Andersen *(Assets)*: Wasted assets? A survey of corporate real estate in Europe, o. Verlag, o.O. 1995.

Arthur Andersen *(Corporation)*: Real Estate in the Corporation: The Bottom Line from Senior Management, o. Verlag, o.O. 1993.

Arthur Andersen *(Value)*: Real Estate in the Corporation: Adding Value to the Bottom Line, o. Verlag, o.O. 1997.

Baden, K. *(Wohl)*: Zum Wohl der Aktionäre, in: mm, 26. Jg.(1996), H. 4, S. 146-157.

Baetge, J./Krause, C. *(Unternehmensbewertung)*: Die Berücksichtigung des Risikos bei der Unternehmensbewertung, in: BFuP, 46. Jg.(1994), H. 5, S. 433-456.

Balachandran, B. V./Nagarajan, N. J./Rappaport, A. *(Margins)*: Treshold Margins for Creating Economic Value, in: FM, Vol. 15, Spring 1986, pp. 68-77.

Ball, J. N./Rutherford, R. C./Shaw, R. J. *(Wealth)*: The Wealth Effects of Real Estate Spin-Offs, in: JoRER, Vol. 8 (1993), No. 4, pp. 597-606.

Balogh, C./Corgel, J./Logan, G. *(Planning)*: Financial Planning for Real Estate Production Decisions, in: REI, Vol. 12 (1987), No. 2, pp. 1-5.

Bell, M. A. *(Management)*: The Importance of Sound Fixed Asset Management, in: ID, Vol. 156, January/February 1987, No. 1, pp. 11-13 (61-63).

Bender, A. D. *(Disposition)*: Disposition Alternatives for Surplus Corporate Real Estate, REFJ, Vol. 6, Winter 1991, No. 3, pp. 18-22.

Berger, R. *(Aktionäre)*: Shareholder Value begünstigt nicht nur Aktionäre, in: SZ v. 12. Juli 1996, Nr. 159, S. 24.

Bischoff, J. *(Shareholder)*: Das Shareholder Value-Konzept. Darstellung - Probleme - Handhabungsmöglichkeiten, Wiesbaden 1994 (zugleich Diss. Univ. München 1994).

Blyth, M. L./Friskey, E. A./Rappaport, A. *(Value)*: Implementing the Shareholder Value Approach, in: JoBS, Vol. 6 (1986), No. 3, pp. 48-60.

BMF-Schreiben v. 23.11.1991 *(Behandlung)*: Ertragsteuerliche Behandlung von Teilamortisierungs-Leasing-Verträgen über unbewegliche Wirtschaftsgüter, in: BStBl., 41. Jg.(1991), Teil 1, H. 1, S. 13-15.

Bone-Winkel, S. *(Immobilienanlageprodukte)*: Immobilienanlageprodukte in Deutschland, in: Die Bank, o.Jg. (1996), H. 10, S. 670-677.

Booth, G. G./Glascock, J. L./Sarkar, S. K. *(ReExamination)*: A ReExamination of Corporate Sell-Offs of Real Estate Assets, in: JoREFE, Vol. 12 (1996), No. 2, pp. 195-202.

Börsig, C. *(Unternehmenswert)*: Unternehmenswert und Unternehmensbewertung, in: zfbf, 45. Jg.(1993), H. 1, S. 79-91.

Bouris, G. *(Decisions)*: Aligning Real Estate Decisions with Company Financial Objectives, in: Site Selection, Vol. 39 (1994), No. 3, pp. 31-33.

Brealey, R. A./Myers, S. C. *(Finance)*: Principles of Corporate Finance, Fifth Edition, New York et al. 1996.

Brown, G. R. *(Investment)*: Property Investment and the Capital Markets, London et al. 1991.

Brown, R. K. et al. *(Managing)*: Managing Corporate Real Estate, New York 1993.

Brueggeman, W. B./Fisher, J. D. *(Finance)*: Real Estate Finance and Investment, Ninth Edition, Homewood/Boston 1993.

Brueggeman, W. B./Fisher, J. D./Porter, D. M. *(Rethinking)*: Rethinking Corporate Real Estate, in: JoACF, Vol. 3 (1990), No. 1, pp. 39-50.

Bühner, R. *(Führung)*: Unternehmerische Führung mit Shareholder Value, in: Bühner, R. (Hrsg.): Der Shareholder-Value-Report: Erfahrungen, Ergebnisse, Entwicklungen, Landsberg/Lech 1994, S. 9-75.

Bühner, R. *(Management)*: Lean Management und Shareholder Value, in: Bühner, R. (Hrsg.): Der Shareholder-Value-Report: Erfahrungen, Ergebnisse, Entwicklungen, Landsberg/Lech 1994, S. 147-167.

Bühner, R. *(Management-Wert-Konzept)*: Das Management-Wert-Konzept: Strategien zur Schaffung von mehr Wert in Unternehmen, Stuttgart 1990.

Bühner, R. *(Mehr-Wert)*: Nur „Mehr-Wert" schafft auch neue Arbeitsplätze, in: HB v. 12. Januar 1996, Nr. 219, S. 20.

Bühner, R. *(Risiko)*: Strategen zwischen Rendite und Risiko, in: Absatzwirtschaft, 39. Jg.(1996), H. 1, S. 36-40.

Bühner, R. *(Shareholder)*: Shareholder Value. Eine Analyse der 50 großen Aktiengesellschaften in der Bundesrepublik Deutschland, in: DBW, 53. Jg.(1993), H. 6, S. 749-769.

Bühner, R. *(Unternehmenssteuerung)*: Kapitalmarktorientierte Unternehmenssteuerung, in: WiSt, 25. Jg.(1996), H. 7, S. 334-338.

Bühner, R. *(Value)*: Shareholde [!] Value. Erwiderung auf die Anmerkung von M. Gaitanides/M. Raster in DBW, 55. Jg.(1995), H. 2, S. 261-265, in: DBW, 55. Jg.(1995), H. 2, S. 265-268.

Bühner, R./Weinberger, H. J. *(Value)*: Cash-flow und Shareholder Value, in: BFuP, 43. Jg.(1991), H. 3, S. 187-208.

Büschgen, H. E. *(Aktienkultur)*: Reiches Land mit karger Aktienkultur, in: FAZ v. 08. Februar 1997, Nr. 33, S. 17.

Cameron, I. *(Corporate)*: The Emerging Role Of The Asset Manager, in: The Ernst & Young Real Estate Journal, Winter 1991, o.Jg., o.O., pp. 14-17, Beilage in: NREI, Vol. 32, October 1990, No. 11.

Case, F. *(Stores)*: Managing Corporate Real Assets For Their Stores of Value, in: ID, Vol. 155, March/April 1986, No. 2, pp. 11-13 (309-311).

Chan, S. H./Gau, G. W./Wang, K. *(Relocations)*: Stock Market Reaction to Capital Investment Decisions: Evidence from Business Relocations, in: JoFQA, Vol. 30 (1995), No. 1, pp. 81-100.

Chan, K. C./Hendershott, P. H./Sanders, A. B. *(Risk)*: Risk and Return on Real Estate: Evidence from Equity REITs, in: AREUEAJ, Vol. 18 (1990), No. 4, pp. 431-452.

Christensen, D. G./Levi, D. R. *(Risk)*: Corporate Restructurings Involving Real Estate Assets: Some Earnings and Risk Signal Implications, in: JoRER, Vol. 8 (1993), No. 4, pp. 579-595.

Coenenberg, A. G. *(Jahresabschluß)*: Jahresabschluß und Jahresabschlußanalyse: betriebswirtschaftliche, handels- und steuerrechtliche Grundlagen, 15., überarbeitete Aufl., Landsberg/Lech 1994.

Coenenberg, A. G./Sautter, M. T. *(Unternehmensakquisition)*: Strategische und finanzielle Bewertung von Unternehmensakquisitionen, in: DBW, 48. Jg.(1988), H. 6, S. 691-710.

Copeland, T./Koller, T./Murrin, J. *(Unternehmenswert)*: Unternehmenswert: Methoden und Strategien für eine wertorientierte Unternehmensführung (Valuation: Measuring and Managing the Value of Companies. Deutsche Übersetzung von T. Schmidt), Frankfurt am Main/New York 1993.

Cusatis, P./Miles, J. A./Woolridge, J. R. *(Evidence)*: Some New Evidence That Spin-Offs Create Value, in: JoACF, Vol. 7 (1994), No. 2, pp. 100-107.

Davis, R. *(Structures)*: Sale/Leasebacks - The Pros & Cons of Off-Balance Sheet Structures, in: Arthur Andersen (Hrsg.): Corporate Real Estate Report. A Real Estate Services Group Newsletter, Vol. 2 (1995), No. 2, o. Verlag, o.O., pp. 5-6.

Davis, R./Vogelzang, R. *(Value)*: Enhancing Shareholder Value Through the Strategic Re-Engineering of Corporate Real Estate Holdings, in: Arthur Andersen (Hrsg.): Corporate Real Estate Report. A Real Estate Services Group Newsletter, Vol. 2 (1995), No. 2, o. Verlag, o.O., pp. 1-5.

Day, G. S. *(Value)*: Market Driven Strategy: Process for Creating Value, New York 1990, zitiert nach: Herter, R. N.: Unternehmenswertorientiertes Management (UwM): strategische Erfolgsbeurteilung von dezentralen Organisationseinheiten auf Basis der Wertsteigerungsanalyse, München 1994 (zugleich Diss. Univ. Stuttgart 1994), S. 61.

Day, G. S./Fahey, L. *(Strategy)*: Putting Strategy into Shareholder Value Analysis, in: HBR, Vol. 68, March/April 1990, No. 2, pp. 156-162.

DeLisle, J. R. *(Model)*: A Multi-Period, Interactive Portfolio Model for Corporate Real Estate, in: ID, Vol. 157, May/June 1988, No. 3, pp. 17-23 (675-681).

Deloitte & Touch LLP *(Reduction)*: Corporate Real Estate Cost Reduction and Outsourcing Initiatives. A Deloitte & Touche/NACORE Benchmarking Study, o. Verlag, o.O. 1996.

Dirrigl, H. *(Konzepte)*: Konzepte, Anwendungsbereiche und Grenzen einer strategischen Unternehmensbewertung, in: BFuP, 46. Jg.(1994), H. 5, S. 409-432.

Drees, R. *(Aktionärsinteressen)*: Engagement für Aktionärsinteressen, in: BZ v. 09. November 1996, Nr. 217, S. 31.

Drukarczyk, J. *(Theorie)*: Theorie und Politik der Finanzierung, 2., völlig neugestaltete Aufl., München 1993.

Drukarczyk, J. *(Unternehmensbewertung)*: Unternehmensbewertung, München 1996.

Drukarczyk, J./Richter, F. *(Unternehmensgesamtwert)*: Unternehmensgesamtwert, anteilseignerorientierte Finanzentscheidungen und APV-Ansatz, in: DBW, 55. Jg.(1995), H. 5, S. 559-580.

Duckworth, S. L. *(Dimension)*: Realizing the Strategic Dimension of Corporate Real Property Through Improved Planning and Control Systems, in: JoRER, Vol. 8 (1993), No. 4, pp. 495-509.

Ebert, L. P. *(Perspective)*: Lease vs. Buy: The Corporate Perspective, in: REI, Vol. 12 (1987), No. 1, pp. 15-20.

Eicker, A. *(Unternehmens-Value)*: Unternehmens-Value muß Manager-Value sein, in: HB v. 20./21. Dezember 1996, Nr. 247, S. K1.

Elschen, R. *(Agency)*: Shareholder Value und Agency-Theorie-Anreiz- und Kontrollsysteme für Zielsetzungen der Anteilseigner, in: BFuP, 43. Jg.(1991), H. 3, S. 209-220.

Elton, E. J./Gruber, M. J. *(Portfolio)*: Modern Portfolio Theory and Investment Management, Fifth Edition, New York 1995.

Estey, R. *(Corporate)*: How Corporate Real Estate Departments Contribute to the Bottom Line, in: ID, Vol. 157, July/August 1988, No. 4, pp. 4-6 (910-912).

Eversmann, M. *(Potentiale)*: Die Betriebsimmobilie als Produktionsfaktor: Verborgene Potentiale, in: GM, 8. Jg.(1995), H. 6/7, S. 50-55.

Fama, E. F. *(Agency)*: Agency Problems and the Theory of the Firm, in: JoPE, Vol. 88 (1980), No. 2, pp. 288-307.

Fama, E. F./French, K. R. *(Returns)*: The Cross-Section of Expected Stock Returns, in: JoF, Vol. 47 (1992), No. 2, pp. 427-465.

Farragher, E. J. *(Asset)*: Corporate Real Estate Asset Decision-Making, in: REAA, Vol. 50, Fall 1994, No. 3, pp. 13-17.

Francfort, A. J./Rudolph, B. *(Kapitalstruktur)*: Zur Entwicklung der Kapitalstrukturen in Deutschland und in den Vereinigten Staaten von Amerika. Eine vergleichende empirische Untersuchung, in: zfbf, 44. Jg.(1992), H. 12, S. 1059-1079.

Friedlinger, A. *(Management)*: Wertsteigerungs-Management bei der VA Technologie AG, in: Höfner, K./Pohl A. (Hrsg.): Wertsteigerungs-Management. Das Shareholder Value-Konzept: Methoden und erfolgreiche Beispiele, Frankfurt am Main/New York 1994, S. 281-302.

Gabele, E./Dannenberg, J./Kroll, M. *(Immobilien-Leasing)*: Immobilien-Leasing: Vertragsformen, Vor- und Nachteile, steuerliche Analyse, 2., überarbeitete Aufl., Wiesbaden 1995.

Gaitanides, M./Raster, M. *(Management)*: Shareholder Value Management. Anmerkungen zum Beitrag von R. Bühner „Shareholder Value“, in: DBW, 53. Jg.(1993), S. 749-769, in: DBW, 55 Jg.(1995), H. 2, S. 261-265.

Gälweiler, A. *(Geschäftseinheiten)*: Strategische Geschäftseinheiten (SGE) und Aufbauorganisation der Unternehmung, in: ZfO, 48. Jg.(1979), H. 5, S. 252-260.

Garcia, L. F. *(Operations)*: AT&T Case Study: How We Restructured Real Estate Operations, in: Site Selection, Vol. 40 (1995), No. 3, pp. 482-483.

Gerbich, M./Levis, M./Venmore-Rowland, P. *(Property)*: Property initial public offerings: regulations, costs and price reactions, in: JoPF, Vol. 6 (1995), No. 1, pp. 38-54.

Ghosh, C./Rodriguez, M./Sirmans, C. F. *(Relocations)*: Gains from Headquarters Relocations: Evidence from the Stockmarket, JoUE, 1995, o.S. (zitiert nach: Rodriguez, M./Sirmans, C. F.: Managing Corporate Real Estate: Evidence from the Capital Markets, in: JoREL, Vol. 4 (1996), No. 1, pp. 13-33).

Giersberg, G. *(Konzentrationsprozeß)*: Euro beschleunigt schon jetzt den Konzentrationsprozeß in Europa, in: FAZ v. 20. Dezember 1996, Nr. 297, S. 18.

Giersch, H. *(Globalisierung)*: Das Jahrhundert der Globalisierung, in: FAZ v. 11. Januar 1997, Nr. 9, S. 13.

Glanegger, P. *(Herstellungskosten)*: Anschaffungs- und Herstellungskosten bei Grundstükken und Gebäuden (I) und (II), in: DB, 40. Jg.(1987), H. 42, S. 2115-2120 und S. 2173-2176.

Glascock, J. L./Davidson, W. N./Sirmans, C. F. *(Gains)*: The Gains from Corporate Selloffs: The Case of Real Estate Assets, in: AREUAJ, Vol. 19 (1991), No. 4, pp. 567-582.

Gomez, P. *(Strategieplanung)*: Wertorientierte Strategieplanung, in: STH, 64. Jg.(1990), H. 11, S. 557-562.

Gomez, P. *(Wertmanagement)*: Wertmanagement: Vernetzte Strategien für Unternehmen im Wandel, Düsseldorf et al. 1993.

Gomez, P./Weber, B. *(Akquisitionsstrategie)*: Akquisitionsstrategie-Wertsteigerung durch Übernahme von Unternehmungen, Stuttgart/Zürich 1989.

Gondert, H. G. et al. *(Immobilienleasing)*: Immobilienleasing, in: Usinger, W. (Hrsg.): Immobilien-Recht und Steuern: Handbuch für die Immobilienwirtschaft, Köln 1996.

Gordon, J. M. *(Value)*: Spin-offs: A Way to Increase Shareholder Value, in: JoBS, Vol. 13 (1992), No. 1, pp. 61-64.

Gowan, C. A. *(Surplus)*: Decision Making Under Uncertainty: A Case Study in Evaluating Surplus Property, in: ID, Vol. 162, May/June 1993, No. 3, pp. 22-25 (780-783).

Günther, T. *(Notwendigkeit)*: Zur Notwendigkeit des Wertsteigerungs-Managements, in: Höfner, K./Pohl A. (Hrsg.): Wertsteigerungs-Management. Das Shareholder Value-Konzept: Methoden und erfolgreiche Beispiele, Frankfurt am Main/New York 1994, S. 13-58.

Hachmeister, D. *(Erwiderung)*: Erwiderung zu den Anmerkungen von Frank Richter, in: zfbf, 48. Jg.(1996), H. 10, S. 931-933.

Hachmeister, D. *(Finanzierung)*: Die Abbildung der Finanzierung im Rahmen verschiedener Discounted Cash Flow-Verfahren, in: zfbf, 48. Jg.(1996), H. 3, S. 251-277.

Hachmeister, D. *(Unternehmenswert)*: Der Discounted Cash Flow als Unternehmenswert, in: WISU, 25. Jg.(1996), H. 4, S. 357-366.

Hachmeister, D. *(Unternehmenswertsteigerung)*: Der Discounted Cash Flow als Maß der Unternehmenswertsteigerung, Frankfurt am Main et al. 1995 (zugleich Diss. Univ. München 1994).

Hagemann, H./Meyersiek, D. *(Vorwort)*: Vorwort zur deutschen Ausgabe, in: Copeland, T./Koller, T./Murrin, J.: Unternehmenswert: Methoden und Strategien für eine wertorientierte Unternehmensführung (Valuation: Measuring and Managing the Value of Companies. Deutsche Übersetzung von T. Schmidt), Frankfurt am Main/New York 1993, S. 9-19.

Hamada, R. S. *(Portfolio)*: Portfolio Analysis, Market Equilibrium and Corporation Finance, in: JoF, Vol. 24 (1969), No. 1, pp. 13-31.

Hanssmann, F. *(Revolution)*: Wertorientiertes strategisches Management - eine Revolution?, in: StP, Bd. 4 (1988/1989), S. 1-10.

Hardtmann, G. *(Herter)*: Buchbesprechung Ronald N. Herter: Unternehmungswertorientiertes Management (UwM): Strategische Erfolgsbeurteilung von dezentralen Organisationseinheiten auf der Basis der Wertsteigerungsanalyse, in: BFuP, 47. Jg.(1995), H. 3, S. 369-372.

Hardtmann, G. *(Wertsteigerungsanalyse)*: Die Wertsteigerungsanalyse im Managementprozeß, Wiesbaden 1996 (zugleich Diss. Univ. Köln 1995).

Haverkampf, P./Salton, G. *(Reservoir)*: Real Estate as a Corporate Reservoir, in: ID, Vol. 154, May/June 1985, No. 3, pp. 16-21 (672-671).

Hax, A. C./Mailuf, N. S. *(Management)*: Strategisches Management. Ein integriertes Konzept aus dem MIT (Strategic Management. An Integrative Perspective, Prentice Hall 1984. Deutsche Übersetzung von S. Mantscheff), Frankfurt am Main/ New York 1988.

Heenan, D. A. *(Business)*: Is Big Business Heading for Small Town, USA ?, in: JoBS, Vol. 10 (1989), No. 4, pp. 4-9.

Helbling, C. *(Unternehmensbewertung)*: Unternehmensbewertung auf der Basis von Einnahmen, Ausschüttungen, Cash Flows oder Gewinnen?, in: STH, 64. Jg.(1990), H. 11, S. 533-538.

Henzler, H. *(Führung)*: Von der strategischen Planung zur strategischen Führung: Versuch einer Positionsbestimmung, in: ZfB, 58. Jg.(1988), H. 12, S. 1286-1307.

Herter, R. N. *(Management)*: Unternehmenswertorientiertes Management (UwM): strategische Erfolgsbeurteilung von dezentralen Organisationseinheiten auf Basis der Wertsteigerungsanalyse, München 1994 (zugleich Diss. Univ. Stuttgart 1994).

Herter, R. N. *(Optionen)*: Berücksichtigung von Optionen bei der Bewertung strategischer Investitionen, in: Controlling, 4. Jg.(1993), H. 6, S. 320-327.

Herter, R. N. *(Unternehmenswertsteigerung)*: Unternehmenswertsteigerung durch konsequentes Asset Management, in: CM, o.Jg. (1993), H. 6, S. 351-358.

Hinterhuber, H. H./Friedrich, S. A. *(Desinvestition)*: Strategischer Rückzug durch Desinvestition: Den Unternehmenswert steigern, in: GM, 7. Jg.(1994), H. 8, S. 35-39.

Hite, G. L./Rogers, J. E. *(Spin-off)*: Security Price Reactions to Spin-off Annoucements, in: JoFE, Vol. 12 (1983), pp. 409-436.

Hoffmann, J. J./Schniederjans, M. J./Sirmans, G. S. *(Model)*: A Multi-Criteria Model for Corporate Property Evaluation, in: JoRER, Vol. 5 (1990), No. 3, pp. 285-298.

Höfner, K./Pohl, A. *(Werterzeuger)*: Wer sind die Werterzeuger, wer die Wertvernichter im Portfolio?, in: HBM, 15. Jg.(1993), H. 1, S. 51-58.

Höfner, K./Pohl, A. *(Wertsteigerungstechniken)*: Wertsteigerungstechniken für das Geschäftsfeld- und Beteiligungsportfolio, in: Höfner, K./Pohl A. (Hrsg.): Wertsteigerungs-Management. Das Shareholder Value-Konzept: Methoden und erfolgreiche Beispiele, Frankfurt am Main/New York 1994, S. 59-84.

Holst, N. D. *(Finance)*: Finance and Budget Analysis, in: Silverman, R.: Corporate real estate handbook, New York et al. 1987, pp. 115-137.

Isakson, H. R./Sircar, S. *(Management)*: The Critical Success Factors Approach to Corporate Real Asset Management, in: REI, Vol. 15 (1990), No. 1, pp. 26-31.

Jain, P. *(Effect)*: The Effect of Voluntary Sell-off Announcements on Shareholder Wealth, in: JoF, Vol. 40 (1985), No. 1, pp. 209-224.

Janisch, M. *(Stakeholder)*: Das strategische Anspruchsgruppenmanagement: vom Shareholder Value zum Stakeholder Value, Bern et al. 1993 (zugleich Diss. Hochschule St. Gallen 1992).

Jensen, M. C. *(Agency)*: Agency Costs of Free Cash Flow, Corporate Finance, and Takeovers, in: AER, Vol. 76, May 1986, pp. 323-329.

Jensen, M. C./Meckling, W. H. *(Theory)*: Theory of the Firm, Managerial Behavior, Agency Costs and Ownership Structure, in: JoFE, Vol. 3 (1976), pp. 305-360.

Jensen, M. C./Murphy, K. J. *(Incentives)*: CEO Incentives - It´s Not How Much You Pay, But How, in: HBR, Vol. 68, May/June 1990, No. 3, pp. 138-153.

Jensen, M. C./Ruback, R. S. *(Market)*: The Market for Corporate Control, in: JoFE, Vol. 11 (1983), pp. 5-50.

Jewett, C. L. *(Surplus)*: How to market surplus real estate, in: HBR, Vol. 55, January/February 1977, No. 1, pp. 7-10.

Jinnett, R. *(Takeovers)*: Strategic Use of Real Estate in Defending Against Hostile Takeovers, in: ID, Vol. 159, January/February 1990, No. 1, pp. 5-10 (119-124).

Jonas, M. *(Unternehmensbewertung)*: Unternehmensbewertung: Zur Anwendung der Discounted-Cash-flow-Methode in Deutschland, in: BFuP, 47. Jg.(1995), H. 1, S. 83-98.

Joseph, H. J. *(Mergers)*: The Role of Real Estate in Corporate Mergers, Acquisitions and LBOs, in: ID, Vol. 160, January/February 1991, No. 1, pp. 16-19 (122-125).

Kaden, W. *(Aktionäre)*: Stunde der Aktionäre, mm, 26. Jg.(1996), H. 8, S. 3.

Kane, C. *(Imperative)*: Strategic Facilities Planning: The Organisational Imperative, in: ID, Vol. 159, July/August 1990, No. 4, pp. 5-8 (883-886).

Kleiber, W./Simon, J./Weyers, G. *(Verkehrswertermittlung)*: Verkehrswertermittlung von Grundstücken: Kommentar und Handbuch zur Ermittlung von Verkehrs-, Beleihungs-, Versicherungs- und Unternehmenswerten unter Berücksichtigung von WertV und BauGB, 2., vollständig neu bearbeitete und erweiterte Auflage, Köln 1995.

Kleinewefers, H. *(Nutzen)*: Wie der volkswirtschaftliche Nutzen maximiert wird, in: NZZ v. 05. Juli 1996, Nr. 154, S. 11.

Klien, W. *(Wertsteigerungsanalyse)*: Wertsteigerungsanalyse und Messung von Managementleistungen: Technik, Logik und Anwendung, Wiesbaden 1995 (zugleich Diss. Wirtschaftsuniversität Wien 1993) .

Klimecki, R./Probst, G./Eberl, P. *(Management)*: Entwicklungsorientiertes Management, Stuttgart 1994.

Knutsen, K. C. *(Impact)*: The Impact of Real Estate on Operations and Financial Statements: Sale-Leaseback Transactions, in: ID, Vol. 159, November/December 1990, No. 6, pp. 27-29 (1409-1412).

Kollar, A. *(Kapitalverkehr)*: Die Ausweitung des internationalen Kapitalverkehrs: Ursachen-Risiken-Herausforderungen, in: Fritsch, U./Liener, G./Schmidt, G. (Hrsg.): Die deutsche Aktie: Unternehmensfinanzierung und Vermögenspolitik vor neuen Herausforderungen, Festschrift zum vierzigjährigen Bestehen des Deutschen Aktieninstituts e.V., Stuttgart 1993, S. 108-122.

Kreikebaum, H. *(Unternehmensplanung)*: Strategische Unternehmensplanung, 5. Aufl., Stuttgart/Berlin/Köln 1993.

Kuhn, H. K. *(Management)*: IBM und das „Total Facility Management", in: Der Facility Manager, 2. Jg.(1995), H. 3, S. 6-9.

Lambsdorff, O. *(Ansprüche)*: Ansprüche an ein erfolgreiches Unternehmen, in: BZ v. 07. November 1996, Nr. 215, S. 24.

Laux, M./Ohl, K. *(Investment)*: Grundstücks-Investment, 2., völlig neu überarbeitete Auflage, Frankfurt am Main 1988.

Lawrence, P. *(Design)*: Building Design: More Than Meets the Eye, in: JoBS, Vol. 10 (1989), No. 4, pp. 15-19.

Levy, G. M./Matz, E. S. *(Objectives)*: Implementing Strategic Objectives, in: Silverman, R.: Corporate real estate handbook, New York et al. 1987, pp. 43-60.

Lewis, T. G./Lehmann, S. *(CFROI)*: Überlegende Investitionsentscheidungen durch CFROI, in: BFuP, 44. Jg.(1992), H. 1, S. 1-13.

Lewis, T. G./Stelter, D. *(Mehrwert)*: Mehrwert schaffen mit finanziellen Ressourcen, in: HBM, 15. Jg.(1993), H. 4, S. 107-114.

Lewis, T. G./Stelter, D. *(Steigerung)*: Steigerung des Unternehmenswertes: Total Value Management, 2. Aufl., Landberg/Lech 1995.

Linn, S. C./Rozeff, M. S. *(Corporate)*: The Corporate Sell-off, in: MCFJ, Vol. 2 (1984), No. 2, pp. 12-21.

Lintner, J. *(Valuation)*: The Valuation of Risk Assets and the Selection of Risky Investments in Stock Portfolios and Capital Budgets, in: RoES, Vol. 47 (1967), No. 1, pp. 13-37.

Liow, K. H. *(Acquisition)*: Acquisition and disposal of corporate Real Estate: some UK evidence, in: JoPF, Vol. 6 (1995), No. 4, pp. 19-32.

Liow, K. H. *(Property)*: Property in corporate financial statements: the UK evidence, in: JoPM, Vol. 12 (1995), No. 1, pp. 13-28.

Lockwood, L. J./Rutherford, R. C. *(Determinants)*: Determinants of Industrial Property Value, in: REE, Vol. 24 (1996), No. 2, pp. 257-272.

Löwe, C. *(Aktienrückkauf)*: Aktienrückkauf fördert den Shareholder Value, in: HB v. 10. Juni 1996, Nr. 109, S. 17.

Manne, H. G. *(Market)*: Mergers and the Market of Corporate Control, in: JoPE, Vol. 73 (1965), No. 2, pp. 110-120.

Manning, C. A. *(Getting)*: Getting things done. The economics of real estate decisions, in: HBR, Vol. 64, November/December 1986, No. 6, pp. 12-22.

Manning, C. A. *(Model)*: A Model for Analysing Corporate Real Property Lease-vs.-Buy Decisions, in: ID, Vol. 159, March/April 1990, No. 2, pp. 26-30 (408-412).

Manning, C. A. *(Ownership)*: Is Ownership of Corporate Real Property Better than Leasing?, in: ID, Vol. 157, January/February 1988, No. 1, pp. 9-12 (106-110).

Markowitz, H. M. *(Portfolio)*: Portfolio Selection, in: JoF, Vol. 7 (1952), No. 2, pp. 77-91.

McCrory, F. V./Gerstberger, P. G. *(Performance)*: The New Math of Performance Measurement, in: JoBS, Vol. 13 (1992), No. 2, pp. 33-38.

Miles, M./Pringle, J./Webb, B. *(Decision)*: Modeling the Corporate Real Estate Decision, in: JoRER, Vol. 4 (1989), H. 3, pp. 47-66 (Nachdruck in: Major, J./Pan, F. S. (editors): Comtemporary real estate finance: selected readings, Upper Saddle River 1996, pp. 355-372).

Mirow, M. *(Shareholder)*: Meinungen zum Thema: Shareholder Value als Zielgröße der Unternehmensführung, in: BFuP, 45. Jg.(1993), H. 3, S. 241-253.

Mossin, J. *(Equilibrium)*: Equilibrium in a Capital Asset Market, in: Econometrica, Vol. 34 (1966), pp. 768-783.

Mount, S. K. *(Planning)*: Strategic Facilities Planning as a Component of the Business Plan, in: ID, Vol. 159, July/August 1990, No. 4, pp. 1-4 (879-882).

Myer, F. C. N./He, L. T./Webb, J. R. *(Effect)*: Sell-Offs of U.S. Real Estate: The Effect of Domestic versus Foreign Buyers on Shareholder Wealth, in: AREUEAJ, Vol. 20 (1992), No. 3, pp. 487-500.

Neidich, D./Steinberg, T. M. *(Corporate)*: Corporate real estate: source of new equity, in: HBR, Vol. 62, July/August 1984, No. 4, pp. 76-83.

Nourse, H. O. *(Performance)*: Measuring Business Real Property Performance, in: JoRER, Vol. 9 (1994), No. 4, pp. 431-444.

Nourse, H. O./Kingery, D. *(Marketing)*: Marketing Idle Corporate Real Estate, in: REI, Vol. 12 (1987), No. 1, pp. 21-25.

Nourse, H. O./Kingery, D. *(Surplus)*: Marketing Surplus Corporate Real Estate, in: ID, Vol. 156, July/August 1987, No. 4, pp. 1-3 (819-821).

Nourse, H. O./Roulac, S. E. *(Linking)*: Linking Real Estate Decisions to Corporate Strategy, in: JoRER, Vol. 8 (1993), No. 4, pp. 475-494.

o.V. *(Aktienkultur)*: Shareholder Value und Aktienkultur - eine Umfrage bei den DAX-Werten, in: ZfgK, 49. Jg.(1996), H. 10, S. 481-495.

o.V. *(Immobilienverkauf)*: G. M. Pfaff - Nettoverlust gestiegen. Immobilienverkauf, in: HB v. 17. Dezember 1997, Nr. 244, S. 14.

o.V. *(Kampf)*: Im Kampf um Kapital stehen deutsche Konzerne schlecht da, in: FAZ v. 19. Oktober 1996, Nr. 244, S. 20.

Obermeier, G. *(Umsetzung)*: Die Umsetzung des Wertsteigerungskonzeptes in einem Holding-Konzern, in: Bühner, R. (Hrsg.): Der Shareholder-Value-Report: Erfahrungen, Ergebnisse, Entwicklungen, Landsberg/Lech 1994, S. 77-90.

Owers, J. E./Rogers, R. C. *(Divesture)*: The Divesture of Real Estate Assets by Sell-Off, in: REI, Vol. 11 (1986), No. 1, pp. 29-33.

Perridon, L./Steiner, M. *(Finanzwirtschaft)*: Finanzwirtschaft der Unternehmung, 8., überarbeitete Aufl., München 1995.

Philipp, B. C. *(Modewort)*: Bereits ein Modewort. Shareholder-Value-Ansatz bereichert Aktien-Analyse, in: FuW v. 2. September 1996, Nr. 69, S. 23.

Piltz, K. *(Shareholder)*: Akquisitions- und Desinvestitionspolitik vor dem Hintergrund des Shareholder-Value-Konzepts, in: Fritsch, U./Liener, G./Schmidt, G. (Hrsg.): Die deutsche Aktie: Unternehmensfinanzierung und Vermögenspolitik vor neuen Herausforderungen, Festschrift zum vierzigjährigen Bestehen des Deutschen Aktieninstituts e.V., Stuttgart 1993, S. 298-307.

Posner, K. A. *(Options)*: In Search of Hidden Value: Explicit and Implicit Options in Real Estate Leases, in: ID, Vol. 163, March/April 1994, No. 2, pp. 1-5 (347-351).

Pümpin, C. *(Unternehmensbewertung)*: Strategische Unternehmensbewertung, in: STH, 64. Jg.(1990), H. 10, S. 553-556.

Rappaport, A. *(Corporation)*: The Staying Power of the Public Corporation, in: HBR, Vol. 68, January/February 1990, No. 1, pp. 96-104.

Rappaport, A. *(Framework)*: CFOs and Strategists: Forging for a Common Framework, in: HBR, Vol. 70, May/June 1992, No. 3, pp. 84-91.

Rappaport, A. *(Market)*: Stock markets signals to managers, in: HBR, Vol. 65, July/August 1987, No. 4, pp. 57-62.

Rappaport, A. *(Selecting)*: Selecting strategies that create shareholder value, in: HBR, Vol. 59, May/June 1981, No. 3, pp. 139-149.

Rappaport, A. *(Value)*: Shareholder Value: Wertsteigerung als Maßstab für die Unternehmensführung, (Shareholder Value. The New Standard for Business Performance. Deutsche Übersetzung von W. Klien), Stuttgart 1994.

Raster, M. *(Management)*: Shareholder-Value-Management: Ermittlung und Steigerung des Unternehmenswertes, Wiesbaden 1995 (zugleich Diss. Univ. der Bundeswehr Hamburg 1995).

Rechsteiner, U. *(Unternehmenswertsteigerung)*: Desinvestitionen zur Unternehmenswertsteigerung, Aachen 1995 (zugleich Diss. Hochschule St. Gallen 1994).

Redman, A. L./Tanner, J. R. *(Disposition)*: The Acquisition and Disposition of Real Estate by Corporate Executives: A Survey, in: JoRER, Vol. 4 (1989), No. 3, pp. 67-80.

Redman, A. L./Tanner, J. R. *(Financing)*: The Financing of Corporate Real Estate: A Survey, in: JoRER, Vol. 6 (1991), No. 2, pp. 217-240.

Reichmann, T./Palloks, M. *(Make-or-Buy)*: Make-or-Buy-Entscheidungen. Was darf der Fremdbezug kosten, wenn die eigenen Kosten weiterlaufen, in: Controlling, 7. Jg.(1995), H. 1, S. 4-11.

Richter, F. *(Anmerkungen)*: Anmerkungen zum Beitrag „Die Abbildung der Finanzierung im Rahmen verschiedener Discounted Cash Flow-Verfahren" von Dirk Hachmeister, in: zfbf, 48. Jg.(1996), H. 10, S. 927-930.

Richter, F. *(Entity-Ansatz)*: Die Finanzierungsprämissen des Entity-Ansatzes vor dem Hintergrund des APV-Ansatzes zur Bestimmung von Unternehmenswerten, in: zfbf, 48. Jg.(1996), H. 12, S. 1076-1097.

Richter, F./Stiglbrunner, K. *(Anwendung)*: Anwendung des Unternehmenswert-Konzeptes in Deutschland, in: Copeland, T./Koller, T./Murrin, J.: Unternehmenswert: Methoden und Strategien für eine wertorientierte Unternehmensführung (Valuation: Measuring and Managing the Value of Companies. Deutsche Übersetzung von T. Schmidt), Frankfurt am Main/New York 1993, Anhang C, S. 409-424.

Richter, R. *(Institutionenökonomik)*: Neue Institutionenökonomik: eine Einführung und kritische Würdigung (Furubotn, E./Richter, R.: Institutions and Economic Theory: An

Introduction to and Assessment of the New Institutional Economics (Deutsche Übersetzung von M. Streissler), Tübingen 1996.

Rodriguez, M./Sirmans, C. F. *(Corporate)*: Managing Corporate Real Estate: Evidence from the Capital Markets, in: JoREL, Vol. 4 (1996), No. 1, pp. 13-33.

Roll, R./Ross, S. A. *(Relation)*: On the Cross-sectional Relation between Expected Returns and Betas, in: JoF, Vol. 49, No. 1, pp. 101-121.

Ross, I. *(Performance)*: The Stern Stewart Performance 1000, in: JoACF, Vol. 8 (1996), No. 4, pp. 107-119.

Ross, S. A./Westerfield, R. W./Jaffe, J. *(Finance)*: Corporate Finance, Third Edition, Homewood/Boston 1993.

Roventa, P. *(Value)*: Shareholder Value aus der Sicht der Holding. Einsatzmöglichkeiten, Fallstricke und Anwendererfahrungen, in: Höfner, K./Pohl, A (Hrsg.): Wertsteigerungs-Management: das Shareholder-Value-Konzept: Methoden und erfolgreiche Beispiele, Frankfurt am Main/New York 1994, S. 175-195.

Rutherford, R. C. *(Evidence)*: Empirical Evidence on Shareholder Value and the Sale-Leaseback of Corporate Real Estate, in: AREUEAJ, Vol. 18 (1990), No. 4, pp. 523-529.

Rutherford, R. C. *(Impact)*: The Impact of Sale-Leasebacks Transactions on Bondholders and Shareholder Wealth, in: RFE, Vol. 2, Fall 1992, No. 1, pp. 75-80.

Rutherford, R. C./Nourse, H. O. *(Impact)*: The Impact of Corporate Real Estate Unit Formation on the Parent Firm´s Value, in: JoRER, Vol. 3 (1988), No. 3, pp. 73-84 (zitiert nach: Rodriguez, M./Sirmans, C. F.: Managing Corporate Real Estate: Evidence from the Capital Markets, in: JoREL, Vol. 4 (1996), No. 1, pp. 13-33).

Sarvis, M. J. *(Facility)*: What to Look for in a New Office Facility, in: JoBS, Vol. 10 (1989), No. 4, pp. 10-14.

Schäfer, M. *(Markt)*: Deutscher Markt für Unternehmenskontrolle stabilisiert sich auf hohem Niveau, in: M&A Review, o.Jg. (1997), H. 1, S. 5-9.

Schäfers, W. *(Management)*: Strategisches Management von Unternehmensimmobilien. Bausteine einer theoretischen Konzeption und Ergebnisse einer empirischen Untersuchung, Oestrich-Winkel, European Business School, Diss. 1996.

Schipper, K./Smith, A. *(Corporate)*: The Corporate Spin-off Phenomenon, in: MCFJ, Vol.2 (1984), No. 2, pp. 22-29.

Schipper, K./Smith, A. *(Wealth)*: Effects of Recontracting on Shareholder Wealth. The Case of Voluntary Spin-offs, in: JoFE, Vol. 12 (1983), pp. 437-467.

Schmidt, J. G. *(Abwandlung)*: Die Discounted Cash-flow-Methode - nur eine kleine Abwandlung der Ertragswertmethode, in: zfbf, 47. Jg.(1995), H. 12, S. 1088-1118.

Schmidt, R. H./Terberger, E. *(Grundzüge)*: Grundzüge der Investitions- und Finanzierungstheorie, 3., vollständig neu bearbeitete und wesentlich erweiterte Aufl., Wiesbaden 1996.

Schneider, D. *(Investition)*: Investition, Finanzierung und Besteuerung, 7., vollständig überarbeitete u. erweiterte Aufl., Studentenausgabe, Wiesbaden 1992.

Schulte, K.-W. *(Kapitalanlage)*: Wohnimmobilien als Kapitalanlage, in: EUROPEAN BUSINESS SCHOOL (Hrsg.): Erfahrung - Bewegung - Strategie, ebs-Forschung Bd. 3, Wiesbaden 1996, S. 139-169.

Schulte, K.-W. *(Wirtschaftlichkeitsrechnung)*: Wirtschaftlichkeitsrechnung, 4. Aufl., Heidelberg/Wien 1986.

Schulte, K.-W./Ropeter, E. *(Rentabilitätsanalyse)*: Rentabilitätsanalyse für Immobilienprojekte, in: Schulte, K.-W. (Hrsg.): Handbuch Immobilien-Projektentwicklung, unter Mitarbeit von B. Heuer und S. Bone-Winkel, Köln 1996, S. 167-221.

Schulze, P. *(Statistik)*: Beschreibende Statistik, München et al. 1990.

Schumacher, O. *(Weisheit)*: Alte Weisheit, neu verpackt, in: Die Zeit v. 06. September 1996, Nr. 37, S. 27.

Seed, A. H. *(Creation)*: Winning Strategies for Shareholder Value Creation, in: JoBS, Vol. 6 (1985), No. 2, pp. 44-51.

Serfling, K./Pape U. *(Unternehmensbewertung)*: Strategische Unternehmensbewertung und Discounted Cash Flow-Methode, in: WISU, 25. Jg.(1996), H. 1, S. 56-64.

SGZ-Bank, *(Analyse)*: Analyse deutscher Standardwerte unter Berücksichtigung des Shareholder-Value-Konzeptes, o. Verlag, Frankfurt am Main 1996.

Sharpe, W. F. *(Capital)*: Capital Asset Prices: A Theory of Market Equilibrium under Conditions of Risk, in: JoF, Vol. 19 (1964), No. 3, pp. 425-442.

Siegert, T. *(Unternehmenssteuerung)*: Marktwertorientierte Unternehmenssteuerung, in: Bühner, R. (Hrsg.): Der Shareholder-Value-Report: Erfahrungen, Ergebnisse, Entwicklungen, Landsberg/Lech 1994, S. 107-126.

Siegert, T. *(Value)*: Shareholder-Value als Lenkungsinstrument, in: zfbf, 47. Jg.(1995), H. 6, S. 580-607.

Simon, H. *(Anlauf)*: Der zweite Anlauf, in: mm, 26. Jg.(1996), H. 12, S. 164-166.

Sirmans, C. F. *(Finance)*: Real Estate Finance, Second Edition, New York et al. 1989.

Smith, C. W./Wakeman, L. M. *(Determinants)*: Determinants of Corporate Leasing Policy, in: JoF, Vol. 40 (1985), No. 3, pp. 895-908.

Solvin, M. B./Sushka, M. E./Polonchek, J. A. *(Wealth)*: Corporate Sale-and-Leasebacks and Shareholder Wealth, in: JoF, Vol. 45 (1990), No. 1, pp. 289-299.

Sontora, P. *(Value)*: CRE Leadership-Value Added In Strategic Monetization, in: Arthur Andersen (Hrsg.): Corporate Real Estate Report. A Real Estate Services Group Newsletter, Vol. 2 (1995), No. 2, o. Verlag, o.O., pp. 7-8.

Sotelo, R. *(WertV)*: Die WertV ist tot, es lebe die WertV. Ein finanzierungstheoretischer Vergleich deutscher und angelsächsischer Wertermittlungsmethoden, in: GuG, 6. Jg.(1995), H. 2, S. 91-96.

Spremann, K. *(Investition)*: Investition und Finanzierung, 4., verbesserte Aufl., München/Wien 1991.

Spremann, K. *(Wertsteigerung)*: Wertsteigerung als Managementprinzip in Europa?, in: Höfner, K./Pohl, A. (Hrsg.): Wertsteigerungs-Management: das Shareholder Value Konzept: Methoden und erfolgreiche Beispiele, Frankfurt am Main/New York 1994, S. 303-319.

Starbatty, J. *(Welt)*: Ohne Angst vor einer offenen Welt, in: FAZ v. 25. Januar 1997, Nr. 21, S. 17.

Stern, J. M./Stewart, G. B./Chew, D. H. *(System)*: The EVA Financial Management System, in: JoACF, Vol. 8 (1995), No. 2, pp. 32-46.

Stewart, G. B. *(Value)*: The Quest for Value. A Guide for Senior Managers, New York 1990.

Süchting, J. *(Finanzmanagement)*: Finanzmanagement: Theorie und Politik der Unternehmensfinanzierung, 6., vollständig überarbeitete und erweiterte Aufl., Wiesbaden 1995.

Tauber, M. *(Betriebskosten)*: Die Betriebskosten eines Gebäudes, in: Facility Management, 1. Jg.(1995), H. 1, S. 36-42.

Teoh, W. K. *(Corporate)*: Corporate Real Estate Asset Management: The New Zealand Evidence, in: JoRER, Vol. 8 (1993), No. 4, pp. 605-623.

Thomas, M. *(Immobilienwertbegriffe)*: Immobilienwertbegriffe in Deutschland und Großbritannien, in: Die Bank, 35. Jg.(1995), H. 5, S. 263-268.

Unzeitig, E./Köthner, D. *(Analyse)*: Shareholder-Value-Analyse: Entscheidung zur unternehmerischen Nachhaltigkeit; wie Sie die Schlagkraft Ihres Unternehmens steigern, Stuttgart 1995.

Valencia, J. *(Value)*: Accessing the hidden value of Real Estate, in: ID, Vol. 161, January/February 1992, No. 1, pp. 1-5 (147-151).

Veale, P. *(Assets)*: Managing Corporate Real Estate Assets: Current Executive Attitudes and Prospects for Emergent Management Discipline, in: JoRER, Vol. 4 (1989), No. 3, pp. 1-22.

Volkart, R. *(Management)*: Shareholder Value Management. Kritische Überlegungen zur wertorientierten Führung, in: STH, 69. Jg.(1995), H. 12, S. 1064-1068.

Volkart, R. *(Shareholder)*: Langfristige Shareholder-Orientierung, in: NZZ v. 05. Juli 1996, Nr. 194, S. 11.

Volkart, R. *(Unternehmenswert)*: Unternehmenswert und Kapitalstruktur, in: STH, 64. Jg.(1990), H. 11, S. 543-552.

von Boeselager, G. *(Kapitalanlagen)*: Bei Kapitalanlagen auf Immobilien nicht verzichten, in: FAZ v. 16. August 1996, Nr. 190, S. 35.

von Rosen, R. *(Shareholder-Value)*: Shareholder-Value langfristig, in: BZ v. 15. Mai 1996, Nr. 93, S. 17.

von Rosen, R./Helm, L. *(Erwerb)*: Der Erwerb eigener Aktien durch die Gesellschaft. Plädoyer für ein neues Instrument der Unternehmensfinanzierung in Deutschland und einen wichtigen Impuls für den deutschen Kapitalmarkt, in: AG, 41. Jg.(1996), H. 10, S. 434-442.

Wahlen, R. *(Praxis)*: Aus der Praxis, in: Immobilien Manager, 1. Jg.(1996), H. 6, S. 30-31.

Weber, B. *(Akquisitionen)*: Beurteilung von Akquisitionen auf der Grundlage des Shareholder Value, in: BFuP, 43. Jg.(1991), H. 3, S. 221-232.

WestLB Research GmbH, *(Immobilienaktien)*: Markt- und Unternehmens-Analyse. Immobilienaktien Deutschland v. 20. Dezember 1996, Düsseldorf .

Wilson, R. C. *(Plans)*: Strategic Positioning and Facilities Planning: Reviewing Business Plans and Facilities Strategies, in: ID, Vol. 160, March/April 1991, No. 2, pp.26-30 (432-436).

Wöhe, G. *(Einführung)*: Einführung in die Allgemeine Betriebswirtschaftslehre, 17., überarbeitete Aufl., München 1990.

Zeckhauser, S./Silverman, R. *(Rediscover)*: Rediscover your company´s real estate, in: HBR, Vol. 61, January/February 1983, No. 1, pp. 111-117.

Zens, N. H./Rehnen, A. *(Bewertung)*: Die Bewertung von Unternehmen und strategischen Geschäftseinheiten mit Hilfe des Shareholder-Value-Konzeptes, in: Höfner, K./Pohl A. (Hrsg.): Wertsteigerungs-Management. Das Shareholder Value-Konzept: Methoden und erfolgreiche Beispiele, Frankfurt am Main/New York 1994, S. 85-115.

Zettel, W. *(Steigerung)*: Organisation zur Steigerung des Unternehmenswertes: Konzept und Methodik zur wertorientierten organisatorischen Gestaltung, Aachen 1995 (zugleich Diss. Hochschule St. Gallen 1994).

Erfolgschancen einer Ausgliederung des Immobilienbereichs in eine börsennotierte Aktiengesellschaft und deren Steuerung mit dem Shareholder Value-Konzept

Christoph Haub

Inhaltsverzeichnis

Abkürzungsverzeichnis

AREUEA	American Real Estate and Urban Economics Association
BauGB	Baugesetzbuch
BB	Betriebs-Berater
Bdn.	Bänden
bearb.	bearbeitete
bez.	bezogen
BFuP	Betriebswirtschaftliche Forschung und Praxis
bspw.	beispielsweise
CAPM	Capital Asset Pricing Model
CFROI	Cash-flow Return on Investment
DB	Der Betrieb
DBW	Die Betriebswirtschaft
Diss.	Dissertation
DM	Deutsche Mark
Ed.	Edition
erw.	erweiterte
et al.	et aliter
FAZ	Frankfurter Allgemeine Zeitung
FCF	Free Cash-flow
H.	Heft
HGB	Handelsgesetzbuch
Hrsg.	Herausgeber
i.d.R.	in der Regel
i.S.v.	im Sinne von
Jg.	Jahrgang
Kap.	Kapitel
KG	Kommanditgesellschaft
No.	Number
Nr.	Nummer
o. Jg.	ohne Jahrgang

o.O.	ohne Ort
o.V.	ohne Verfasser
REIT	Real Estate Investment Trust
ROI	Return on Investment
S.	Seite
sog.	sogenannte
u.	und
u.a.	unter anderem
überarb.	überarbeitete
u.U.	unter Umständen
Vgl.	vergleiche
Vol.	Volume
vollst.	vollständig
WACC	Weighted Average Cost of Capital
WertV	Wertermittlungsverordnung
WIST	Wirtschaftswissenschaftliches Studium
WISU	Das Wirtschaftstudium
z.B.	zum Beispiel
ZfB	Zeitschrift für Betriebswirtschaft
ZfbF	Schmalenbachs Zeitschrift für betriebswirtschaftliche Forschung
ZfO	Zeitschrift für Organisation (zugleich Zeitschrift für Führung + Organisation)

Abbildungsverzeichnis

Tabellenverzeichnis

1 Einleitung

1.1 Problemstellung

Ein großer Teil des Kapitals von Industrie-, Handels- und Dienstleistungsunternehmen ist in Form von Immobilien gebunden, und immobilienbezogene Kosten stellen oft nach den Personalkosten die zweitgrößte Ausgabengröße dar.[1] Es verwundert daher nicht, daß das Immobilienmanagement oder Corporate Real Estate Management (CREM) nach amerikanischem Vorbild auch in deutschen Gesellschaften der unterschiedlichsten Branchen immer mehr an Bedeutung gewinnt.

Inzwischen wird mit strategischen Maßnahmen gezielt versucht, die Erfolgspotentiale des betrieblichen Immobilien-Portfolios besser auszunutzen und mit ihnen sogar einen positiven Beitrag zum Shareholder Value zu erzielen.[2] Diese Maßnahmen beinhalten z.B. die Schaffung von Profit Centers, Outsourcing von Dienstleistungen und Umstrukturierung der Immobilienaktivitäten im Konzern.[3] Andere Unternehmen gehen weiter und bauen ihren Immobilienbereich zum strategischen Kerngeschäft aus.[4] Unterstützt wird dieser Prozeß oft durch die organisatorische Ausgliederung des Immobilienbereichs in eine selbständige Gesellschaft.

All diese Maßnahmen beschränken sich jedoch bis jetzt lediglich auf die effizientere Nutzung des Produktionsfaktors Grundstücke und Gebäude. Angesichts des in Immobilien gebundenen Vermögens sollten sich Unternehmen aber die Frage stellen, ob der Immobilienbereich ein aussichtsreiches Kerngeschäftsfeld darstellt. Ist dies nicht der Fall, sollte kritisch überdacht werden, ob man sich durch Ausgliederung des gesamten Immobilienbereichs in eine Tochtergesellschaft und ihre Einführung an der Börse von diesem Bereich

---

1 Vgl. Rodriguez/Sirmans, Managing, S. 13.

2 Vgl. Parker, Emerging Model, S. 412; Brittain, Optimising, S. 61. Durch verbessertes Immobilienmanagement hat Dun & Bradstreet 1993 zukünftige Kosten reduziert und damit den Shareholder Value um 600 Mio. US$ erhöht. Vgl. Apgar, Managing, S. 178.

3 Jüngstes Beispiel der Umstrukturierung der Immobilienaktivitäten ist die Hoechst AG. Der gesamte betriebliche Immobilienbesitz wurde auf Standort KGs übertragen, deren Geschäftsführung eine zentrale Verwaltungs GmbH wahrnimmt. Vgl. o.V., Hoechst AG, S. 14.

4 So z.B. die Thyssen AG mit ihrer Thyssen Immobilien Gruppe. Vgl. Thyssen Immobilien GmbH, Geschäftsbericht 1994/95, S. 6; Schiller, "CRE"-ATIV, S. 22.

trennen sollte, nicht zuletzt, um die freiwerdenden finanziellen Ressourcen für andere, erfolgreichere Geschäftsbereiche zu nutzen.

Ungeachtet der sich vollziehenden strategischen Entwicklungen einiger großer deutscher Konzerne hinsichtlich ihres Immobilienvermögens - zu denken ist bspw. an die Thyssen AG oder die VEBA AG - fehlt es bis jetzt an einer wissenschaftlichen Bearbeitung der Vorteilhaftigkeit einer Ausgliederung und Börseneinführung eines Immobilien-Geschäftsbereichs. Die betriebswirtschaftliche Literatur hat sich sehr ausführlich sowohl der Themen der unternehmensinternen Organisation von Geschäftsbereichen als auch deren Börseneinführung (Going Public) angenommen, jedoch wird auf die Besonderheiten des Vermögensgegenstandes Immobilie nicht eingegangen. Ebenso wenig Beachtung fand bisher eine Betrachtung der Bedeutung immobilienbezogener Geschäftsbereiche großer Konzerne unter dem Gesichtspunkt des Shareholder Value.

Die hier vorliegende Arbeit befaßt sich daher mit der unternehmensinternen Stellung des Immobilienbereichs und weist auf Vor- und Nachteile gewisser Organisationsformen hin. Zusätzlich wird die Bedeutung einzelner betrieblicher Immobilien sowie Immobilienbereiche unter kapitalmarkttheoretischen Gesichtspunkten untersucht. Sowohl die strategisch-organisatorischen als auch die kapitalmarkttheoretischen Konsequenzen einer Börseneinführung des Immobilienbereichs unterstützen die formulierte Hypothese, daß sowohl Kapitalmarkt als auch die betreffenden Unternehmen bzw. deren Aktionäre von einer Trennung des Immobilienbereichs aus dem Konzernverbund profitieren.

Eng bzw. untrennbar verbunden mit kapitalmarkttheoretischen Überlegungen ist die Frage nach dem Einfluß betrieblicher Immobilien auf den Shareholder Value des Unternehmens. Dazu werden am Ende der Arbeit zwei Shareholder Value-Modelle für ausgegliederte Immobilienunternehmen (Property Companies) entwickelt, die sich nach Aktivitäten der betreffenden Immobilienunternehmen unterscheiden.

Das wohl wichtigste Anliegen dieser Arbeit ist es, Entscheidungsträgern in breit diversifizierten Unternehmen - alternativ zum Ausbau der Immobilienaktivitäten zu einem strategischen Geschäftsbereich - die Möglichkeit der Ausgliederung und Börseneinführung des Immobilienbereichs vorzustellen und deren Vorteilhaftigkeit darzulegen.

1.2 Gang der Untersuchung

In der vorliegenden Arbeit wird die Ausgliederung und Börseneinführung aus drei unterschiedlichen Blickwinkeln betrachtet: aus der Sicht des Mutterunternehmens, das den Geschäftsbereich Immobilien ausgliedert, aus dem Blickwinkel des ausgeliederten Unternehmens sowie aus der Perspektive der Anteilseigner des neuen börsennotierten Immobilienunternehmens bzw. des Kapitalmarktes insgesamt.

Bevor die Arbeit auf die organisatorische Stellung des Immobilienbereichs eingeht, wird gleich im Anschluß eine Klarstellung bzgl. der Berechnung von Immobilienrenditen gegeben. Diese vorausgeschickten Anmerkungen erscheinen insofern sinnvoll, da auf Immobilienrenditen im Verlauf der Arbeit immer wieder zurückgekommen wird und ohne die Einbeziehung von Immobilienrenditen die Abhandlung vieler, gerade kapitalmarkttheoretischer Fragestellungen nicht möglich ist.

Für das ausgliedernde Mutterunternehmen stehen die Effizienzvorteile im betrieblichen Immobilienmanagement und daraus resultierenden Kosteneinsparungen sowie eine verstärkte Konzentration auf die Kernkompetenzen im Vordergrund. Entscheidend für die Realisierung solcher Effizienzvorteile ist eine Organisationsform, die die strategische Ausrichtung des Gesamtunternehmens unterstützt. Kapitel 2 stellt dar, welche organisatorische Entwicklung für die Stellung des Immobilienbereichs in der Unternehmenspraxis bereits stattgefunden hat bzw. aktuell stattfindet. Darüber hinaus werden diese Entwicklungen mit dem Schritt der Ausgliederung und Börseneinführung logisch weiterentwickelt und die Chancen für eine neu entstandene Immobilien-AG aufgezeigt.

Nachdem die Vorteile einer selbständigen Immobiliengesellschaft erläutert wurden, findet der Prozeß der Börseneinführung des Immobilienbereichs seine Darstellung in Kapitel 3. Dazu und für den weiteren Verlauf der Arbeit erweist sich die Unterteilung von Immobiliengesellschaften in die beiden Gruppen der eher substanzstarken bzw. ertragsorientierten Unternehmen als sehr hilfreich. In Anbetracht der vielfältigen Literatur zum Thema Börseneinführung wird an dieser Stelle darauf verzichtet, den Prozeß der Börseneinführung in aller Tiefe darzustellen. Ein Schwerpunkt liegt daher auf der Hervorhebung der Besonderheiten, die sich auf die Börseneinführung einer Immobilien-AG zurückführen lassen.

Kapitel 4 geht auf mögliche Konsequenzen einer Börseneinführung aus Sicht des ausgliedernden Unternehmens ein. Hier stehen Vorteile des besseren Kostemanagements, der Konzentration auf Kernkompetenzen und der erhöhten Transparenz der Kapitalkosten im Vordergrund. Dabei findet ein Phänomen, das in den USA zahlreich beobachtet wurde, besondere Beachtung: die Erhöhung des Shareholder Value im Zusammenhang mit der Ausgliederung des Immobilienbereichs.

Da in Deutschland nur wenige Börseneinführungen von Immobilienunternehmen stattgefunden haben, stützen sich die Aussagen zu einem großen Teil auf Untersuchungsergebnisse aus den USA sowie Großbritannien. Dabei wird der Tatsache Rechnung getragen, daß eine vorbehaltlose Übertragung der Ergebnisse aufgrund unterschiedlicher gesamtwirtschaftlicher und unternehmensspezifischer Rahmenbedingungen nicht möglich ist.

Kapitel 5 untersucht die Chancen einer Börseneinführung aus dem Blickwinkel der Anleger. Dabei wird zwischen privaten und institutionellen Investoren unterschieden. So besteht eine zunehmende Nachfrage nach kollektiven, aber auch fungiblen und transparenten Anlagemöglichkeiten im Immobilienbereich.

Vervollständigt wird die Arbeit mit der Entwicklung zweier Shareholder Value-orientierter Steuerungskonzepte für jeweils unterschiedliche Immobilien-AGs in Kapitel 6. Dabei werden kapitalmarkttheoretische Überlegungen vorhergegangener Kapitel aufgegriffen.

Der letzte Teil der Arbeit faßt die wichtigsten Punkte zusammen und gibt einen Ausblick auf zukünftige Forschungsarbeiten auf diesem Gebiet

1.3 Bestimmung von immobilienbezogenen Renditen

Im weiteren Verlauf der Arbeit wird an mehreren Stellen auf Immobilienrenditen zurückgriffen werden. Es scheint daher sinnvoll, in diesem Abschnitt eine sehr allgemeine Berechnungsweise für immobilienbezogene Renditen vorzustellen, nicht zuletzt, da in der Immobilienwirtschaft Uneinigkeit darüber herrscht.

Im einzelnen ist eine einheitliche Definition einer Immobilienrendite hilfreich für

- die Performancemessung einzelner Immobilien sowie eines Immobilienportfolios (Abschnitt 4.3),
- Vergleiche der Rentabilität des Immobilienbereichs mit anderen Geschäftsbereichen des Unternehmens (Abschnitt 4.3),
- Fragen der Kapitalallokation des Immobilienbereichs in diversifizierten Unternehmen (Abschnitt 4.4),
- die Beurteilung der Risiko-/Rendite-Eigenschaften von Immobilien und Immobilienaktien (Abschnitt 4.4, 4.5.2 sowie 5.5),
- den Vergleich der Anlageformen Immobilienaktie, offener Immobilienfonds und Direktanlage in Immobilien (Abschnitt 5.4 und 5.5) und
- die Entwicklung eines immobilienspezifischen Shareholder Value-Konzeptes (Abschnitt 6.2 und 6.3).

1.3.1 Eingeschränkte Verwendbarkeit des ROI-Konzeptes

Eine Renditeberechnung, die sich an den ROI anlehnt, scheint für Immobilieninvestitionen nicht sinnvoll, da ein großer Teil der Rendite der Wertsteigerung zuzurechnen ist. Diese wird aber vom ROI in zweierlei Weise nicht periodisch erfaßt. Zum einen bleibt eine Einbeziehung der Wertsteigerung als eine zweite Komponente der Immobilien-Performance neben den laufenden Cash-flows zumeist aus. Zum anderen bezieht sich der ROI auf die einmal getätigten Investionausgaben bzw. auf die durch Abschreibung periodisch verringerten Buchwerte, nicht aber auf aktualisierte Marktwerte.[5] Die Änderungen der Marktwerte während einer Periode werden vom ROI explizit vernachlässigt. Im Falle starker Wertsteigerungen wird die laufende Rendite überschätzt, da sie auf die relativ kleine Nennergröße der Anschaffungs-/Herstellungskosten bezogen wird, nicht aber auf die darüberliegenden Marktwerte.

---

5 Vgl. Rappaport, Creating, S. 40; McCrory/Gerstberger, New Math, S. 35. Zur Kritik am ROI-Konzept siehe auch Brealey/Myers, Principles, S. 302 ff.

1.3.2 Herleitung einer Immobilienrendite

Aus den genannten Gründen ist es sinnvoll, die Renditeberechnung eines Immobilienportfolios in Anlehnung an die Renditeberechnung für offenen Immobilienfonds[6] bzw. Aktien vorzunehmen, die ebenfalls sowohl laufende Cash-flows als auch Wertsteigerungen berücksichtigen.[7] Die beiden Komponenten laufende Cash-flows und Wertsteigerung können als Rendite oder Total Return des Immobilienbestandes zusammengefaßt werden. Zur Ermittlung der Rendite des Immobilienportfolios siehe Abbildung 1.

Abbildung 1: Ermittlung der Rendite eines Immobilienportfolios

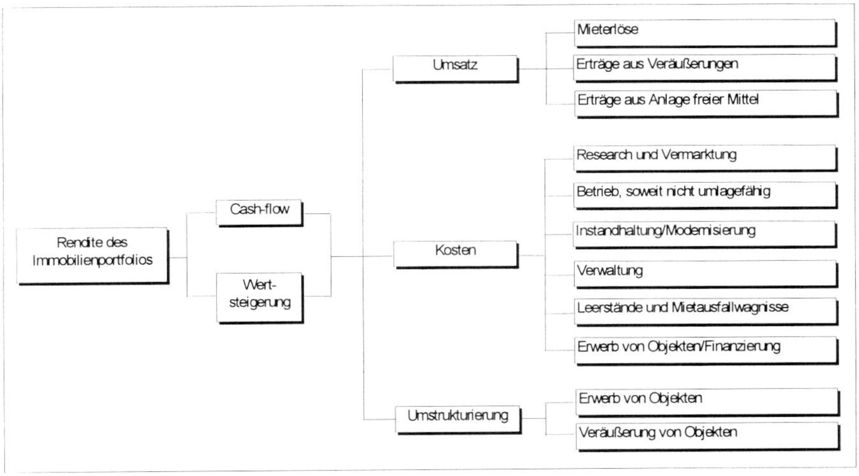

Quelle: in Anlehnung an *Preißler*, Immobilien-Consulting, S. 42

Die Rendite des Immobilienportfolios ergibt sich dementsprechend wie folgt[8]:

$$r_t = \frac{CF_t + V_t}{V_{t-1}} - 1$$

6 Vgl. Bone-Winkel, Projektentwicklung, S. 431.

7 Vgl. Barkham, Performance, S. 93. Eine ausführliche Darstellung der Renditeberechnung eines Immobilienportfolios findet sich bei Thomas, Entwicklung, S. 180 f.

8 Vgl. Thomas, Entwicklung, S. 180.

mit:

r	=	Rendite, Total-Return
CF	=	Cash-flow
V	=	Verkehrswert eines Grundstücks bzw. Immobilienportfolios

Gegenüber dem ROI berücksichtigt die Rendite explizit die Veränderung der Marktwerte.[9] Die Rendite setzt sich aus zwei Komponenten zusammen: den laufenden Cash-flows und dem Teil, der aus der Wertsteigerung resultiert. Die Rendite bezieht sich immer auf die Verkehrswerte der Vorperiode. Es wird folglich die gesamte Vermögensmehrung einer Periode gemessen, wobei Wertsteigerungen explizit enthalten sind.[10] Implizit wird dabei angenommen, daß man in jeder Periode von Neuem vor einer Investitionsentscheidung steht.[11]

Verschiedene alternative Berechnungsarten von Immobilienrenditen werden in Abbildung 2 zusammengefaßt. Die Höhe der Rendite wird durch die Steigungen der Geraden veranschaulicht. Die Zählergröße der Renditekennzahl, vertikal dargestellt, kann entweder nur die laufenden Cash-flows oder auch die Wertsteigerung enthalten. Der Einfluß der Nennergröße auf die Renditekennzahl wird horizontal dargestellt. Die Rendite wird umso größer, je kleiner die Nennergröße ausfällt.[12] Man kann die immobilienbezogene Rendite dadurch künstlich erhöhen, indem die Cash-flows bzw. die Wertsteigerung nicht auf Marktwerte bezogen werden, sondern auf die meist niedrigeren Anschaffungs-/Herstellungskosten bzw. sogar auf die Buchwerte.[13]

Im Zusammenhang mit Shareholder Value-Management wird oft auch ein Konzept verfolgt, das als Steuergröße den CFROI heranzieht.[14] Analog zur Investitionsrechnung setzt dieses Konzept laufende Cash-flows ins Verhältnis zu den Investitionsausgaben. Die für den Immobilienbereich so wichtige Komponente der Wertsteigerung wird jedoch nur ungenügend berücksichtigt, indem die Investitionsausgabe periodisch um die Inflationsrate erhöht wird.[15] Eine exakte Einbeziehung der Wertentwicklung der Immobilien bleibt auch hier aus.

---

9 Vgl. Rappaport, Creating, S. 32.

10 Zur Unterscheidung zwischen Ausschüttungsrendite (Quotient aus Jahresmieteinnahmen und Anfangsinvestition) und operativer Rendite (Ausschüttungsrendite plus Wertsteigerung), die zur Renditeberechnung offener Immobilienfonds herangezogen werden, siehe Bone-Winkel, Projektentwicklung, S. 431.

11 Vgl. McCrory/Gerstberger, New Math, S. 35.

12 Vgl. Hamel/Prahalad, Zukunft, S. 38.

13 Das Problem der Einbeziehung von Buchwerten besteht in erster Linie darin, daß meisten die Abschreibungen den tatsächlichen Änderungen der Marktwerte nicht entsprechen. Vgl. Rappaport, Creating, S. 32.

14 Siehe dazu die Anmerkung in Fußnote 103.

15 Vgl. Lewis/Stelter, Mehrwert, S. 108.

Abbildung 2: Rendite und ROI im Vergleich

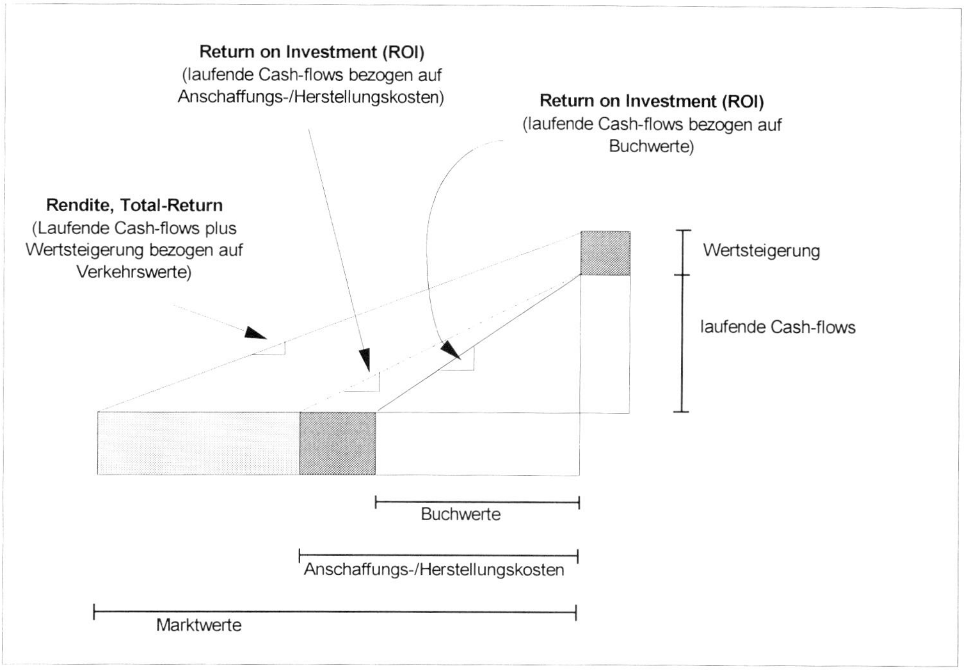

Quelle: eigene Darstellung

2 Stellung des Immobilienbereichs im Konzern

2.1 Rahmenbedingungen für die Organisation des Immobilienbereichs

Entscheidend für die organisatorische Anordnung der Immobilienaktivitäten im Konzern ist es, daß sie eine strategische Ausrichtung des Immobilienmanagements ermöglicht[16] und das Kerngeschäft des Unternehmens unterstützt.[17] Allgemeingültige Handlungsempfehlungen, welche Organisationsform dafür am geeignetsten ist, sind nicht sinnvoll, da dies immer von den unternehmensspezifischen Umständen abhängt.[18] Eine organisatorische Anordnung des Immobilienbereichs sollte jedoch den sich seit einigen Jahren ändernden Rahmenbedingungen, in die das Immobilienmanagement von Großunternehmen eingebettet ist, Rechnung tragen. Diese können folgendermaßen charakterisiert werden:

Unternehmen konzentrieren sich wieder auf ihre Kernkompetenzen[19] und vergeben die Aktivitäten an externe Anbieter, die diese effizienter und besser erbringen können.[20] Davon betroffen ist zunehmend der Bereich Facility Management, der früher vom Unternehmen selbst als interner Dienst angeboten wurde. Das Ergebnis dieser Entwicklung ist konsequentes Outsourcing[21] oder Ausgliederung eines Teils der Immobilienmanagementaufgaben.[22] Damit entwickelt sich das Aufgabenfeld einer Immobilienabteilung vom operativen Facility Management hin zum strategischen CREM.[23]

---

16 Vgl. Schäfers, Strategisches Management, S. 204.

17 Vgl. Schiller, "CRE"-ATIV, S. 22.

18 Vgl. ebenda, S. 22.

19 Vgl. Prahalad/Hamel, Core Competence, S. 79 u. 84 f.; Gomez, Neue Trends, S. 167. Den Nachweis der Unvorteilhaftigkeit einer Diversifizierungsstrategie führen Comment u. Jarrell (Focus, S. 67 ff.).

20 Vgl. Bergsman, Emphasis, S. 30; Balck, Rund um den Bau (Teil 1), S. 23.

21 Vorreiter beim Outsourcing von Immobilien-Dienstleistungen sind z.B. Digital Equipment, die ABB Gebäudeservice beauftragten und IBM, die den gesamten Service ihrer Immobilien in Deutschland, Österreich, Schweiz und Osteuropa an die Zander Gebäudemanagement GmbH übertrug. Vgl. Balck, Rund um den Bau (Teil 1), S. 27; Balck, Facility Management (2), S. 74.

22 Beispielhaft für eine Ausgliederung des Immobilienmanagements sind die LGM Lufthansa Gebäudemanagement GmbH, hervorgegangen aus Lufthansa-internen Diensten, und die D.I.B. Gesellschaft für Standort Betreiberdienste mbH, hervorgegangen aus Dasa AG, zu nennen. Vgl. Balck, Facility Management (1), S. 20.

23 Vgl. Balck, Facility Management (1), S. 23.

Großunternehmen versuchen, ihre Flexibilität, Schlagkräftigkeit und Marktnähe durch Reorganisation in eine Management-Holding zu erhöhen.[24] Das Ziel besteht darin, durch Dezentralisierung der Geschäftsbereiche „Unternehmen im Unternehmen" zu schaffen, die auf die wechselnden Anforderungen des Marktes schneller reagieren können.[25] Diese operativen Einheiten werden wirtschaftlich selbständig als Profit Centers organisiert und sind oft auch Tochtergesellschaften mit eigener Rechtsform.[26] Die Konzernleitungsgesellschaft nimmt dabei die strategische Führungsfunktion der gesamten Holding wahr.[27] Von dieser Entwicklung betroffen sind auch die Immobilienabteilungen, die entweder selbst als Profit Center geführt werden oder dies für jeden Geschäftsbereich dezentral und unabhängig wahrnehmen.[28]

Der Immobilienbereich eines Großunternehmens muß sich heute der Herausforderung stellen, die Gebäudeinfrastruktur immer flexibler an die sich ändernden Anforderungen des Unternehmens anzupassen.[29] Unternehmen verlangen eine produktive und kreative Arbeitsumwelt, die durch die Dynamik der Informationstechnologie einen Wandel vollzogen hat, dessen Ausmaß viele Unternehmen unterschätzt haben.[30] Der Trend zur weiteren Reduktion der Nutzflächen und zur Stillegung von Betrieben oder Betriebsteilen führt vielerorts zu Desinvestitionen.[31]

Vor diesem Hintergrund sollen im nächsten Abschnitt die Möglichkeiten einer organisatorischen Anordnung des Immobilienbereichs erläutert werden.

---

24 Vgl. Gomez, Neue Trends, S. 167. Beispiele für Unternehmen, die als Management-Holding organisiert sind, sind z.B. VEBA AG, Thyssen AG sowie ABB AG. Vgl. Bühner, Erfahrungsbericht, S. 141.

25 Vgl. Bleicher, Holdings, S. 73; Frese, Geschäftssegmentierung, S. 999; Parker, Emerging Model, S. 412; Arbeitskreis „Finanzierung", Unternehmenssteuerung, S. 544.

26 Vgl. Bühner, Management-Holding, S. 9.

27 Vgl. Bühner, Erfahrungsbericht, S. 141; Bühner, Gestaltungsmöglichkeiten, S. 300 f.; Schulte, Kostenallokation, S. 1161.

28 Siehe dazu Abschnitt 2.2.1 bzw. 2.2.2.

29 Vgl. Balck, Dienstleistungs-Revolutionen, S. 21; Chalk, Implementing, S. 7.

30 Vgl. Balck, Dienstleistungs-Revolutionen, S. 21; Parker; Emerging Model, S. 412.

31 Vgl. Bergsman, Emphasis, S. 30; Balck, Dienstleistungs-Revolutionen, S. 20; Balck, Rund um den Bau (Teil 1), S. 24; Balck, Facility Management (1), S. 24; Schiller, "CRE"-ATIV, S. 24.

2.2 Möglichkeiten der organisatorischen Anordnung immobilienbezogener Aktivitäten im Konzern

2.2.1 Dezentrales Modell

Eine dezentrale Organisationslösung ordnet die Aufgaben des Immobilienmanagements den jeweiligen Geschäftsbereichen zu. Diese sind in Bezug auf Entscheidungen der Errichtung, Nutzung und Verwertung der Immobilien des Geschäftsbereichs autonom. Je nach Größe des Geschäftsbereichs wird die Aufgabe des Immobilienmanagements - oder vielfach noch Liegenschaftsverwaltung - von einem Funktionsbereich des Geschäftsbereichs mit übernommen (vgl. Abbildung 3).

Abbildung 3: Dezentrale Organisationslösung, Immobilienverwaltung im Funktionsbereich

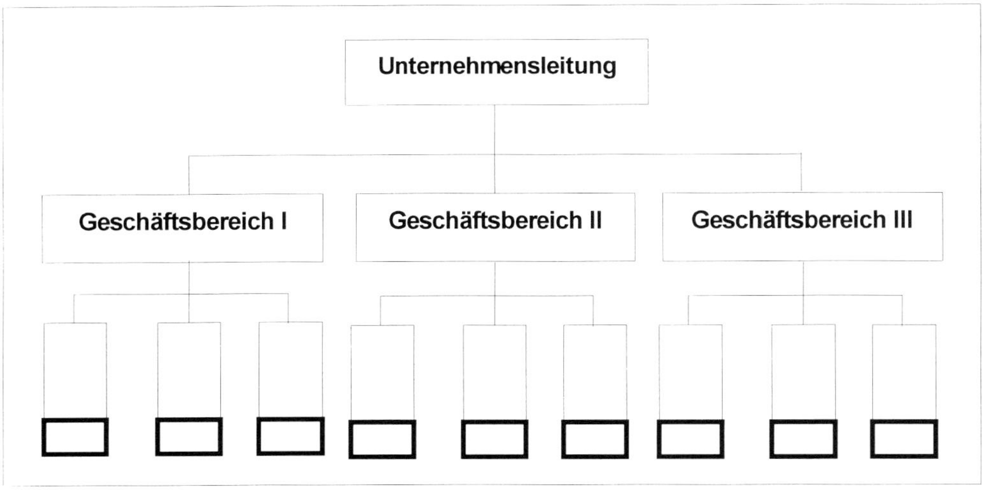

Quelle: in Anlehnung an *Schäfers*, Strategisches Management, S. 207

Bei meist größeren Geschäftsbereichen übernimmt das Immobilienmanagement eine eigene Organisationseinheit innerhalb des Geschäftsbereichs, in der das Immobilien-Know-how vereinigt wird (vgl. Abbildung 4).[32] In diesem Modell wird zwar die Kosten- und Ergebnis-

---

32 Vgl. Schäfers, Strategisches Management, S. 206 f. Denkbar ist auch, daß alle Geschäftsbereiche auf den Immobilienbereich eines einzigen Geschäftsbereichs zurückgreifen, daß dieser praktisch andere Geschäftsbereiche mitbedient. Vgl. Bühner, Management-Holding, S. 12.

autonomie der Geschäftsbereiche im Sinne einer Dezentralisierung der Aufgaben im Konzern gestärkt sowie eine Dienstleistungsorientierung des Immobilienbereichs gefördert,[33] aber auf die veränderten Rahmenbedingungen der betrieblichen Immobilienwelt kann man mit dieser Organisationsform nur bedingt reagieren. Zu einer konzernweiten Bündelung des Know-how und Koordination der Immobilienaktivität kann es nicht kommen.[34] Bedeutender aber noch ist der Nachteil, daß sich der Immobilienbereich nicht zu einem Profit Center entwickeln kann. Seine Stellung als Dienstleister birgt die Gefahr, daß *„gebäudebezogene Kosten und der Aufwand für interne Dienste im „Gemeinkostenblock" versickern."*[35] Eine Möglichkeit, diese Kosten zu senken, besteht im Outsourcing von Teilleistungen.

Abbildung 4: Dezentrale Organisationslösung mit Konzentration des Immobilienbereichs bei den Geschäftsbereichen

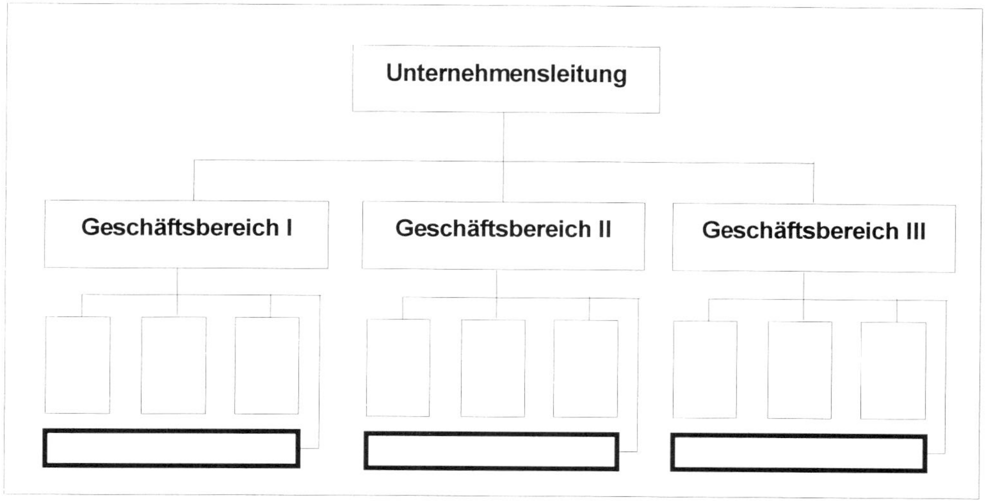

Quelle: in Anlehnung an *Schäfers*, Strategisches Management, S. 207

2.2.2 Zentrales Modell

Im zentralen Modell werden die operativen Geschäftsbereiche von den immobilienbezogenen Aufgaben entlastet (vgl. Abbildung 5). Diese werden von einem Zentralbereich „Immobilien", der der Konzernspitze unterstellt ist, zusammengefaßt übernommen.[36] Eine unternehmensweite Koordination sämtlicher immobilienbezogener Aufgaben wird somit ermöglicht. Es besteht jedoch die Gefahr, daß der Immobilien-Zentralbereich ein Eigenleben ent-

---

33 Vgl. Schäfers, Strategisches Management, S. 208.

34 Vgl. ebenda, S. 208 f. Zu Nachteilen einer schwachen Stellung der Immobilienabteilung im Unternehmen siehe auch Apgar, Uncovering, S. 124.

35 Balck, Rund um den Bau (Teil 1), S. 29.

36 Vgl. Schäfers, Strategisches Management, S. 209. Zu den Vorteilen eines Zentralbereichs siehe auch Frese, Geschäftssegmentierung, S. 1013-1015.

wickelt und sich sehr stark vom operativen Betriebsgeschehen abkoppelt.[37]

Abbildung 5: Zentrale Organisationslösung mit Zentralbereich „Immobilien"

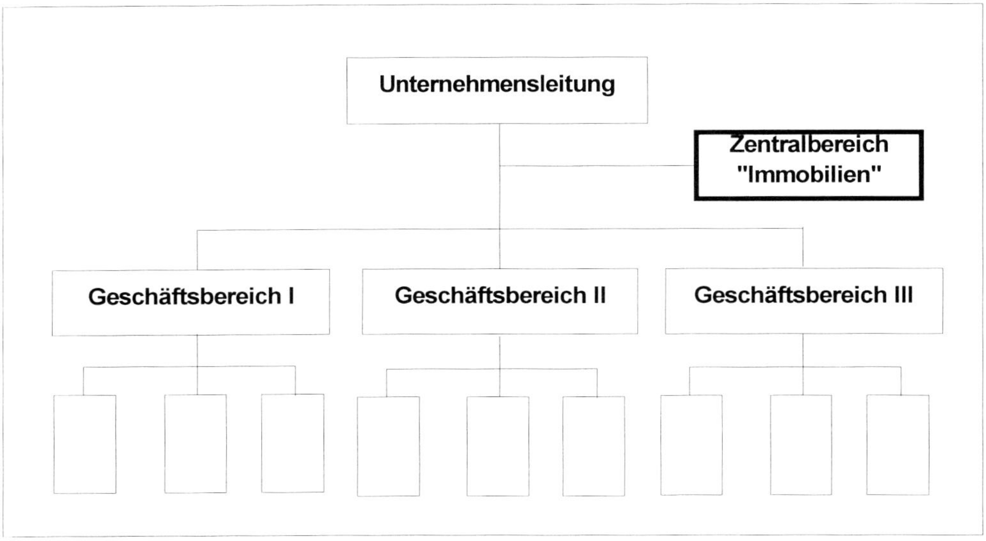

Quelle: in Anlehnung an *Schäfers*, Strategisches Management, S. 210

Diesem Nachteil kann damit begegnet werden, daß man die operativen Aufgaben des Immobilienmanagements in der Hand der Geschäftsbereiche läßt, und der Zentralbereich „Immobilien" die strategische und eher beratende Funktion wahrnimmt (vgl. Abbildung 6).[38] Die bei dem Zentralbereich anfallenden Kosten werden den Geschäftsbereichen über interne Verrechnungspreise angelastet. Dies führt bei den Nutzern unmittelbar zu einem Anreiz, die Immobilien wirtschaftlicher zu nutzen.[39]

37 Vgl. Schäfers, Strategisches Management, S. 212. Bei der VW AG bspw. übernimmt das konzernweite Immobilienmanagement die Abteilung Büroorganisation, die dem Funktionsbereich Beschaffung untergeordnet ist. Vgl. Gop, Bilanz-Kur, S. 14.

38 Siehe dazu das Beispiel der Hoechst AG, Fußnote 3.

39 So will beispielsweise die Deutsche Bahn AG „Mieten anlasten, um Leidensdruck zu erzeugen, der sich in der Rationalisierung von Flächen auswirkt." (Zitiert nach Gop, Bilanz-Kur, S. 10). Zu den Anforderungen eines Verrechnungssystems im Konzern siehe Schulte, Kostenallokation, S. 1164 f.; Schäfers, Strategisches Management, S. 219. Zur Motivationsfunktion von Verrechnungspreisen siehe auch Frese, Profit Center, S. 948 f.

Abbildung 6: Zentrale Organisationslösung mit Zentralbereich „Immobilien" bei Teilung der Aufgaben zwischen Zentralbereich und Geschäftsbereich

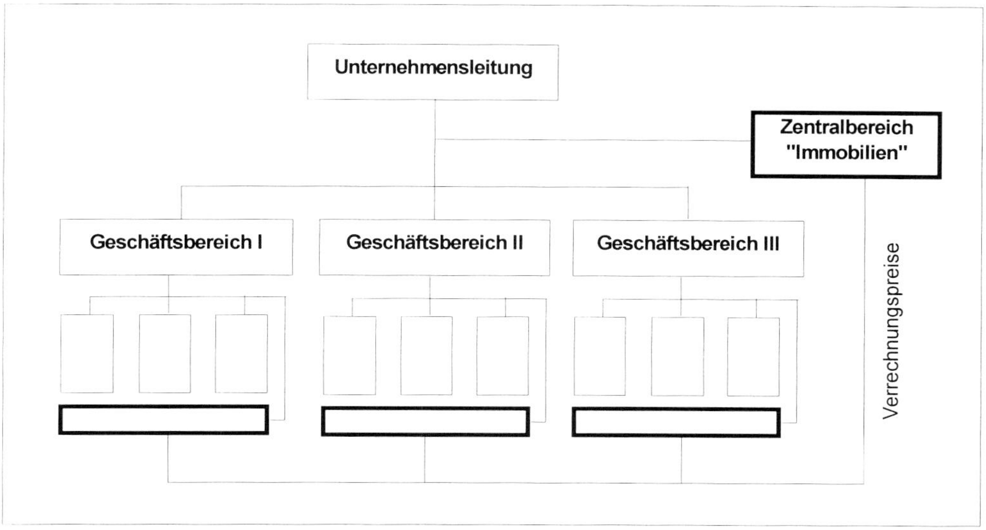

Quelle: in Anlehnung an *Schäfers*, Strategisches Management, S. 211

Da diese Verrechnungspreise jedoch nicht den Marktverhältnissen entsprechen müssen, kann es zu Fehlallokationen von Ressourcen im Unternehmen kommen. Um der besonderen Bedeutung des Immobilienbereichs Rechnung zu tragen, kann man einen separaten Geschäftsbereich „Immobilienmanagement" gründen, in dem die immobilienbezogenen Dienstleistungsfunktionen zusammengefaßt werden (vgl. Abbildung 7).

Dieser ist idealerweise als Profit Center organisiert und unterhält mit den anderen Unternehmenseinheiten ein marktwirtschaftliches Auftragsverhältnis.[40] Dies schließt ein, daß den Geschäftsbereichen die Möglichkeit eingeräumt wird, sich an einen externen Anbieter zu wenden[41] bzw. den gesamte Aufgabenbereich an einen externen Anbieter im Wege des Outsourcing abzugeben.[42]

---

40 Vgl. Teoh, Asset Management, S. 614. Zur Profit Center-Organisation siehe Frese, Profit Center, S. 942 f.; Eisenführ, Profit Center, S. 99; Friedl, Anforderungen, S. 833 ff.

41 Vgl. Schäfers, Strategisches Management, S. 213.

42 Siehe dazu die Beispiele IBM und Digital Equipment, Fußnote 16.

Abbildung 7: Die Immobilienfunktion als eigener Geschäftsbereich

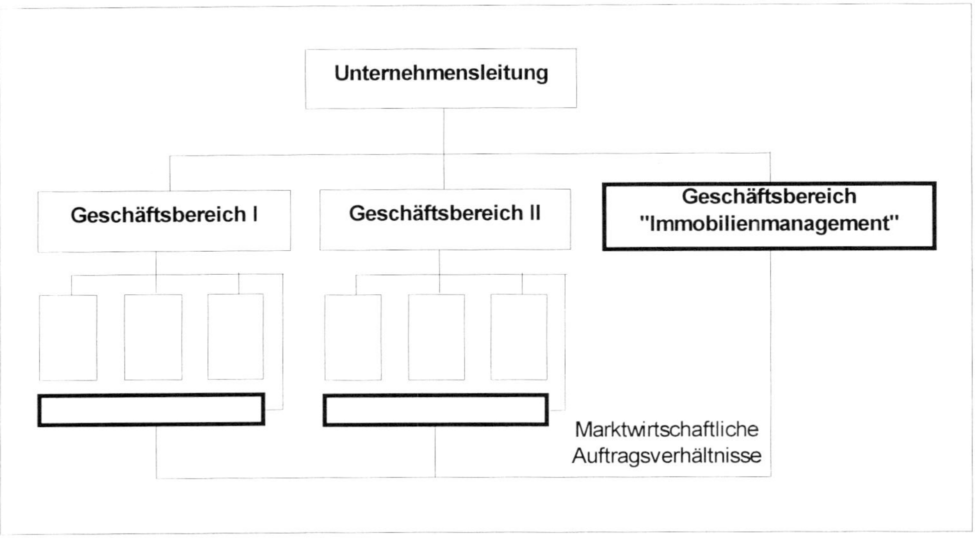

Quelle: in Anlehnung an *Schäfers*, Strategisches Management, S. 213

2.2.3 Ausgründung in eine Tochtergesellschaft

Die Ausgründung des Immobilienbereichs in eine eigenständige Tochtergesellschaft zielt in besonderer Weise auf die Ertragsorientierung und das marktwirtschaftliche Verhältnis zu den Geschäftsbereichen (vgl. Abbildung 8). Die Wahl der Rechtsform hängt dabei von Überlegungen wie z.B. dem Grad der Autonomie der Tochtergesellschaft oder steuerlichen Auswirkungen ab. Für die Wettbewerbsfähigkeit ist es entscheidend, ob die neue Gesellschaft nur Dienste im Konzern erbringt, oder ob sie ihre Dienste auch am Markt anbietet. Die Entkoppelung aus dem Unternehmen bietet eine Chance zur Produktivitätssteigerung.[43] Ihr Erfolgspotential liegt darin, selbst zu einen Outsourcing-Partner für andere Unternehmen zu werden.[44] Der Muttergesellschaft ermöglicht eine Ausgliederung die Konzentration auf ihr Kerngeschäft.

Die Vorteile der Ausgliederung hat bspw. die ehemalige Kaufhof Holding AG vollständig erkannt: *„Durch die Trennung der Handelsbeteiligungen von den Immobilienwerten kann eine verbesserte Führungs-, Ertrags- und Finanzierungsstruktur realisiert werden, wobei rechtlich selbständige Einheiten nach dem Profit-Center-System geführt werden sollen.“*[45]

---

43 Vgl. Balck, Facility Management (1), S. 22.

44 Vgl. Balck, Dienstleistungs-Revolutionen, S. 20. Unternehmen, denen dieser Schritt gelungen ist, sind beispw. die LGM Lufthansa Gebäudemanagement GmbH, die D.I.B. Gesellschaft für Standort Betreiberdienste mbH und die Thyssen Immobilien Gruppe.

45 Kaufhof Holding AG, Einladung, S. 2. Siehe dazu auch Abschnitt 4.

Abbildung 8: Ausgründung des Immobilienbereichs in eine Tochtergesellschaft

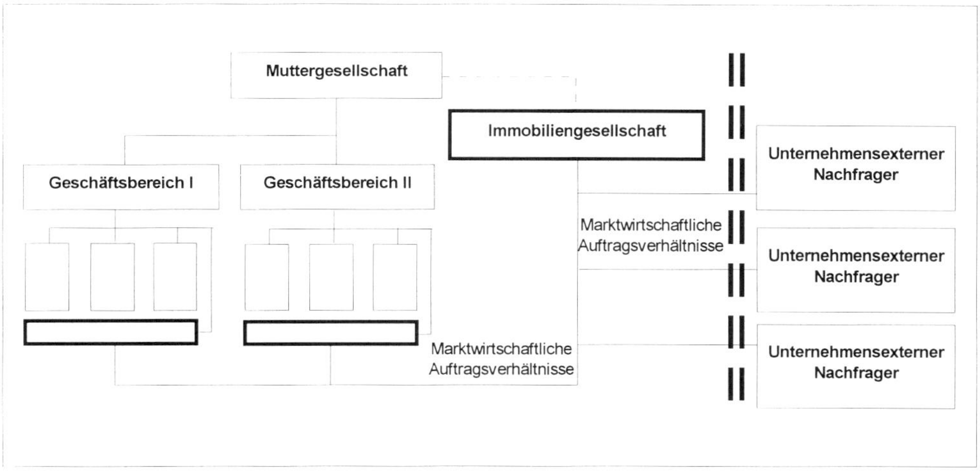

Quelle: eigene Darstellung

Entscheidend - auch im Hinblick auf eine eventuelle Börseneinführung - ist aber, ob lediglich die Dienstleistungsfunktion des Immobilienmanagements ausgegliedert wird, oder aber, ob auch die Immobilien selbst in die neue Tochtergesellschaft eingebracht werden.[46] Dieser letztgenannte Schritt scheint Unternehmen dann leichter zu fallen, wenn es sich lediglich um nicht-betriebsnotwendige Immobilien handelt. So verwalten einige deutsche Großkonzerne, wie z.B. die VEBA Immobilien AG und die Thyssen Wohnstätten AG, nur ihren Bestand an Wohnimmobilien in ausgegliederten Tochtergesellschaften.

Gegen eine Ausgliederung der betrieblichen Immobilien eines großen Konzerns spricht jedoch, daß ein Verkauf einer der vielen operativen Tochtergesellschaften unmöglich wird, wenn sich ihre betriebsnotwendigen Immobilien im Besitz einer Immobilien-Tochtergesellschaft des Konzerns befinden. Die Flexibilität hinsichtlich des Verkaufs eines Geschäftsbereichs würde damit erheblich eingeschränkt.[47]

2.2.4 Ausgliederung und Börseneinführung

Mit der Ausgliederung und Börseneinführung wird die Tochtergesellschaft formal aus dem Unternehmensverbund herausgelöst. Allgemein begründen läßt sich eine Ausgliederung wie folgt: Während eine Fusion meist aus Gründen von Synergievorteilen des Verbundes erfolgt (2+2=5), steht bei einer Ausgliederung gerade der Abbau von Ineffizienzen in dem

---

46 So sind bspw. die ABB Grundbesitz GmbH & Co. OHG oder die Asset Immobilien GmbH & Co. KG der Kaufhof Holding AG Eigentümer der Immobilien des Konzerns.

47 Eine Ausnahme bildet da die Chemieindustrie. Wegen unbekannter Altlasten lassen sich Betriebsteile oft leichter ohne die dazugehörigen Grundstücke verkaufen.

Verhältnis zwischen Mutter- und Tochtergesellschaft im Vordergrund (4-2=3).[48]

Evtl. noch bestehende Unternehmensverträge, wie z.B. Beherrschungs- oder Gewinnabführungsverträge, müssen aufgelöst werden.[49] Als letzter Schritt wird die Autonomie auch in dem wichtigen Bereich der Finanzierung des Unternehmens erreicht. Eine mögliche Kapitalbeteiligung an der Immobilien-AG wird davon abhängig sein, in welchem Ausmaß eine Nutzung der Immobilien der jungen Aktiengesellschaft durch das Konzernunternehmen bzw. eine Inanspruchnahme der immobilienbezogenen Dienstleistungen besteht. Abbildung 9 verdeutlicht diese Organisationsform graphisch.

Unumgänglich für die Autonomie der jungen Aktiengesellschaft ist jedoch, daß die Vertragsbeziehungen zum Konzern rein marktwirtschaftlicher Natur sind. Vom Konzern diktierte „Marktpreise", wie dies bei rein formal ausgegliederten Immobiliengesellschaften oft der Fall ist, würden vom Aktienmarkt nicht hingenommen werden. Aus diesem Grund setzt die Börseneinführung voraus, daß die Immobilien-AG zu einem selbständigen Unternehmen herangereift ist, das außerhalb des Konzernverbundes nicht nur überlebensfähig ist, sondern auch langfristige und nachhaltige Wachstumschancen hat.[50] Weitere Voraussetzungen für eine Börseneinführung sind ein gewisser Mindestumsatz und die Möglichkeit zur nachhaltigen Gewinnerzielung sowie eine über die gesetzlichen Vorschriften hinausgehende Bereitschaft zur Publizität.[51]

Abbildung 9: Der Immobilienbereich als börsennotierte Aktiengesellschaft

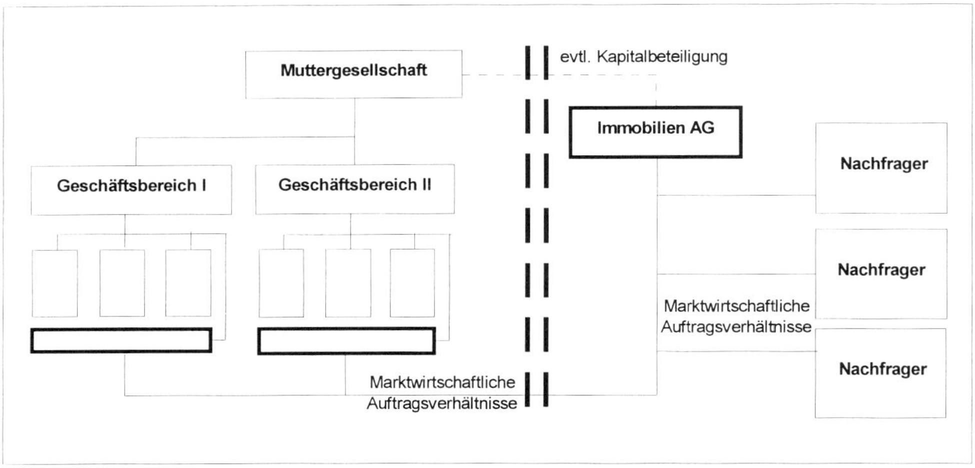

Quelle: eigene Darstellung

48 Vgl. Hite/Owers, Price Reactions, S. 410.

49 Zu Möglichkeiten der Einflußnahme der Konzernmutter auf Tochtergesellschaften siehe Bühner, Gestaltungsmöglichkeiten, S. 304.

50 In diesem Kontext sind auch die Bemühungen der Barclays Property Holdings zu sehen, ihre Kundenbasis auszuweiten, um einen Börsengang zu ermöglichen. Vgl. Hunt, Smart Card, S. 31.

51 Vgl. Titzrath, Going Public, S. 139; Gerke/Rapp, Eigenkapitalbeschaffung, S. 290; Bleckmann, Instrumente, S. 12.

Eine Börseneinführung kann über unterschiedliche organisatorische „Umwege" erfolgen, bei der jedoch jeweils verschiedene Aktionäre die Anteile der Immobilien-AG übernehmen.[52]

Bei der *Abspaltung (Spin-off)* gründet die Muttergesellschaft eine Tochtergesellschaft, in die die Immobilien sowie immobilienbezogene Aktivitäten eingebracht werden. Die Anteile der Tochtergesellschaft werden an die Aktionäre der Muttergesellschaft entsprechend ihrem Anteil übertragen. Nach der Börseneinführung der Immobilien-AG werden die Anteile der beiden getrennten Unternehmen nebeneinander an der Börse gehandelt.[53] Durch eine Abspaltung reduzieren sich die materiellen oder immateriellen Vermögensgegenstände der Muttergesellschaft, die Vermögenssituation der Aktionäre verschlechtert sich jedoch nicht, da sie an der neuen Gesellschaft beteiligt sind. Die beiden Unternehmen verfolgen daraufhin getrennte Investitions- und Finanzierungsstrategien.[54]

Die *Aufspaltung (Split-up)* vollzieht sich ähnlich der Abspaltung. Jedoch wird das gesamte Unternehmen in neue Tochtergesellschaften aufgeteilt, und das ursprüngliche Unternehmen hört auf zu existieren. Anteilseigner der neuen Tochtergesellschaften sind die Aktionäre der Muttergesellschaft.[55]

Im Rahmen der Reorganisation eines Unternehmens in eine Management-Holding kommt es meist zu einer *Ausgliederung* einer Tochtergesellschaft. Auch hier werden Vermögensteile, wie z.B. Immobilien, in eine Tochtergesellschaft eingebracht, an der ausschließlich die Muttergesellschaft beteiligt ist. Eine Börseneinführung der Anteile erfolgt meistens nicht.[56]

Eine weitere Form der Desinvestition stellt der direkte *Verkauf der Tochtergesellschaft an der Börse* (*Equity Carve-out* oder *Partial Public Offering*) dar. Dabei verringert sich die Vermögensposition der Muttergesellschaft nicht, da ihr im Gegenzug mit der Ausgliederung von Vermögensteilen oder einer Tochtergesellschaft Geldmittel zufließen. Bei dieser Form der Börseneinführung der Tochtergesellschaft übernehmen „unternehmensfremde" Aktionäre einen Teil der Anteile, die Kapitalmehrheit und Kontrolle verbleibt jedoch bei der Muttergesellschaft.[57] Abbildung 10 verdeutlicht die unterschiedlichen Formen der Abspaltung.

---

52 Auf die steuerlichen Konsequenzen einer Unternehmensspaltung sowie auf die Problematik des Betriebsübergangs i.S.v. § 613a BGB kann nicht näher eingegangen werden, siehe dazu aber Herzig/Ott, Steuerrecht, S. 2033 ff. sowie Gäbelein, Unternehmensspaltung, S. 1420 ff.

53 Vgl. Herzig/Ott, Steuerrecht, S. 2034; Gäbelein, Unternehmensspaltung, S. 1420; Bühner, Gestaltungsmöglichkeiten, S. 302; Brealey/Myers, Principles, S. 937; Hite/Owers/Rogers, Seperation, S. 319 f.; Copeland/Koller/Murrin, Valuation, S. 274; Schipper/Smith, Recontracting, S. 437; Ball/ Rutherford/Shaw, Wealth Effects, S. 598 f.; Slovin/Sushka/Ferrarro, Comparison, S. 90 f. Zur Abspaltung speziell des Immobilienbereichs siehe Rodriguez/Sirmans, Managing, S. 24 f.

54 Vgl. Hite/Owers, Price Reactions, S. 410 f.

55 Vgl. Herzig/Ott, Steuerrecht, S. 2034; Gäbelein, Unternehmensspaltung, S. 1420; Bühner, Gestaltungsmöglichkeiten, S. 302; Schipper/Smith, Recontracting, S. 438.

56 Vgl. Herzig/Ott, Steuerrecht, S. 2034; Gäbelein, Unternehmensspaltung, S. 1420; Bühner, Gestaltungsmöglichkeiten, S. 302.

57 Vgl. Schipper/Smith, Recontracting, S. 437; Copeland/Weston, Financial Theory, S. 679; Slovin/Sushka/Ferraro, Comparison, S. 90 f.

Abbildung 10: Verschiedene Formen der Spaltung

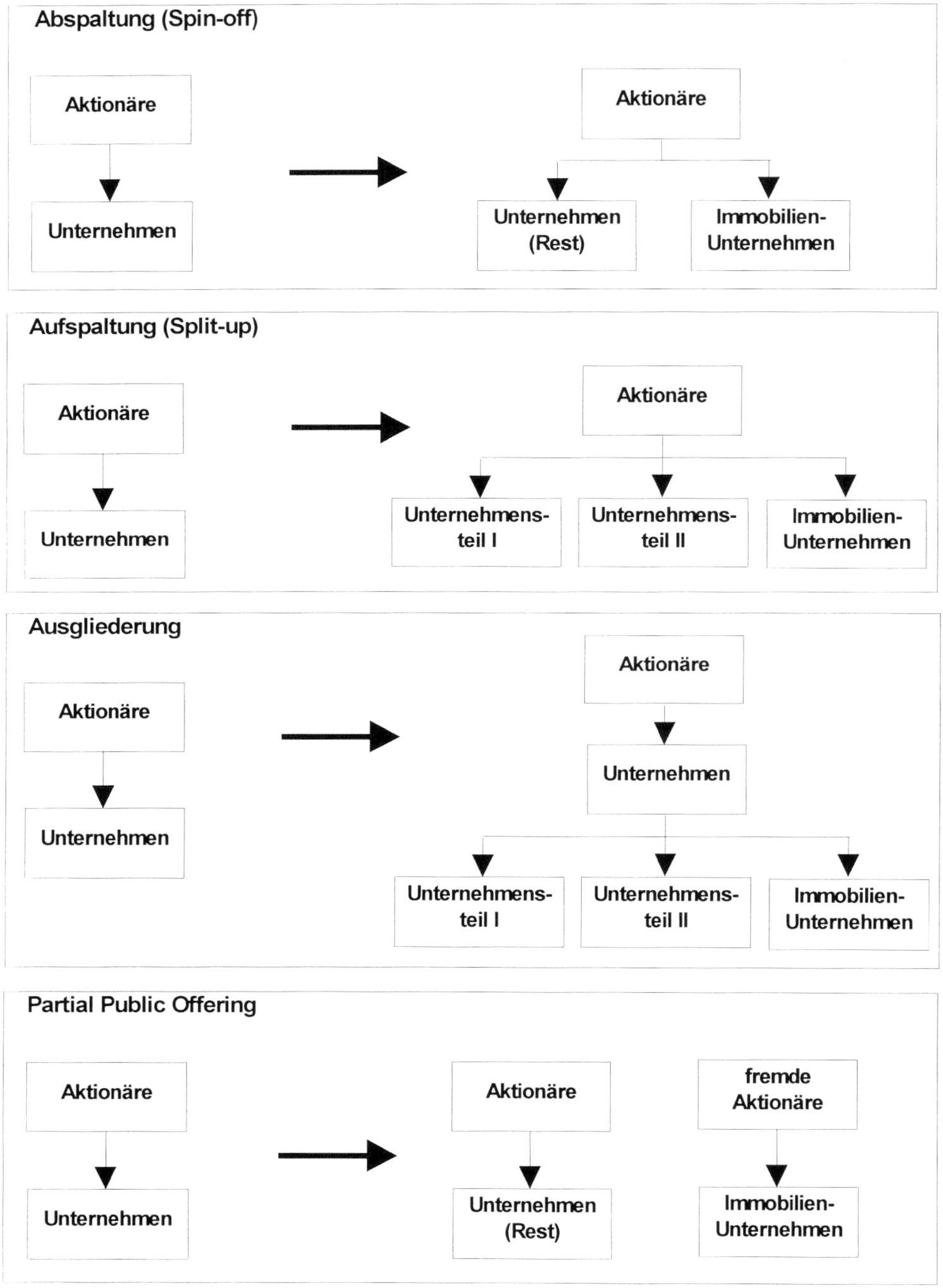

Quelle: teilweise in Anlehnung an *Bühner*, Gestaltungsmöglichkeiten, S. 303.

3 Börseneinführung einer Immobilien-Aktiengesellschaft

3.1 Systematisierung von Immobilien-Aktiengesellschaften

Für den weiteren Verlauf der Arbeit ist es sinnvoll, grundsätzlich zwischen zwei verschiedenen Ausprägungen von Immobilienunternehmen zu unterscheiden, da darauf unter verschiedenen Gesichtspunkten immer wieder Bezug genommen wird. (vgl. Abbildung 11).

Abbildung 11: Systematisierung von Immobilienunternehmen

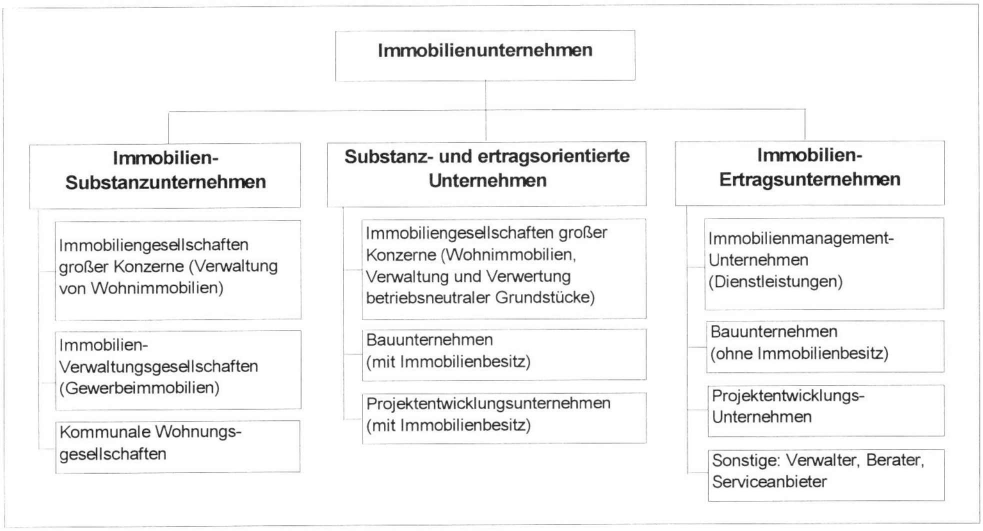

Quelle: eigene Darstellung

3.1.1 Immobilien-Substanzunternehmen

Zu den Immobilien-Substanzunternehmen gehören die Gesellschaften, die das betriebliche oder nicht-betriebliche Immobilienvermögen großer Gesellschaften in ihrem Besitz halten und verwalten. Sie sind meist aus einer Neustrukturierung der Konzernorganisation hervorgegangen. Es werden zwar oft auch immobilienbezogene Dienstleistungen für den Konzern oder den Markt erbracht, doch bildet den Schwerpunkt der Tätigkeit die Verwaltung des eigenen Immobilienportfolios. Der Wert solcher Gesellschaften ergibt sich daher weniger aus ihrer Fähigkeit, Erträge zu erzielen, sondern aus der Aggregation der einzelnen Verkehrswerte der Immobilienobjekte.[58]

Beispielhaft für diese Kategorie stehen die Immobiliengesellschaften großer Konzerne, die früher nur das nicht-betriebsnotwendige Immobilienvermögen verwalteten, das vor allem aus den konzerneigenen Werkswohnungen für Mitarbeiter bestand. Diese Gesellschaften sind heute aktiv in den Geschäftsfeldern Entwicklung, Investment und Management von Wohn- und Gewerbeimmobilien tätig. Darüber, daß es sich um eher substanzstarke Unternehmen handelt, sollte die Tatsache nicht hinwegtäuschen, daß neben den Mieteinnahmen auch Immobilien-Serviceleistungen zum Umsatz beitragen, denn die Mieteinnahmen allein erbringen oft keine ausreichende Rentabilität.[59]

3.1.2 Immobilien-Ertragsunternehmen

Immobilien-Ertragsunternehmen halten nur einen unbedeutenden Teil an Immobilien in ihrem Besitz. Ihr Hauptgeschäftsfeld ist die Projektentwicklung oder das Erbringen von immobilienbezogenen Dienstleistungen. Diese Unternehmen sind häufig aus der Immobilienabteilung eines großen Konzerns hervorgegangen, die mit dem Management der betrieblichen Liegenschaften betraut war. Eine Bewertung dieser Unternehmen stützt sich hauptsächlich auf ihre Ertragskraft.[60] Als Beispiele wären hier Unternehmen zu nennen, die Projektentwicklung, Dienstleistungen des Immobilienmanagements, des Facility Managements oder sonstige immobilienbezogenen Dienstleistungen für ihren Konzern und auf dem Markt anbieten.

In Tabelle *1* sind einige deutsche Großunternehmen aufgelistet, deren Immobilienbesitz bzw. immobilienbezogene Diensleistungen bereits in eigenständige Gesellschaften ausgegliedert wurden. Die eventuelle Börsenfähigkeit der Tochtergesellschaft kann orientierungsweise aus deren Umsatz geschlossen werden. Dabei geben der Umsatz sowie die Anschaffungs-/Herstellungskosten der Grundstücke und Gebäude des Mutterunternehmens einen Hinweis auf die Bedeutung des Immobilienvermögens des Konzerns. Die Einteilung in die Gruppierungen Substanz bzw. Ertrag bezieht sich auf die unterschiedliche Art der Bewertung bei einer potentiellen Börseneinführung.

---

58 Vgl. o.V., Immobilienaktien, S. 23.

59 Die VEBA Immobilien AG erzielt mit ihren Wohnungen im Durchschnitt eine Nettomiete von nur DM 6,29/m². Dies ist einerseits auf das hohe Alter mancher Wohnimmobilien zurückzuführen, andererseits auf die Tatsache, daß diese überwiegend in der Nähe von Industriestandorten liegen. Vgl. VEBA Immobilien AG, Geschäftsbericht 1995, S. 17.

60 Vgl. o.V., Immobilienaktien, S. 23. Zu der Unterscheidung zwischen substanzorientierten und ertragsorientierten Immobilienunternehmen siehe auch Adams/Venmore-Rowland, Valuation, S. 127. Sie teilen Immobilienunternehmen in die Gruppen Investment/Development Companies und Property Developer/Trading Companies ein. Die erste Gruppe wird auf Grundlage ihres Netto-Anlagevermögens bewertet, die zweite Gruppe aufgrund ihrer Ertragskraft. Siehe dazu auch Falla, Shares 1, S. 229.

Tabelle 1: Potentielle Immobilien-Aktiengesellschaften

Angaben aus 1995	Tätigkeit	Umsatz (in Mio. DM)	Anschaffungs- und Herstellungskosten der Grundstücke u. Gebäude (in Mio. DM)	Bewertung
ABB Asea Brown Boveri AG			**855**	
ABB Grundbesitz GmbH & Co. OHG	Besitzer und Vermieter sämtlicher betrieblicher Immobilien des Konzerns	51,0		**Substanz**
ABB Gebäudeservice GmbH	Facility Management für den Konzern und externe Nachfrager	63,0		**Ertrag**
Daimler-Benz Aerospace AG			**4.212**	
D.I.B Gesellschaft für Standortbetreiberdienste mbH	Erbringung von standortbezogenen Dienstleistungen zum Betrieb von Industrie- u. Verwaltungsstandorten, Consulting; Dasa hält 45%-Beteiligung	144,5		**Ertrag**
Daimler-Benz InterServices (debis) AG			**41**	
debis Gesellschaft für Potsdamer Platz Projekt und Immobilienmanagement mbh	Realisierung, Vermarktung und Betreibung des Daimler-Benz-Projekts Potsdamer Platz; Entwicklung konzerneigener Grundstücke; Immobilien- u. Facilities Management für eigene u. fremde Immobilien	27,0		**Ertrag**
Deutsche Bahn AG			**7.634** *)	
Geschäftsbereich Personenbahnhöfe	Vermietung und Verpachtung von Einzelhandelsflächen in Bahnhöfen	773,0		**Substanz**
Deutsche Bahn Immobiliengesellschaft mbH	Managementgesellschaft für die Verwaltung und Verwertung betrieblicher Immobilien			**Ertrag**
Bahnhofs-Management & Entwicklungsgesellschaft	Gemeinschafteunternehmen der DB und ECE Projektmanagement GmbH; Projektentwicklungen von Bahnhöfen			**Ertrag**
Deutsche Bank AG			**5.158**	
Debeko Immobilien GmbH	Besitzer und Vermieter des größten Teils der Grundstücke und Gebäude der Deutschen Bank im Inland			**Substanz**
GMS Gebäudemanagement und Service GmbH	Immobilienmanagement und Dienstleistungen für das Trianon, ausgewählte DB Standorte und einiger aus dem Schneider-Konkurs hervorgegangener Gebäude			**Ertrag**

*) ohne Bahnkörper und Bauten des Schienenweges

	Tätigkeit	Umsatz (in Mio. DM)	Anschaffungs- und Herstellungskosten der Grundstücke u. Gebäude (in Mio. DM)	Bewertung
Deutsche Telekom AG			**38.012**	
DeTelmmobilien Deutsche Telekom Immobilien und Service GmbH	Immobilienmanagement für die Deutsche Telekom Gruppe und die Deutsche Post AG, Anbieter sämtlicher Facility Management Dienstleistungen	1.094,0		**Ertrag**
Hochtief AG **)			**1.490**	
Hochtief Projektentwicklung GmbH	Projektentwicklungsgesellschaft des Konzerns	6,0		**Ertrag**
Deutsche Bau- und Siedlungs-Gesellschaft mbH	Baubetreuung u. Projektentwicklung; Verwaltung eigener u. fremder Immobilien	64,0		**Ertrag/Substanz**
MONACHIA Grundstücks-Aktiengesellschaft *)**	Verwaltung, Vermietung u. Weiterentwicklung des eigenen Immobilienbesitzes	65,3	463	**Substanz**
Hoechst AG			**11.144**	
Immobilien Verwaltungs GmbH	Zentrale Verwaltung der im Besitz von Standort KGs befindlichen betrieblichen Immobilien			**Ertrag**
Diverse Standort KGs	Besitzer der betrieblichen Immobilien der jeweiligen Produktionsstandorte			**Substanz**
Hoechst Bauen und Wohnen GmbH	Entwicklung, Verwaltung und Vermietung des eigenen Wohnimmobilienbestandes			**Substanz**
IVG AG			**1.145**	
IVG Immobilien GmbH	Verwaltung des Immobilienportfolios, Immobilien-Projektentwicklung	171,5		**Substanz**
IVG Service GmbH	Facility Management, (45%-Beteiligung an D.I.B. Gesellschaft für Standortbetreiberdienste), Airport-Services	145,1		**Ertrag**
Lufthansa AG			**686**	
Lufthansa Gebäude Management GmbH	Gemeinschaftsunternehmen der Lufthansa AG und der H. Krantz-TKT GmbH; Verwaltung der Konzern-immobilien, Technisches und kaufmännisches Gebäude-Management, Flächenmanagement	70,0		**Ertrag**

**) Angaben aus 1994

***) bereits börsennotiert

	Tätigkeit	Umsatz (in Mio. DM)	Anschaffungs- und Herstellungskosten der Grundstücke u. Gebäude (in Mio. DM)	Bewertung
Metro AG (vormals auch Kaufhof AG)			**4.496 ****)**	
Asset Immobilien GmbH & Co. KG; Asset Immobilien GmbH & Co. KG Nr. zwei	Besitzer sämtlicher Immobilien der Kaufhof Holding AG		1.565	**Substanz**
Zentra-Grundstücksgesellschaft mbH	Verwaltung des eigenen u. fremden Grundbesitzes; Entwicklung u. Vermittlung von Immobilienprojekten; führt für den Konzern als Dienstleister Bau- u. Technikinvestitionen aus			**Ertrag**
Dorina Mobilienvermietungs-Beteiligungs GmbH	Vermietung von Einzelhandelsflächen			**Ertrag**
Preussag AG			**4.416**	
Preussag Immobilien GmbH	Eigentümer von ca. 50% der betrieblichen Immobilien des Konzerns. Verwaltung konzerneigener Wohnimmobilien			**Substanz**
Ruhrkohle AG			**6.688**	
RAG Immobilien AG (RIAG)	Flächenentwicklung und -verwaltung, Gewerbeimmobilien und Projektentwicklung, Wohnungswirtschaft, Immobilien-Dienstleistungen	281,0	1.923	**Substanz**
Thyssen AG			**10.064**	
Thyssen Immobilien GmbH	Holding der drei folgenden Gesellschaften	341,1	2.075	**Ertrag/Substanz**
Thyssen Wohnstätten AG	Verwaltung und Bewirtschaftung eigener und fremder Wohnimmobilien	295,9		**Substanz**
Thyssen Liegenschaften GmbH	Immobiliendienste, CREM und Facility Management für den Konzern	12,3		**Ertrag**
Thyssen Bauträger und Immobilienentwicklungs GmbH	Development der betriebsneutralen Flächen des Konzerns (Wohnbaugrundstücke, gewerblich/ industrielle Liegenschaften)	32,9		**Ertrag**
VEBA AG			**16.418**	
VEBA Immobilien AG	Investment in Wohn- und Gewerbe-Immobilien, Bewirtschaftung	672,2	6.523	**Substanz**
VEBA Wohnen AG	Integriertes Immobilien-Management, Facility Management für Konzern und Markt	96,6		**Ertrag**
VEBA Urbana AG	Entwicklung von Wohn- und Gewerbe-Immobilien, Dienstleistungen	51,1		**Ertrag**
VIAG AG			**6.923**	
VIAG Immobilien Management GmbH	Verwaltung und Verwertung betrieblicher Liegenschaften, Dienstleistungen			**Ertrag**

****) nur ehem. Kaufhof Konzern

Quelle: Geschäftsberichte und Informationsbroschüren der genannten Gesellschaften

3.2 Ziele der Börseneinführung

Abhängig von der Art des Immobilienunternehmens stehen zwei unterschiedliche Ziele bei dem Börsengang von Immobilien-Akiengesellschaften im Vordergrund.

3.2.1 Börsengang zur Stärkung der Eigenkapitalbasis

Für die eher ertragsorientierten Gesellschaften, deren Hauptgeschäftsfeld das Erbringen von immobilienbezogenen Dienstleistungen ist, ist die Stärkung der Eigenkapitalbasis entscheidend. Dazu wird die Börseneinführung mit einer Kapitalerhöhung verbunden, um zukünftiges Wachstum und die Marktausweitung zu finanzieren.[61] Zusätzlich wird die Eigenkapitalquote erhöht und damit der Rahmen für die Kreditvergabe der Banken erweitert.[62] Darüber hinaus kann die Börseneinführung als adäquates Mittel zur Eigenkapitalbeschaffung gesehen werden, um damit die meist unerwünschte finanzielle Abhängigkeit des Unternehmens von den Banken zu reduzieren.[63]

3.2.2 Börsengang als Mittel zur Desinvestition

Mit der Börseneinführung einer substanzstarken Gesellschaft verfolgt die Konzernmuttergesellschaft andere Ziele. Zum einen soll die organisatorisch vorgenommene Ausgliederung aus dem Konzern durch Verkauf oder Übertragung der Anteile untermauert werden, zum anderen soll dem Konzern durch den Börsengang die Desinvestition des Immobilienbereichs ermöglicht werden. Damit läßt sich Diversifizierungsgrad der Aktivitäten innerhalb des Konzerns verringern und die Konzentration auf die Kerngeschäftsfelder unterstützen. Zusätzlich kann der Verkauf an der Börse dem Konzern die nötigen finanziellen Mittel verschaffen, um in andere zukunftsträchtige Geschäftsfelder zu investieren. Die Ertragskraft des Unternehmens kann somit im Sinne einer Optimierung des Portfolios gestärkt werden.

3.3 Ablauf der Börseneinführung

3.3.1 Erarbeiten des Emissionskonzeptes

Nachdem die Gesellschaft die organisatorischen Voraussetzungen geschaffen hat, muß sie die Börseneinführung mit einer emissionsbegleitenden Bank gezielt vorbereiten. Das Emissionskonzept beinhaltet die Punkte Unternehmensbewertung, Plazierungskonzept, Equity

61 Vgl. Gerke/Rapp, Eigenkapitalbeschaffung, S. 291; Titzrath, Going Public, S. 138.
62 Vgl. Titzrath, Going Public, S. 138; Bleckmann, Instrumente, S. 5; o.V., Reifezeugnis, S. 48-51; Cutik, Sicht, S. 18.
63 Vgl. Wegmann, Bestimmung, S. 149.

Story, Ausgestaltung der Aktien, Marketingkonzept, Aktienherkunft sowie das Marktsegment, in dem die Aktie gehandelt werden soll.[64]

Entscheidungen, die im Rahmen des Erarbeitens des Emissionskonzepts einer Immobiliengesellschaft besonders bedeutend sind, sollen im folgenden dargestellt werden.

3.3.1.1 Herkunft der Aktien und Allokation des Emissionserlöses

Abhängig von der organisatorischen Trennung der Immobiliengesellschaft aus dem Konzern befinden sich die Aktien entweder in der Hand der Aktionäre der Konzernmutter (Abspaltung, Aufspaltung) oder in der Hand der Konzernmuttergesellschaft (Ausgliederung, Verkauf der Tochtergesellschaft an der Börse). Bei einer Börseneinführung der Immobiliengesellschaft findet in beiden Fällen eine Abgabe von Aktien aus dem Besitz der Altgesellschafter statt (Umplazierung).[65]

Im ersten Fall ist lediglich die Börsenzulassung für die neuen Aktien zu beantragen; die breite Streuung der Aktien auf dem Markt erfolgt durch den Verkauf der Anteile aus den Händen der Aktionäre, denen auch die Erlöse aus dem Verkauf der Aktien zufließen. Eine Finanzierungsmöglichkeit für die Muttergesellschaft ergibt sich aber nur dann, wenn sie zeitgleich eine Kapitalerhöhung durchführt.

Im zweiten Fall fließen der Muttergesellschaft die Erlöse aus dem Verkauf der Aktien direkt zu. Führt die Gesellschaft auch hier zeitgleich eine Kapitalerhöhung durch, ist die Gefahr geringer, sich dem Verdacht auszusetzen, lediglich „Kasse machen“ zu wollen, da der Verkaufserlös vollständig der Stärkung der Eigenkapitalbasis der Gesellschaft dient,[66] auch wenn eine Desinvestition ein erklärtes Ziel der Konzernmutter sein wird.

3.3.1.2 Höhe des Plazierungsvolumens

Der Umfang der Plazierung hängt einerseits vom Kapitalbedarf der Gesellschaft, andererseits jedoch auch vom erwünschten Einfluß der Konzernmuttergesellschaft auf die Immobilien-AG ab. Wenn die Immobiliengesellschaft einen großen Teil der betrieblichen Immobilien der Muttergesellschaft besitzt und verwaltet, dürfte der Wunsch nach einer weiteren Kontrolle über eine qualifizierte Kapitalmehrheit bestehen, um die langfristige Nutzung der betrieblichen Immobilien sicherzustellen. In diesem Fall wird das an der Börse plazierte Volumen 50% des gezeichneten Kapitals voraussichtlich nicht überschreiten.

Bei den Gesellschaften, die hauptsächlich Dienstleistungen erbringen oder im wesentlichen nicht-betriebsnotwendige Wohnimmobilien verwalten, kann es im Interesse der Muttergesellschaft sein, auch über die 50%-Grenze hinauszugehen und sich vollständig von der Immobiliengesellschaft zu trennen. Als Untergrenze erscheint eine Plazierung von knapp mehr als 25% des gezeichneten Kapitals angemessen, da sie potentiellen Aktionären signalisieren würde, daß ihnen genügend Einfluß als qualifizierte Minderheit eingeräumt wird.[67] Ebenfalls ist zu beachten, daß das Emissionsvolumen einen liquiden Handel der Aktien nach der Börseneinführung sicherstellen muß.[68]

---

64 Vgl. Trobitz/Wilhelm, Going Public, S. 166.
65 Vgl. Titzrath, Going Public, S. 140.
66 Vgl. Gerke/Rapp, Eigenkapitalbeschaffung, S. 298.
67 Vgl. Titzrath, Going Public, S. 140.
68 Vgl. Gerke/Rapp, Eigenkapitalbeschaffung, S. 297; Bleckmann, Instrumente, S. 13.

3.3.2 Preisfindung

3.3.2.1 Preisfindung bei Immobilien-Ertragsgesellschaften

Die Ermittlung des Emissionspreises ist einer der schwierigsten Phasen im Prozeß der Börseneinführung. Ziel ist es, mit Methoden der Unternehmensbewertung einen Unternehmenswert zu ermitteln, der einen Anhaltspunkt für einen objektiven Emissionspreis geben soll.[69] Die Festlegung des Emissionspreises erfolgt i.d.R. auf der Basis finanzanalytischer Bewertungsmodelle, wobei auch an der Börse gehandelte Unternehmen als Vergleich herangezogen werden.[70] Entscheidend ist aber, den „Wert" der Aktie aus der Sicht von Investoren zu bestimmen. Sie orientieren sich bei ihrer Kaufentscheidung an zukünftigen Dividendenzahlungen sowie Kursgewinnerwartungen.[71] Konkret erfolgt die Preisfindung durch Bewertungskennzahlen, die auf Basis von Dividendenzahlungen, zukünftigen Gewinnen oder Cash-flows ermittelt werden.[72] Die Preisfindung der Aktie bzw. die Bewertung durch die Börse wird letztendlich auf einer Einschätzung der Ertragskraft des Unternehmens beruhen. Die dahinterstehende Substanz interessiert weniger, weil sie nur als Produktionsfaktor dazu benötigt wird, den Ertrag zu erwirtschaften.

3.3.2.2 Preisfindung bei Immobilien-Substanzgesellschaften

Bei Immobilien-Substanzgesellschaften spielt der erwirtschaftete Ertrag nur eine untergeordnete Rolle. Die Substanz der Gesellschaft, ihre Immobilien, stellen einen Wert an sich dar. Dementsprechend wird der Schwerpunkt der Analyse auf der genauen Bewertung des Immobilienportfolios liegen, das von der Gesellschaft gehalten wird. Der so ermittelte „Marktwert" des Portfolios, der sich aus Aggregation der einzelnen Verkehrswerte der Immobilien ergibt, repräsentiert dann gewissermaßen den Substanzwert des Unternehmens.[73] Dabei müssen die in den Immobilien enthaltenen stillen Reserven transparent gemacht werden,[74] denn die Börse soll den Marktwert des Unternehmens und nicht seinen Buchwert bezahlen.

Dennoch wird der Markt einen Abschlag auf den Substanzwert des Unternehmens vornehmen. Eine Veröffentlichung der Verkehrswerte kann den Abschlag zwar nicht verhindern, aber positiv beeinflussen. Bei der Börseneinführung substanzstarker Immobiliengesellschaften ist folglich Transparenz über die Marktwerte der Immobilien Voraussetzung für den Emissionserfolg.[75]

---

69 Vgl. Wegmann, Bestimmung, S. 149 ff.

70 Vgl. Trobitz/Wilhelm, Going Public, S. 169; Wegmann, Bestimmung, S. 153 ff.

71 Vgl. Titzrath, Going Public, S. 142.

72 Vgl. Gerke/Rapp, Eigenkapitalbeschaffung, S. 302 f. Eine sehr umfassende Darstellung der Vorgehensweise zur Kursfindung findet sich bei Haase, Analysten, S. 41 ff.; Wegmann, Bestimmung, S. 151 ff.

73 Property Investment Companies - das sind Unternehmen, die in Immobilien investieren und diese verwalten - werden in Großbritannien nach ihrem Net Asset Value (NAV) bewertet. Vgl. Adams/Venmore-Rowland, Valuation, S. 127; Gerbich//Levis/Venmore-Rowland, Property, S. 41; Isaac/Woodroffe, Assets, S. 1026; Falla, Shares 1, S. 228; Barkham, Performance, S. 91.

74 Vgl. o.V., Immobilienaktien, S. 23. Die IVG AG beispw. veröffentlicht die Verkehrswerte ihres Immobilienportfolios. Vgl. IVG AG, Geschäftsbericht 1995, S. 23.

75 Zu der Bedeutung einer unabhängigen Bewertung des Portfolios und deren Veröffentlichung siehe Adams/Venmore-Rowland, Valuation, S. 132.
In Großbritannien ist für eine Börsenzulassung Voraussetzung, daß das Unternehmen sein Immobilien-Portfolio unabhängig bewerten läßt. Vgl. Gerbich/Levis/Venmore-Rowland, Property, S. 42 f.

3.3.2.3 Problem des Underpricing

Häufig tritt bei Emissionsverfahren auf der Basis fixierter Zeichnungspreise das Phänomen des Underpricing auf, bei dem die Aktien am ersten Handelstag erhebliche Kursgewinne erfahren.[76] Für den Emittenten stellen sie jedoch bedeutende Opportunitätskosten dar.

Zurückführen läßt sich dieses Phänomen auf asymmetrische Informationsverteilung zwischen Management und Investoren sowie auf unterschiedliche Fähigkeiten einzelner Anlegergruppen zur Informationsverarbeitung.[77] Es wird vermutet, daß Anleger mit Informationsvorteilen nur unterbewertete Titel zeichnen und überbewertete Emissionen meiden. Wegen häufig auftretender Rationierung der Aktien bei attraktiven Emissionen und geringerer Nachfrage bei überbewerteten Aktien werden diese überwiegend den schlecht informierten Anlegern zugeteilt. Bewußt herbeigeführtes Underpricing kann demnach dazu beitragen, schlecht informierten Anlegern Zeichnungsanreize zu bieten und diese somit für erlittene Verluste aus überbewerteten Emissionen zu entschädigen.[78] Nicht selten wird ein pauschaler Kursabschlag von etwa 10% gegenüber vergleichbarer Unternehmen vorgenommen,[79] um der Unsicherheit der Anleger bzgl. des Unternehmens Rechnung zu tragen und damit den Kauf der Aktien anzuregen.

Zusätzlich dazu besitzt bei einer Aktienemission das Management bessere Informationen über das zu erwartende Rendite-/Risikoprofil der Aktien als die Ersterwerber. Da die Anleger von einer durchschnittlichen Qualität aller Emissionen ausgehen, werden ihre Einschätzungen und damit ihre Preisgebote auch für Aktien, die eine überdurchschnittliche Qualität aufweisen, nur ein durchschnittliches Niveau erreichen.[80]

Die Informationsasymmetrien können dadurch abgebaut werden, indem das Unternehmen soviel Informationen wie möglich veröffentlicht.[81] Darüber hinaus unterstützt das Emissionsverfahren des Bookbuilding das Finden eines gerechten Emissionskurses, indem schon frühzeitig die noch bestehenden Unsicherheiten der Anleger in den Emissionspreis einbezogen werden, und man somit dem späteren Marktpreis sehr nahe kommt.[82]

Unabhängig von dem Phänomen des Underpricing ist die generelle Unterbewertung von Immobiliengesellschaften durch die Börse zu sehen (Undervaluation). Auch diese Unterbewertung stellt für den Emittenten Opportunitätskosten dar. Viele Fälle amerikanischer sowie britischer börsennotierter Immobiliengesellschaften belegen, daß, selbst wenn Transparenz über die Verkehrswerte gegeben ist, der Markt das Unternehmen unterbewertet.[83] Eine genaue Einschätzung dieses Abschlages ist wichtig, um ein Underpricing oder Overpricing aufgrund dieses Phänomens bei der Plazierung zu vermeiden.[84]

---

76 Vgl. Gerbich/Levis/Venmore-Rowland, Property, S. 38. Eine Aufzählung von bisher durchgeführten Studien geben Rock, Issues, S. 188 sowie Ritter, Performance, S. 3.

77 Vgl. Gerke/Rapp, Eigenkapitalbeschaffung, S. 303 u. 307; Gerbich/Levis/Venmore-Rowland, Property, S. 50; Rock, Issues, S. 188.

78 Vgl. Rock, Issues, S. 188 f.

79 Vgl. Haase, Analysten, S. 46.

80 Vgl. Gerke/Rapp, Eigenkapitalbeschaffung, S. 307 f.

81 Vgl. Gerbich/Levis/Venmore-Rowland, Property, S. 43.

82 Dazu und zu weiteren Vorteilen des Bookbuilding-Verfahrens siehe Voigt, Bookbuilding, S. 341 ff.

83 Vgl. Isaac/Woodroffe, Assets, S. 1024; Palmon/Seidler, Reporting, S. 776; Investment Property Forum, Securitisation, S. 14; Ball/Rutherford/Shaw, Wealth Effects, S. 599. Zu den Gründen dieser Unterbewertung siehe Abschnitt 5.6.1.

84 Bei der Börseneinführung von REITs in den USA stellten Wang/Chan/Gau (Offerings, S. 383 u. 408 f.) Überbewertungen fest, was die Bedeutung einer genauen Einschätzung des Abschlages unterstreicht.

4 Konsequenzen der Börseneinführung des Immobilienbereichs

Im folgenden sollen über die organisatorischen Auswirkungen hinaus weitere mögliche Resultate der Ausgliederung und Börseneinführung des betrieblichen sowie außerbetrieblichen Immobilienbereichs dargestellt werden. Da in Deutschland dieser Schritt in der Praxis noch nicht vollzogen wurde, können die Konsequenzen nur theoretisch betrachtet bzw. mit Beispielen aus dem Ausland belegt werden, wobei dort die Übertragung auf deutsche Verhältnisse u.U. eingeschränkt sein kann.

4.1 Kosteneinsparungseffekte

Es wurde bereits erwähnt, daß die Vertragsbeziehungen zwischen der ausgegliederten Immobilien-AG und dem Mutterunternehmen marktwirtschaftlichen Verhältnissen entsprechen sollten. Dies umfaßt die Entgelte für das professionelle Immobilienmanagement bzw. Facility Management. Wenn auch betriebliche Immobilien in die Tochtergesellschaft ausgegründet werden, muß die Muttergesellschaft nun für deren Nutzung Mietzinsen entrichten. Dies kann zu erheblichen Kosteneinsparungseffekten führen, die sich wie folgt begründen lassen.

Die Kosten, die früher im Konzern intern über Verrechnungsschlüssel verrechnet wurden, werden nun nicht nur transparent gemacht, sondern müssen auch real entrichtet werden. Diese direkten Zahlungen erzeugen nun einen unmittelbaren Leidensdruck und zwingen zur sparsameren Verwendung der eingesetzten Ressourcen. Die Bedürfnisse werden daraufhin kritischer überdacht.[85]

Kosteneinsparungen ergeben sich ebenfalls aus einer gestiegenen Flexibilität. Das Unternehmen ist nicht mehr gezwungen, die eigenen Immobilien zu nutzen, sondern es nutzt nur noch Immobilien, die es von der Immobiliengesellschaft anmietet. Ändert sich die Nutzungsanforderung oder der Flächenbedarf im Zeitablauf, so kann flexibel zum Zeitpunkt des Auslaufens des Mietvertrags darauf reagiert werden. Besäße das Unternehmen die Immobilien noch selbst, so würden Teilflächen wahrscheinlich leerstehen.[86]

Eine permanente Kontrolle und Überwachung der immobilienbezogenen Kosten findet bei Unternehmen dann nur selten statt, wenn sich die Immobilien im eigenen Besitz befinden. In diesem Fall wird auch nur selten die Rentabilität der betrieblichen Immobilien ermittelt.[87]

---

85 Vgl. Gop, Bilanz-Kur, S. 10; Schnitzler, Raum, S. 68.

86 Zusammenfassen läßt sich dieser Effekt folgendermaßen: „[...] once a building is owned, it is used wether or not it is the best facility for the purpose [...]." Nourse, Measuring, S. 437.

87 Vgl. Teoh, Asset Management, S. 615 f.; Nourse, Measuring, S. 434.

Werden die Flächen jedoch angemietet, ist der Anreiz gegeben, diese mit Auszahlungen verbundenen Kosten auch zu kontrollieren. Die verbesserte Kostenkontrolle führt ebenfalls zu Einsparungen.

Die Immobiliengesellschaft, die nun das betriebliche Immobilienmanagement übernimmt bzw. die Immobilien vermietet, kann dies aufgrund von Spezialisierungsvorteilen zu geringeren Kosten durchführen. Der so erzielte Einsparungseffekt kann über geringere Entgelte an die nachfragende Gesellschaft weitergegeben werden.[88] Dies wird durch die Tatsache verstärkt, daß die Immobiliengesellschaft gezwungen wird, ihre Dienstleistungen zu konkurrenzfähigen Konditionen anzubieten, so daß sie auch für andere Nachfrager interessant sind. Zusätzlich führen interne Entwicklungsanstrengungen zu höherer Produktivität und einer ausgeprägteren Kundenorientierung.[89] Zwar findet im Falle der Beauftragung der ausgegliederten Immobilien-AG ein Know-how-Verlust statt, doch wird dieser Nachteil dadurch abgeschwächt, daß dieses Unternehmen als ehemaliger interner Dienstleister mit der Unternehmenskultur gut vertraut ist und auf Besonderheiten unternehmensinterner Kunden-Lieferantenbeziehungen leichter eingehen kann.[90]

4.2 Konzentration auf die Kernkompetenzen

4.2.1 Bündelung der Management-Ressourcen

Eine Ausgliederung der Immobilienfunktion im Wege der Börseneinführung ermöglicht es dem Mutterunternehmen, sich auf seine Kernkompetenzen zu konzentrieren. Die eher aus Unwissenheit über die Bedeutung des betrieblichen Immobilienmanagements gemachte Äußerung des Pressesprechers der Adam Opel *AG „Wir sind ein Automobilkonzern und kein Makler“*[91], die hier nur stellvertretend für viele Unternehmen steht, könnte dann als bewußte Entscheidung für die Ausgliederung des Immobilienbereichs verstanden werden. Mit der Ausgliederung des Immobilienbereichs verringert sich der Umfang und die Komplexität der im Unternehmen verbleibenden Aktivitäten. Dies ermöglicht dem Management, sich auf diese Kernaktivitäten zu konzentrieren und die Management-Ressourcen effizienter zu nutzen.[92]

Diesen Weg der Effizienzsteigerung haben bereits einige Unternehmen realisiert, indem sie ihre teils beträchtlichen betrieblichen Immobilienbestände in Form rechtlich selbständiger Gesellschaften verwalten.[93]

---

88 Vgl. Balck, Facility Management (1), S. 22.

89 Vgl. Balck, Dienstleistungs-Revolutionen, S. 20.

90 Vgl. ebenda, S. 20.

91 Zitiert nach Gop, Bilanz-Kur, S. 10.

92 Vgl. Schipper/Smith, Recontracting, S. 448 u. 458; Christensen/Levi, Wealth, S. 3.

93 Vgl. dazu auch Tabelle 1.

4.2.2 Bündelung der finanziellen Ressourcen

Die Abspaltung des Immobilienvermögens eröffnet dem Unternehmen die Möglichkeit, mit den zugeflossenen finanziellen Mitteln die Expansion der Geschäftsbereiche zu finanzieren, mit denen man am Markt einen größeren Erfolg erzielen kann.[94] Das potentielle Finanzierungsvolumen kann beträchtlich sein, bedenkt man, daß der größte Teil des Anlagevermögens deutscher Unternehmen in Grundstücken und Gebäuden gebunden ist, und daß diese erhebliche stille Reserven aufweisen,[95] die durch einen Verkauf an der Börse zu einem großen Teil zu realisieren wären.[96]

Im Gegensatz zu dem Sale-and-lease-back einzelner Gebäude kann ein wesentlich höheres Finanzierungsvolumen erreicht werden[97]. Darüber hinaus wird auch die Desinvestition von Grundstücken möglich, die einzeln für eine Sale-and-lease-back-Transaktion ungeeignet sind. Die Finanzierung durch Verkauf des Immobilienbereichs an der Börse kann daher oft eine Alternative zu einer Kapitalerhöhung darstellen.[98]

4.3 Erhöhung der Unternehmensrentabilität

Ein Verbleib betrieblicher Immobilien ist oft nur zu rechtfertigen, indem eine auf Buchwerte bezogene Rentabilität der Immobilien berechnet wird. Bezieht man die Erfolgsgrößen des Immobilienbereichs jedoch auf aktuelle Marktwerte, so liegen die erzielten Renditen meist unter den Kapitalkosten der Unternehmung.[99]

Durch Verkauf des Immobilienbereichs an der Börse erhöht sich die Gesamtrentabilität einerseits dadurch, daß der Immobilienbereich nun nicht mehr die durchschnittliche Kapitalrentabilität des gesamten Konzerns vermindert, und andererseits dadurch, daß das Freiwerden Kapital für Investitionsprojekte genutzt wird, deren Rendite über den durchschnittlichen Kapitalkosten liegt. Walter Stuecklin, Vizepräsident der CRE-Abteilung bei ABB Asea Brown Boveri in Zürich, bringt es auf den Punkt: *„Bei einem hohen Fremdkapitalanteil im*

94 Diese Forderung erhebt auch das Investment Property Forum (Securitisation, S. 10): „[...] securitisation can be used to release capital tied up in property assets, so that it can be employed in the occupier's core business."

95 Eine Vorstellung der Größenordnung der stillen Reserven gibt Schulte (Stille Reserven, S. 45) anhand der Siemens AG: „Zu Buche stehen die Liegenschaften mit zirka 8 Milliarden Mark. Degegenliegt der Verkehrswerte nach Schätzungen zwischen 20 und 50 Milliarden Mark. Zum Vergleich: der Kurswert aller Siemens-Aktien liegt bei 37 Milliarden Mark.
Die stillen Reserven der Deutschen Bank werden auf 8,8 Mrd. DM geschätzt. Vgl. o.V., Deutsche Bank, S. 31.

96 Die ehem. Kaufhof Holding AG (Einladung, S. 2) schließt eine Börseneinführung ihres Immobilienbereichs aus diesem Grund nicht aus: „Darüber hinaus ist die Erschließung neuer Finanzierungsquellen durch die Verselbständigung des Immobilienvermögens beabsichtigt."

97 Es konnte nachgewiesen werden, daß, wenn Unternehmen ankündigen, Immobilien zu mieten anstatt zu kaufen, ihre Aktien abnormale Kursgewinne erzielen. Zurückgeführt wird dieser Effekt u.a. darauf, daß damit dem Markt signalisiert wird, daß das Unternehmen eine profitablere Investitionsstrategie verfolgt. Vgl. Allen/ Rutherford/Springer, Leasing, S. 570 u. 575 f.
Auf Sale-and-leaseback-Transaktionen im Immobilienbereich kann aus Platzgründen nicht näher eingegangen werden. Siehe dazu aber bspw. Galperin, Sale/Leasebacks, S. 72 ff.

98 Vgl. Neidich/Steinberg, Source, S. 76.

99 Dazu auch Siegert, Lenkungsinstrument, S. 584. Im Bereich der Wohnimmobilien sorgt oft ein sehr niedriges Mietniveau für die unterdurchschnittliche Rentabilität.

Unternehmen ist eine zweistellige Rendite im Core-business, also im angestammten Produktionsbereich, allemal interessanter als die beste Immobilien-Rendite.“[100]

Zusätzlich bietet die Ausgliederung auch betrieblicher Immobilien und deren Börseneinführung noch den Vorteil, daß man sich von betrieblichen Grundstücken trennen kann, die einzeln nicht zu vermarkten wären. Die Immobiliengesellschaft ist jedoch eher in der Lage, dieses Grundstück nach erfolgreicher Umnutzung zu verwerten.

4.4 Erhöhung der Transparenz der Kapitalkosten

Häufig verwenden diversifizierte Unternehmen zur Ermittlung der Vorteilhaftgkeit von Investitionsprojekten keine nach dem unterschiedlichen Risikogehalt der Geschäftsbereiche differenzierten Kapitalkosten.[101]

So gibt bspw. die Daimler-Benz AG für alle Geschäftsbereiche eine Kapitalrendite von 12% vor.[102] Unternehmen, die differenzierte Kapitalkosten berechnen,[103] können allerdings bei der Verwendung des CAPM nicht auf empirisch gewonnene ß-Werte der Geschäftsbereiche zurückgreifen, sondern benutzen Näherungsverfahren, wie z.B. Analogie- oder Analyseansätze,[104] bei denen erhebliche Ungenauigkeiten verbleiben.

So sind bspw. Rückschlüsse von Branchen-ß-Werten auf einzelne Geschäftsbereiche wegen der Vielzahl von Bestimmungsfaktoren nur eingeschränkt möglich. Hinzu kommt, daß die Qualität des ermittelten ß-Wertes für einen einzelnen Geschäftsbereich entscheidend davon abhängt, ob es gelingt, vergleichbare Unternehmen zu finden. Dies wird umso schwieriger, je weniger Unternehmen an der Börse gehandelt werden.[105]

Die Gefahr in der Verwendung eines unternehmensübergreifenden Kapitalkostensatzes besteht in der Fehlallokation von Kapital. Dies veranschaulicht Abbildung 12. Je heterogener die Geschäftsbereiche einer Gesellschaft sind, desto größer ist die Gefahr, daß die Kovarianzrisiken der Investitionsprojekte der Geschäftsbereiche sehr unterschiedlich sind.

---

[100] Zitiert nach Gop, Bilanz-Kur, S. 14.

[101] Vgl. Arbeitskreis „Finanzierung“, Unternehmenssteuerung, S. 550. Zur Ermittlung der Vorteilhaftigkeit einzelner Investitionsprojekte wird der Kapitalwert berechnet, der sich aus der Diskontierung zukünftiger Einzahlungsüberschüsse mit dem Kapitalkostensatz (WACC) des Unternehmens ergibt. Vgl. Brealey/Myers, Principles, S. 35 ff. Siehe zum Kapitalwert auch Schulte, Wirtschaftlichkeitsrechnung, S. 64 ff.

[102] Vgl. Linden/Wilhelm, Modell, S. 55 f.

[103] So z.B. die VEBA AG, die für ihre VEBA Immobilien AG eine Risiko-adäquate Rendite von 8% fordert. Als Renditegröße verwendet die VEBA AG den CFROI. Vgl. VEBA AG, Geschäftsbericht, S. 29. Zur Kritik des CFROI siehe Bühner, Shareholder Value, S. 752.

[104] Bei der Schätzung der Kapitalkosten der Geschäftsbereiche wird angenommen, daß sich diese autonom finanzieren können. Die ß-Schätzung kann mit Hilfe von Analogieansätzen (Pure-Play-Technique) bzw. Analyseansätzen erfolgen. Vgl. Arbeitskreis „Finanzierung“, Unternehmenssteuerung, S. 551 f.; Fuller/Kerr, Cost of Capital, S. 998; Höfner/Pohl, Werterzeuger, S. 54 f.

[105] Vgl. Drukarczyk, Finanzierung, S. 290.

Abbildung 12: Investitionsrisiko und Kapitalkosten vor Ausgliederung und Börseneinführung des Immobilienbereichs

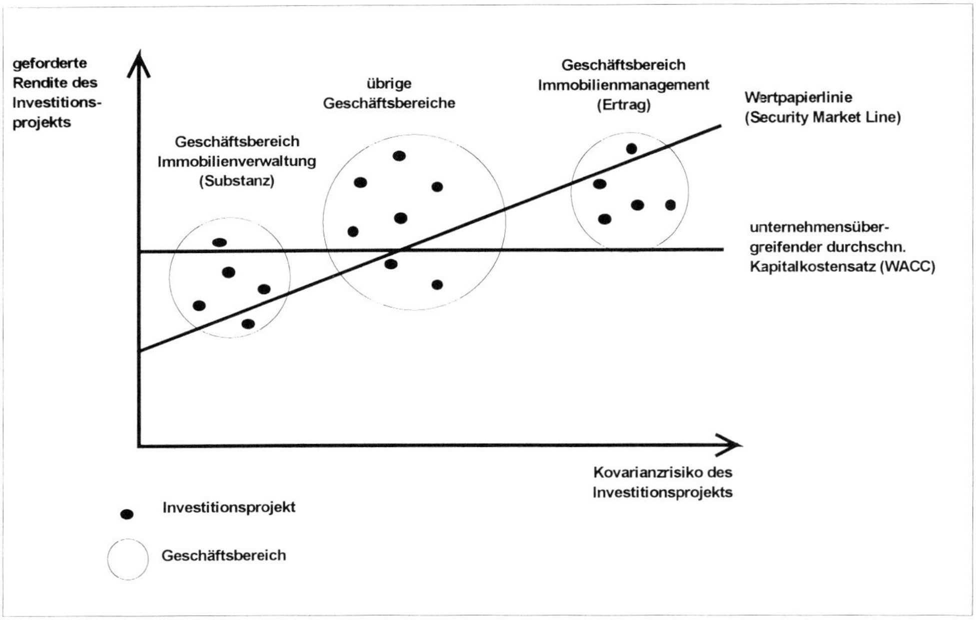

Quelle: in Anlehnung an *Rubinstein*, Synthesis, S. 172 und *Drukarczyk*, Finanzierung, S. 265

Wird zur Beurteilung der Vorteilhaftigkeit eines Investitionsprojekts nicht die Wertpapierlinie, sondern der durchschnittliche Kapitalkostensatz der gesamten Unternehmung herangezogen, kann es sein, daß ein Investitionsprojekt akzeptiert wird, obwohl die erwartete Rendite das Kovarianzrisiko nicht rechtfertigt (das Investitionsprojekt liegt unterhalb der Wertpapierlinie, aber oberhalb des WACC) bzw. daß ein lohnendes Investitionsprojekt nicht realisiert wird (das Projekt liegt unterhalb des WACC, aber oberhalb der Wertpapierlinie). Relativ geringe Unterschiede in der Beurteilung der Vorteilhaftigkeit gibt es in dem Bereich, wo sich die Wertpapierlinie und der WACC schneiden.[106]

Indem der Immobilienbereich organisatorisch ausgegliedert wird, wird mehr Transparenz bzgl. der Kapitalkosten geschaffen (vgl. Abbildung 13). Nach der Börseneinführung verfolgen die Immobiliengesellschaft und das Mutterunternehmen getrennte Finanzierungsstrategien. Dadurch können das unternehmensspezifische Risiko und damit die Eigenkapitalkosten für den Immobilienbereich einerseits und für das restliche Unternehmen andererseits getrennt bestimmt werden.[107] Dies ist möglich, da sich für beide Unternehmen ihre ß-Werte empirisch ermitteln lassen.

Für die Unternehmen, die keine differenzierten Kapitalkosten verwenden, kann die Vorteil-

---

106 Vgl. Rubinstein, Synthesis, S. 171 ff.; Drukarczyk, Finanzierung, S. 264 f. u. 288; Arbeitskreis „Finanzierung", Unternehmenssteuerung, S. 550 ff.

107 Zu dem unternehmensspezifischen Risiko von Immobiliengesellschaften siehe Abschnitt 4.5.2.

haftigkeit von Investitionsentscheidungen nun anhand eines durchschnittlichen Kapitalkostensatzes bestimmt werden, der genauer dem aggregierten Risiko der verbleibenden Geschäftsbereiche entspricht. Die Gefahr der Fehlallokation von Kapital wird damit verkleinert.[108] Zusätzlich werden Investoren in die Lage versetzt, gezieltere Anlageentscheidungen in Abhängigkeit ihrer Risiko-Rendite-Erwartungen vorzunehmen. Dieser Forderung liegt die Überzeugung zugrunde, daß der Markt effizienter diversifizieren kann als ein Konzern.[109]

Abbildung 13: Investitionsrisiko und Kapitalkosten nach Ausgliederung und Börseneinführung des Immobilienbereichs

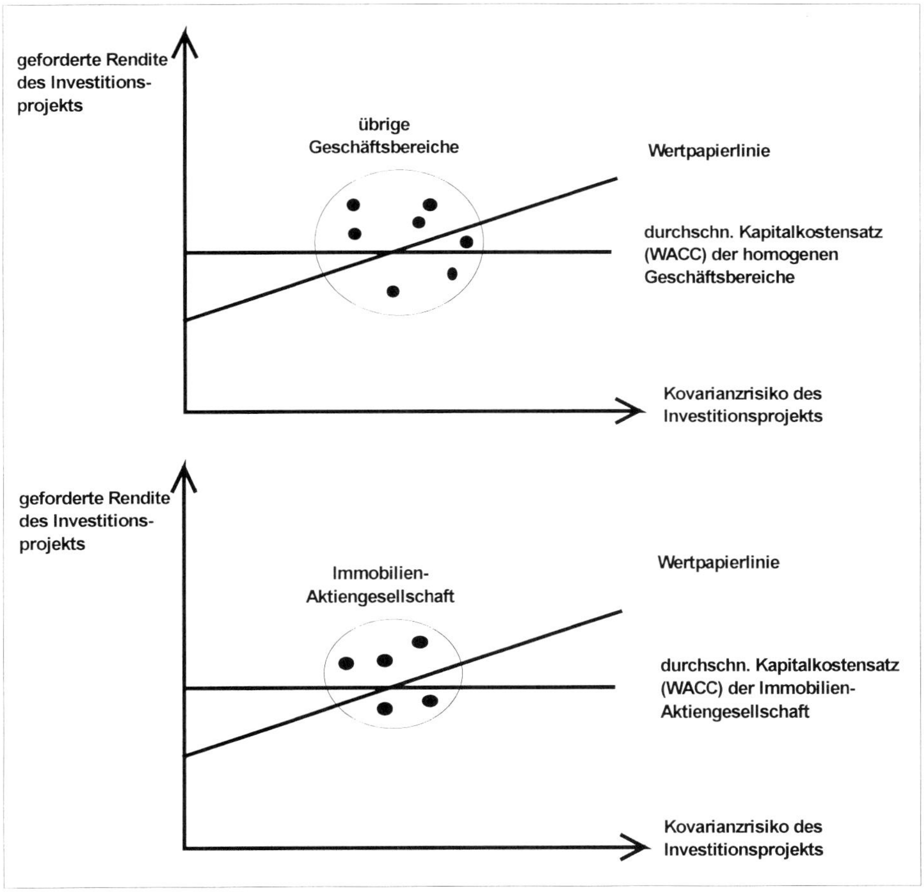

Quelle: in Anlehnung an *Rubinstein*, Synthesis, S. 172 und *Drukarczyk*, Finanzierung, S. 265

108 Dazu meint Rappaport (Selecting, S. 142) treffend: „Executives who use a single discount rate companywide are likely to have a consistent bias in favor of funding higher-risk businesses at the expense of less risky businesses.“ Siehe dazu auch Fuller/Kerr, Cost of Capital, S. 997; Lewis/Stelter, Mehrwert, S. 111. Berger u. Ofek (Effect, S. 55) weisen nach, daß in diversifizierten Unternehmen Kapital nicht effizient alloziiert wird.

109 Vgl. Arbeitskreis „Finanzierung“, Unternehmenssteuerung, S. 551 f.; Comment/Jarrell, Focus, S. 84.

4.5 Steigerung des Shareholder Value

Da zunehmend strategische Entscheidungen am Maßstab des Shareholder Value bewertet werden, soll im folgenden Abschnitt die Frage geklärt werden, ob eine Ausgliederung des Immobilienbereichs zu einem Anstieg des Shareholder Value führen kann, d.h. ob die Aktionäre des ausgliedernden Unternehmens eine unerwartete Wertsteigerung ihrer Aktien erfahren können.

Eng damit verbunden ist die Frage, ob der Geschäftsbereich Immobilien einen positiven oder negativen Beitrag zum gesamten Unternehmenswert leistet, m.a.W., ob er Shareholder Value erzeugt oder vernichtet.[110] Eine beispielhafte Wertbeitragsanalyse einzelner Geschäftsbereiche stellt Abbildung 14 dar.

[110] Dieses Problemfeld wird hier nicht behandelt, da diese Frage nur mit einer detaillierten Shareholder Value Analyse beantwortet werden kann und darüberhinaus unternehmensindividuell ist.

Abbildung 14: Wertanalyse der Geschäftsbereiche

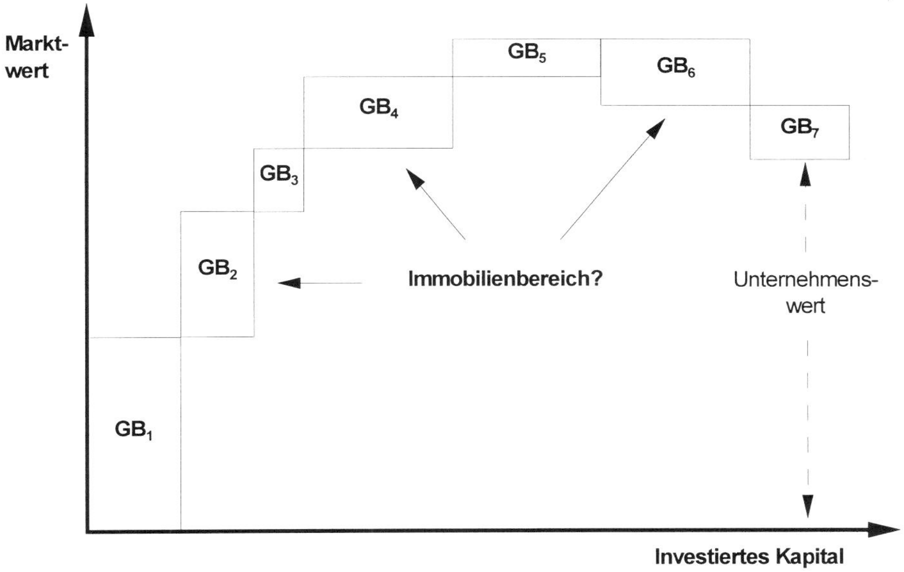

Geschäftsbereiche 1-3: die erzielte Rendite liegt über den geschäftsbereichsspezifischen Kapitalkosten. Die Geschäftsbereiche erzeugen Wert.

Geschäftsbereiche 4-5: die erzielte Rendite ist zwar positiv, liegt aber unter den geschäftsbereichsspezifischen Kapitalkosten. Ihr Wertbeitrag ist nur unterproportional.

Geschäftsbereiche 6-7: die erzielte Rendite ist negativ. Diese Geschäftsbereiche vernichten Wert.

Quelle: in Anlehnung an *Höfner/Pohl*, Werterzeuger, S. 56

4.5.1 Empirische Ergebnisse

Das Motiv vieler Abspaltungen des Immobilienbereichs in den USA lag in der Tatsache begründet, daß der Aktienkurs nicht den Wert des Unternehmens einschließlich des Immobilienvermögens widerspiegelte. Die Abspaltung wurde als Möglichkeit gesehen, den Markt von dem tatsächlichen Unternehmenswert zu überzeugen, so daß schließlich die Aktienkurse des Mutterunternehmens und des ausgegliederten Immobilienunternehmens die Immobilienwerte reflektieren.

Durch die Abspaltung des Immobilienbereichs erfährt das Mutterunternehmen eine marktgerechte Bewertung seiner Aktien. Da das Unternehmen nun nicht mehr mit einem Abschlag gehandelt wird, ergibt sich als Konsequenz, daß bei zukünftigen Kapitalerhöhungen das Agio höher ausfallen kann. Langfristig sinken dadurch die Eigenkapitalkosten.[111]

Mehrere Studien belegen, daß zum Zeitpunkt der Ankündigung einer Abspaltung des Immobilienbereichs die Aktien des abspaltenden Unternehmens abnormale Kurssteigerungen erfahren.[112] Bemerkenswert ist, daß diese bei der Abspaltung des Immobilienbereichs größer sind, als bei der Abspaltung anderer Betriebsteile.[113]

Unterteilt man die ausgliedernden Unternehmen in Property Companies und Non-Property Companies, so läßt sich feststellen, daß die größten Wertsteigerungen bei den Non-Property Companies auftreten, bei denen also, die im Kerngeschäft keine Immobilienaktivitäten betreiben.[114] Dies ist im Hinblick auf potentielle Immobilien-AGs in Deutschland bedeutsam, da das Kerngeschäft des Konzerns im allgemeinen nicht der Immobilienbereich ist. Die möglichen Gründe für diese relativ spontane Steigerung des Shareholder Value sollen im folgenden zusammengefaßt werden.

4.5.2 Veränderung der Risikoposition als Erklärung

4.5.2.1 Erkenntnisse der Kapitalmarkttheorie

Neben der Höhe und dem zeitlichen Anfall der Free Cash-flows sind die Kapitalkosten wertbestimmend, denn der Shareholder Value ergibt sich aus den mit dem durchschnittlichen Kapitalkostensatz des Unternehmens abgezinsten zukünftigen Free Cash-flows, abzüglich der Verbindlichkeiten des Unternehmens.[115] Aus der Kapitalmarkttheorie ist bekannt, daß die Eigenkapitalkosten eines Unternehmens u.a. von dem unternehmensspezifischen oder auch unsystematischen Risiko abhängen. Dieses läßt sich vereinfacht auf die Volatilität der Cash-flows zurückführen. Ausgedrückt wird das unsystematische Risiko in dem ß-Wert, der ein Maß für die Korrelation einzelner Aktienrenditen zu der Rendite des Gesamtmarktes darstellt.[116]

---

111 Ganz allgemein sind viele diversifizierte Unternehmen im Vergleich zu den aggregierten Marktwerten ihrer Geschäftsbereiche unterbewertet. Zurückführen läßt sich dies auf ineffiziente Kapitalallokation sowie auf Subventionierung ertragsschwacher Geschäftsbereiche. Vgl. Berger/Ofek, Effect, S. 59.

112 Vgl. Hite/Owers/Rogers, Seperation, S. 323 ff.; Glascock/Davidson III/Sirmans, Gains, S. 573; Booth/Glascock/Sakkar, ReExamination, S. 200; Christensen/Levi, Restructuring, S. 586; Ball/ Rutherford/Shaw, Wealth Effects, S. 603 f.

113 Vgl. Hite/Owers, Price Reactions, S. 419; Schipper/Smith, Recontracting, S. 444; Glascock/Davidson III/Sirmans, Gains, S. 574; Christensen/Levi, Restructuring, S. 591.

114 Vgl. Hite/Owers/Rogers, Seperation, S. 326.

115 Vgl. Rappaport, Creating, S. 50 ff.; Buchner, Ansatz, S. 513. Siehe dazu auch Abschnitt 6.

116 Eine ausführliche Erläuterung des Capital Asst Pricing Model (CAPM) findet sich bei Sharpe, Capital, S. 425 ff.; Sharpe, Model, S. 277 ff.; Lintner, Risk Assets, S. 13 ff.; Drukarczyk, Finanzierung, S. 234 ff.; Brealey/Myers, Principles, S. 173 ff.

Es ist naheliegend, daß sich bei einer Ausgliederung eines Teilbereichs des Unternehmens die Struktur und die Höhe der Cash-flows und somit Unternehmensrisiko und Shareholder Value verändern.[117]

Eine ausführliche Beantwortung der Frage, in welche Richtung und in welchem Ausmaß sich das Unternehmensrisiko nach einer Ausgliederung und Börseneinführung verschiebt, würde über den Rahmen dieser Arbeit hinausgehen. Dennoch soll versucht werden, eine allgemeine Aussage über die Risikoposition der ausgegliederten Immobiliengesellschaft zu machen. Dabei erweist sich die bereits mehrfach vorgenommene Unterscheidung zwischen eher substanzorientierten oder ertragsorientierten Unternehmen als hilfreich.[118]

4.5.2.2 Risikoposition von Immobilien-Substanzgesellschaften

Aus den Wohn- oder Gewerbeimmobilien, die Immobilien-Substanzunternehmen in ihrem Portfolio halten, erzielen sie Cash-flows, die über den Zeitverlauf nur eine relativ geringe Volatilität aufweisen, da die Mieten über eine längere Periode in der Höhe fixiert sind. Zwar treten im Bereich der Gewerbeimmobilien größere Schwankungen der erzielten Cash-flows auf, da die Mietpreise sehr stark konjunkturellen Einflüssen unterliegen, doch bleiben die Mieteinnahmen meist bis zum Ablauf des Mietvertrages auf konstantem Niveau. Aufgrund dieser Tatsache liegt die Vermutung nahe, daß der ß-Wert von substanzorientierten Immobilienaktien deutlich unter 1 liegt.[119] In den USA wurde jedoch eine enge Korrelation von Immobilienaktien mit dem Gesamtmarkt festgestellt, was im wesentlichen auf drei Gründe zurückgeführt werden kann.

Branchenübergreifend ist bei Unternehmen ein großer Teil des Anlagevermögens in Form von Grundstücken und Gebäuden gebunden.[120] Ein Teil der Varianz der Aktienrenditen des Gesamtmarktes läßt sich somit auch auf veränderte Werte und Strukturen der betrieblichen Immobilien zurückführen. Gesamtwirtschaftliche fundamentale Faktoren haben einen ähnlichen Einfluß auf Immobilien-AGs wie auch auf den Gesamtmarkt.[121] Es ist also nicht nur so, daß die Entwicklung der immobilienbezogenen Renditen an die Entwicklung des Gesamtmarktes gekoppelt ist, sondern, daß die Renditen des gesamten Marktes auch von der Entwicklung des Immobiliensektors abhängen.[122]

1. Die Entwicklung von Immobilienaktien ist in hohem Maße von den Werten der Substanz abhängig. Die allgemeine wirtschaftliche Entwicklung hat jedoch auch einen großen Einfluß auf die Immobilienpreise und wird somit durch die Renditen von Immobilienaktien reflektiert. [123]

---

117 Ein wichtiger Einflußfaktor für ß-Werte ist die Kostenstruktur des Unternehmens. Je höher der Anteil der fixen Kosten, desto größer ist die Varianz der Cash-flows. Vgl. Drukarczyk, Finanzierung, S. 290; Brealey/Myers, Principles, S. 223.

118 Studien aus den USA bzw aus Großbritannien belegen, daß der Markt individuelle Risikoeigenschaften von Immobilien-Substanz- bzw. Ertragsunternehmen sehr deutlich in unterschiedlichen ß-Werten widerspiegelt. Vgl. Gyourko/Keim, Returns, S. 483.

119 Der ß-Wert (5 Jahre, monatlich) der IVG AG betrug am 18.02.1997 0,88, der der VEBA AG 0,86. Dies scheint die These zu bestätigen, daß Aktien mit einem hohen Immobilienanteil ein geringeres ß aufweisen als der Gesamtmarkt.

120 In den USA liegt der Anteil der Immobilien am gesamten Anlagevermögen zwischen 25% und 40%. Vgl. Rodriguez/Sirmans, Managing, S. 13; Zeckhauser/Silverman, Rediscover, S. 111.

121 Vgl. Eichholtz/Hartzell, Property Shares, S. 168; Gyourko/Keim, Returns, S. 470 u. 477; Sagalyn, Risk, S. 204.

122 Vgl. Gyourko/Keim, Returns, S. 470.

123 Vgl. Sagalyn, Risk, S. 209.

2. Immobilienaktien sind selbst im Gesamtmarkt-Index enthalten und beeinflussen somit auch seine Entwicklung,[124] obgleich dies in Deutschland keine große Rolle spielt.

Empirisch läßt sich dies bestätigen: die ß-Werte von Immobilienaktien liegen nicht wesentlich unter 1.[125] Einen weiteren Einfluß auf die ß-Werte von Immobilienaktien könnten die Liquidität des Marktes, der Grad der Informationen[126] oder der Verschuldungsgrad des Unternehmens haben.[127]

4.5.2.3 Risikoposition von Immobilien-Ertragsgesellschaften

Ertragsorientierte Immobilienunternehmen erzielen ihre Einkünfte nicht aus stabilen Mieteinnahmen, sondern verkaufen ihre Dienstleistungen, wie z.B. Immobilienmanagement oder Projektentwicklung. Die Nachfrage nach diesen Dienstleistungen ist jedoch eng an die wirtschaftliche Situation der nachfragenden Unternehmen gekoppelt.[128] Dies macht sie letztlich zu sehr konjunkturabhängigen Werten.[129] Es kommt hinzu, daß sie als Anbieter von spezialisierten Dienstleistungen in einer Marktnische operieren. Daraus läßt sich ableiten, daß das Risiko von ertragsorientierten Immobiliengesellschaften höher ist als das des Gesamtmarktes, und daß diese Aktien folglich einen ß-Wert von größer als 1 aufweisen.[130]

4.5.2.4 Veränderte Risikoposition der ausgliedernden Gesellschaft

Eine Schlußfolgerung bzgl. der Risikoposition der ausgliedernden Gesellschaft soll aufgrund der Vielschichtigkeit der Einflußfaktoren nur angedeutet werden, denn: *„Analysis of the impact of business units on the total risk of the company is at best extremely difficult and subjective."*[131]

Wird ein Immobilien-Substanzunternehmen ausgegliedert, könnte sich der ß-Wert des Unternehmens geringfügig erhöhen, da der Bereich, der durch seine beständigen und konjunkturunabhängigen Cash-flows zu einer Ergebnisglättung beigetragen hat, nun nicht mehr vorhanden ist.[132] Bei der Ausgliederung einer Immobilien-Ertragsgesellschaft kann umgekehrt vermutet werden, daß sich die Risikoposition des ausgliedernden Unternehmens verringert, da ein sehr zyklischer Bereich abgegeben wird.

Abschließend kann gesagt werden, daß der Anstieg des Shareholder Value nicht alleine auf ein Absinken des unternehmensspezifischen Risikos zurückgeführt werden kann. Dies ist insofern auch verständlich, da bei einer Ausgliederung nicht nur das Risiko verändert wird,

---

124 Vgl. Eichholtz/Hartzell, Property Shares, S. 168; Gyourko/Keim, Returns, S. 475.

125 Vgl. Eichholtz/Hartzell, Property Shares, S. 169. Sie ermittelten ß-Werte von Immobilienaktien für Großbritannien (1,09) und USA (0,73); Gyourko/Keim, Returns, S. 471.

126 Vgl. Khoo/Hartzell/Hoesli, Investigation, S. 118.

127 Vgl. Eichholtz/Hartzell, Property Shares, S. 170. Eine Bereinigung der empirischen ß-Werte um die Fremdverschuldung ist allerdings möglich. Siehe dazu Drukarczyk, Finanzierung, S. 278.

128 Vgl. Gyourko/Keim, Returns, S. 471.

129 Vgl. o.V., Immobilienaktien, S. 23.

130 Vgl. Gyourko/Keim, Returns, S. 479 f. Die ermittelten ß-Werte für Projektentwicklungsunternehmen und für Bauunternehmen in den USA liegen bei 1,29 bzw. 1,20.

131 Rappaport, Selecting, S. 147.
Der ß-Wert des gesamten Unternehmens entspricht der Summe der mit den anteiligen Marktwerten gewichteten individuellen ß-Werten der Geschäftsbereiche. Vgl. Drukarczyk, Finanzierung, S. 289.

132 Christensen u. Levi (Restructurings, S. 580 u. 583) stellten fest, daß sich das Unternehmensrisiko - gemessen am ß-Wert - nach einer Ausgliederung von Immobilien im Durchschnitt nicht verändert. Dies mag jedoch daran liegen, daß der Wert der Immobilien im Vergleich zum Unternehmensgesamtwert relativ unbedeutend war.

sondern auch die Ertrags- und Kostenstruktur und damit letztlich die Höhe der Cash-flows des Unternehmens. In bezug auf den Shareholder Value müssen diese beiden Gesichtspunkte im Zusammenhang gesehen werden.

4.5.3 Weitere Erklärungen für die Steigerung des Shareholder Value

Eine sehr unmittelbare Erklärung für die empirisch beobachtete Erhöhung des Shareholder Value kann in der Steigerung der kurzfristigen Cash-flows liegen. Der Grund für die Erhöhung der kurzfristigen Cash-flows könnte einerseits sein, daß der ausgegliederte Immobilienbereich nicht mit dem gesamten Unternehmensportfolio kompatibel war und somit keine Synergien aufwies oder, daß es durch die Desinvestition zu einem direkten Zufluß an Geldmitteln kommt.[133] Die Ankündigung der Ausgliederung wird vom Markt als Signal empfangen, daß sich die kurzfristigen Gewinnerwartungen des Unternehmens verbessern werden.[134]

Eine weitere Erklärung könnte die Verbesserung der Effizienz des Managements sein. Eine Abspaltung bewirkt die Trennung des Managements zwischen Mutter- und Tochterunternehmen. Die Tatsache, daß das Management nun eine überschaubarere Unternehmenseinheit leitet, kann dazu führen, daß die Produktivität des Managements steigt und ihre Bemühungen zunehmen, Ressourcen effizienter zu verteilen.[135]

Als Erklärung kommen auch steuerliche Gründe in Betracht. Das Immobilienvermögen ist oft weitestgehend abgeschrieben. Steuerliche Vorteile könnten dem Unternehmen dann entstehen, wenn es diese Vermögensgegenstände verkauft und dafür andere Vermögensgegenstände erwirbt, die erneut abgeschrieben werden können. Dieser Vorteil kann u.U. die Kosten, die mit der Umstrukturierung verbunden sind, aufwiegen.[136]

Schließlich ist eine Verschlechterung der Position der Fremdkapitalgeber als Ursache für den Anstieg des Aktionärsvermögens denkbar. Bei einer Abspaltung wird ein Teil der Vermögensgegenstände aus dem Unternehmen herausgelöst und in eine selbständige Gesellschaft eingebracht. Die Anteile an dieser neuen Gesellschaft werden jedoch nur an die Anteilseigner verteilt. Dies aber reduziert die Haftungsmasse der Fremdkapitalgeber des abspaltenden Unternehmens. Es findet ein teilweiser Übergang der Vermögensposition der Fremdkapitalgeber zu den Eigenkapitalgebern statt.[137]

Zusammenfassend läßt sich sagen, daß bei der Abspaltung des Immobilienbereichs der Shareholder Value in vielen Fällen gesteigert werden kann. Eine Abspaltung und Börseneinführung des Immobilienbereichs dürfte somit den Interessen der Aktionäre entgegenkommen. Es kann nicht nachgewiesen werden, daß die Steigerung des Shareholder Value durch ein Absinken des Unternehmensrisikos zustande kommt. Es liegt daher nahe, daß mit der Ausgliederung des Immobilienbereichs eine Verbesserung der Ertragsaussichten einhergeht.

---

[133] Durch Desinvestition werden Cash-flows, die erst in zukünftigen Perioden anfallen würden, bereits zum Entscheidungszeitpunkt realisiert. Vgl. Bühner/Weinberger, Cash-Flow, S. 200.

[134] Vgl. Christensen/Levi, Restructuring, S. 586 u. 592 f.; Rodriguez/Sirmans, Managing, S. 22.

[135] Vgl. Schipper/Smith, Recontracting, S. 448 u. 458; Christensen/Levi, Wealth, S. 3.

[136] Vgl. Glascock/Davidson III/Sirmans, Gains, S. 568.

[137] Vgl. Schipper/Smith, Recontracting, S. 447 f.

5 Chancen einer Immobilienaktie aus Sicht der Investoren

5.1 Rahmenbedingungen für Immobilienaktien als Kapitalanlage

5.1.1 Wandel des deutschen Alterssicherungssystems

Das deutsche System der Alterssicherung steht vor einem tiefgreifenden Wandel. In Anbetracht der demographischen Entwicklung und der aktuellen Altersstruktur ist es absehbar, daß das Niveau der Renten nicht beibehalten werden kann. Diese Entwicklung wird den Trend zur privaten und betrieblichen Altersvorsorge weiter bestärken.

Auf privater Seite werden einerseits vermehrt Pensionskassen diese Aufgabe übernehmen, andererseits wird die individuelle Vorsorge durch private Vermögensanlage einen höheren Stellenwert einnehmen. Auf betrieblicher Seite ist die Entwicklung absehbar, daß einerseits die Errichtung betrieblicher Pensionsfonds stärker vorangetrieben bzw. Pensions-Sondervermögen in Form von Spezialfonds vom Gesetzgeber zugelassen werden.[138] An Kapitalanlagen in Immobilien führt dabei kein Weg vorbei.[139] Direktanlagen in Immobilien bzw. offene Immobilienfonds alleine können diese Nachfrage nicht befriedigen.[140] Zusätzliche Immobilienaktien, die über ein Portfolio an qualitativ hochwertigen Immobilien verfügen, werden als Kapitalanlage von Investoren zukünftig vermehrt gefragt sein.

5.1.2 Europäische Währungsunion

Bei vielen Anlegern besteht im Hinblick auf die europäische Währungsunion erhebliche Unsicherheit bzgl. der Stabilität der zukünftigen einheitlichen Währung. Der Trend zur Inve-

---

138 Vgl. o.V., Pensions-Sondervermögen, S. 17; o.V., Berater, S. 35.

139 Pensionskassen in den USA investieren einen nicht unerheblichen Teil ihrer Anlagemittel in Form von REITs in Immobilien. Vgl. Westrup, Berg- oder Talfahrt, S. 13.

140 Verdeutlicht wir die große Nachfrage nach Immobilienanlagen u.a. durch die anhaltend hohen Mittelzuflüsse offener Immobilienfonds. Vgl. Loipfinger, Starke Mittel, S. 24 u. 26; Abromeit-Kremser, Immobilieninvestmentfonds, S. 16.

stition in Sachwerte wird die Anlage in Immobilien unterstützen,[141] und dies nicht nur, da sich Immobilien als gute Absicherung gegen Inflation erwiesen haben.[142]

Im Gegensatz zu privaten Anlegern schätzen institutionelle Investoren die Gefahr eines weichen Euros für die nahe Zukunft geringer ein. Die Chancen, die sich im Hinblick auf die europäische Währungsunion ergeben, liegen vor allem im Wegfall der Wechselkursschwankungen zwischen den wichtigsten europäischen Währungen. Dies ermöglicht institutionellen Investoren, Anlageobjekte im Ausland ohne kostspielige Kursabsicherung zu erwerben und somit an der Entwicklung regionaler ausländischer Immobilienmärkte zu partizipieren. Die Erweiterung des Anlagespektrums wird sich schließlich in einer geringeren Volatilität der Mieterträge bzw. in höheren Anlagerenditen niederschlagen. Der Euro wird internationale Diversifizierungsstrategien institutioneller Investoren somit erheblich erleichtern.[143]

Aufgrund der langfristigen Wertsteigerungen von Immobilienanlagen werden institutionelle Investoren Gewerbeimmobilien auch weiterhin als Bestandteil ihres Portfolios halten. Die Attraktivität von Gewerbe- und Wohnimmobilien hinsichtlich der Wertentwicklung veranschaulicht Tabelle 2. Darüber hinaus fällt auf, daß außer in den Jahren 1980 - 85 die Wertentwicklung von allen Immobilienarten die Inflationsrate überstieg.

Tabelle 2: Wertentwicklung von Immobilien[144]

	Veränderungsraten			
	1975 - 80	**1980 - 85**	**1985 - 90**	**1990 - 96**
Immobilien (gesamt)	+ 31,2 %	+ 16,0 %	+ 26,8 %	+ 20,7 %
Wohnen	+ 34,7 %	+ 12,2 %	+ 21,4 %	+ 24,3 %
Gewerbe	+ 26,7 %	+ 20,7 %	+ 33,6 %	+ 16,2 %
Inflationsrate	*+ 26,1 %*	*+ 24,8 %*	*+ 9,0 %*	*+ 19,8 %*

141 Vgl. Loipfinger, Stärkere Diversifizierung, S. 28.
142 Vgl. Ibbotson/Siegel, Comparison, S. 232; Palmon/Seidler, Reporting, S. 777; Sagalyn, Risk, S. 203.
143 Vgl. o.V., Immobiliengremien, S. 41.
144 Die Daten beruhen auf einer Untersuchung des Münchner Instituts für Markt-, Regional- und Wirtschaftsforschung. Vgl. Heuer, Gewerbeimmobilien, Teil 3, Kap. 5.5.3, S. 2.

5.2 Bereits existierende Immobilien-Aktiengesellschaften

Zwar existieren in Deutschland bereits eine Vielzahl von Immobilien-AGs, doch wurden diese meist nicht zum Zweck der Verwaltung von Immobilien und zur Investition in Immobilien errichtet. Ihr ursprünglicher Geschäftszweck wurde vielmehr eingestellt oder abgespalten, so daß nur noch die im Bestand gehaltenen Immobilien übrigblieben.

Tabelle 3 führt die Immobilien-AGs auf, die im Deutschen Immobilien-Aktienindex (Dimax) des Bankhauses Ellwanger & Geiger enthalten sind. Dabei ist jedoch zu beachten, daß der Dimax nur Gesellschaften enthält, deren Umsätze zu mindestens 90% aus dem Immobiliengeschäft stammen.[145]

Hinzukommt, daß diese Gesellschaften im Hinblick auf ihr Immobilienvermögen im Vergleich zu dem Immobilienvermögen deutscher Großkonzerne relativ klein sind. Aufgrund der entsprechenden Marktenge der Werte sind diese Aktien nur bedingt in der Lage, eine größere Nachfrage Anleger nach Immobilienaktien zu befriedigen.

145 Vgl. o.V., Immobilien-Aktienindex, S. 40.

Tabelle 3: Die 42 Gesellschaften des Dimax

Titel	Grundkapital in Mio. DM	Börsensegment	%-Anteil Dimax
A.A.A. AG Allg. Anlagenverwaltung	95,9	amtlicher Handel	0,42
Adlerwerke vorm. Heinrich Kleyer AG	20,0	amtlicher Handel	1,06
Agrob AG	19,5	amtlicher Handel	0,73
Amira Verwaltungs AG	4,0	amtlicher Handel	1,24
Anterra Vermögensverwaltungs-AG	28,0	amtlicher Handel	0,94
Bastfaserkontor AG	0,5	Freiverkehr	0,23
Bau-Verein zu Hamburg AG	7,0	geregelter Markt	5,52
Berliner AG f. Industriebeteiligungen	1,6	Freiverkehr	0,20
Concordia Bau und Boden AG	65,0	amtlicher Handel	2,44
Dt. Beamtenvorsorge AG f. Unt.bet.	57,5	Freiverkehr	1,25
Dibag Industriebau AG	60,0	amtlicher Handel	4,40
Dolerit-Basalt AG	12,0	geregelter Markt	0,29
Edelstahlwerk Witten AG	41,4	amtlicher Handel	3,37
GBWAG Bayerische Wohnungs-AG	65,0	Freiverkehr	6,74
GAG Gemeinnütz. AG für Wohnungsbau Köln	9,0	geregelter Markt	3,72
Germania-EPE AG	10,0	Freiverkehr	0,43
Givag	23,8	Freiverkehr	0,47
GBH Grundstücks- und Bauges. AG	25,0	geregelter Markt	2,05
F.A. Günther & Sohn Actien-Gesellschaft	10,8	amtlicher Handel	0,11
Hamborner AG	38,0	amtlicher Handel	3,94
Haus & Heim Wohnungsbau-AG	0,4	Freiverkehr	0,31
Fr. Hesser AG	10,0	geregelter Markt	0,72
Hofbrauhaus Coburg Verwaltungs-AG	1,0	amtlicher Handel	0,09
W. Jacobsen AG	3,6	amtlicher Handel	1,07
LB Nymphenburg Grundstücks-AG	28,1	Freiverkehr	5,45
Maschinenfabrik Esslingen AG	42,5	amtlicher Handel	9,92
MG Vermögensverwaltungs-AG	91,0	amtlicher Handel	2,19
Monachia Grundstücks-AG	7,3	amtlicher Handel	7,11
Nordag Immobilien AG	21,0	Freiverkehr	1,57
OAB Osnabrücker Anlagen- u. Beteilig.-AG	2,5	Freiverkehr	0,15
Rathgeber AG	6,3	amtlicher Handel	0,52
Ravensberger Bau-Beteiligungen AG	50,0	amtlicher Handel	0,66
Rinteln-Stadthagener Eisenbahn AG	12,0	amtlicher Handel	0,73
Schloßgartenbau AG	10,5	geregelter Markt	2,06
Sinner AG	8,7	amtlicher Handel	0,85
Steucon Grundbesitz- und Beteiligungs-AG	25,0	amtlicher Handel	0,53
H. Stodiek & Co. AG	1,3	Freiverkehr	0,06
Stolberger Zink AG	8,7	amtlicher Handel	0,51
Tempelhofer Feld AG F. Grundstückswert.	2,5	amtlicher Handel	0,8
Terrain Ges. am Teltow-Canal R.-J. AG	0,9	amtlicher Handel	0,2
WCM Beteiligungs- und Grundbesitz AG	318,2	amtlicher Handel	23,82
WKM Terrain- und Beteiligungs-AG	5,2	geregelter Markt	1,12

Quelle: *o.V.*, Immobilien-Aktienindex, S. 40

5.3 Immobilienaktien als Alternative zur Direktanlage in Immobilien

In den folgenden Punkten wird die Anlageform Immobilienaktie der Direktanlage in Immobilien gegenübergestellt.

- **Höhere Liquidität**

Die Anlageform Immobilie leidet unter relativer Illiquidität, die sich auf die Größe der Objekte, hohe Transaktionskosten, einen mit der Transaktion verbundenen hohen Zeitaufwand und unzureichende Markttransparenz zurückführen läßt.[146] Aus Sicht der Investoren erhöhen Immobilienaktien die Fungibilität ihrer Kapitalanlage, nicht aber die der dahinterstehenden Immobilien selbst. Immobilienaktien bieten also den Vorteil, daß die relativ illiquide Anlageform Immobilie in Form von Aktien dennoch liquide gehandelt werden kann.[147] Das Feld der Investoren könnte folglich um private Anleger, denen eine direkte Anlage oft nicht möglich ist, erweitert werden.[148]

- **Teilbarkeit einzelner Objekte**

Gewerbliche Immobilien sind oft sehr großvolumig und daher eine sehr träge Anlageform."[149] Für institutionelle Investoren ergäbe sich daher ein weiterer Vorteil. In den letzten Jahren sind die Investitionssummen für rentable Immobilienobjekte stetig gewachsen. Für Institutionelle kommen jedoch nur Objekte als Anlage in Frage, die eine bestimmte Größe nicht überschreiten, da die nötige Investitionssumme von oft mehreren hundert Millionen DM einen erheblichen Teil des Mittelzuflusses eines ganzen Jahres in Anspruch nehmen würde, und durch das hohe relative Gewicht eines einzelnen Objektes Diversifizierungsvorteile verloren gingen. Die Aufteilung solcher Investitionssummen in Form handelbarer Immobilienaktien könnte auch Institutionellen eine Beteiligung an diesen oft hoch rentablen Objekten ermöglichen, ohne auf eine Diversifizierung des Portfolios verzichten zu müssen.[150]

---

146 Vgl. Abromeit-Kremser, Immobilieninvestmentfonds, S. 18.

147 Vgl. Adams/Venmore-Rowland, Valuation, S. 135. Zu der Bedeutung des Anlagekriteriums Liquidität für institutionelle Investoren siehe Kruse, Grundlagen, S. 360.
Durch Investition in Immobilienaktien würde für Institutionelle auch das Problem der subjektiven Bewertung von direkt gehaltenen Immobilien entfallen: „While other assets are valued at a (transparent) market price, property requires a surveyor's valuation. Actuaries would be more comfortable with a liquid, securitised property market that produced prices." Catalano, Pensions Balance, S. 63.

148 Vgl. Investment Property Forum, Securitisation, S. 5; o.V., Immobilienaktien, S. 23. Die Fungibilität von Immobilien wird zwar auch in Form offener Immobilienfonds erreicht. Vgl. Schenck, Funds, S. 59. Zu deren Unterschieden im Vergleich zu Immobilienaktien siehe Abschnitt 5.4.

149 Vgl. Investment Property Forum, Securitisation, S. 12.

150 Vgl. Investment Property Forum, Securitisation, S. 6. Zusätzlich sind solche Großobjekte oft rentabler als kleinere Objekte, da aufgrund der kleinen Zahl der Nachfrager der Preis relativ gesehen niedrig ist. Vgl. Adams/Venmore-Rowland, Valuation, S. 139.

- **Effizientere Diversifizierung**

Indem Investoren Anteile an mehreren an der Börse gehandelten Immobilienaktien halten, ist es ihnen schneller möglich, einen ausreichenden Diversifizierungsgrad ihres Portfolios zu erreichen, als wenn sie dies durch direkte Anlage in Immobilien versuchten. Besonders im Hinblick auf die internationale Diversifizierung weisen Immobilienaktien daher Vorteile auf. [151]

Mit der Anlage in Immobilienaktien gehen jedoch die Vorteile der Diversifizierung, die direkte Immobilienanlagen in Verbindung mit anderen Vermögensanlagen erreichen, verloren. Dieser Nachteil, der an den besonderen Eigenschaften von Immobilienaktien liegt, muß allerdings mit den möglichen Vorteilen abgewogen werden.[152]

- **Management und Verwaltungskosten**

Der mit einer direkten Immobilienanlage verbundene Verwaltungsaufwand stellt für private und institutionelle Investoren einen Kostenfaktor dar. Für kleinere Fonds wirken die Management-Kosten oft als Markteintrittsschranke. Um eine hohe Rentabilität zu erreichen, ist aktives Portfoliomanagement erforderlich.[153] Dies beinhaltet Management-Entscheidungen bzgl. des Timing und der Höhe zukünftiger Investitionsausgaben. Am Markt gehandelte Immobilienportfolios in Form von Immobilienaktien könnten diesen Nachteil abschwächen, indem die Management-Kosten und die Investitionsausgaben effizienter über relativ große Portfolios verteilt werden.[154] Das professionelle Asset-Management würde die Immobilien-AG übernehmen.

5.4 Immobilienaktien im Vergleich zu offenen Immobilienfonds

Sowohl Immobilienaktien als auch offene Immobilienfonds ermöglichen Anlegern, sich mit dem Erwerb eines Anteils an einem Portfolio von Immobilien zu beteiligen. Bei beiden Anlageformen partizipieren die Investoren sowohl an den Ausschüttungen sowie an den Wertsteigerungen ihrer Anteile. Da diese beiden Formen der Kapitalanlage in Immobilien kollektiv und fremdverwaltet sind und das Risiko in mehreren Objekten gestreut ist, stehen sie in unmittelbarer Konkurrenz um Anlagemittel.

Eine Systematisierung unterschiedlicher Formen der Kapitalanlage in Immobilien stellt Abbildung 15 dar. Die beiden bedeutendsten Vorteile von Immobilienaktien im Vergleich zu offenen Immobilienfonds sollen aus der Sicht der Anleger in den folgenden beiden Abschnitten dargestellt werden.

---

151 Vgl. Barkham, Performance, S. 90.

152 Vgl. Investment Property Forum, Securitisation, S. 8; Sagalyn, Risk, S. 216; Adams/Venmore-Rowland, Valuation, S. 137. Zu der Korrelation von Immobilienaktien zu anderen Anlagekategorien siehe Abschnitt 5.5.1.

153 Vgl. o.V., Berater, S. 33; Kruse, Grundlagen, S. 360.

154 Vgl. Investment Property Forum, Securitisation, S. 6 f. Diesen Vorteil bieten in den USA REITs. Vgl. Marchitelli/ MacCrate, REITs, S. 8.

5.4.1 Geringere Transaktionskosten

Immobilienaktien werden an der Börse gehandelt. Anleger können ihre Anteile innerhalb kurzer Zeit zu einem Börsenkurs kaufen und verkaufen, vorausgesetzt, der Wert ist liquide. Die damit verbundenen Transaktionskosten beschränken sich auf die Gebühren und Provisionen, die Banken üblicherweise für Wertpapiertransaktionen berechnen.

Im Gegensatz dazu besteht bei offenen Immobilienfonds ein duales Preissystem. Anleger können Fondszertifikate zum Ausgabepreis erwerben, die garantierte Rücknahme erfolgt jedoch zum Rücknahmewert des Anteils. Beim Erwerb von Fondszertifikaten wird den Anlegern ein dementsprechender Ausgabeaufschlag berechnet, der ca. 5% beträgt.[155] Die Transaktionskosten im Zusammenhang mit einer Anlage in Immobilienaktien sind also wesentlich geringer als in einem offenen Immobilienfonds.

Abbildung 15: Unterschiedliche Formen der Kapitalanlage in Immobilien

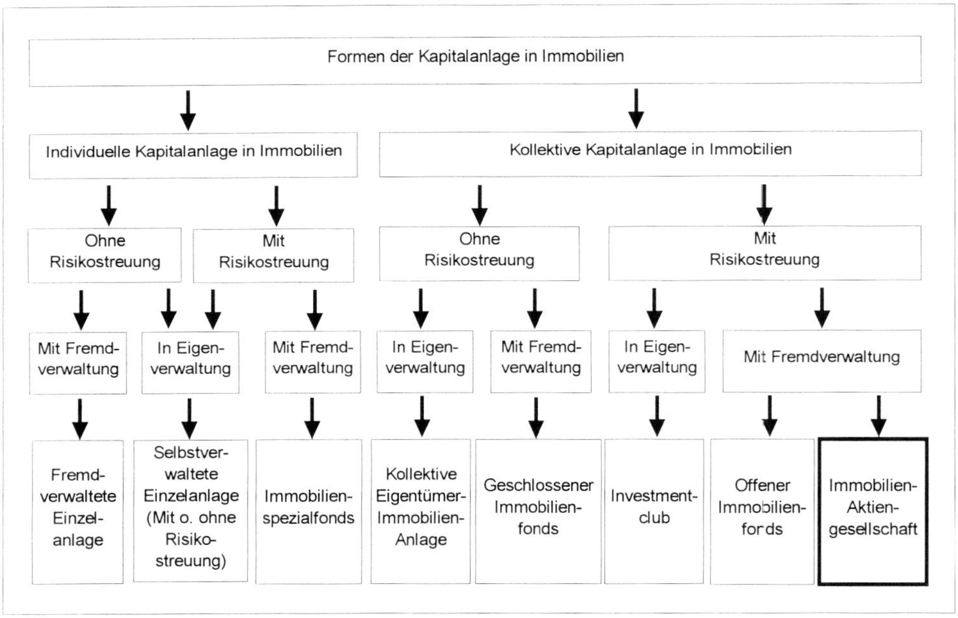

Quelle: in Anlehnung an *Abromeit-Kremser*, Offene Immobilieninvestmentfonds, S. 30

5.4.2 Aktives Management und zusätzliche Geschäftsfelder

Ein wesentlicher Unterschied zwischen Immobilien-AGs und offenen Immobilienfonds besteht in aktivem gegenüber passivem Management. Obwohl beide Investorengruppen

155 Vgl. Bone-Winkel, Immobilienfonds, S. 75.

Portfolios von Grundstücken und Gebäuden verwalten, zwingen die gesetzlichen Regelungen offene Immobilienfonds zu einer eher passiven Anlagestrategie.[156] In der Auswahl der Objekte ist der offene Immobilienfonds hinsichtlich Anzahl, Art und relativer Größe sehr eingeschränkt.[157] Es kommt hinzu, daß Objekte mindestens zwei Jahre lang gehalten werden müssen, um die Steuerfreiheit des Verkaufserlöses zu garantieren.[158]

Die Tatsache, daß offene Immobilienfonds vermehrt ihre Anlageobjekte selbst entwickeln,[159] darf nicht darüber hinwegtäuschen, daß sie sich nicht im Bereich der Projektentwicklung für Dritte betätigen dürfen. Ihre vornehmliche Tätigkeit besteht in der Verwaltung ihres eigenen Grundstückssondervermögens.[160]

Im Gegensatz dazu steht es Immobilien-AGs frei, sich in anderen Geschäftsfeldern zu betätigen, so z. B. der Projektentwicklung.[161] Diese Feststellung ist deswegen bedeutsam, da die Immobiliengesellschaften großer Unternehmen neben der Verwaltung ihres Immobilienportfolios auch oft einen ertragstarken Dienstleistungsbereich betreiben.

Einschränkend muß jedoch gesagt werden, daß sich die Qualität des Portfolios eines offenen Fonds von dem einer Immobilien-AG unterscheidet. Während offene Fonds über Portfolios meist hervorragender Gewerbe- und Einzelhandelsobjekte verfügen, werden die Portfolios von Immobilien-AGs zu Beginn aus betriebsneutralen Grundstücken, die erst noch einer renditebringenden Nutzung zugeführt werden müssen, bzw. aus Wohnimmobilien meist ganz unterschiedlicher Qualität bestehen. Hier sind Immobilien-AGs gefordert, die Qualität des Portfolios nachhaltig durch Umschichtung und aktives Portfolio-Management zu verbessern, um für potentielle Investoren als Anlage in Frage zu kommen.[162] Eine ausführliche Gegenüberstellung der Anlageformen Immobilienaktie, offener Immobilienfonds sowie direkte Immobilienanlage findet sich in Tabelle 4.

---

156 Vgl. Sagalyn, Risk, S. 208. Bone-Winkel (Ansatzpunkte, S. 68) beschreibt das Portfolio-Management offener Fonds auch als „passives Eigentümerverhalten".

157 Zu den Anlagevorschriften offener Immobilienfonds siehe Bone-Winkel, Immobilienfonds, S. 72 ff.; Schenck, Funds, S. 59 f.; Falk, Immobilien-Handbuch, Kap. 11.3, S. 2 f.

158 Vgl. Schenck, Funds, S. 61; Sagalyn, Risk, S. 203.

159 Vgl. Bone-Winkel, Immobilienfonds, S. 229.

160 Vgl. Schenck, Funds, S. 57 ff.; Bone-Winkel, Immobilienfonds, S. 67 ff.; Abromeit-Kremser, Immobilieninvestmentfonds, S. 16.

161 Vgl. o.V., Immobilienaktien, S. 23; Falk, Immobilien-Handbuch, Kap. 11.5, S. 1.

162 Zu aktivem Portfolio-Management siehe Abschnitt 6.3.1.

Tabelle 4: Immobilienaktie, offener Immobilienfonds und Direktanlage im Vergleich

	Immobilienaktie	Offener Immobilienfonds	Direktanlage
Definition	Anteilsschein einer börsennotierten Aktiengesellschaft, deren Wert maßgeblich durch den Wert des Immobilienportfolios bestimmt wird. Zweck der Gesellschaft ist die Investition in Immobilien oder sonstige immobilienbezogene Tätigkeiten	Kapitalanlagegesellschaft, die bei ihr eingelegtes Geld nach dem Grundsatz der Risikodiversifizierung anlegt. Die vom Gesetz zugelassenen Vermögensgegenstände (Wertpapiere, Beteiligungen, Grundstücke) werden gesondert vom eigenen Vermögen gehalten	Direktinvestitionen in Immobilien in Form des Erwerbs oder der Herstellung zum Zweck der Kapitalanlage oder Selbstnutzung
Konstruktion	Die AG ist Eigentümerin des Grundstücksvermögens, entweder direkt oder über die Beteiligung an Grundstücksgesellschaften. Die Organe der AG (Vorstand, Aufsichtsrat, Hauptversammlung) und die Rechte der Aktionäre entsprechen denen anderer AGs	Grundstücks-Sondervermögen, das von einer Kapitalanlagegesellschaft geführt wird. Die KAG ist Spezialkreditinstitut. Eine Depotbank überwacht den Grundstücksbestand, verwahrt die zum Sondervermögen gehörenden liquiden Mittel und gibt Fondszertifikate aus	Die Immobilien stehen in direktem und alleinigem Eigentum des Anlegers. Gegebenenfalls werden die Immobilien in einzelne Objektgesellschaften, häufig in der Form einer Personengesellschaft eingebracht
Emissionsprinzip	stufenweise durch Kapitalerhöhung	fortwährend und offen (keine Beschränkung des Zeichnungsvolumnes)	----
Kapital	min. 100.000 DM	min. 4 Mio. DM	----
Publizitätspflicht	Geschäftsbericht	jährliche Rechenschfts- und Halbjahresberichte	keine
Anlegerschutz	umfangreiche gesetzliche Zulassungs-, Prüfungs- und Publizitätspflichten. Keine Vorgabe zur Anlagepolitik. Nur freiwillige Offenlegung von Verkehrswerten, Transaktionen, Daten zur Bestandsentwicklung	Schutzvorschriften des KAGG, sowohl zur Publizität als auch zur Anlagepolitik. Aufsicht durch das BAK. Keine Kontroll- und Mitwirkungsrechte der Anleger	kein Schutz (Ausnahme: Haftung der Makler oder Bauträger)
Transaktions-kosten	ca. 1% Provision	ca. 5% Ausgabeaufschlag	3,5 % Grunderwerbsteuer
Liquidität	gut für große Gesellschaften, eingeschränkt für kleine Gesellschaften	Rücknahmeverpflichtung des Fonds	eingeschränkt
Körperschaftsteuer	steuerpflichtig	befreit	keine
Gewerbesteuer	steuerpflichtig	befreit	keine
Bewertung der Anteile	Marktbewertung der Aktien durch die Börse	Wert des Portfolios/Anzahl der Anteile	Verkehrswert bzw. Transaktionspreis
Immobilienanteil	hoch bei Substanzgesellschaften; gering bei Ertragsgesellschaften, da andere immobilienbezogene Aktivitäten dominieren	zwischen 51% und 95% des Fondsvermögens, der restliche Teil ist Liquidität	nahe 100%

	Immobilienaktie	Offener Immobilienfonds	Direktanlage
Anlagespektrum	vorhandener Grundstücksbestand bzw. aus dem Konzern ausgegliederte Immobilien (Wohnimmobilien bzw. betriebliche Immobilien). Über die reine Verwaltung hinaus umfaßt die Tätigkeit Sanierung, Umnutzung, Entwicklung und Verwertung der Bestandsobjekte	Immobilien in erstklassigen oder integrierten City-Lagen der wichtigsten Standorte Deutschlands und Europas; nur Gewerbeimmobilien; Betreiberimmobilien nur an erstklassigen Standorten mit gesichertem Konzept; nur mittlere bis sehr große Objektvolumina	Immobilien zur Eigennutzung; als Kapitalanlage werden Wohnobjekte, gemischt-genutzte Immobilien oder kleinere Gewerbeobjekte in Nebenlagen bevorzugt
Fremdkapital	hoher Fremdkapital-Anteil, da Unterbewertung der Aktie durch die Börse	Fremdfinanzierung einzelner Objekte bis zu 50% der Verkehrswerte möglich, aber unüblich	gering bis sehr hoch; limitierter Zugang zu Fremdkapital
Projekt-entwicklung	Projektentwicklung ist oft Teil des Leistungsspektrums	nicht als Aktivität; Wert eigener Bauprojekte nur bis 20% des Wertes des Sondervermögens	keine Projektentwicklung als Aktivität; Entwicklung eigener Bauprojekte zur Selbstnutzung
Risikograd	ß-Risiko in der Nähe von 1 (ähnlich dem Durchschnitt des Gesamtmarktes)	ß-Risiko deutlich unter 1	kein ß-Risiko, dafür aber andere Risikokategorien
Diversifizierungs-vorteile in Multi-Asset-Portfolio	allenfalls als Substitut für Aktien anderer Branchen	größere Diversifizierungsvorteile als Immobilinaktien, jedoch geringere als Direktinvestitionen	erhebliche Diversifizierungsvorteile
Inflationsschutz	gering	gut	gut
Marktbedeutung	Eigens zum Zweck der Verwaltung von Immobilien und zur Investition in Immobilien errichtete Gesellschaften gibt es bis jetzt nur wenige. Große Ent-wicklungsfähigkeit durch Börsen-einführung ausgegliederter Immobilien-bereiche großer Konzerne	Gesamtvermögen in 12/95: 59,8 Mrd. DM, davon 36,3 Mrd. DM in Grundstücken, 17,7 Mrd DM in Wertpapieren; Durchschnittsgröße je Fonds: 3,95 Mrd. DM; Mittelaufkommen in 95: 6,9 Mrd. DM; Immobilieninvestitionen in 95: ca. 3,25 Mrd. DM	Markt für Direktanlagen ist bedeutend größer als der für indirekte Immobilinanlagen. Der Verkehrswert des nicht selbstgenutzten Immobilieneigentums der Privaten in den alten Bundesländern beträgt über 800 Mrd. DM

Quelle: teilweise in Anlehnung an *Schulte/Bone-Winkel*, Immobilien als Investment, S. 2-8

5.5 Attraktivität von Immobilienaktien aus Sicht institutioneller Investoren

Institutionelle Investoren zeichnen sich dadurch aus, daß sie aus Gründen der Risikostreuung ein Portfolio an verschiedenen Vermögenswerten halten. Ein solches Portfolio beinhaltet üblicherweise Aktien, Anleihen und Immobilien (Multi-Asset Portfolio).[163] Für sie stellt sich nun die Frage, ob durch die Aufnahme von Immobilienaktien in ihr Portfolio bzw. durch Substituieren von anderen Vermögenswerten durch Immobilienaktien bei gleichbleibender Rendite eine Risikoreduzierung erreichbar ist.

5.5.1 Eignung von Immobilienaktien zur Risikodiversifizierung

Für den Vergleich verschiedener Vermögensanlagen im Hinblick auf die Aufnahme in ein institutionelles Portfolio wird oft mit Hilfe eines Indexes ihre Risiko-Rendite-Relation als

163 Vgl. o.V., Berater, S. 33.

Maßstab herangezogen.[164] Die dazu am häufigsten verwendeten Modelle sind das Capital Asset Pricing Model (CAPM) sowie die Arbitrage Pricing Theory (APT).[165] Beide Modelle lassen sich jedoch nur eingeschränkt auf Immobilien anwenden, da sie einen perfekten Kapitalmarkt bzw. perfekte Arbitragebedingungen voraussetzen. Hinzu kommt, daß es schwierig ist, den Teil der Rendite zu messen, der auf der Wertsteigerung beruht, da Immobilien nur unregelmäßig am Markt gehandelt werden. Die hilfsweise verwendeten Indizes, die auf geschätzten Werten beruhen (appraisal-based), unterschätzen aber die Volatilität der Renditen und damit das Risiko.[166]

Für die Preisbildung von Immobilien sind jedoch zusätzliche Einflußfaktoren ausschlaggebend, die nicht unter dem Aspekt Marktrisiko zu fassen sind. Diese können bspw. steuerliche Faktoren, oder Faktoren, die mit der eingeschränkten Vermarktbarkeit von Immobilien oder mit ineffizienter Information zu tun haben, sein.[167] M.a.W., für die Preisbildung von Immobilien sind Nicht-ß-Risikofaktoren ausschlaggebend. Daher ist die Korrelation von Immobilienrenditen zu den Renditen von Aktien - deren Renditen sich über ihr ß-Risiko bestimmen lassen - nahe Null.[168] Immobilien sind daher geeignet, das Risiko in einem Multi-Asset Portfolio zu reduzieren.[169]

Es wurde bereits darauf hingewiesen, daß Immobilienaktien im Gegensatz zu Immobilien ein ß-Risiko von nahe 1 aufweisen.[170] Zusätzlich spiegeln sie aufgrund der hohen Bedeutung ihrer Immobiliensubstanz die Entwicklungen auf dem Immobilienmarkt sehr ausgeprägt wider.[171] Dies legt die Vermutung nahe, daß Immobilienaktien als Substitut für Aktien anderer Branchen in einem Multi-Asset Portfolio Diversifizierungsvorteile ermöglichen. Da sie aber eine hohe Korrelation zu Aktien aufweisen, sind sie jedoch kein Substitut für direkt gehaltene Immobilien, sondern allenfalls als Ergänzung zu sehen.[172]

---

164 Immobilienindizes existieren erst seit Beginn der achtziger Jahre in einigen Ländern. Zur Entwicklung eines deutschen Immobilienperformance-Index siehe Thomas, Entwicklung, S. 160 f.; Schulte, Immobilien-Index, S. 41.

165 Auf eine Erläuterung der APT muß aus Platzgründen verzichtet werden, siehe dazu aber Ross, Arbitrage Theory, S. 341ff.; Roll/Ross, Investigation, S. 1073 ff.

166 Vgl. Hartzell/Wurtzebach/Watkins, Combining, S. 29; Chan/Hendershott/Sanders, Risk, S. 431 f.; Geltner, Systematic Risk. S. 464; Riggs, Pricing Risk, S. 19; Froot, Hedging, S. 64. Ähnlich auch Miles/Cole/Guilkey, Returns, S. 405 u. 424. Sie berechnen Renditen, die auf Transaktionen beruhen.

167 Vgl. Ibbotson/Siegel, Comparison, S. 220; Hartzell/Hekman/Miles, Diversification, S. 246.

168 Vgl. Ibbotson/Siegel, Comparison, S. 227; Geltner, Systematic Risk, S. 478; Brueggeman/ Chen/Thibodeau, Considerations, S. 338 u. 343; Hartzell/Wurtzebach/Watkins, Combining, S. 34; Investment Property Forum, Securitisation, S. 9; Lennox, Portfolio, S. 58. Eine engere Korrelation von Immobilien zu dem Marktindex stellen Chan/Hendershott/Sanders (Risk, S. 432 u. 442) fest, indem sie die Renditen von REITs heranziehen.
Eine Ausnahme dazu bilden betriebliche Immobilien, deren Korrelation zum Aktienmarkt erheblich ist, da sich ein Teil des Unternehmensrisikos auf das Risiko betrieblicher Immobilien überträgt. Vgl. Ibbotson/Siegel, Comparison, S. 238.

169 Vgl. Grauer/Hakansson, Gains, S. 157 f.; Hartzell/Wurtzebach/Watkins, Combining, S. 34; Byrne/Lee, Portfolio, S. 77 ff.

170 Wenn Immobilien in Anteilen, z.B. Aktien oder Fonds-Anteile, gehandelt werden, weisen sie eine hohe Korrelation zu dem Aktienmarkt auf, d.h. sie beinhalten plötzlich Marktrisiko. Vgl. Geltner, Systematic Risk, S. 478; Sagalyn, Risk, S. 204; Hudson-Wilson/Elbaum, Diversification, S. 94f.

171 Vgl. Sagalyn, Risk, S. 211.
Property Companies in Großbritannien scheinen demgegenüber enger an den Immobilienzyklus gekoppelt zu sein. „One suggestion is that performance in the short term is likely to be strongly affected by the performance of the underlying assets." Barkham, Performance, S. 97; Vgl. auch Knesebeck, Immobilien-Aktien, S. 24. Immobilienaktien sind demnach offenbar doch als Substitut für Immobilien geeignet.

172 Vgl. Hartzell/Wurtzebach/Watkins, Combining, S. 37 f. Im Gegensatz zu „großen" Immobilien weisen „kleine" Immobilien eine geringe Korrelation zu Aktien und Anleihen auf. Zurückgeführt wird das auf höhere Fungibilität. Dies scheint für Diversifizierungsvorteile von Immobilienaktien zu sprechen. Dazu Kallberg/Liu/Greig, Role, S. 367 ff.

5.5.2 Immobilienaktien als Absicherung gegen Inflation?

Es besteht eine signifikante Korrelation nominaler Renditen von Immobilien zur Inflationsrate. Immobilien tragen also dazu bei, ein Multi-Asset Portfolio gegen Inflation abzusichern.[173] Demgegenüber bieten Immobilienaktien keinen bedeutenden Inflationsschutz.[174] Die den Immobilienaktien zugrundeliegenden Immobilien ermöglichen zwar, daß in Zeiten starker Inflation die steigenden Kosten über eine Anpassung der Mieten weitergegeben werden können. Die Immobilien selbst erfahren deshalb eine Wertsteigerung, die in etwa der Inflationsrate entspricht. Das Problem aber besteht darin, daß diese Wertsteigerung nicht proportional vom Aktienmarkt zur Kenntnis genommen wird. Zurückführen läßt sich dies auf die Tatsache, daß Immobilienaktien allgemein an der Börse mit einem Abschlag gehandelt werden.[175]

Auch unter dem Gesichtspunkt der Inflationsabsicherung sind Immobilienaktien folglich kein Substitut für direkt gehaltene Immobilien.[176] Es ist jedoch hinzuzufügen, daß das Kriterium der Inflationsabsicherung in dem Maße an Bedeutung verliert, in dem Inflationsraten nachhaltig niedrig sind.[177]

5.6 Unterbewertung von Immobilienaktien durch den Markt

Zahlreiche Beispiele aus den USA sowie aus Großbritannien belegen, daß der Markt substanzstarke Immobilienaktien systematisch unterbewertet, diese Aktien also mit einem Abschlag gehandelt werden.[178] Bei der Beurteilung der Erfolgschancen von Immobilienaktien kommt dem Phänomen der Unterbewertung deswegen eine entscheidende Bedeutung zu, da es den finanziellen Handlungsspielraum des Unternehmens erheblich einschränkt. Der Abschlag ergibt sich aus der Differenz zwischen der Summe der aggregierten Verkehrswerte der von der Aktiengesellschaft gehaltenen Immobilien (abzüglich der Verbindlichkeiten) und der Marktkapitalisierung.[179]

Im folgenden sollen zunächst die Ursachen aufgezeigt werden, warum Anleger Immobilien, sobald sie in Form von Anteilen gehandelt werden, nicht den der Substanz entsprechenden Wert beimessen. Anschließend werden die Auswirkungen dieses Abschlages dargelegt.

5.6.1 Ursachen der Unterbewertung

Das Phänomen der Unterbewertung ist noch nicht vollständig erklärt. Dennoch kann gesagt

---

173 Vgl. Sagalyn, Risk, S. 203; Ibbotson/Siegel, Comparison, S. 232, Brueggeman/Chen/Thibodeau, Considerations, S. 338 u. 343 ff.; Dem widerspricht jedoch Froot, Hedging, S. 61.

174 Vgl. Hartzell/Wurtzebach/Watkins, Combining, S. 34.

175 Vgl. Sagalyn, Risk, S. 211. Zu den Gründen der Unterbewertung siehe Abschnitt 5.6.1.

176 Vgl. Sagalyn, Risk, S. 211.

177 Vgl. Lee/Byrne/French, Assessing, S. 200; Isaac/Woodroffe, Assets, S. 1024.

178 Vgl. Adams/Venmore-Rowland, Valuation, 127; Barkham, Performance, S. 92.
Unterbewertung tritt auch in Deutschland auf, sollte aber aufgrund der geringen Anzahl der Immobilien-Aktiengesellschaften nicht verallgemeinert werden. Im Fall der IVG AG betrug der Abschlag Ende 1995 ca. 40%. Vgl IVG AG, Geschäftsbericht 1995, S. 15 u. 23.

179 Vgl. Adams/Venmore-Rowland, Valuation, 127; Isaac/Woodroffe, Assets, S. 1024.

werden, daß für die Unterbewertung nicht ein einzelner Faktor verantwortlich ist, sondern daß sie durch das Zusammenwirken mehrerer Faktoren zustandekommt.[180]

Ein Grund scheint in der Unterstellung des Zwangsverkaufswertes zu liegen. Investoren scheinen den im Portfolio gehaltenen Immobilien nicht ihren verkehrsüblichen Wert beizumessen (Open Market Value), sondern nur den Wert, der sich bei einem Zwangsverkauf realisieren ließe (Forced Sale Value).[181] Wenn plötzlich eine große Anzahl von Immobilien zum Verkauf stünde, würde dieses Überangebot einen drastischen Preisverfall und damit einen Verlust bei der Gesellschaft hervorrufen.[182]

Ein weiterer Grund könnte in Bilanzierungsansätzen liegen, die den Besonderheiten von Immobilien nicht genügend Rechnung tragen. Gebäude unterliegen der Abschreibungspflicht.[183] Dies widerspricht der Tatsache, daß Immobilien im allgemeinen mit der Zeit an Wert gewinnen. In der Bilanz werden Gebäude zu fortgeführten Anschaffungs- oder Herstellungskosten ausgewiesen; der Abschreibungsaufwand wird gegen die Gewinn- und Verlustrechnung gebucht. Dies ist zwar steuerlich von Vorteil, führt aber dazu, daß der ausgewiesene Jahresüberschuß geschmälert wird. Diese beiden Tatsachen bewirken, daß Investoren die Leistungen des Managements und die Substanz des Unternehmens unterschätzen, und daher die Aktie unterbewertet wird.[184]

Eine bei Anlegern bestehende Unsicherheit hinsichtlich der Marktwerte trägt wahrscheinlich auch zur Unterbewertung bei. Es ist belegt, daß eine systematische Unterbewertung selbst dann vorliegt, wenn die Unternehmen durch Veröffentlichung unabhängiger Wertgutachten Transparenz über den Marktwert des Portfolios schaffen. Der Markt scheint die veröffentlichten Werte zu ignorieren bzw. nicht zur Kenntnis zu nehmen, oder aber den veröffentlichten Werten zu mißtrauen, da diese nicht durch vergleichbare Gebäude oder durch eine reale Transaktion bestätigt werden können.[185]

Vollständig sind die bisherigen Erklärungsansätze jedoch noch nicht, denn sie lassen offen, in welcher Weise Investoren individuelle Immobilien und ein an der Börse gehandeltes Portfolio von Immobilien unterschiedlich bewerten.

Aus den bisherigen Überlegungen, daß nämlich individuelle Immobilien kaum ß-Risiko beinhalten, Immobilienaktien aber einen ß-Wert nahe 1 aufweisen, liegt die Vermutung nahe, daß für die Bewertung von einzelnen Immobilien und Immobilienaktien - die im Prinzip durch Diskontierung erwarteter Cash-flows vorgenommen wird - unterschiedliche, dem Risiko angepaßte Diskontierungssätze verwendet werden. Bei der Bewertung individueller Immobilien mit dem Ertragswertverfahren werden die Nettomieteinnahmen mit dem Liegen

---

180 Zu den widersprüchlichen Ansichten hinsichtlich der Unterbewertung von Immobilienaktien siehe Wang/Chan/Gau, Offerings, S. 383 ff.

181 Zu Unterschieden zwischen dem Open Market Value und dem Forced Sale Value siehe Thomas, Immobilienwertbegriffe, S. 266 ff.

182 Vgl. Isaac/Woodroffe, Assets, S. 1024; Adams/Venmore-Rowland, Valuation, 138. Siehe dazu die aktuelle Diskussion in Großbritannien, für die Bewertung von Immobilien in Pensionsfonds den Forced Sale Value anstatt den Open Market Value zugrunde zulegen. Vgl. Catalano, Pensions Balance, S. 62.

183 Zusätzlich gilt auch für den Wertansatz von Grundstücken in Deutschland das Niederstwertprinzip nach § 253 Abs. 2 und 3 HGB, nach dem Vermögensgegenstände höchstens mit den Anschaffungs- oder Herstellungskosten bilanziert werden dürfen. Ein Ansatz zu Marktwerten ist also nicht zulässig.

184 Vgl. Palmon/Seidler, Reporting, S. 777. Bei dieser Argumentation wird vermutet, daß Investoren außer dem Substanzwert auch die Ertragskraft zur Bewertung von Immobilienaktien heranziehen. Damit spielt die Ausschüttungspolitik der Gesellschaft ebenfalls eine Rolle. Vgl. Adams/Venmore-Rowland, Valuation, S. 140 f.

185 Vgl. Isaac/Woodroffe, Assets, S. 1024; Palmon/Seidler, Reporting, S. 786; Adams/Venmore-Rowland, Valuation, S. 138.

schaftszins - bzw. in Großbritannien mit dem All Risk Yield (ARY) - diskontiert, der der durchschnittlichen Verzinsung von Grundstücken und damit deren Risiko entspricht.[186]

Immobilienaktien beinhalten außer dem immobilienspezifischen Risiko zusätzlich noch Marktrisiko und - bei Fremdverschuldung - Finanzierungsrisiko.[187] Konsequenterweise werden die aggregierten Nettomieteinnahmen mit einem wesentlich höheren Diskontierungssatz abgezinst. Dies führt dazu, daß der Marktwert der Aktiengesellschaft unter den aggregierten Verkehrswerten der Immobilien liegt. Die Unterbewertung spiegelt also lediglich den unterschiedlichen Risikogehalt bzw. die Volatilität der Renditen von individuellen Immobilien und der in Form einer Aktiengesellschaft gehandelten Immobilien wider.[188]

Eine letzte Ursache könnte steuerlicher Natur sein. Im Gegensatz zu privaten Investoren oder offenen Immobilienfonds unterliegen bei Immobilien-AGs die Gewinne, die beim Verkauf von Immobilien entstehen, der Besteuerung. Beim Verkauf aller Immobilien könnte eine Aktiengesellschaft nicht den Verkehrswert der Immobilien, sondern nur den Verkehrswert abzüglich der Steuerverbindlichkeiten realisieren. Dieser Tatsache tragen Investoren bei der Bewertung von Immobilienaktien mit dem Abschlag offenbar Rechnung.[189]

5.6.2 Auswirkungen der Unterbewertung

Wie bereits an anderer Stelle angedeutet wurde, bewirkt der Abschlag, daß dem Unternehmen bei der Börseneinführung weniger Kapital zufließt, als es der zugrundeliegende Substanzwert erlauben würde. Diese Tatsache hat nun aber Konsequenzen auf das Wachstum des Unternehmens, denn dieser verminderte Kapitalzufluß wiederholt sich bei jeder Kapitalerhöhung. Um das Firmenwachstum dennoch ausreichend finanzieren zu können, ist das Unternehmen gezwungen, seinen Fremdkapitalanteil zu erhöhen.[190] Der hohe Fremdkapitalanteil kann in Zeiten steigender Immobilienpreise durch den Leverage-Effekt von Vorteil sein. Auf der anderen Seite erhöhen die Zinszahlungen aber das Insolvenzrisiko in Zeiten geringeren Wachstums. Dies führt dazu, daß Investoren Immobilienaktien mit einem hohen Fremdkapitalanteil als riskantere Investitionen betrachten.[191]

---

186 Zu einer exakten Ermittlung des Liegenschaftzinses siehe §11 WertV; Kleiber/Simon/Weyers, Verkehrswertermittlung, S. 508 ff.; Rössler et al., Schätzung; S. 191 ff.; Downie/Schulte/Thomas, Germany, S. 140 ff. Zu dem ARY siehe Crosby, United Kingdom, S. 280 ff.; Zu empirisch ermittelten Capitalization Rates in den USA siehe Kelly, Evidence, S. 2 ff.

187 Zu dem Einfluß der Fremdverschuldung auf die Höhe des Abschlages siehe Adams/Venmore-Rowland, Valuation, S. 136 f.

188 Vgl. Adams/Venmore-Rowland, Valuation, S. 136 ff.
Die Diskontierungssätze für die Bewertung von REITs einerseits und für individuelle Immobilien andererseits sind in den USA meist unterschiedlich. Daher können REITs mit einem Abschlag oder Zuschlag bewertet werden. Vgl. Marchitelli/MacCrate, REITs, S. 7 u. 9 f.

189 Vgl. Adams/Venmore-Rowland, Valuation, S. 133; Isaac/Woodroffe, Assets, S. 1024; Falla, Shares 2, S. 424; Moss, Rights Issues, S. 186.

190 Vgl. Isaac/Woodroffe, Assets, S. 1024.

191 Vgl. Isaac/Woodroffe, Assets, S. 1024. Zu der Frage des Verschuldungsgrades meint Barkham (Performance, S. 95): „The trick with the gearing is to have it at the right level at the right point of the cycle."

6 Steuerung einer Immobilien-Aktiengesellschaft mit dem Shareholder Value-Konzept

6.1 Ziele des Shareholder Value Managements

6.1.1 Strategische Steuerung des Unternehmens

Shareholder Value Management wird oft mißverstanden und gleichgesetzt mit einer kurzfristigen Steigerung der Vermögensposition der Anteilseigner, mit oft langfristig negativen Folgen für die Wettbewerbsfähigkeit des Unternehmens.[192] Dies ist gerade nicht der Fall, ermöglicht doch das Shareholder Value-Konzept die Entwicklung langfristig erfolgreicher Strategien, die dem Unternehmen relative Wettbewerbsvorteile verschaffen. Dabei werden alle wichtigen Aktionsbereiche der Unternehmung, wie die operative Steuerung der Aktivitäten, die Entscheidung über Investitionen und die Finanzierung, miteinbezogen.[193]

Relative Wettbewerbsvorteile werden dann erreicht, wenn der langfristige Wert der Leistung eines Unternehmens größer ist als die Summe aller dazu aufgebrachten Kosten, einschließlich der Kapitalkosten. Der Aktienmarkt bewertet diese langfristigen Strategien auf ihre Fähigkeit, Wettbewerbsvorteile zu erzielen und spiegelt diese in den Aktienkursen wider, denn: „*Embedded in all share prices is a long term forecast about a company's productivity - that is, its ability to create value in excess of the cost of producing it.*"[194]

Eine Wertsteigerung des Aktionärsvermögens bedingt somit gerade die Auswahl langfristig wettbewerbsfähiger und produktivitätssteigernder Strategien.

---

192 Siehe bspw. die Meinung von Hermann Franz, Aufsichtsratsvorsitzender der Siemens AG Vgl. Schwarzer, „Das ist pervers", S. 84.

193 Vgl. Buchner, Ansatz, S. 514; Copeland/Koller/Murrin, Valuation, S. 23 f.; Blyth/Friskey/Rappaport, Implementing, S. 50;
Shareholder Value Management stellt weiterhin Instrumente zur Verfügung, um 1. eine Rendite-/ Risiko-adäquate Allokation von Finanzmitteln vorzunehmen, 2. den Beitrag einzelner Geschäftsbereiche zum Shareholder Value zu bestimmen und 3. eine laufende Performance-Messung der operativen Geschäfte zu erleichtern. Vgl. Arbeitskreis „Finanzierung", Unternehmenssteuerung, S. 546.

194 Rappaport, Common Framework, S. 85; Vgl. auch Bühner, Shareholder Value, S. 749.

6.1.2 Steigerung der Vermögensposition der Anteilseigner

„A fundamental fiduciary responsibility of corporate managers and boards of directors is to create economic value for their shareholders."[195] Dieses zweite Ziel des Shareholder Value-Konzeptes folgt unmittelbar aus dem erst genannten. Aktionäre verlangen, daß der finanzielle Nutzen aus der Investition in ein bestimmtes Unternehmen größer ist als die entstehenden Kosten; diese sind als Opportunitätskosten für entgangene Gewinne zu verstehen, die aus einer alternativen Anlage mit vergleichbarem Risiko erzielbar wären. Den Erfolg der vom Unternehmen verfolgten Strategien beurteilen die Aktionäre anhand der Aktienrendite. Sie berechnet sich aus dem Kursgewinn der Aktie, den Dividendenzahlungen und evtl. Bezugsrechten.[196] Ziel des Managements muß es folglich sein, für die Aktionäre eine höhere Aktienrendite als vergleichbare Anlagen zu erwirtschaften und somit die Vermögensposition der Aktionäre zu steigern, damit dem Unternehmen auch langfristig Eigenkapital zur Verfügung steht.[197]

Übertragen auf Immobilienunternehmen bedeutet dies, daß Immobilien-Substanzgesellschaften den Shareholder Value durch eine Wertsteigerung ihres Immobilienvermögens erhöhen müssen, während Immobilien-Ertragsunternehmen den Barwert ihrer erwarteten Cash-flows aus ihren operativen Tätigkeiten steigern müssen. Diese beiden unterschiedlichen Ansätze zur Steigerung des Shareholder Value für substanz- bzw. ertragsorientierte Immobilienunternehmen resultieren letztlich wieder aus der unterschiedlichen Bewertung dieser beiden Unternehmensformen durch den Markt.

---

195 Rappaport, Selecting, S. 148.

196 Vgl. Buchner, Ansatz, S. 513; Bühner, Unternehmenssteuerung, S. 334; Siegert, Performancemessung, S. 200; Johnson/Natarajan/Rappaport, Returns, S. 56.

197 Vgl. Bühner, Unternehmenssteuerung, S. 334. Hinzu kommt der wachsende Performance-Druck ausländischer institutioneller Investoren. Vgl. Arbeitskreis „Finanzierung", Unternehmenssteuerung, S. 543 u. 545. Achleitner-Koberg u. Achleitner (Corporate Governance, S. 29) erklären die veränderte Priorität der Unternehmen: „Emittenten von Eigenkapital, allen voran börsennotierte Unternehmen, konkurrieren somit um Anleger und deren Kapital, der Eigenkapitalmarkt wandelt sich vom Verkäufer- zum Käufermarkt."

6.2 Steuerung einer Immobilien-Ertragsgesellschaft mit dem Shareholder Value-Konzept

6.2.1 Steigerung zukünftiger Cash-flows

Einen bedeutenden Einfluß auf die Höhe des Shareholder Value haben die zukünftigen Cash-flows, die dem Unternehmen zufließen. Ziel der Unternehmenspolitik muß es daher sein, durch das operative Geschäft sowie durch Investitionsentscheidungen die Cash-flows langfristig und nachhaltig zu steigern. Einen Anhaltspunkt für die operative Umsetzung eines wertorientierten Managements bieten die sog. Value Drivers oder auch Werttreiber. Sie lassen sich aus der Berechnung des Free Cash-flow (FCF) herleiten. Die Idee ist, daß man mit einer günstigen Beeinflussung eines Value Driver automatisch den Barwert der zukünftigen Cash-flows und somit den Shareholder Value erhöht.[198]

Abbildung 16 stellt den Einfluß der einzelnen Value Driver auf die Höhe des Shareholder Value dar.

Abbildung 16: Herleitung des Shareholder Value

Value Drivers		Jahr 0	Jahr 1	Jahr 2	Jahr 3		Ewige Rente
Umsatzwachstumsrate	8%	100,0	108,0	116,6	125,9	- - - - - ►	
Betriebliche Gewinnmarge	20%	20,0	21,6	23,3		- - - - - ►	
Gewinnsteuersatz	15%	3,0	3,2	3,5		- - - - - ►	
Operativer Cash-flow		**77**	**83**	**90**		- - - - - ►	
Inv. in das Netto-Umlaufvermögen (bez. auf Umsatzwachstum)	10%	0,8	0,9	0,9		- - - - - ►	
Inv. in das Anlagevermögen	2%	2	2,2	2,3		- - - - - ►	
Free Cash-flow		***74,2***	***80,1***	***86,5***		- - - - - ►	***583***

Barwert der Cash-flows (abgezinst mit durchschn. Kapitalkosten) ► **Unternehmenswert** – **Marktwert des Fremdkapitals** = **Shareholder Value**

Quelle: teilweise in Anlehnung an *Copeland/Koller/Murrin*, Valuation, S. 102

198 Vgl. Rappaport, Creating, S. 76 f.

Die Umsatzwachstumsrate legt die Höhe zukünftiger Umsätze fest. Die Profitabilität des Unternehmens kommt in der betrieblichen Gewinnmarge (Ergebnis vor Steuern, Abschreibungen und Zinszahlungen bezogen auf den Umsatz) zum Ausdruck. Wird der Umsatz mit der betrieblichen Gewinnmarge multipliziert, ergibt sich der für die jeweilige Periode zu erwartende operative Cash-flow vor Steuern. Werden die Steuern davon subtrahiert, so erhält man den operativen Cash-flow einer Periode, der für Investitionen in das Netto-Umlaufvermögen[199] bzw. das Anlagevermögen, für Zinszahlungen oder Auschüttungen verwendet werden kann. Nach Abzug der Investitionen in das in Netto-Umlaufvermögen und Anlagevermögen bleibt der Free Cash-flow einer Periode als Restgröße. Die Summe aller abgezinsten Free Cash-flows ergibt den Unternehmens(gesamt)wert, der nach Abzug des Marktwertes des Fremdkapitals schließlich zum Shareholder Value führt.[200]

Als Handlungsempfehlung für eine ertragsorientierte Immobiliengesellschaft folgt bspw., daß durch Besetzung neuer Märkte oder durch weitere Kundengewinnung das Umsatzwachstum gesteigert werden kann. Durch Standardisierung der Arbeitsabläufe können Kostenersparnisse erzielt und die betriebliche Gewinnmarge verbessert werden. Eine Senkung der Investitionen in das Netto-Umlaufvermögen bzw. Anlagevermögen wirkt sich zwar kurzfristig positiv auf den Shareholder Value aus, behindert aber das Umsatzwachstum in der Zukunft.[201]

Eine Orientierung des Managements an den Value Drivers ermöglicht es, unternehmerische Entscheidungen hinsichtlich der Auswirkungen auf den Shareholder Value unmittelbar zu untersuchen. Shareholder Value-Management wird damit letztlich operationalisierbar.[202] Eine graphische Darstellung des Shareholder Value-Konzepts findet sich in Abbildung 17.

---

199 Netto-Umlaufvermögen (Working Capital) ist zu verstehen als Differenz zwischen Umlaufvermögen und kurzfristigen Verbindlichkeiten. Vgl. Brealey/Myers, Principles, S. 115 u. 823 f.

200 Vgl. Rappaport, Creating, S. 51 ff.

201 Vgl. ebenda, S. 97.

202 Vgl. Bühner, Shareholder Value, S. 751.

Abbildung 17: Shareholder Value-Konzept für Immobilien-Ertragsgesellschaften

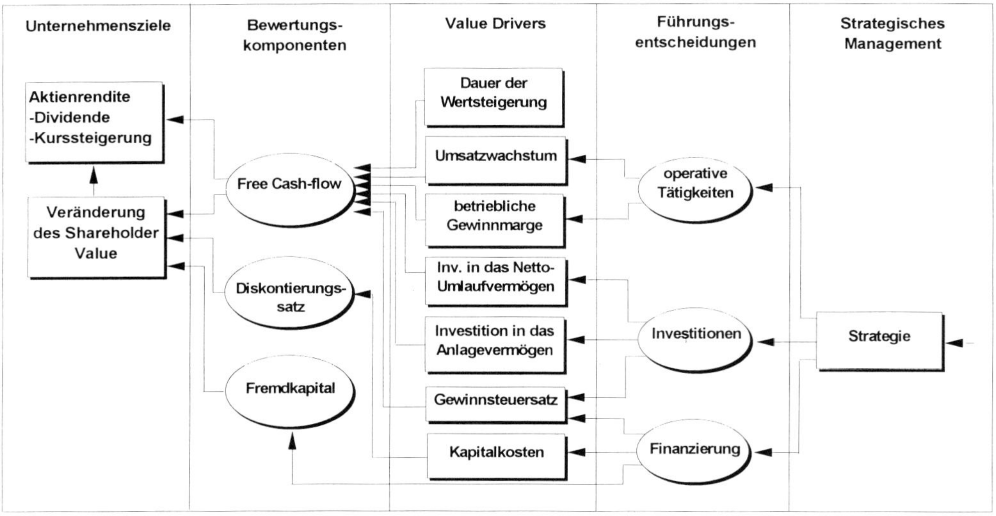

Quelle: in Anlehnung an *Rappaport*, Value, S. 79

Ausgehend von den drei Aktionsbereichen einer Unternehmung (operative Tätigkeiten, Investitionen und Finanzierung) können die Value Drivers gesteuert werden. Dabei wirken die (Einnahme)-Faktoren Dauer der Wertsteigerung, Umsatzwachstum, betriebliche Gewinnmarge sowie die (Ausgabe)-Faktoren Investitionen in das Netto-Umlaufvermögen, Investitionen in das Anlagevermögen und Gewinnsteuersatz direkt auf die Höhe des Free Cash-flow. Der Value Driver Kapitalkosten gibt den unternehmensinternen Diskontierungszins vor. Die Free Cash-flows, der Diskontierungszins und die Höhe des Fremdkapitals bestimmen letztlich den Shareholder Value und langfristig die Aktienrendite.

6.2.2 Senkung der durchschnittlichen Kapitalkosten

Eine wichtige Bedeutung auf die Höhe des Shareholder Value kommt auch den Kapitalkosten zu. Dies ist nicht allein rechnerisch bedingt, da die zukünftigen Free Cash-flows mit den Kapitalkosten abgezinst werden. Die Kapitalkosten stellen gewissermaßen eine Hürde dar, die die Gewinnmarge aus dem operativen Geschäft erreichen muß.[203] Der Unternehmenswert wird folglich nur gesteigert, wenn die Gewinnmarge über den Kapitalkosten liegt.[204] Je höher die Kapitalkosten sind, desto schwieriger wird es, den Shareholder Value zu steigern. Aufgabe des Unternehmens ist es, durch gezielte Maßnahmen zu versuchen, die Kapitalkosten abzusenken.

---

203 Vgl. Rappaport, Creating, S. 69.

204 Vgl. Höfner/Pohl, Werterzeuger, S. 55.

Durch die Börseneinführung ist die Immobiliengesellschaft hinsichtlich ihrer Finanzierungspolitik unabhängig. Mit der Wahl des Verschuldungsgrades und gezielter Investor Relations Politik verfügt die Gesellschaft über - wenn auch begrenzte - Möglichkeiten der Beeinflussung der Kapitalkosten.[205]

6.3 Steuerung einer Immobilien-Substanzgesellschaft mit dem Shareholder Value-Konzept

Ziel einer Immobilien-Substanzgesellschaft ist es, strategische Entscheidungen zu treffen, die darin resultieren, daß der Shareholder Value gesteigert wird. Dieses Zielsystem ähnelt sehr dem eines offenen Immobilienfonds. Einem offenen Immobilienfonds fließen nur so lange Mittel zu, wie es ihm im Aktivgeschäft gelingt, eine entsprechende Performance zu erzielen bzw. für seine Anleger eine angemessene Verzinsung ihres Kapitals zu erwirtschaften.[206] Auf der anderen Seite muß sich ein offener Immobilienfonds als Dienstleister auf dem Immobilienmarkt verstehen, um den Mietern eine an ihren individuellen Bedürfnissen ausgerichtete Raumnutzung ermöglichen zu können. Die Ziele des Aktivgeschäfts und des Passivgeschäfts bedingen sich also gegenseitig.[207]

Aus dieser Feststellung läßt sich in enger Anlehnung an die strategische Ausrichtung offener Immobilienfonds eine wertorientierte Management-Konzeption für Immobilien-Substanzgesellschaften ableiten.[208] Zu einem Shareholder Value Konzept für Immobilien-Substanzgesellschaften siehe Abbildung 18.

---

205 Zur begrenzten Möglichkeit, die Kapitalkosten zu beeinflussen, siehe Lewis/Stelter, Mehrwert, S. 112; Achleitner-Koberg/Achleitner, Corporate Governance, S. 31.

206 Die Performance eines offenen Immobilienfonds wird berechnet aus der Summe der Ausschüttungsrendite und Wertsteigerung bezogen auf den Fondsanteil. Auch hier besteht große Ähnlichkeit zu der Weise, wie Aktienrenditen gemessen werden. Vgl. Bone-Winkel, Immobilienfonds, S. 85.

207 Vgl. Bone-Winkel, Immobilienfonds, S. 107.

208 Das Immobilienmanagement der ehem. Kaufhof Holding AG (Einladung, S. 2) ist genau auf die Steigerung der Cash-flows sowie auf die Erhöhung der Immobilienwerte ausgerichtet: „Durch Entwicklung neuer und durch Umwidmung zu gewinnender zusätzlicher Flächen mit Fremdvermietung, Erschließung neuer Ertragsquellen [...] sowie Maßnahmen zur Erhöhung von Mieteinnahmen bzw. Reduzierung von Mietkosten sollen sowohl die Nettomieterträge gesteigert als auch die Vermögenswertmehrung der Immobilien langfristig optimiert werden."

Abbildung 18: Shareholder Value-Konzept für Immobilien-Substanzgesellschaften

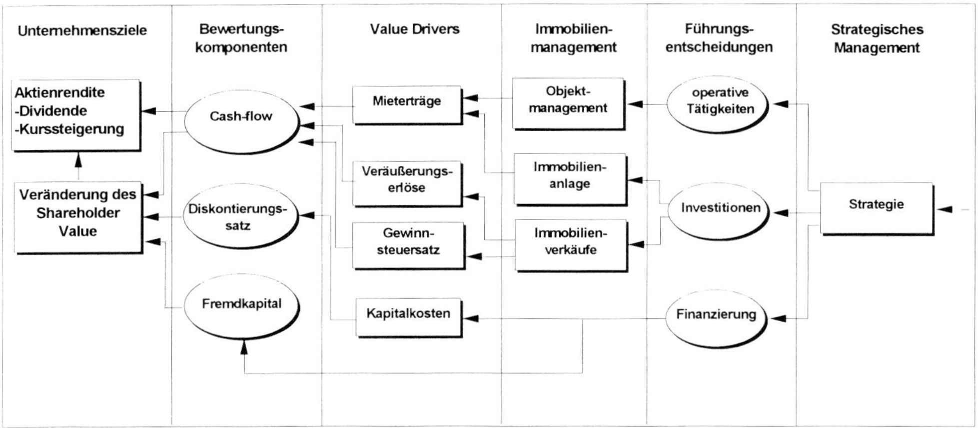

Quelle: eigene Darstellung

Angelehnt an eine ertragsorientierte Immobiliengesellschaft ist das Shareholder Value-Konzept einer substanzorientierten Immobiliengesellschaft aufgebaut. Die wertbeeinflussenden Faktoren müssen jedoch modifiziert werden. Über das Objektmanagement sowie über Immobilienanlage-Entscheidungen, bzw. der Auswahl geeigneter Objekte, wird auf die Höhe der Mieterträge und damit der Cash-flows Einfluß genommen. Ebenso fallen Cash-flows bei der Veräußerung von Objekten an. Immobilienverkäufe haben einen großen Einfluß auf den Gewinnsteuersatz. Die Kapitalkosten bestimmen wiederum die Höhe des Diskontierungssatzes.

Die Aktienrendite ergibt sich entweder aus direkter Ausschüttung eines Teils des Cash-flows oder aber durch Wertsteigerung des Portfolios, wenn nicht ausgeschüttete Cash-flows für rentable Investitionsprojekte verwendet werden.

6.3.1 Umstrukturierung des Portfolios

Vorrangige Aufgabe einer neu ausgegliederten Immobiliengesellschaft muß es sein, das Immobilienportfolio so umzustrukturieren, daß es aus Sicht von Immobiliennachfragern und Kapitalanlegern wettbewerbsfähig wird.[209] Diesem Gesichtspunkt kommt deswegen eine besondere Bedeutung zu, da sich die Struktur des Immobilienportfolios nicht nach finanzwirtschaftlichen Gesichtspunkten entwickeln konnte, sondern den betrieblichen oder nichtbetrieblichen Anforderungen der Unternehmung untergeordnet war.

---

209 Eine genaue Analyse des Immobilienportfolios ist entscheidend, denn sie ermöglicht 1. eine Gesamtsicht, die den Immobilienbestand als Ganzes erfaßt, 2. eine Visualisierung der Entwicklung des Portfolios im Hinblick marktbezogener Chance/Risiken und unternehmensbezogener Stärken/ Schwächen, 3. eine Verdeutlichung von Unausgewogenheiten im Bestand und 4. Hinweise zur Ressourcenallokation im Unternehmen. Vgl. Bone-Winkel, Ansatzpunkte, S. 69.

Falls die Immobiliengesellschaft die nicht-betrieblichen Wohnimmobilien des Konzerns verwaltet, ist anzunehmen, daß eine Umstrukturierung leichter fallen wird, als wenn die Immobiliengesellschaft vornehmlich betriebliche Immobilien der Muttergesellschaft in ihrem Bestand hat. Die Ziele der Mutterunternehmung können sehr schnell in Konflikt mit denen der Immobiliengesellschaft treten. Bei der strategischen Neuausrichtung des Portfolios sollten die Kriterien Marktattraktivität und relative Wettbewerbssituation einfließen.[210] Die Erweiterung des Portfolios durch Neuinvestition in Immobilien kann durch den Geschäftsbereich der Projektentwicklung unterstützt werden.[211]

6.3.2 Objektmanagement

Das Objektmanagement hat zum Ziel, alle Maßnahmen zu ergreifen, die langfristige Wertsteigerung der Immobilien sicherzustellen. Da sich der Wert der Immobilien über die Höhe der erzielbaren Mieterträge definiert, ist es Aufgabe des Objektmanagements, den Nutzern eine Gebäude-Infrastruktur zur Verfügung zu stellen, die ihren individuellen Bedürfnissen optimal gerecht wird. Es ist daher wichtig, die Nutzungsanforderungen mit dem aktuellem Gebäudezustand permanent abzugleichen und gegebenenfalls operative Maßnahmen zu ergreifen, um diese Lücke zu schließen.[212] Konkret muß ein konsequentes Facility Management sowie ein vorausschauendes Instandhaltungs- und Modernisierungsmanagement betrieben werden. Eine Ausrichtung des Objektmanagements an den Anforderungen der Nutzer resultiert damit automatisch in dem Erreichen finanzwirtschaftlicher Ziele.

210 Zur Anwendung des Portfolio-Modells auf den Immobilienbereich siehe Bone-Winkel, Immobilienfonds, S. 171 ff.

211 Das Entwickeln eigener Projekte ermöglicht einerseits, auf Nutzerinteressen individueller eingehen zu können und das Portfolio schneller restrukturieren zu können, andererseits, die Projektentwicklung als Geschäftsfeld auszubauen und am Markt anzubieten. Vgl. Bone-Winkel, Projektentwicklung, S. 438 ff.

212 Vgl. Balck, Facility Management (1), S. 21.

7 Zusammenfassung und Ausblick

Zahlreiche Unternehmen aus den unterschiedlichsten Branchen vollziehen eine Reorganisation ihres betrieblichen Immobilienvermögens. Verschiedene Organisationsformen für den Immobilienbereich wurden aufgezeigt.

Die Vorteile einer Ausgliederung und Börseneinführung für den Konzern sind Kosteneinsparungsmöglichkeiten und Rentabilitätssteigerungen, indem der Immobilienbereich als Profit Center zum Ergebnis der Unternehmung beiträgt. Zusätzlich wird neben den Vorteilen einer verbesserten Führungs- und Ertragsstruktur auch eine effizientere Finanzierungsstruktur realisiert. Dies erlaubt dem Konzern eine bessere Allokation seiner finanziellen Ressourcen, die durch erhöhte Kapitalkostentransparenz und Abbau des Diversifizierungsgrades erreicht wird. Zusätzlich können andere Geschäftsbereiche durch den Emissionserlös finanziert werden. Der Immobiliengesellschaft ist es nach der Börseneinführung einfacher möglich, sich zu einem wettbewerbsfähigen Unternehmen zu entwickeln und ein Shareholder Value-orientiertes Management einzuführen. Dazu wurden Steuerungskonzepte vorgestellt.

Ein Vorteil aus Sicht der Anleger ist vor allem, sich nun in Form liquider Anteile an den Chancen und Risiken des Immobilienmarktes beteiligen zu können. Immobilienaktien stehen damit in unmittelbarer Konkurrenz zu offenen Immobilienfonds. Institutionelle Investoren werden ihr Engagement in direkt gehaltenen Immobilien wahrscheinlich nicht zugunsten von Immobilienaktien verringern, da diese andere Risiko-Rendite Eigenschaften als direkt gehaltene Immobilien aufweisen.

Eine offengebliebene, aber zentrale Fragestellung betrifft die Renditen, die Unternehmen mit ihren Immobilien erzielen. Eng daran gekoppelt ist die Frage nach den Risiko-Eigenschaften betrieblicher Immobilien. Diese beiden Felder bedürfen weiterer Untersuchungen in Zusammenarbeit mit Unternehmen. Wünschenswert für weitere Forschung wäre eine Erhöhung der Transparenz auf dem Immobilienmarkt, wozu z.B. die Einführung eines Immobilienindex beitragen könnte, der Renditen auf Basis von Transaktionen erfaßt. Es bleibt zu hoffen, daß Unternehmen bald die Chancen wahrnehmen werden, die in der Ausgliederung und Börseneinführung des Immobilienbereichs liegen.

Literaturverzeichnis

Abromeit-Kremser,B.(*Offene Immobilieninvestmentfonds*): Offene Immobilieninvestmentfonds: Betriebswirtschaftliche Aspekte ihres Managements. Wien 1986.

Abromeit-Kremser, B. (*Immobilieninvestmentfonds*): Der offene Immobilieninvestmentfonds in der Bundesrepublik Deutschland - Finanzierungsinstrument für Liegenschaften auch in Österreich. In: Österreichisches Bankarchiv, 35. Jg., 1987, Nr. 1, S. 16-33.

Achleitner-Koberg, A.-K./Achleitner, P. (*Corporate Governance*): Shareholder Value und Corporate Governance - Ansatzpunkte unternehmerischer Erfolgsstrategien. In: Success Strategies - A Political, Economic and Corporate Agenda, Vordokumantation des 25. Internationalen Management Gespräches St. Gallen/Schweiz. St. Gallen 1995, S. 27-32.

Adams, A. T./Venmore-Rowland, P. (*Valuation*): Property Share Valuation. In: Journal of Valuation, Vol. 8, 1989, S. 127-142.

Allen, M./Rutherford, M./Springer, T. (*Leasing*): The Wealth Effects of Corporate Real Estate Leasing. In: The Journal of Real Estate Research, Vol. 8, 1993, No. 4, S. 567-578.

Apgar, M. IV (*Uncovering*): Uncovering your Hidden Occupancy Costs. In: Harvard Business Review, Vol. 71, May-June 1993, S. 124-136.

Apgar, M. IV (*Managing*): Managing Real Estate to Build Value. In: Harvard Business Review, Vol. 73, November-December 1995, S. 162-179.

Arbeitskreis „Finanzierung“ der Schmalenbach-Gesellschaft Deutsche Gesellschaft für Betriebswirtschaft e. V. (*Unternehmenssteuerung*): Wertorientierte Unternehmenssteuerung mit differenzierten Kapitalkosten. In: ZfbF, 48. Jg., 1996, Nr. 6, S. 543-578.

Baden, K./Balzer, A.: Gute Besserung. In: Manager Magazin, 23. Jg., 1993, H. 5, S. 166-178.

Balck, H. (*Dienstleistungs-Revolutionen*): Dienstleistungs-Revolutionen verwandeln die Infrastruktur der Unternehmen - und die Gebäudewelt. In: Office Design, o. Jg., 1996, H. 2, S. 18-23.

Balck, H. (*Facility Management (1)*): Schwerpunkt im Management der Infrastruktur im Unternehmen. Facility Management (1). In: Office Management, o. Jg., 1996, H. 10, S. 20-24.

Balck, H. (*Facility Management (2)*): Schwerpunkt im Management der Infrastruktur im Unternehmen. Facility Management (2). In: Office Management, o. Jg., 1996, H. 11, S. 72-75.

Balck, H. (*Rund um den Bau (Teil 1)*): „Rund um den Bau“ - Umrisse eines neuen Branchenmusters. Die Service Revolution im Unternehmen (Teil 1). In: Facility Management, 2. Jg., 1996, H. 3, S. 22-31.

Balck, H. (*Rund um den Bau (Teil 2)*): Rund um den Bau - Umrisse eines neuen Branchenmusters. Neue Erfolgsfaktoren - Neue Leistungsmuster (Teil 2). In: Facility Management, 2. Jg., 1996, H. 4, S. 36-43.

Ball, J./Rutherford, R./Shaw, R. (*Wealth Effects*): The Wealth Effects of Real Estate Spin-Offs. In: The Journal of Real Estate Research, Vol. 8, 1993, No. 4, S. 597-606.

Barkham, R. (*Performance*): The Performance of the U.K. Property Company Sector: A Guide to Investing in British Property via the Public Stock Market. In: Real Estate Finance Journal, Vol. 12, Spring 1995, No. 1, S. 90-98.

Berger, P./Ofek, E. (*Effect*): Diversification's Effect on Firm Value. In: Journal of Financial Economics, Vol. 37, 1995, S. 39-65.

Bergsman, S. (*Emphasis*): Emphasis on Core Competency Redefines Corporate Outsourcing and Boosts Strategic Alliances. In: National Real Estate Investor, Vol. 35, 1993, No. 8, S. 30-40.

Bleckmann, J. (*Instrumente*): Neuere Instrumente der Kapitalzufuhr für Unternehmen (going public). In: Betge, P./Theisen, M. (Hrsg.): Finanzierung und Besteuerung der Unternehmung und des Konzerns. Stuttgart 1991, S. 4-15.

Bleicher, K. (*Holdings*): Holdings schützen vor Verkalkung. In: Harvard Manager, 14. Jg., 1992, Nr. 3, S. 69-77.

Blyth, M./Friskey, E./Rappaport, A. (*Implementing*): Implementing the Shareholder Value Approach. In: The Journal of Business Strategy, Vol. 6, Winter 1986, No. 3, S. 48-59.

Bone-Winkel, S. (*Immobilienfonds*): Das strategische Management von offenen Immobilienfonds unter besonderer Berücksichtigung der Projektentwicklung von Gewerbeimmobilien. In: Schulte, K.-W. (Hrsg.): Schriften zur Immobilienökonomie, Band 1, Köln 1994. Zugl.: Oestrich-Winkel, EUROPEAN BUSINESS SCHOOL, Diss. 1994.

Bone-Winkel, S. (*Ansatzpunkte*): Ansatzpunkte für eine strategische Bewertung von Immobilienbeständen. In: Der Langfristige Kredit, 46. Jg., 1995, Nr. 3, S. 68-72.

Bone-Winkel, S. (*Projektentwicklung*): Wertschöpfung durch Projektentwicklung - Möglichkeiten für Immobilieninvestoren. In: Schulte, K.-W. (Hrsg.): Handbuch Immobilien-Projektentwicklung. Unter Mitarb. von Bernd Heuer und Stephan Bone-Winkel. Köln 1996. S. 427-458.

Booth, G./Glascock, J./Sakkar, S. (*ReExamination*): A ReExamination of Corporate Sell-Offs of Real Estate Assets. In: Journal of Real Estate Finance and Economics, Vol. 12, 1996, No. 2, S. 195-202.

Brealey, R./Myers, S. (*Principles*): Principles of Corporate Finance, 5th ed. New York 1996.

Brittain, D. (*Optimising*): Optimising the Properties. In: Managing 96, o. Jg., 1996, S. 61-62.

Brueggeman, W./Chen, A./Thibodeau, T. (*Considerations*): Real Estate Investment Funds: Performance and Portfolio Considerations. In: AREUEA Journal, Vol. 12, 1984, No. 3, S. 333-354.

Buchner, R. (*Ansatz*): Zum Shareholder Value-Ansatz. In: WIST, 23. Jg., 1994, H. 10, S. 513-516.

Bühner, R. (*Unternehmenssteuerung*): Kapitalmarktorientierte Unternehmenssteuerung: Aktionärsorientierte Unternehmensführung. In: WIST, 25. Jg., 1996, H. 7, S. 334-338.

Bühner, R. (*Gestaltungsmöglichkeiten*): Gestaltungsmöglichkeiten und rechtliche Aspekte einer Managementholding. In: ZfO, 59. Jg., 1990, H. 5, S. 299-308.

Bühner, R. (*Erfahrungsbericht*): Management-Holding - ein Erfahrungsbericht. In: DBW, 51. Jg., 1991, H. 2, S. 141-151.

Bühner, R. (*Management -Holding*): Die schlanke Management-Holding. In: ZfO, 62. Jg., 1993, H. 1, S. 9-19.

Bühner, R. (*Shareholder Value*): Shareholder Value. Eine Analyse von 50 großen Aktiengesellschaften in der Bundesrepublik Deutschland. In: DBW, 53. Jg., 1993, Nr. 6, S. 749-769.

Bühner, R./Weinberger, H.-J. (*Cash-Flow*): Cash-Flow und Shareholder Value. In: BFuP, 49. Jg., 1991, Nr. 3, S. 187-208.

Byrne, P./Lee. S. (*Portfolio*): Is There a Place for Property in the Multi-Asset Portfolio? In: Journal of Property Finance, Vol. 6, 1995, No. 3, S. 60-83.

Catalano, A. (*Pensions Balance*): Property in the Pensions Balance. In: Estate Gazette, o. Jg., Issue 9602, January 13 1996, S. 62-63.

Chalk, M. B. (*Implementing*): Implementing Total Quality within Corporate Real Estate. In: Industrial Development, Vol. 162, March/April 1993, No. 2, S. 7-10.

Chan, K./Hendershott, P./Sanders, A. (*Risk*): Risk and Return on Real Estate: Evidence from Equity REITs. In: AREUEA Journal, Vol. 18, 1990, No. 4, S. 431-452.

Christensen, D./Levi, D. (*Wealth*): Shareholders' Wealth and Organizational Restructuring. Are Real Estate Master Limited Partnerships Different? In: The Journal of Real Estate Research, Vol. 7, 1991, No. 1, S. 1-12.

Christensen, D./Levi, D. (*Restructurings*): Corporate Restructurings Involving Real Estate Assets: Some Earnings and Risk Signal Implications. In: The Journal of Real Estate Research, Vol. 8, 1992, No. 4, S. 579-595.

Comment, R./Jarrell, G. (*Focus*): Corporate Focus and Stock Returns. In: Journal of Financial Economics, Vol. 37, 1995, S. 67-87.

Copeland, T./Koller, T. /Murrin, J. (*Valuation*) Valuation: Measuring and Managing the Value of Companies. New York 1990.

Copeland, T./Weston, F. (*Financial Theory*) Financial Theory and Corporate Policy. 3rd ed., Reading, Massachusetts 1988.

Crosby, N.: United Kingdom. In: Adair, A./Downie, M. L./McGreal, S./Vos, G.(Hrsg.): European Valuation Practice. Theory and Techniques. London, New York 1996, S. 265-303.

Cutik, U. (*Sicht*): Aus Sicht der Banken. Auch bei verändertem Umfeld an die Börse. In: Herdt, H./Padberg, E./Walther, D. (Hrsg.): Der Gang an die Börse. 3., neubearb. u. erw. Aufl., Frankfurt 1988, S. 16-27.

Downie, M. L./Schulte, K.-W./Thomas, M.: Germany. In: Adair, A./Downie, M. L./McGreal, S./Vos, G. (Hrsg.): European Valuation Practice. Theory and Techniques. London/New York 1996, S. 125-152.

Drukarczyk, J. (*Finanzierung*): Theorie und Politik der Finanzierung. 2., völlig neugestaltete Aufl. München 1993.

Eichholtz, P./Hartzell, D. (*Property Shares*): Property Shares, Appraisals and the Stock Market: An International Perspective. In: Journal of Real Estate Finance and Economics, Vol. 12, 1996, No. 2, S. 163-178.

Eisenführ, F.: Profit Center. In: DBW, 45. Jg., 1985, H. 1, S. 99-100.

Falla, J. (*Shares 1*): The Valuation of Shares in an Unquoted Property Company - Part 1. In: Journal of Property Finance, Vol. 1, 1990, No. 2, S. 227-232.

Falla, J. (*Shares 2*): The Valuation of Shares in an Unquoted Property Company - Part 2. In: Journal of Property Finance, Vol. 1, 1990, No. 3, S. 422-428.

Falk, B. (*Immobilien-Handbuch*): Immobilien-Handbuch - Wirtschaft, Recht, Bewertung. 2. Aufl., Loseblattsammlung in 2 Bdn., 21. Nachlieferung (2/1996), Landsberg a. L. Grundwerk 1991.

Frese, E. (*Geschäftssegmentierung*): Geschäftssegmentierung als organisatorisches Konzept. In: ZfbF, 45. Jg., 1993, H. 12, S. 999-1024.

Frese, E. (*Profit Center*): Profit Center und Verrechnungspreise. In: ZfbF, 47. Jg., 1995, H. 10, S. 942-955.

Friedl, B. (*Anforderungen*): Anforderungen des Profit Center-Konzepts an Führungssystem und Führungsinstrumente. In: WISU, 22. Jg., 1993, H. 10, S. 830-842.

Froot, K. (*Hedging*): Hedging Portfolios with Real Estate. In: Journal of Portfolio Management, Vol. 21, 1995, No. 4, S. 60-77.

Fuller, R./Kerr, H. (*Cost of Capital*): Estimating the Divisional Cost of Capital: An Analysis of the Pure-Play Technique. In: The Journal of Finance, Vol. 36, 1981, No. 5, S. 997-1009.

Gäbelein, W. (*Unternehmensspaltung*): Die Unternehmensspaltung. Aktuelle Probleme und Gesetzgebungsvorhaben. In: BB, 44. Jg., 1989, H. 21, S. 1420-1425.

Galperin, R. (*Sale/Leasebacks*): Corporations Use Sale/Leasebacks to Cash in on Their Real Estate. In: National Real Estate Investor, Vol. 34, May 1992, S. 72-76.

Geltner, D. (*Systematic Risk*): Estimating Real Estate's Systematic Risk from Aggregate Level Appraisal-Based Returns. In: AREUEA Journal, Vol. 17, 1989, No. 4, S. 463-481.

Gerbich, M./Levis, M./Venmore-Rowland, P. (*Property*): Property Initial Public Offerings: Regulations, Costs and Price Reactions. In: Journal of Property Finance, Vol. 6, 1995, No. 1, S. 38-54.

Gerke, W./Rapp, H.-W. (*Eigenkapitalbeschaffung*): Eigenkapitalbeschaffung durch Erstemission von Aktien. In: Gebhardt, G. (Hrsg.): Handbuch der Unternehmensfinanzierung. München 1993, S. 287-312.

Glascock, J./Davidson III, W./Sirmans, C. (*Gains*): The Gains from Corporate Selloffs: The Case of Real Estate Assets. In: AREUEA Journal, Vol. 19, 1991, No. 4, S. 567-582.

Gomez, P. (*Neue Trends*): Neue Trends in der Konzernorganisation. In: ZfO, 61. Jg., 1992, H. 3, S. 166-172.

Gop, R. (*Bilanz-Kur*): Bilanz-Kur mit Flächen-Diät. In: Immobilien Manager, o. Jg., 1994, H. 2, S. 6-14.

Grauer, R./Hakansson, N. (*Gains*): Gains from Diversifying Into Real Estate: Three Decades of Portfolio Returns Based on the Dynamic Investment Model. In: Real Estate Economics, Vol. 23, 1995, No. 2, S. 117-159.

Gyourko, J./Keim, D. (*Returns*): What Does the Stock Market Tell Us about Real Estate Returns? In: AREUEA Journal, Vol. 20, 1992, No. 2, S. 457-485.

Haase, H. (*Analysten*): Aus Sicht der Analysten. Kriterien einer objektiven Kursfindung. In: Herdt, H./Padberg, E./Walther, D. (Hrsg.): Der Gang an die Börse. 3., neubearb. u. erw. Aufl., Frankfurt 1988, S. 40-46.

Hamel, G./Prahalad, C. (*Zukunft*): Die Zukunft gestalten - schon heute. In: Harvard Business Manager, 17. Jg., 1995, Nr. 1, S. 36-42.

Hartzell, D./Hekman, J./Miles, M. (*Diversification*): Diversification Categories in Investment Real Estate. In: AREUEA Journal, Vol. 14, 1986, No. 2, S. 230-254.

Hartzell, D./Wurtzebach, C./Watkins, D. (*Combining*): Combining Publicly Traded Real Estate Securities with Privately Held Portfolios. In: Real Estate Finance, Vol. 12, 1995, No. 3, S. 26-40.

Herzig, N./Ott, H. (*Steuerrecht*): Das Steuerrecht als Umwandlungs- und Spaltungsbremse. In: DB, 42. Jg., 1989, H. 41, S. 2033-2040.

Heuer, B. (*Gewerbeimmobilien*): Erfolgreiches Vermarkten von Gewerbeimmobilien. Objektbezogene Daten, Fakten und Arbeitshilfen für Kauf, Verkauf und Miete. Loseblattsammlung in 2 Bdn., einschließlich 34. Aktualisierungs- und Ergänzungslieferung (12/1997), Kissingen u.a., Grundwerk 1989.

Hite, G./Owers, J. (*Price Reactions*): Security Price Reactions around Corporate Spin-Off Announcements. In: Journal of Financial Economics, Vol. 12, 1983, S. 409-436.

Hite, G./Owers, J./Rogers, R. (*Seperation*): The Seperation of Real Estate Operations by Spin-Off. In: AREUEA Journal, Vol. 12, 1984, No. 3, S. 318-332.

Höfner, K./Pohl, A. (*Werterzeuger*): Wer sind die Werterzeuger, wer die Wertvernichter im Portfolio? In: Harvard Manager, 15. Jg., 1993, Nr. 1, S. 51-58.

Hudson-Wilson, S./Elbaum, B. (*Diversification*): Diversification Benefits for Investors in Real Estate. In: Journal of Portfolio Management, Vol. 21, 1995, No. 3, S. 92-99.

Hunt, J. (*Smart Card*): Barclays' Smart Card. In: Property Week, o. Jg., 15 November 1996, S. 30-31.

Ibbotson, R./Siegel, L. (*Comparison*): Real Estate Returns: A Comparison with Other Investments. In: AREUEA Journal, Vol. 12, 1984, No. 3, S. 219-242.

Investment Property Forum (*Securitisation*): Property Securitisation. Report Prepared by a Working Group of the Investment Property Forum. London 1995.

Isaac, D./Woodroffe, N. (*Assets*): Are Property Company Assets Undervalued? In: Estates Gazette, Vol. 283, September 1987, S. 1024-1026.

Johnson, W./Natarajan, A./Rappaport, A. (*Returns*): Shareholder Returns and Corporate Excellence. In: The Journal of Business Strategy, Vol. 6, Fall 1985, No. 2, S. 52-62.

Kallberg, J./Liu, C./Greig, D. (*Role*): The Role of Real Estate in the Portfolio Allocation Process. In: Real Estate Economics, Vol. 24, 1996, No. 3, S. 359-377.

Kelly, H. (*Evidence*): Recent Evidence on Investor Preferences and Yield Requirements. In: Real Estate Issues, Vol. 21, 1996, No. 2, S. 1-6.

Khoo, T./Hartzell, D./Hoesli, M. (*Investigation*): An Investigation of the Change in Real Estate Investment Trust Betas. In: AREUEA Journal, Vol. 21, 1993, No. 2, S. 107-130.

Kleiber, W./Simon, J./Weyers, G. (*Verkehrswertermittlung*): Verkehrswertermittlung von Grundstücken: Kommentar und Handbuch zur Ermittlung von Verkehrs-, Beleihungs-, Versicherungs- und Unternehmenswerten unter Berücksichtigung von WertV und BauGB. 2., vollst. neu bearb. und erw. Aufl. Köln 1994.

Knesebeck, M. v. d. (*Immobilien-Aktien*): Immobilien-Aktien leben von der Hoffnung ihrer Besitzer. In: Das Wertpapier, 44. Jg., 1996, H. 17, S. 24-36.

Kruse, R. (*Grundlagen*): Strategische Grundlagen des Immobilien-Portfolio-Managements eines Lebensversicherers. In: Der Langfristige Kredit, 47. Jg., 1996, Nr. 12, S. 360-362.

Lee, S./Byrne, P./French, N. (*Assessing*): Assessing the Future of Property in the Multi-Asset-Portfolio: the Case of UK Pension Funds. In: The Journal of Property Research, Vol. 13, 1996, No. 3, S. 197-209.

Lennox, K. (*Portfolio*): Portfolio Analysis Backs Property to Spread Risk. In: Estate Gazette, Issue 9617, o. Jg., April 27 1996, S. 58.

Lewis, T./Stelter, D. (*Mehrwert*): Mehrwert schaffen mit finanziellen Ressourcen. In: Harvard Manager, 15. Jg., 1993, Nr. 4, S. 107-114.

Linden, F./Wilhelm, W. (Modell): Das neue Modell. In: Manager Magazin, 26. Jg., 1996, H. 10, S. 52-60.

Lintner, J. (*Risk Assets*): The Valuation of Risk Assets and the Selection of Risky Investments in Stock Portfolios and Capital Budgets. In: The Review of Economics and Statistics, Vol. 47, February 1965, No. 1, S. 13-37.

Loipfinger, S.: Starke Mittel. In: Immobilien Manager, o. Jg., 1996, H. 7+8, S. 24-29.

Loipfinger, S. (*Stärkere Diversifizierung*): „Stärkere Diversifizierung“. Interview mit Jürgen Wundrack. In: Immobilien Manager, o. Jg., 1996, H. 7+8, S. 28.

Marchitelli, R./MacCrate, J. (*REITs*): REITs and the Private Market: Are Comparisons Meaningful? In: Real Estate Issues, Vol. 21, 1996, No. 2, S. 7-10.

McCrory, F./Gerstberger, P. (*New Math*): The New Math of Performance Measurement. In: The Journal of Business Strategy, Vol. 13, 1992, No. 2, S. 33-38.

Miles, M./Cole, R./Guilkey, D. (*Returns*): A Different Look at Commercial Real Estate Returns. In: AREUEA Journal, Vol. 18, 1990, No. 4, S. 403-430.

Moss, A. (*Rights Issues*): Rights Issues in the Property Sector. In: Journal of Property Finance, Vol. 2, 1991, No. 2, S. 185-193.

Neidich, D./Steinberg, T. (*Source*): Corporate Real Estate: Source of New Equity? In: Harvard Business Review, Vol. 62, July-August 1984, S. 76-83.

Nourse, H. (*Measuring*): Measuring Business Real Property Performance. In: The Journal of Real Estate Research, Vol. 9, 1994, No. 4, S. 431-444.

o.V. (*Reifezeugnis*): Das Reifezeugnis für die Börse. In: Herdt, H./Padberg, E./Walther, D. (Hrsg.): Der Gang an die Börse. 3., neubearb. u. erw. Aufl., Frankfurt 1988, S. 47-51.

o.V. (*Berater*): Berater erzielen oft bessere Performance. In: Zadelmarkt, 8. Jg., Mai 1996, S. 33-35.

o.V. (*Interessen*): Die Unternehmen entdecken endlich die Interessen ihrer Aktionäre. In: WISU, 25. Jg., 1996, H. 7, S. 607-608.

o.V. (*Deutsche Bank*): Die Deutsche Bank besitzt Immobilien für 12 Milliarden DM. In: FAZ, Nr. 5, 06. Januar 1995, S. 31.

o.V. (*Hoechst AG*): Die Hoechst AG gründet Standortgesellschaften. In: FAZ, Nr. 298, 21. Dezember 1996, S. 14.

o.V. (*Immobilienaktien*): WestLB: Immobilienaktien werden wieder interessanter. In: FAZ, Nr. 13, 16. Januar 1997, S. 23.

o.V. (*Pensions-Sondervermögen*): Pensions-Sondervermögen könnten deutschen Aktien Auftrieb geben. In: FAZ, Nr. 15, 18. Januar 1997, S. 17.

o.V. (*Immobiliengremien*): Europäische Immobiliengremien setzen auf den Euro. In: FAZ, Nr. 152, 04. Juli 1997, S. 41.

o.V. (*Immobilien-Aktienindex*): Der Deutsche Immobilien-Aktienindex zeigt erste Besserungstendenzen. In: FAZ, Nr. 164, 18. Juli 1997, S. 40.

Palmon, D./Seidler, L. (*Reporting*): Current Value Reporting of Real Estate Companies and a Possible Example of Market Inefficiency. In: Accounting Review, Vol. 53, 1978, No. 3, S. 776-790.

Parker, J. (*Emerging Model*): CRE 2000. Corporate Real Estate's Emerging Model. In: Industrial Development, Vol. 162, April 1993, S. 412.

Prahalad, C./Hamel, G. (*Core Competence*): The Core Competence of the Corporation. In: Harvard Business Review, Vol. 68, May-June 1990, S. 79-91.

Rappaport, A. (*Selecting*): Selecting Strategies that Create Shareholder Value. In: Harvard Business Review, Vol. 59, May-June 1981, S. 139-149.

Rappaport, A. (*Creating*): Creating Shareholder Value. The New Standard for Business Performance. New York, London 1986.

Rappaport, A. (*Common Framework*): CFOs and Strategists: Forging a Common Framework. In: Harvard Business Review, Vol. 70, May-June 1992, S. 84-91.

Rappaport, A. (*Value*): Shareholder Value: Wertsteigerung als Maßstab für die Unternehmensführung. Stuttgart 1994.

Riggs, K. (*Pricing Risk*): Pricing Risk: Choosing a Discount Rate. In: Real Estate Issues, Vol. 21, 1996, No. 2, S. 16-22.

Ritter, J. (*Performance*): The Long-Run Performance of Initial Public Offerings. In: The Journal of Finance, Vol. 46, 1991, No. 1, S. 3-27.

Rock, K. (*Issues*): Why are New Issues Underpriced. In: Journal of Financial Economics, Vol. 15, 1986, S. 187-212.

Rodriguez, M./Sirmans, C. (*Managing*): Managing Corporate Real Estate: Evidence From the Capital Markets. In: Journal of Real Estate Literature, Vol. 4, 1996, No. 4, S. 13-33.

Roll, R./Ross, S. (*Investigation*): An Investigation of the Arbitrage Pricing Theory. In: The Journal of Finance, Vol. 35, 1980, No. 5, S. 1073-1103.

Ross, S. (*Arbitrage Theory*): The Arbitrage Theory of Capital Asset Pricing. In: Journal of Economic Theory, Vol. 13, 1976, S. 341-360.

Rössler, R./Langner, J./Simon, J./Kleiber, W. (*Schätzung*): Schätzung und Ermittlung von Grundstückswerten. 6., überarb. u. erw. Aufl. Neuwied/Frankfurt a.M. 1990.

Rubinstein, M. (*Synthesis*): A Mean-Variance Synthesis of Corporate Financial Theory. In: The Journal of Finance, Vol. 28, 1973, No. 1, S. 167-181.

Sagalyn, L. (*Risk*): Real Estate Risk and the Business Cycle: Evidence from Security Markets. In: The Journal of Real Estate Research, Vol. 5, 1990, No. 5, S. 203-219.

Schäfers, W. (*Strategisches Management*): Strategisches Management von Unternehmensimmobilien. Bausteine einer theoretischen Konzeption und Ergebnisse einer empirischen Untersuchung. Oestrich-Winkel, EUROPEAN BUSINESS SCHOOL, Diss. 1996.

Schenck, K. v. (*Funds*): Open-end German Property Funds. In: Journal of Property Finance, Vol. 2, 1991, No. 1, S. 57-62.

Schiller, A.: "CRE"-ATIV. In: Immobilien Manager, o. Jg., 1996, H. 5, S. 22-26.

Schipper, K./Smith, A. (*Recontracting*): Effects of Recontracting on Shareholder Wealth: The Case of Voluntary Spin-offs. In: Journal of Financial Economics, Vol. 12, 1983, S. 433-467.

Schnitzler, L. (*Raum*): Auf engstem Raum In: WirtschaftsWoche, 48. Jg., Nr. 21, 20.05.1994, S. 66-77.

Schulte, C. (*Kostenallokation*): Kostenallokation in der Holding. In: ZfB, 61. Jg, 1991, H. 10, S. 1157-1172.

Schulte, K.-W.: Wirtschaftlichkeitsrechnung. 4. Aufl., Heidelberg, Wien 1986.

Schulte, K.-W.: Stille Reserven. In: FAZ, Nr. 132, 9. Juni 1995, S. 45.

Schulte, K.-W. (*Immobilien-Index*): Ist ein Immobilien-Index notwendig? In: FAZ, Nr. 32, 07. Februar 1997, S. 41.

Schulte, K.-W./Bone-Winkel, S. (*Immobilien als Investment*): Immobilien als Investment. Manuskript zur Vorlesung "Immobilien Investition III" im Rahmen des Wahlpflichtfaches Immobilienökonomie an der EUROPEAN BUSINESS SCHOOL, Oestrich-Winkel, 25. April 1996.

Schwarzer, U.: „Das ist pervers". Interview mit Hermann Franz. In: Manager Magazin, 26. Jg., 1996, H. 8, S. 84-87.

Sharpe, W. (*Model*): A Simplified Model for Portfolio Analysis. In: Management Science, Vol. 9, 1963, S. 277-293.

Sharpe, W. (*Capital*): Capital Asset Prices: A Theory of Market Equilibrium Under Conditions of Risk. In: The Journal of Finance, Vol. 19, 1964, No. 3, S. 425-442.

Siegert, T. (*Performancemessung*): Performancemessung und Kapitalsteuerung. In: Manager Magazin, 22. Jg., 1992, H. 5, S. 200-201.

Siegert, T. (*Lenkungsinstrument*): Shareholder Value als Lenkungsinstrument. In: ZfbF, 47. Jg., 1995, H. 6, S. 580-607.

Slovin, M./Sushka, M./Ferraro, S. (*Comparison*): A Comparison of the Information Conveyed by Equity Carve-Outs, Spin-Offs, and Asset Sell-Offs. In: Journal of Financial Economics, Vol. 37, 1995, S. 89-104.

Teoh, W. (*Asset Management*): Corporate Real Estate Asset Management: The New Zealand Evidence. In: The Journal of Real Estate Research, Vol. 8, 1993, No. 4, S. 607-623.

Thomas, M. (*Immobilienwertbegriffe*): Immobilienwertbegriffe in Deutschland und Großbritannien. In: Die Bank, o. Jg., 1995, Nr. 5, S. 163-268.

Thomas, M. (*Entwicklung*): Die Entwicklung eines Performanceindexes für den deutschen Immobilienmarkt. Köln 1997. Zugl.: Oestrich-Winkel, EUROPEAN BUSINESS SCHOOL, Diss. 1996.

Titzrath, A. (*Going Public*): Die Bedeutung des Going Public. In: ZfB, 65. Jg., 1995, H. 2, S. 133-155.

Voigt, H.-W. (*Bookbuilding*): Bookbuilding - der andere Weg. In: Die Bank, o. Jg., 1995, H. 6, S. 339-343.

Wang, K./Chan, S./Gau, G. (*Offerings*): Initial Public Offerings of Equity Securities. Anamalous Evidence Using REITs. In: Journal of Financial Economics, Vol. 31, 1992, S. 381-410.

Wegmann, J. (*Bestimmung*): Die Bestimmung des Emissionspreises als Unternehmensbewertungsproblem. In: BFuP, 54. Jg., 1996, H. 2, S. 149-163.

Westrup, L.: Berg- oder Talfahrt? In: Immobilien Manager, o. Jg., 1996, H. 3, S. 13-15.

Zeckhauser, S./Silverman, R. (*Rediscover*): Rediscover your Company's Real Estate. In: Harvard Business Review, Vol. 61, January-February 1983, S. 111-117.

Geschäftsberichte und Informationsbroschüren

Asea Brown Boveri AG (ABB): Geschäftsbericht 1995.

Daimler-Benz InterServices AG (debis): Das Geschäftsjahr 1995.

Daimler-Benz Aerospace AG (dasa): Das Geschäftsjahr 1995.

DeTe Immobilien: Iq_m. Vom Intelligenten Facility Management zum intelligenten Quadratmeter.

Deutsche Bank AG: Geschäftsbericht 1995.

Deutsche Bahn AG: Geschäftsbericht 1995.

Deutsche Post AG: Geschäftsbericht 1995.

Deutsche Telekom AG: Das Geschäftsjahr 1995.

D.I.B. Gesellschaft für Standortbetreiberdienste mbH: Geschäftsbericht 1995.

Hochtief AG: Geschäftsbericht 1994.

Hoechst AG: Geschäftsbericht 1995.

IVG AG: Geschäftsbericht 1995.

Kaufhof AG: Bericht über das Geschäftsjahr 1995.

Kaufhof Holding AG (Einladung): Einladung zur 88. ordentlichen Hauptversammlung am 30. Mai 1996.

Lufthansa AG: Geschäftsbericht 1995.

Lufthansa Gebäude Management: Der Weg der Sicherheit und Kompetenz.

Monachia Grundstücks-Aktiengesellschaft: Geschäftsbericht 1994/95.

Preussag AG: Geschäftsbericht 1994/95.

Ruhrkohle AG (RAG): Geschäftsbericht 1995.

RAG Immobilien AG (RIAG): Bericht über das Geschäftsjahr 1995.

RIAG: Ihr Partner für Immobilien.

RIAG Gebäudemanagement GmbH: Ihr Partner für Gebäudemanagement.

Thyssen AG: Geschäftsbericht 1995/96.

Thyssen Immobilien GmbH: Geschäftsbericht 1994/95.

VEBA AG: Geschäftsbericht 1995.

VEBA Immobilien AG: Geschäftsbericht 1995.

VIAG AG: Geschäftsbericht 1995.

Immobilien als strategisches Geschäftsfeld von Non Property Unternehmen?

Darstellung der Kriterien für eine Diversifikationsentscheidung

Thomas Joachim Meyer

"Man entdeckt keine neuen Erdteile,
ohne den Mut zu haben,
alte Küsten aus den Augen zu verlieren."

André Gide (1869-1951)

"Alles hat zwei Seiten.
Aber erst wenn man erkennt,
daß es drei sind,
erfaßt man die Sache."

Heimito von Doderer (1898-1966)

Inhaltsverzeichnis

Abbildungsverzeichnis

Abkürzungsverzeichnis

Abb.	Abbildung
Abs.	Abschnitt
AG	Aktiengesellschaft
BCG	Boston Consulting Group
CAFM	Computer Aided Facility Management
CREE	Corporate Real Estate Executive
DAX	Deutscher Aktien Index
Diss.	Dissertation
FAZ	Frankfurter Allgemeine Zeitung
FCF	Free Cash Flow
FM	Facility Management
Fn.	Fußnote
GmbH	Gesellschaft mit beschränkter Haftung
Hrsg.	Herausgeber
hrsgg.	herausgegeben
Jg.	Jahrgang
Kap.	Kapitel
NACORE	International Association of Corporate Real Estate Executives Inc.
No.	Number
NPV	Net Present Value
ÖPNV	Öffentlicher Personennahverkehr
p.	page
pp.	pages
SGE	Strategische Geschäftseinheit
ULI	Urban Land Institute
Vol.	Volume

1 Einleitung

1.1 Problemstellung und Zielsetzung

Der Begriff der Diversifikation wurde erstmals in den USA Mitte der 50er Jahre benutzt und steht für die gezielte Ausweitung des Leistungsprogramms auf neue Produkte und Märkte.[1] Aufgrund von Sättigungstendenzen in traditionellen Märkten, sich verschärfenden Wettbewerbsbedingungen und einem Ansteigen des unternehmerischen Risikos wurde in der Diversifikation als Teil der unternehmensstrategischen Neuorientierung ein Instrument gesehen, das es erlaubte, durch die Erschließung neuer Marktbereiche auf veränderte Wettbewerbsbedingungen zu reagieren. Mit ihrer Hilfe sollen die Stabilität des Unternehmens erhöht, Synergiepotentiale erschlossen sowie das Unternehmensgesamtrisiko gesenkt werden.[2] Galt die Diversifikation in den letzten 20 Jahren noch als Wunderwaffe, sind Unternehmen, deren Wachstum vor allem auf Akquisitionen in nicht verwandte Tätigkeitsfelder beruhte, sog. Konglomerate, unter dem verstärkten Druck von Analysten und Investoren neuerlich gezwungen, ihr weit verzweigtes und oft wertvernichtendes Geschäftsbereichsportfolio zu bereinigen und sich auf ihre Kerngeschäftsfelder zu konzentrieren.[3]

In jüngster Vergangenheit ist jedoch gerade bei den konglomerat diversifizierten Industrieunternehmen eine weitere, dieser Tendenz widersprechende Entwicklung zu beobachten. Durch das zunehmende Bewußtsein für Immobilien als Unternehmensressource und deren inhärenten Wertsteigerungspotentialen für die Unternehmen, gehen diese vermehrt dazu über, in Immobilien als Kerngeschäftsfeld mit eigener marktlicher Ausrichtung zu diversifizieren. Als Vorreiter dieser Entwicklung können die Thyssen AG und die Veba AG mit ihren ausgegründeten Immobilienunternehmen Thyssen Immobilien GmbH bzw. Veba Immobilien AG angeführt werden.[4]

1 Vgl. hierzu *Jacobs*, Erfolgsfaktoren, S. 6 f.

2 Vgl. *Gomez/Ganz*, Konzept, S. 44 f.; *Ganz*, Diversifikationsstrategie, S. 11; *Ansoff*, Diversification, p. 114; *Bea*, Kooperation, S. 2523 und *Bühner*, Strategie, S. 3.

3 Siehe *Prahalad/Hamel*, Kernkompetenzen, S. 66 - 69 und *Biggadike*, Business, pp. 103 f. Zur Diskussion über die Performance von Konglomeraten vgl. *Nölting*, Stein, S. 146 - 158.

4 Vgl. *Thyssen Immobilien GmbH*, Geschäftsbericht, S. 6 ff.; *Veba AG*, Geschäftsbericht, S. 56 f.; *Schäfers*, Unternehmensimmobilien, S. 184 f. und *o.V.*, Immobilienaktivitäten, S. 21.

Ungeachtet dieser Entwicklung und der Bedeutung von Immobilien für Non Property Unternehmen sowie der daraus resultierenden Notwendigkeit eines aktiven, marktorientierten Immobilienmanagement, mangelt es an einer wissenschaftlichen Bearbeitung der Diversifikationsentscheidung in Immobilien. Obwohl das hohe Risiko von Diversifikationen eine sorgfältige Planung und Durchführung der Diversifikationsentscheidung erfordert,[5] fokussiert die betriebswirtschaftliche Forschung zu Fragen der Geschäftsfeldausweitung in erster Linie auf die Erklärung, Messung, Organisation und Erfolgsbeurteilung bereits durchgeführter Diversifikationsprogramme und nur geringfügig auf den Entscheidungsprozeß als solchen.[6] Darüber hinaus werden Immobilien mit ihren Besonderheiten und ihrer dichotomen Eigenschaft als Unternehmensressource und als marktfähiges Gut von der Betrachtung ausgeklammert.[7]

Basierend auf der Notwendigkeit zur Behebung dieses Mangels liegt der vorliegenden Arbeit die Hypothese zugrunde, daß die Entscheidung über die Ausgründung des Immobilienbereiches sich nicht nur anhand üblicher Entscheidungskriterien und -modelle für eine Diversifikation beurteilen läßt. Vielmehr bedarf es bei der Prüfung der Diversifikationsentscheidung in Immobilien einer ganzheitlichen Betrachtungsweise unter Einbeziehung der Bereiche Immobilienökonomie, strategische Unternehmensplanung und Finanzmarkttheorie.[8] Es wird hierbei davon ausgegangen, daß bedingt durch die Komplexität und die Besonderheiten der Immobilie als Wirtschaftsgut und Unternehmensressource, der Analyse der Immobilienebene bei der Diversifikationsentscheidung eine herausragende Bedeutung zukommt.

Die Zielsetzung dieser Arbeit ist es, aufbauend auf der Synthese der o.g. Bereiche, Kriterien für eine Diversifikationsentscheidung in Immobilien herauszuarbeiten und diese in einem ganzheitlichen Analysemodell zur Beurteilung von Handlungsoptionen zu operationalisieren.

Die vorliegende Arbeit wendet sich also an Unternehmen, die bereits Immobilien als wichtige Unternehmensressource erkannt haben und vor der Frage stehen, ob der Immobilienbereich zu einem Kerngeschäftsfeld aufgewertet werden soll. Gleichwohl soll, auch vor dem Hintergrund der aktuellen Shareholder-Value Diskussion, ein Beitrag zur weiteren Sensibilisierung für die Bedeutung und das Potential von unternehmenseigenen Immobilienressourcen erbracht werden.

---

5 Vgl. *Bühner*, Strategie, S. 9 und S. 27.

6 Siehe auch *Ganz*, Erhöhung, S. 5.

7 Einen ersten Ansatz zur Beschreibung der Diversifikation in Immobilien findet sich bei *Schäfers*, Unternehmensimmobilien, S. 184 - 188.

8 Zu dem Mangel an der Verbindung von strategischen mit immobilienwirtschaftlichen Fragestellungen vgl. *Schulte*, Immobilienökonomie, S. 231 - 235 und *Bone-Winkel*, Immobilienfonds, S. 4 f.

1.2 Methodik und Gang der Untersuchung

In der vorliegenden Arbeit, die sich in fünf Teile gliedert, wird die Diversifikation in Immobilien aus der Perspektive von Non Property Unternehmen betrachtet. Der Konsolidierung zahlreicher Märkte und der damit einhergehenden Belastung der Unternehmensergebnisse zufolge, findet innerhalb dieser Unternehmen in zunehmendem Maße eine Auseinandersetzung mit dem Potential des eigenen Immobilienbestandes und dessen effizienten Management statt.[9] Aufgrund der Notwendigkeit, die Immobilienebene in den Gesamtunternehmenskontext einzubeziehen, stellt das aktive strategisch orientierte Management der Unternehmensimmobilien eine neue unternehmerische Herausforderung dar. Vor diesem Hintergrund soll in Kapitel 2 die Diversifikation in Immobilien als eine Möglichkeit zur strategischen Neuausrichtung des Immobilienmanagement in Non Property Unternehmen vorgestellt werden, wobei die strategische Unternehmensplanung den Bezugsrahmen für die Ableitung der Stoßrichtung und Motive einer Diversifikation in Immobilien vorgibt. Da die wertorientierte Mobilisierung des internen Ressourcenpotentials als Mittelpunkt und Motivation der Diversifikation in Immobilien betrachtet werden kann, fokussiert diese Arbeit vor allem auf die interne Diversifikation und nicht auf die externe Geschäftsfeldausweitung mit Hilfe des Instruments der Akquisition.

Entsprechend der Zielsetzung der Arbeit bildet die in Kapitel 3 vorgestellte Identifikation der Kriterien für eine Diversifikationsentscheidung den Schwerpunkt dieser Arbeit. Aufbauend auf dem Ziel der Unternehmenswertsteigerung und der Erfolgsfaktorenforschung, werden empirisch belegte Determinanten des Diversifikationserfolgs vorgestellt. Darüber hinaus wird aufgrund der Besonderheiten von Immobilien als Wirtschaftsgut und als Unternehmensressource, der Darstellung der immobilienbezogenen Entscheidungskriterien entsprechend Raum gewidmet. Auf eine vertiefende Darstellung der mit der Diversifikation in Verbindung stehenden steuerlichen oder organisatorischen Fragestellungen soll in dieser Arbeit abgesehen werden, da diese von der zugrunde liegenden strategisch orientierten Betrachtungsweise unnötig wegführen würden. Die Ausführungen dieses Kapitals schließen mit der Zuordnung der Entscheidungskriterien zu den einzelnen Unternehmensebenen und ihrer Darstellung in einem idealtypischen Prozeß der Diversifikationsentscheidung.

Ausgehend von der vorausgegangenen Identifikation der Erfolgskriterien ist die Entwicklung eines integrierten Analysemodells der Diversifikationsentscheidung in Immobilien Gegenstand von Kapitel 4. Hierbei stellen ausgewählte Instrumente der strategischen Unternehmensplanung das methodische Grundgerüst für die Situationsanalyse auf Konzern- und Immobilienebene dar. Dahingehend erfolgt in den ersten beiden Abschnitten des Kapitels zunächst eine kontextadäquate Anpassung der allgemeinen Modelle an die vorliegende Fragestellung. Hiernach bildet auf diesem theoretischen Fundament aufbauend, die Synthese der einzelnen Kriterien und Analysemodelle in einem ganzheitlichen Prozeß der Diversifikationsentscheidung, bei dem der Gedanke der Wertsteigerung als Maßstab zur

9 Vgl. *Schäfers*, Unternehmensimmobilien, S. 2.

Beurteilung von Handlungsoptionen integraler Bestandteil ist, den Abschluß der Untersuchung.

Um die Ausarbeitungen und die Praxisrelevanz der vorangegangenen Kapitel zu verdeutlichen, wird in einem Fallbeispiel die erfolgreiche Diversifikation der Thyssen AG mit ihrer ausgegründeten Tochter der Thyssen Immobilien GmbH in Kapitel 5 der Arbeit nachgezeichnet.

Die Arbeit schließt in Kapitel 6 mit einer Zusammenfassung der wesentlichen Untersuchungsergebnisse und einem Ausblick auf weitere, mit der Diversifikation in Immobilien in Verbindung stehenden Forschungs- und Betätigungsfelder.

2 Die Diversifikation als Methode zur strategischen Neuausrichtung des Immobilienmanagements

2.1 Die Diversifikation als Instrument der strategischen Unternehmensplanung

Der aus dem griechischen stammende Begriff der Strategie wurde Anfang des 19. Jahrhunderts von *C. v. Clausewitz* für den militärischen Bereich wiederentdeckt und bezeichnete die allgemeine Entwicklungsrichtung des Heeres bzw. die Kunst der Heerführung.[10] Im heutigen Verständnis ist es die Aufgabe der Strategie, Chancen und Risiken der Unternehmensumwelt zu erfassen und sie mit den vorhandenen und potentiellen internen Stärken der Unternehmung so zu verbinden, daß die übergeordneten Unternehmensziele bestmöglichst erreicht werden.[11] Strategie ist demnach stark ziel-, umwelt- und wettbewerbsbezogen. In diesem Kontext wird unter strategischer Planung nunmehr der Prozeß verstanden, der unter der Zielsetzung des Aufbaus nachhaltiger Erfolgspotentiale durch die Ausnutzung von Wettbewerbsvorteilen,[12] zur Formulierung von Zielen und Strategien führt und bei dem die folgenden vier Komponenten konstituierende Merkmale darstellen: Analyse der strategischen Ausgangsposition, Bestimmung der strategischen Geschäftseinheiten, Allokation der Ressourcen an die strategischen Geschäftseinheiten sowie Festsetzung von Kriterien und Standards zur strategischen Erfolgskontrolle.[13]

In Anbetracht dieser Elemente und der Tatsache, daß es wenig sinnvoll erscheint, ein einheitliches strategisches Konzept für die gesamte Unternehmung zu entwickeln, nehmen der Aufbau und die Führung der strategischen Geschäftseinheiten eine zentrale Stellung inner-

---

10 Strategie leitet sich aus dem griechischen 'stratos' = Heer und 'agein' = Führung ab. *Clausewitz* bezeichnet Strategie als "der Gebrauch des Gefechts zum Zwecke des Krieges". Siehe *Staehle*, Management, S. 573 und *Kreikebaum*, Unternehmensplanung, S. 24 f.

11 Siehe *Wittek*, Diversifikation, S. 30 f.; *Kreikebaum*, Unternehmensplanung, S. 25; *Scheffler*, Konzern, S. 13 und *Staehle*, Management, S. 575.

12 Vgl. *Gälweiler*, Grundlagen, S. 149; *Aaker*, Strategies, pp. 5 - 9 und *Kreikebaum*, Unternehmensplanung, S. 33.

13 Vgl. *Hinterhuber*, Denken, S. 18 - 22; *Steinmann/Schreyögg*, Management, S. 152 - 154 und *Scheffler*, Konzern, S. 18.

halb der strategischen Unternehmensplanung ein.[14] Unter strategischen Geschäftseinheiten werden voneinander weitgehend unabhängige Produkt-Markt-Kombinationen verstanden, "für die sich spezifische unternehmens- und umweltbezogene Erfolgskomponenten erheben und daraus individuelle strategische Überlegungen ableiten lassen."[15] Da der Abgrenzung der strategischen Geschäftseinheiten eine hohe Bedeutung für den Erfolg der strategischen Unternehmensplanung zukommt,[16] sollen hier die wichtigsten Abgrenzungskriterien dargestellt werden:[17]

- *Autonomie der Produkt-/Marktkombination:* Die Produkt-/Marktkombinationen der einzelnen Geschäftseinheiten sollen in sich homogen und untereinander heterogen und abgrenzbar sein.
- *Einheitliches Konkurrenzbild: Die Geschäftseinheit muß ein vollwertiger Konkurrent im* Markt sein und sich von der Konkurrenz abheben.
- *Eigenständige Marktaufgabe:* Die Geschäftseinheiten müssen unterschiedliche Kundenbedürfnisse befriedigen und eine relative Unabhängigkeit der Entscheidung besitzen.
- *Potentielle Wettbewerbsvorteile*: Die Geschäftseinheit muß die Formulierung einer eigenen Strategie erlauben und in der Lage sein, eine selbständige strategische Position aufzubauen.

Ein nach Geschäftseinheiten organisiertes Unternehmen[18] besitzt folglich zwei strategische Ebenen: Zum einen ist dies die Geschäftsbereichs- oder Wettbewerbsstrategie und zum anderen die Gesamtunternehmensstrategie. In Abbildung 1 werden die beiden strategischen Ebenen gegenübergestellt.

---

14 Siehe *Hahn*, Stand, S. 9; *Scheffler*, Konzern, S. 18; *Neubauer*, Erfolgspotentiale, S. 13; *Andrae*, Führungspraxis, S. 6 f. und *Schulz*, Instrument, S. 108.

15 *Scheffler*, Konzern, S. 18. Vgl. hierzu auch *Aaker*, Strategies, p. 9.

16 Siehe *Schulz*, Instrument, S. 108 und *Strüven*, Grenzen, S. 5.

17 In Anlehnung an *Schulz*, Instrument, S. 109 - 112; *Neubauer*, Erfolgspotentiale, S. 15 - 18; *Kreikebaum*, Unternehmensplanung, S. 114; *Aaker*, Strategies, p. 9; *Bruhn*, Marketing, S. 52 und *Hahn*, Zweck, S. 223, der strategische Geschäftseinheiten auch als "Unternehmen en miniatur" bezeichnet. Zu einer Abgrenzung der Geschäftseinheiten mit Hilfe des dreidimensionelen Segmentierungsschemas von Abell siehe *Neubauer*, Erfolgspotentiale, S. 25 - 29.

18 Besteht ein Unternehmen aus mehreren strategischen Geschäftseinheiten, wird von einem diversifizierten Unternehmen gesprochen. Vgl. *Jacob*, Aufgaben, S. 76.

Abbildung 1: Strategische Ebenen eines nach Geschäftsbereichen organisierten Unternehmens

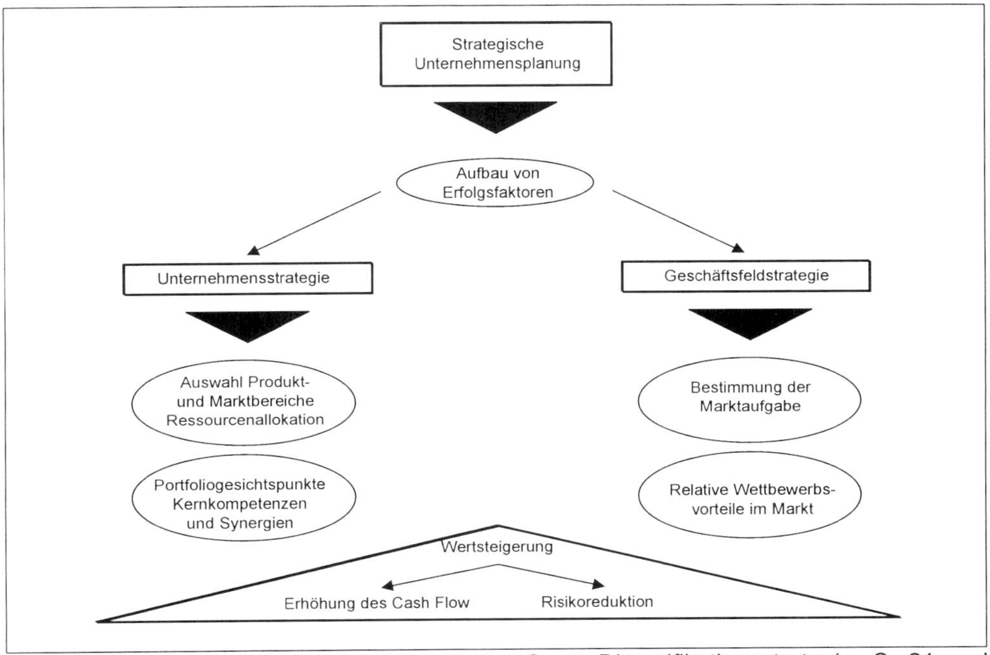

Quelle: Eigene Darstellung in Anlehnung an *Ganz*, Diversifikationsstrategie, S. 21 und *Hinterhuber*, Denken, S. 203.

Während die Geschäftsbereichsstrategie auf den Aufbau von Wettbewerbsvorteilen in den einzelnen Märkten zielt, in denen die Unternehmung tätig ist, geht es bei der Unternehmensstrategie um übergeordnete Fragen. Bei dieser stehen sowohl die Ressourcenallokation, also die Frage in welchen Produkt-/Marktbereichen die Unternehmung tätig sein will, als auch die Führung der Geschäftseinheiten im Vordergrund.[19] Somit besteht das Ziel der Gesamtunternehmensstrategie darin, ein wirksames und ausgewogenes Portfolio von Geschäftseinheiten aufzubauen und/oder auf Dauer zu halten.[20]

19 Vgl. *Porter*, Konzerne, S. 30; *Hinterhuber*, Denken, S. 20; *Jacobs*, Erfolgsfaktoren, S. 2; *Wittek*, Diversifikation, S. 32–34; *Scheffler*, Konzern, S. 17; *Steinmann/Schreyögg*, Management, S. 149 -151; *Patel*, Umsetzung, S. 4 und *Vancil/Lorange*, Planning, S. 597 f., die die Abteilungen als dritte Strategieebene einführen.

20 Vgl. *Hinterhuber*, Denken, S. 201 sowie *Hahn*, Stand S. 9 f.

Hierbei steht der Unternehmensführung mit der Diversifikation ein Instrument zur Verfügung, das, wie in Abbildung 2 gezeigt, neben der Marktdurchdringung, Produkt- und Marktentwicklung eine weitere strategische Option der nach produkt- und marktbezogenen Kriterien kategorisierten Unternehmensstrategie beschreibt.[21] In diesem Sinne läßt sich Diversifikation als gezielte Ausweitung der Unternehmenstätigkeit auf eine neue Produkt-/Marktkombination definieren und bezeichnet demzufolge den Absatz neuer Produkte auf bisher noch nicht belieferten Märkten.[22]

Abbildung 2: Produkt-/Markt-Matrix von Ansoff

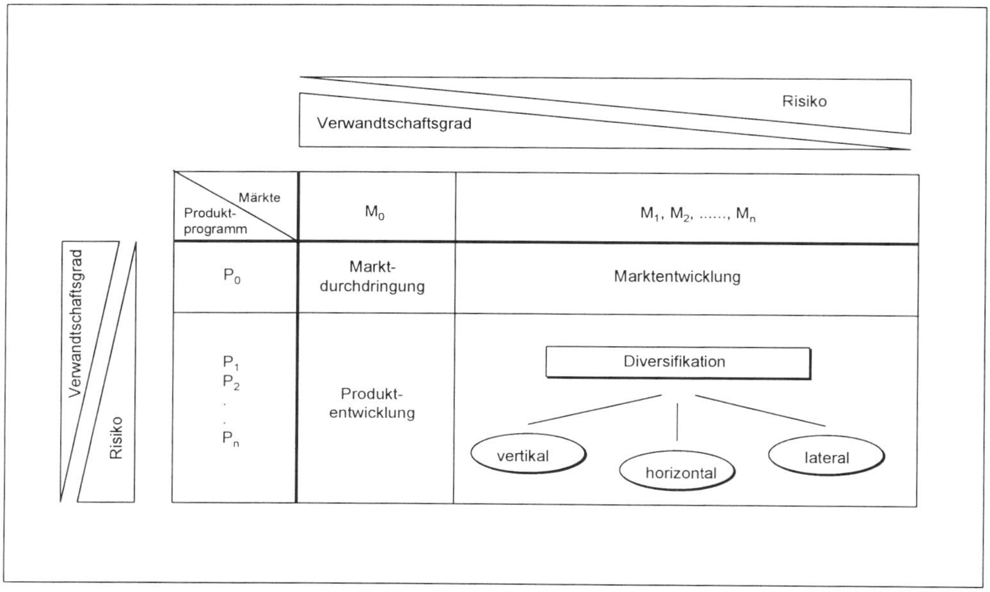

Quelle: Eigene Darstellung in Anlehnung an Ansoff, Diversification, p. 114 und Kreikebaum, Unternehmensplanung, S. 53.

21 Vgl. *Ansoff*, Diversification, p. 113 f; *Kreikebaum*, Unternehmensplanung, S. 53 und Bühner, Strategie, S. 22 – 23.

22 Diese Bedeutung der Diversifikation wird auch durch deren etymologische Ableitung deutlich. Die Zusammensetzung der lateinischen Wörter 'diversus' und 'facere' bedeutet soviel wie Verschiedenartiges machen. Siehe hierzu *Ganz*, Erhöhung, S. 8. Vgl. zu der Definition von Diversifikation auch *Kreikebaum*, Unternehmensplanung, S. 53; *Bühner*, Strategie, S. 21; *Bühner*, Unternehmensdiversifikation, S. 1023 f. und *Ansoff*, Diversification, p. 114.

Im Hinblick auf die bisherige Kerntätigkeit des Unternehmens werden drei grundsätzliche strategische Stoßrichtungen der Diversifikation unterschieden:[23]

- *Vertikale Diversifikation*: Vor- oder Rückwärtsintegration innerhalb derselben Wertschöpfungskette.
- *Horizontale Diversifikation*: Diversifikation auf derselben Wertschöpfungsstufe und im bisherigen Tätigkeitsfeld.
- *Laterale (konglomerate) Diversifikation:* Diversifikation in völlig neue, nicht mit den bisherigen in Zusammenhang stehenden Leistungsbereiche.

Innerhalb dieser drei strategischen Stoßrichtungen kann die Diversifikation generell auf zwei Arten vollzogen werden. Zum einen kann das diversifizierende Unternehmen die derzeitige Geschäftstätigkeit auf Basis unternehmensinterner Ressourcen erweitern (interne Diversifikation) und zum anderen durch den gezielten Erwerb von Ressourcen bzw. mit Hilfe von Kooperationen neue Marktanteile erschließen (externe Diversifikation).[24]

Um die strategische Stoßrichtung und Art der Diversifikation festzulegen, bedarf es im Rahmen einer Diversifikationsstrategie der Analyse des Ist-Portfolios und dem Festlegen eines strategischen Ziel-Portfolios des Unternehmens,[25] um auf Basis des Abgleichs von Ist- und Zielportfolio die Ressourcenallokation an die bestehenden bzw. neu aufzubauenden Geschäftsbereiche beschließen zu können. Durch die Ausrichtung der Diversifikation an einem strategischen Ziel-Portfolio soll eine Kombination von Geschäftsfeldern aufgebaut werden, die es durch die Übertragung von spezifischen Fähigkeiten und Know-how sowie durch die gemeinsame Nutzung der vorhandenen Ressourcenbasis ermöglicht, Synergieeffekte zu erzielen.

Darüber hinaus soll analog zur finanzwirtschaftlichen Portefeuille-Theorie durch eine ausgewogene Positionierung der Geschäftseinheiten im Gesamtportfolio der Unternehmung die Stabilität der Gewinnsituation und der Unternehmens Cash Flows garantiert werden.[26]

Das Konzept der strategischen Planung mit der Diversifikation und der hieraus entstandenen, nach reinen Portfoliogesichtspunkten gesteuerten strategischen Geschäftseinheiten

---

23 Siehe *Ansoff*, Diversifikation, p. 118; *Ganz*, Diversifikationsstrategie, S. 12; *Bea*, Kooperation, S. 2521; *Jacobs*, Erfolgsfaktoren, S. 10; *Becker*, Marketing-Konzeption, S. 140 und *Wittek*, Diversifikation, S. 51 - 55.

24 Siehe *Gomez/Ganz*, Konzept, S. 45; *Ganz*, Erhöhung, S. 19; *Bea*, Kooperation, S. 2521 - 2526; *Steinmann/Schreyögg*, Management, S. 197 und *Wittek*, Diversifikation, S. 182.

25 Siehe hierzu *Hinterhuber*, Denken, S. 201.

26 Vgl. *Markowitz*, Portfolio Selection, pp. 77 - 91; *Ansoff/Leontiades*, Portfolio, pp. 13 - 27; *Hinterhuber*, Denken, S. 201 f.; *Hahn*, Zweck, S. 221; *Ganz*, Diversifikationsstrategie, S. 15 und 223; *Ganz*, Erhöhung, S. 70 - 88 sowie zur Vereinbarkeit der Diversifikationsentscheidung mit der Portefeuille-Theorie *Bühner*, Strategie, S. 209 - 219.

blieb nicht ohne Kritik. Ihm wird hauptsächlich eine zu starke externe Orientierung vorgeworfen, die es schwer, wenn nicht unmöglich macht, interne Ressourcen als Wettbewerbspotential zu identifizieren.[27] Auf dieser Kritik aufbauend haben sich mehrere neuere Ansätze herausgebildet,[28] von denen der ressourcenbasierte Strategieansatz im folgenden kurz dargestellt werden soll. Dieser Ansatz hat die internen Ressourcen als Quelle von dauerhaften Wettbewerbsvorteilen erkannt und stellt diese in den Mittelpunkt der strategischen Überlegungen. "Diversifikationsstrategien [...] orientieren sich dann [...] stärker an den internen Ressourcen einer Unternehmung denn an der Attraktivität des Marktes."[29] In diesem Zusammenhang definieren *Prahalad/Hamel* Unternehmen nicht mehr als Ansammlung von selbständigen strategischen Geschäftseinheiten, sondern als Portfolio von marktorientierten Kernkompetenzen.[30] Begründet wird dies zum einen mit der Annahme, daß in dem sich immer schneller verändernden Wettbewerbsumfeld allein interne Vorteile von dauerhafter Natur sein können und daß zum anderen nur interne Ressourcen eine Möglichkeit zur Differenzierung gegenüber den Wettbewerbern bieten.[31]

Als Fazit dieses Abschnitts kann somit festhalten werden, daß die Entscheidung über eine Geschäftsfeldausweitung so getroffen werden sollte, daß "im Rahmen der unternehmerischen Gesamtstrategie die marktlichen Möglichkeiten mit den unternehmerischen Fähigkeiten und Stärken im Hinblick auf die Unternehmensziele bestmöglichst abgestimmt werden."[32]

2.2 Strategische Neuausrichtung des Immobilienmanagement in Non Property Unternehmen

Neben den theoretischen Überlegungen zur Diversifikation stehen Non Property Unternehmen, deren Immobilienaktivitäten und -ressourcen im Mittelpunkt der Untersuchung und bedürfen infolgedessen einer genaueren Betrachtung und Analyse.

Eine frühe Begriffsbestimmung von Non Property Unternehmen, also von "Nicht Immobilienunternehmen", findet sich bei *Chronley*, der diese als "corporations whose principal business is not real estate, but for whom real estate is critical in the conduct of their business [...]"[33] konkretisiert. Eine weitere, auf dieser Erkenntnis aufbauende Definition - die aufgrund ihrer Abgrenzung anhand des unternehmerischen Geschäftszwecks der weite

---

27 Siehe *Staehle*, Management, S. 578. Des weiteren wird der strategischen Planung vorgeworfen, "zu einem versteinerten Ritual für Planungsstäbe geworden zu sein [...]" Vgl. *Kreikebaum*, Unternehmensplanung, S. 27.

28 Hierunter fallen z.B. die Ansätze des strategischen Management oder der strategischen Unternehmensführung.

29 *Staehle*, Management, S. 578 f.; *Chatterjee/Wernerfelt* (Link, p. 33) identifizieren in diesem Zusammenhang physische, wissensbasierte und finanzielle Ressourcen.

30 *Prahalad/Hamel*, Kernkompetenzen, S. 66 - 74.

31 Vgl. ebenda; *Staehle*, Management, S. 579; *Chatterjee/Wernerfelt*, Link, p. 34 und speziell zum Portfolio der Kernkompetenzen *Hinterhuber*, Denken, S. 9 -11 und S. 130 - 133.

32 *Bühner*, Strategie, S. 25.

33 *Chronley*, Responsibilities, p. 81.

ren Arbeit zugrunde liegen soll - findet sich bei *Schäfers*. Hiernach subsumieren sich unter Non Property Unternehmen alle diejenigen Unternehmen, "bei denen die Erbringung von immobilienspezifischen Leistungen intern gerichtete Sekundärleistungen sind, die sich erst mittelbar aus den primären Aufgaben der Unternehmung ableiten lassen, die aber oftmals einen notwendigen Bestandteil im Rahmen des primären Leistungsprozesses für das Unternehmen bilden."[34] Somit gehört für Non Property Unternehmen das Immobiliengeschäft im Gegensatz zu Immobilienunternehmen in aller Regel nicht zum eigentlichen Unternehmenszweck.

Unternehmensimmobilien stellen demzufolge langfristige, auf die spezifischen Bedürfnisse der Unternehmen zugeschnittene Sachinvestitionen dar, die zum überwiegenden Teil dem Geschäftsbetrieb der Unternehmen dienen und keinen eigenen Einkommensstrom generieren.[35] Aufgrund der Funktionen der Immobilien als Betriebsmittel und als das Kerngeschäft unterstützende Faktoren[36] haben Non Property Unternehmen im Laufe der Zeit große, historisch gewachsene Immobilienbestände aufgebaut. Durch das oftmals unstrukturierte Wachstum der Konzerne bildeten sich innerhalb der Unternehmen komplexe Immobilienportfolios[37] heraus, deren Bandbreite von unbebauten Grundstücken über Bürogebäude bis hin zu Hafenanlagen oder ökologischen Ausgleichsflächen reicht.[38] Versucht man diese Vielfalt zu kategorisieren bieten sich üblicherweise die Kriterien Bebauungszustand, Nutzungsart, Lage, Alter und Größe der Objekte an.[39] Im Laufe dieser Arbeit werden sich darüber hinaus noch zwei weitere Beurteilungskriterien für Unternehmensimmobilien als nützlich erweisen: Zum einen ist dies der Grad der Betriebsnotwendigkeit, unterteilt in betriebsnotwendige und nicht notwendige Immobilien und zum anderen das den Immobilien inhärente Wertsteigerungspotential, das sich in der Fähigkeit und Flexibilität zur Nutzungsänderung und somit in der Vermarktbarkeit operationalisiert.

Ungeachtet ihres großen Immobilienbestandes, herrscht in vielen Unternehmen indessen immer noch Unwissenheit über die Bedeutung der im Leistungserstellungsprozeß genutzten Immobilien und über deren bilanzielle Auswirkung bzw. Einfluß auf die Ertragssituation der Unternehmen vor. Dies manifestiert sich hauptsächlich in einer tradierten Denkweise bezüglich des Management von Unternehmensimmobilien und mündet in eine rein funktionserhaltendende und technikorientierte Verwaltung des Immobilienbestandes.[40] Hält man sich die Tatsache vor Augen, daß die mit den Unternehmensimmobilien verbundenen Ko-

---

34 *Schäfers*, Unternehmensimmobilien, S. 17. Vgl. auch *Bone-Winkel* (Immobilienfonds, S. 25), der den Begriff Immobilienunternehmen nach dem Kriterium des Geschäftsgegenstandes definiert.

35 Vgl. *Giroux/Boyle*, Appraisal, pp. 144 f.

36 Zur Einordnung von Immobilien in den Faktorbestand von Unternehmen siehe *Schäfers*, Unternehmensimmobilien, S. 15 f.

37 Unter einem Immobilienportfolio läßt sich eine Gruppe von Immobilien fassen, "die im Eigentum einer oder mehrerer natürlicher bzw. juristischer Personen steht und einem einheitlichen Management unterliegt" (*Bone-Winkel*, Immobilienfonds, S. 25).

38 Siehe hierzu auch das Fallbeispiel der Thyssen Immobilien GmbH, insb. S. 268. Für den Preussag Konzern siehe *Rietze*, Immobilienmanagement, S. 1 f.

39 Vgl. auch *Brown et al.*, Managing, pp. 8 f. und *Schäfers*, Unternehmensimmobilien, S. 21 - 25.

40 Siehe *Dahlmann*, Assets, pp. 4 f.; *Apgar*, Costs, p. 124; *Schäfers*, Unternehmensimmobilien, S. 1 und die europaweite Umfrage von *Arthur Andersen* (Assets, pp. 5 - 8).

sten in der Regel die zweitgrößte Kostenposition nach den Personalkosten darstellen[41] und Größen von 3 -10% des jährlichen Umsatzerlöses erreichen und die auf Buchwerten[42] beruhenden Immobilienaktiva mit etwa 10 % des Gesamtvermögens in der Bilanz stehen,[43] wird die unternehmerische Tragweite von betrieblichen Immobilien bewußt.

Infolge der Größe, Komplexität und Bedeutung der Unternehmensimmobilien stellt das Management der Unternehmensimmobilien eine große Herausforderung für die Unternehmen dar. *Joroff* bezeichnet Unternehmensimmobilien als "fifth vital business resource"[44] und *Nourse* fordert, daß diesen in US-amerikanischen Unternehmen genauso viel Beachtung wie den anderen Unternehmensressourcen geschenkt werden muß.[45]

Auch in deutschen Unternehmen findet ein Umdenken bezüglich des Management von unternehmenseigenen Liegenschaften statt. Durch den Zwang zur Schaffung von Wettbewerbsvorteilen und zur Realisierung von Kostensenkungen rückt die Immobilie als interne Ressource verstärkt in den Mittelpunkt des unternehmerischen Interesses.[46] Vor diesem Hintergrund wird ein strategisch orientiertes Management von Unternehmensimmobilien als "umfassendes Konzept zum Management der gesamten Liegenschaften eines Unternehmens, mit dem Ziel diese optimal und im Rahmen der Geschäftspolitik des Unternehmens zu nutzen"[47] auch zunehmend in Deutschland als Chance begriffen und löst die reine Verwaltung der Liegenschaften durch ein aktives auf die Unternehmensstrategie und den gegenwärtigen Flächenbedarf ausgerichtetes Immobilienmanagement ab. Das strategische Management von Unternehmensimmobilien fokussiert somit auf das Erkennen der Immobilie als strategische Unternehmensressource, die einen nachhaltigen Beitrag zur Wettbewerbsfähigkeit der Unternehmen leisten kann.[48]

Um den vielfältigen Anforderungen an ein solches aktives Immobilienmanagement (wie z.B. Kosten senken, Produktivität und Mitarbeiterzufriedenheit erhöhen, räumliche Flexibilität sicherstellen)[49] gerecht zu werden, bedarf es der Beherrschung zahlreicher und komplexer

---

41 Vgl. *Bloch*, Walk, p. 30.

42 Buchwerte spiegeln die tatsächlichen Vermögenswerte nur unzureichend wider, da Immobilien zu ihren Anschaffungs- bzw. Herstellkosten bilanziert werden müssen und Wertsteigerungen somit in der Bilanz nicht erscheinen. So beträgt z.B. der Buchwert des gesamten Immobilienbestandes der Siemens AG 8 Mrd. DM, während der Verkehrswert dagegen auf 20 - 50 Mrd. DM geschätzt wird. Zum Vergleich beläuft sich die Marktkapitalisierung der Siemens AG auf ca. 37 Mrd. DM. Vgl. *Schulte*, Grundlagen, S. 14.

43 Zu den genannten Werten vgl. *Schäfers*, Unternehmensimmobilien, S. 66 und S. 69.

44 *Joroff et al.*, Resource, p. 14. Siehe auch *Joroff et al.*, Management, p. 11.

45 Vgl. *Nourse*, Performance, p. 2. Siehe auch *Joroff*, Decade, p. 1.

46 Siehe *Falk*, Immobilien-Handbuch, Kap. 20.9, S. 1 - 4; *Gop*, Bilanz-Kur, S. 7.

47 *Falk*, Immobilien-Handbuch, Kap. 20.9, S. 3. Für eine ausführliche Definition des strategischen Immobilienmanagement siehe *Schäfers* (Unternehmensimmobilien, S. 82), der dieses Themengebiet im deutschen Sprachraum zum ersten Mal umfassend wissenschaftlich bearbeitet hat.

48 *Bloch* (Walk, p. 30) bringt diese Entwicklung mit folgenden Zitat zum Ausdruck:" The days of handling real estate as a necessary evil or a passive asset have been functionally eliminated. Proactive, responsible asset management is the rule." Siehe auch *Bloch*, Walk, pp. 30 - 32; *Dues*, Trends, p. 5; *Joroff et al.* Resource, p. 14; *Berger*, Wege, S. 3; *Nourse*, Managing, pp. 20 f. und *Lechtenböhmer*, Konzern, S. 1.

49 Vgl. *Joroff*, Decade, p. 2.

Aufgaben- und Tätigkeitsfelder. Hierzu gehören in Anlehnung an den Lebenszyklus von Immobilien und unter Beachtung der jeweiligen Interdependenzen sowie der allgemeinen Unternehmensziele die Beschaffung, Betreuung und Verwertung der gesamten betrieblichen Liegenschaften.[50]

Unter der Beschaffung von betrieblichen Liegenschaften werden alle Standortentscheidungen verstanden, die in dem Zusammenhang mit dem Kapazitätsbedarf von Unternehmen stehen. Demzufolge wird mit der Immobilienbeschaffung die räumliche Dimension von unternehmerischen Investitionsentscheidungen angesprochen. Neben der Entscheidung, welche Immobilie an welchem Standort beschafft werden soll, kommt hierbei vor allem auch der Auswahl der Akquisitionsalternativen ein hoher Stellenwert zu.[51]

Neben der Akquisition stellt sich die Frage nach der optimalen Bewirtschaftung des unternehmenseigenen Immobilienbestandes. Das Ziel dieses Tätigkeitsfeldes ist es, die "Gebäude und technischen Systeme permanent bereit zu stellen, funktionsfähig zu erhalten und an die sich wechselnden Bedürfnisse des Unternehmens anzupassen."[52] Hierbei kann zwischen einer aktiven und passiven Strategie unterschieden werden.[53] Während die passive Strategie das reine und bis dato praktizierte Verwalten des Immobilienbestandes anspricht, stellen aktive Bewirtschaftungsstrategien einen unternehmerischen Prozeß dar, "der durch die Integration von Planung, Kontrolle und Bewirtschaftung bei Gebäuden [...] und unter Berücksichtigung von Arbeitsplatz und Arbeitsumfeld eine verbesserte Nutzungsflexibilität, Arbeitsproduktivität und Kapitalrentabilität zum Ziel hat."[54] Unter ein solches aktives und nutzerbezogenes Facility Management fallen die Aufgabenbereiche des kaufmännischen und technischen Gebäudemanagement, des Flächenmanagement sowie Kommunikations- und allgemeine Dienste.[55]

Auch beim dritten Aufgabenfeld des strategischen Immobilienmanagement, der Verwertung nicht betriebsnotwendiger Immobilien, kann die Unterscheidung zwischen einem aktiven und einem passiven Vorgehen getroffen werden. Unter einer passiven Strategie wird in diesem Kontext das Verkaufen bzw. Vermieten der Immobilie ohne Inhalts- und

---

50 Siehe *Salvaneschi*, Areas, pp. 33 - 41; *Falk*, Immobilien-Handbuch, Kap. 20.9, S. 3; *Nourse*, Performance, p. 1 und *Schäfers*, Unternehmensimmobilien, S. 148.

51 Hier stehen die Alternativen Kauf, Miete, Leasing oder Projektentwicklung für den Eigenbedarf zur Diskussion. Für die Analyse der Alternativen bieten sich Methoden der dynamischen Investitionsrechnung an, bei denen als Entscheidungskriterium der Barwert der Zahlungsströme der einzelnen Alternativen herangezogen wird. Vgl. *Brown et al.*, Managing, p. 99.

52 *Frieling*, Immobilienwirtschaft, S. 16.

53 Vgl. *Schulte*, Grundlagen, S. 4.

54 *Braun/Haller/Oesterle*, Erfolg, S. 2.

55 Vgl. ebenda und *Frutig/Reiblich*, Objekte, S. 17 und S. 25 - 31.

Strukturveränderung derselben verstanden.[56] Analog wird von einer aktiven Verwertungsstrategie dann gesprochen, wenn die Immobilie in ihrer Struktur geändert wird, z.B. im Rahmen eines Re-Development. Die aktive Verwertung setzt sich zum Ziel, das der Immobilie innewohnende Wertsteigerungspotential einer marktorientierten Verwertung auszuschöpfen und den so entstandenen Mehrwert im Unternehmen zu belassen.[57]

Bei dieser unternehmerischen Zielsetzung des Immobilienmanagement setzt auch die Diversifikation an, infolge derer die vormals nur intern ausgerichteten Immobilienaktivitäten als separate Geschäftseinheiten dem Markt zugeführt werden sollen. Somit kann die Diversifikation in Immobilien als eine mögliche, marktorientierte Verwertungsalternative im Rahmen des strategischen Immobilienmanagement angesehen werden.

2.3 Die Diversifikation als aktive Verwertungsstrategie innerhalb des Immobilienmanagement

Wie im vorangegangen Abschnitt gezeigt, stellt die Diversifikation in Immobilien eine mögliche Option des strategischen Management von Unternehmensimmobilien dar.[58] In Anbetracht der konsequenten Marktorientierung der Diversifikation und der damit einhergehenden Veränderung der unternehmerischen Ebene des betrieblichen Immobilienmanagement, kann diese als aktive Verwertungs- und Vermarktungstrategie des Immobilienbestandes bzw. der Immobilienaktivitäten bezeichnet werden.

Da der vorhandene Immobilienbestand und das durch seine Bewirtschaftung im Laufe der Zeit aufgebaute Know-how innerhalb des Unternehmens das Fundament der zukünftigen Marktaktivitäten bilden, handelt es sich um eine interne[59], ressourcenbasierte und definitionsgemäß für Non Property Unternehmen zugleich laterale[60] Diversifikation. Als Produkt-/ Marktbereich der potentiellen Geschäftsfelder bieten sich vielfältige, an dem bereits aufge

---

56 Als Beispiel für eine passive ad-hoc Verwertung kann der im Rahmen der Unternehmenskrise erfolgte Verkauf von Immobilien im Wert von etwa 100 Mio. DM der Brau und Brunnen AG angeführt werden. Vgl. hierzu *o.V.*, Grundkapital, S. 19.

57 Siehe *Brown et al.*, Managing, pp. 104 - 109; *Frieling*, Immobilienwirtschaft, S. 18 f.; *Schulte*, Grundlagen, S. 4; *Giroux*, Disposition, pp. 187 - 194; *Jaben*, Climate, p. 48; *Kimbler*, Establishing, p. 9; *Schäfers*, Unternehmensimmobilien, S. 176 - 183 und zu einem strategischen Ansatz der Unternehmenswertsteigerung durch die Verwertung nicht betriebsnotwendiger Immobilien *Santora,* Leadership, pp. 7 f.

58 Weitere Möglichkeiten können z.B. in der internen Reorganisation oder dem Outsourcing der Immobilienaktivitäten gesehen werden.

59 Es besteht auch bei der Diversifikation in Immobilien die Möglichkeit, dies durch eine externe Diversifikation, also durch den Erwerb von Know-how und Ressourcen zu vollziehen. Diese Möglichkeit hat z.B. Thyssen angewandt, um ihre schon bestehende Dienstleistungspalette zu ergänzen. Siehe Fallbeispiel, S. 272. Ein weiteres Beispiel für diese Strategie findet sich bei *Apgar*, Costs, p. 127. Dieser Arbeit soll jedoch nur die interne Diversifikation zugrunde liegen.

60 Eventuell kann auch eine vertikale Diversifikation vorliegen, wenn bspw. ausgegliederte Immobilienaktivitäten Leistungen aus vorgelagerten Wertschöpfungsstufen (z.B. Materialien für die Bauerstellung) der Unternehmung beziehen.

bauten Know-how orientierte Alternativen an. Neben der Verwertung nicht betriebsnotwendiger Immobilien können z.B. Dienstleistungen in den Bereichen Bewirtschaftung, Sanierung oder Projektentwicklung für Dritte erbracht werden.[61] Für den Aufbau und die Auswahl der Geschäftsfelder stellen die immobilienbezogenen Ressourcen folglich den determinierenden und zugleich auch limitierenden Faktor dar. Infolgedessen muß der vorhandene Ressourcenbestand und dessen Ausbau sowie die Möglichkeit zum Aufbau weiterer Ressourcenpotentiale als integraler Bestandteil der Diversifikation gesehen werden.[62]

Das wesentliche Motiv der Diversifikation in Immobilien ist zunächst einmal die Erschließung von im Unternehmen bereits vorhandenen Wachstums- und Ertragspotentialen[63] durch die gezielte Ausweitung der bisherigen Geschäftstätigkeit auf den Immobiliensektor als neuer Produkt-/Marktbereich. Beispielhaft sei hier nur die mögliche Auflösung im Immobilienbereich von Unternehmen akkumulierter 'stiller Reserven' genannt, welche einen Beitrag zur wertorientierten Unternehmensführung leisten und somit ein positives Signal an die Eigentümer des Unternehmens senden kann. Das Wachstums- und Ertragsmotiv steht insbesondere dann im Vordergrund, wenn das angestammte Geschäft der Unternehmung Sättigungstendenzen aufweist.[64] Hinsichtlich dieser Sättigungstendenzen und dem Einfluß der in den vorigen Kapiteln aufgezeigten Veränderungen des Unternehmensumfeldes, kommt den eher unternehmensintern ausgerichteten Zielen ein ebenso hoher Stellenwert zu.[65] Die marktliche Neuorientierung der Immobilienaktivitäten stellt in diesem Zusammenhang eine gute Möglichkeit dar, ein effizientes und auf die Unternehmensstrategie ausgerichtetes Immobilienmanagement im Unternehmen einzuführen und veralterte Ansichtsweisen in diesem traditionell vernachlässigten Bereich 'über Bord zu werfen' bzw. unternehmerische Denkweisen zu implementieren.[66] Des weiteren bildet die marktliche Neuorientierung des Immobilienmanagement auch einen Ansatzpunkt zur Restrukturierung des gesamten Immobilienbereiches und zu dessen Neupositionierung im Unternehmensverbund.[67] Durch das sog. 'Konzernclearing' kommt dem Geschäftsfeld Immobilien die Rolle eines internen Dienstleisters und neutralen Partners der übrigen Geschäftsfelder zu.[68] Hierbei wird auf die Gewährleistung eines optimalen Informationsaustausches zwischen den Geschäftseinheiten und die Früherkennung des zu erwartenden Immobilienbedarfs innerhalb des Unter-

---

61 So hat z.B. die Veba Immobilien AG die gesamte Bewirtschaftung der städtischen Liegenschaften der Stadt Wetter übernommen. Vgl. *Veba*, Partner, S. 17 - 20 und *Nordalm*, Instrument, S. 11 f.
In Hinblick auf die strikte Abgrenzungskriterien für strategische Geschäftseinheiten, bildet i.d.R. jedes einzelne Tätigkeitsfeld eine separate Geschäftseinheit.

62 Vgl. *Schäfers*, Unternehmensimmobilien, S. 141; *Salvaneschi*, Assets, p. 36; *Levy/Matz*, Implementing, pp. 56 f.

63 Siehe auch *Schäfers*, Unternehmensimmobilien, S. 187. Aufgrund der im Immobiliengeschäft schwer kalkulierbaren Risiken soll hier von dem Kriterium der Risikoreduktion abstrahiert werden.

64 Vgl. *Schäfers*, Unternehmensimmobilien, S. 185.

65 Siehe *Arthur Andersen*, Value, p. 6.

66 Vgl. hierzu auch *Joroff et al.*, Management, p. 25.

67 Wichtig ist in diesem Zusammenhang, daß nach der Ausgliederung der Immobilienaktivitäten eine effiziente Rückintegration derselben in die Wertschöpfungskette des Unternehmens erfolgt.

68 Siehe auch *Lechtenböhmer*, Konzern, S. 4 f.; *Dues* (Trends, p. 6) sieht in diesem Zusammenhang die Immobilienabteilung als "Trusted Real Estate Advisor with a Portfolio View."

nehmens abgezielt. Bei der Umsetzung von Immobilienaktivitäten steht das Immobilienmanagement den anderen Geschäftsfeldern unterstützend und beratend zur Seite. Im Hinblick auf eine durch die Diversifikation ermöglichte und notwendige Orientierung an marktkonformen Preisen für die mit den Immobilien in Verbindung stehenden unternehmensinternen Leistungen und der damit einhergehenden Transparenz der immobilienspezifischen Kosten, kann auch in anderen Geschäftseinheiten ein Umdenkprozeß in Gang gesetzt werden, der zu einem erhöhten Bewußtsein bezüglich der mit Immobilien verbundenen Kosten und somit zu einem sparsameren Umgang mit dieser Ressource sowie einer damit einhergehenden höheren Kapitalproduktivität in den einzelnen Bereichen führt.[69]

Da für die Steuerung des gesamten Immobilienbestandes und die Selektion bzw. Verwertung nicht betriebsnotwendiger Immobilien eine umfassende Datenbasis unverzichtbar ist,[70] kann die Diversifikation in Immobilien auch als Impuls zum Aufbau und zur Fortschreibung eines Immobilieninformationssystems sowie zu dessen Integration in die strategische Unternehmensplanung dienen.

Aufgrund des hohen Informations- und Abstimmungsbedarfs bei der Diversifikationsentscheidung und der Tatsache, daß eine Diversifikation in Immobilien den Charakter von Non Property Unternehmen durch die Verbreiterung der unternehmerischen Basis grundlegend verändert,[71] muß, wie in Abbildung 3 gezeigt, eine Integration der immobilienwirtschaftlichen Aspekte in die strategische Unternehmensplanung und den übergeordneten Zielkatalog des Unternehmens erfolgen.[72] Ein möglicher Ansatz hierzu soll im folgenden erarbeitet und dargestellt werden.

---

69 Vgl. *DeLisle*, Model, p. 18; *Nourse*, Performance, p. 6; *Sladack/Wahn*, Unit, pp. 12 f.; *Beretitsch*, Immobilienmanagement, S. 3 und *Gadient/Hook*, Function, p. 63. Letztere sehen auch in der verbesserten Performancemessung des Immobilienbereiches einen Vorteil der Ausgründung.

70 Vgl. *Dahlmann*, Assets, pp. 4 f.

71 Siehe auch *Schäfers*, Unternehmensimmobilien, S. 184.

72 Vor allem Autoren US-amerikanischer Provinienz haben auf die Bedeutung einer Integration des Immobilienmanagement in die strategische Planung aufmerksam gemacht. Vgl. *Dues*, Process, pp. 9 - 11; *Levy/Matz*, Objectives, p. 29; *Pittman*, Integration, pp. 2 f.; *Ebert*, Future, p. 6; *Isakson/Sircar*, Success, p. 27; *Arthur Andersen*, Management, pp. 7 - 8; *Lambert et al.*, High-Performance, p. 1 und *Joroff*, Decade, p. 1. Es ist jedoch zu beachten, daß das Immobilienmanagement immer der unternehmensweiten Planung untergeordnet ist und zur Erreichung derer Ziele beitragen soll. Siehe hierzu *Schäfers*, Unternehmensimmobilien, S. 149; *Pitman*, Integration, p. 2; *Weichs*, Aspekte, S. 7 und Abb. 3, S. 225.

Abbildung 3: Diversifikation in Immobilien im Kontext der konzeptionellen Gesamtsicht von Unternehmen

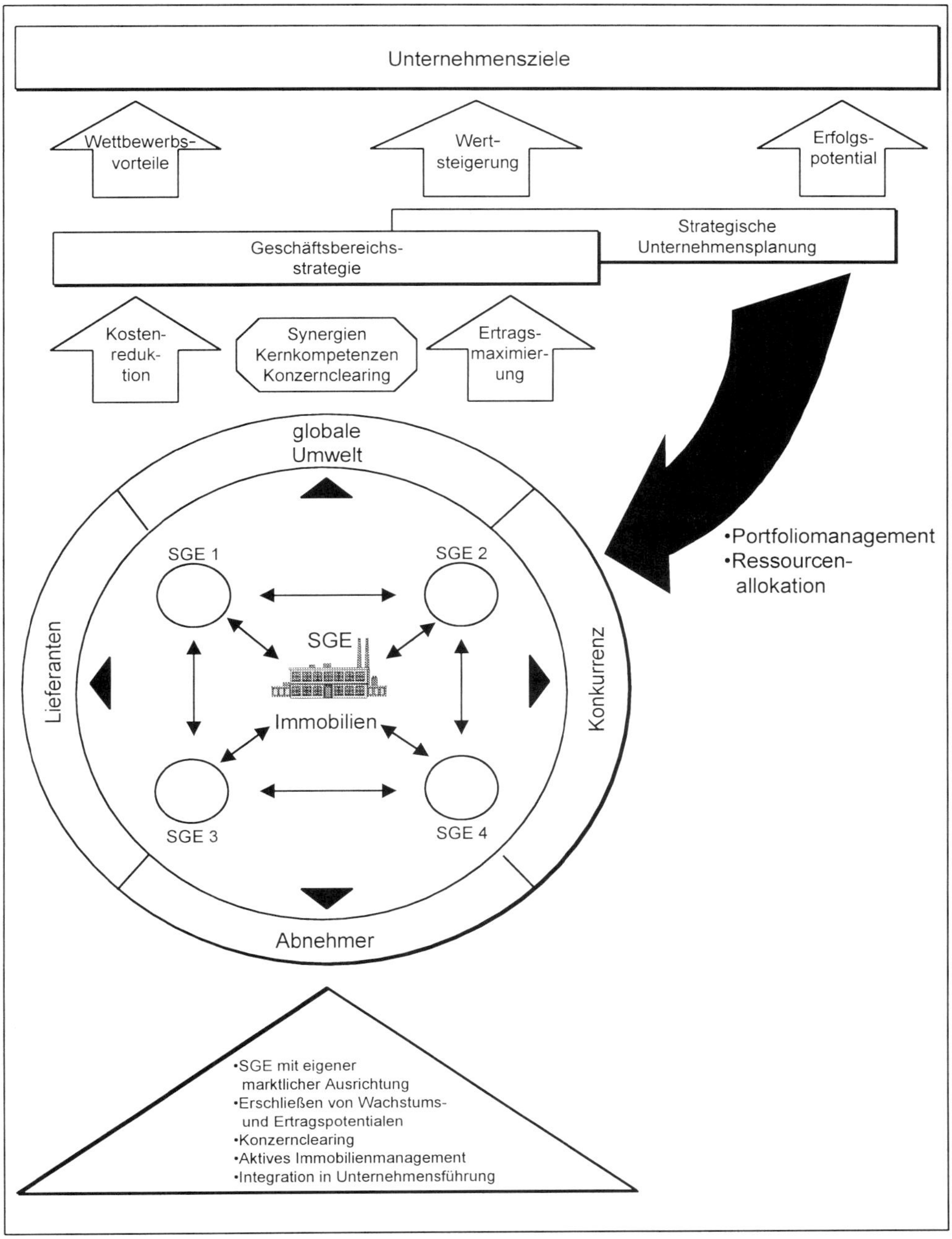

Quelle: Eigene Darstellung

3 Schema eines wertorientierten Entscheidungsprozesses zur Diversifikation in Immobilien

3.1 Unternehmenswertsteigerung als Zielrahmen der Diversifikation in Immobilien

3.1.1 Steigerung des Shareholder Value als Unternehmensziel

Unternehmensstrategien zeichnen sich durch einen starken Zielbezug aus, denn "ohne ein klares langfristig ausgerichtetes Zielkonzept, droht die strategische Unternehmensführung zu einer blinden, reaktiven Anpassung an einzelne Umweltentwicklungen bzw. zu einem 'Muddling Through' zu degenerieren."[73]

Unternehmensziele unterstützen die Strategiefindung, indem sie den Zweck des Unternehmens konkretisieren und Leitlinien über die Art und Weise, wie das Unternehmen geführt werden soll, vorgeben.[74] Somit dienen sie als Handlungsspielraum und Motivation für die Planungs- und Entscheidungsebenen im Unternehmen.[75]

In diesem Zusammenhang ist der Shareholder Value Ansatz aus der Kritik an traditionellen Rechnungslegungsgrößen als Zielsetzung[76] und aus der Einsicht, daß bei diesen den Ansprüchen der Kapitalgeber nicht genug Beachtung geschenkt wurde, entstanden. Das ökonomische Überleben des Unternehmens hängt aber gerade von den finanziellen Beziehungen zu seinen Kapitalgebern ab.[77] In Anbetracht der Tatsache, daß Anteilseigner ein Unternehmen auf Basis der zukünftigen Zahlungsströme beurteilen, die sie von diesem Unter-

---

73 *Raffée*, Marketing, S. 11.

74 Siehe auch *Staehle*, Management, S. 586 f.

75 Vgl. *Scheffler*, Konzern, S. 20. Lange Zeit wurde die Gewinnmaximierung als Handlungsmaxime für Unternehmen ausgegeben. Siehe ebenda und auch *Staehle*, Management, S. 587.

76 Vgl. insb. *Rappaport*, Wertsteigerung, S. 19 - 51 und *Ballwieser*, Moxter, S. 1381 f.

77 Vgl. *Rappaport*, Wertsteigerung, S. 12 f; *Lewis/Stelter*, Steigerung, S. 18 und *Bühner*, Führung, S. 11. Neben den Kapitalgebern werden noch weitere Anspruchsgruppen genannt: Mitarbeiter, Kunden, Lieferanten und Fremdkapitalgeber. Daß der Ansatz des Shareholder Value auch deren Ansprüche befriedigt, zeigt *Bühner*, Strategie, S. 221.

nehmen erwarten, fokussiert der Shareholder Value Ansatz auf das Erzielen einer über den Eigenkapitalkosten liegenden Rendite[78] und rückt folglich die Erhöhung des Markt-wertes des Eigenkapitals in den Mittelpunkt der unternehmerischen Entscheidung.[79]

Aufgrund seiner Eigenschaft, Strategie in Cash Flow zu transferieren,[80] stellt der Shareholder Value Ansatz für die Unternehmensführung eine Ergänzung zur qualitativen, zukunftsorientierten Analyse von Wettbewerbsvorteilen dar und liefert eine quantifizierbare Meßgröße für strategische Entscheidungen.[81]

Hält man sich die strategische Herausforderung der Unternehmensführung vor Augen, muß es deren Aufgabe im Rahmen des Shareholder Value Ansatzes sein, das Portfolio der strategischen Geschäftseinheiten so zu optimieren, daß durch das Zusammenfügen der einzelnen Geschäftsfelder der Unternehmenswert gesteigert wird. Die Unternehmenswertsteigerung wird hiermit also zu dem maßgeblichen Entscheidungskriterium für die Ressourcenallokation und somit auch für die Diversifikation.[82]

3.1.2 Bewertung von Diversifikationstrategien mittels Shareholder Value Ansatz

Durch die Ausrichtung der Strategien an dem Unternehmensziel Shareholder Value, gewinnt die Wertsteigerung "sowohl als Kriterium zur Beurteilung bereits umgesetzter Strategien als auch zur Entscheidung strategischer Alternativen eine neue Bedeutung".[83] Die Bewertung einer Investitions- bzw. Strategiealternative vollzieht sich hierbei nach kapitalmarkttheoretischen Grundsätzen und erfolgt grundsätzlich in vier Schritten. Im ersten Schritt werden die zukünftigen, aus dem Investitionsprojekt erwarteten Einzahlungs- und Auszahlungsströme (Cash Flows) prognostiziert. Nachdem im zweiten Schritt die projektspezifischen Risiken geschätzt wurden, lassen sich hierauf aufbauend in einem weiteren Schritt die Opportunitätskosten des Kapitals ermitteln. Durch die Diskontierung der Projekt Cash Flows mit den Kosten des Kapitals wird im letzten Schritt der Barwert der Investitionsalternative bzw. ihr Marktwertbeitrag zum Unternehmenswert berechnet.[84]

---

78 Siehe *Bühner*, Strategie, S. 221 f.; *Bergmann*, Beurteilung, S. 11 f. und *Mirow*, Instrument, S. 93.

79 Siehe *Rappaport*, Wertsteigerung, S. 1 und *Hinterhuber*, Denken, S. 4. Bei einer Umfrage unter 108 deutschen Unternehmen mit über 500 Mio. DM Umsatz gaben über die Hälfte an, den Shareholder Value Ansatz zu realisieren. Vgl. *Deutsch*, Nebel, S. 86. Zur Rolle des Shareholder Value siehe auch das Fallbeispiel, S. 268 ff.

80 Siehe *Day/Fahey*, Strategy, p. 156; *Siegert*, Unternehmenssteuerung, S. 109; *Bühner*, Führung, S. 56.

81 Vgl. *Bühner*, Strategie, S. 242; *Baan*, Rolle, S. 30, *Wenner/LeBer*, Managing, S. 58 - 64 und *Obermeier*, Umsetzung, S. 83.

82 Vgl. *Ganz*, Diversifikationsstrategie, S. 21; *Rappaport*, Wertsteigerung, S. 2 f; *Rappaport*, Strategies, p. 140 und p. 108; *Hahn*, Zweck, S. 223; *Hagemann/Meyersiek*, Vorwort, S. 9; *Copeland et al.*, Unternehmenswert, S. 51 f.; *Lewis/Stelter*, Steigerung, S. 23; *Siegert*, Lenkungsinstrument, S. 581 sowie *Hinterhuber*, Denken, S. 4 und S. 16. Siehe auch Abb. 1 und Abb. 3, S. 215 bzw. S. 225.

83 *Ganz*, Diversifikationsstrategie, S. 21. Siehe auch *Ballwieser*, Moxter, S. 1383.

84 Zu den Berechnungen des Marktwertbeitrages von Investitionsalternativen siehe *Bühner*, Strategie, S. 222 - 237; *Druckarczyk*, Finanzierung, S. 119 - 185; *Ganz*, Diversifikationsstrategie, S. 47; *Ballwieser*, Moxter, S. 1383 - 1387 und ausführlich *Copeland et al.*, Unternehmenswert, Kap. 3 - 7.

Ein besonderer Unsicherheitsfaktor bei der Ermittlung des Marktwertbeitrages von Investitionsstrategien liegt in der Prognose der zukünftigen Zahlungsströme. Eine Präzisierung kann anhand der sog. Werttreiber erfolgen, die die für den Unternehmenswert maßgeblichen Größen Cash Flow und Kapitalkosten determinieren. Hierbei wirken die Werttreiber Dauer und Höhe des Umsatzwachstums, Investitionen in das Nettoumlauf- und Anlagevermögen, die Steuerrate sowie die Gewinnmarge auf den Cash Flow ein. Die Kapitalkosten hingegen werden durch die Werttreiber Verschuldungsgrad, systematisches Risiko und Opportunitätskosten des Eigenkapitals bestimmt.[85]

Da ein Diversifikationsprojekt als eine Art Investitionsalternative angesehen werden kann,[86] bei dem durch die Investition (Auszahlung) in einen neuen Produkt-/Marktbereich Ansprüche auf Einzahlungen erworben werden, muß diese sich analog zu den obigen Ausführungen auch daran messen lassen, ob a) bei gegebenem Cash Flow das Risiko des Unternehmens sinkt oder b) bei gegebenem Risiko der Cash Flow langfristig erhöht und somit durch die Diversifikation der Unternehmensgesamtwert gesteigert wird.[87]

Infolgedessen besteht das Zielkriterium einer Diversifikationsstrategie darin, daß nach Durchführung der Diversifikation eine strategiebedingte Wertsteigerung eintritt, die sich durch den neuen, nach der Diversifikation ergebenden Shareholder Value abzüglich des Vorstrategie Shareholder Value berrechnet.[88] Wie Abbildung 4 zeigt, bedeutet dies, daß bei der internen, ressourcenbasierten Diversifikation in Immobilien der Unternehmensgesamtwert nach Ausgründung der Immobilienaktivitäten in eine eigenständige strategische Geschäftseinheit höher ist als der Wert des Unternehmens inklusive des Immobilienbesitzes und der Immobilienaktivitäten als rein intern gerichtete Ressourcen.[89]

Falls die strategische Geschäftseinheit 'Immobilien' sich mit dem Management eines vorhandenen Immobilienbestandes beschäftigt, muß bei der Bewertung nach Shareholder Value Gesichtspunkten jedoch beachtet werden, daß neben der zumeist niedrigen Cash Rendite, die aus dem Management der Bestandsimmobilien resultiert, der Vermögenswertzuwachs als weiteres Kriterium mit in die Betrachtung einbezogen wird.[90] Darüber hinaus darf die Diversifikation in Immobilien nie an einer konzernweit vorgegebenen, einheitlichen Mindestrendite gemessen werden, da hierbei das immobilien- und projektspezifische Risiko nicht beachtet wird.[91]

---

85 Vgl. *Rappaport*, Wertsteigerung, S. 53 - 62 und vor allem die indirekte, auf Werttreibern beruhende Definition des Cash Flows auf S. 55. Siehe auch *Bühner*, Strategie, S. 237 – 241 und *Ganz*, Diversifikationsstrategie, S. 22.

86 Siehe *Ganz*, Diversifikationstrategie, S. 47 und *Rappaport*, Wertsteigerung, S. 3.

87 Vgl. *Ganz*, Diversifikationstrategie, S. 23.

88 Siehe *Rappaport*, Wertsteigerung, S. 72.

89 Vgl. auch *Ganz*, Erhöhung, S. 246.

90 Siehe hierzu das Fallbeispiel auf S. 275.

91 Siehe auch *Copeland et al.*, Unternehmenswert, S. 84 und *Baan*, Rolle, S. 132.

Abbildung 4: Das Zielkriterium der Wertsteigerung im Rahmen der internen Diversifikation in Immobilien

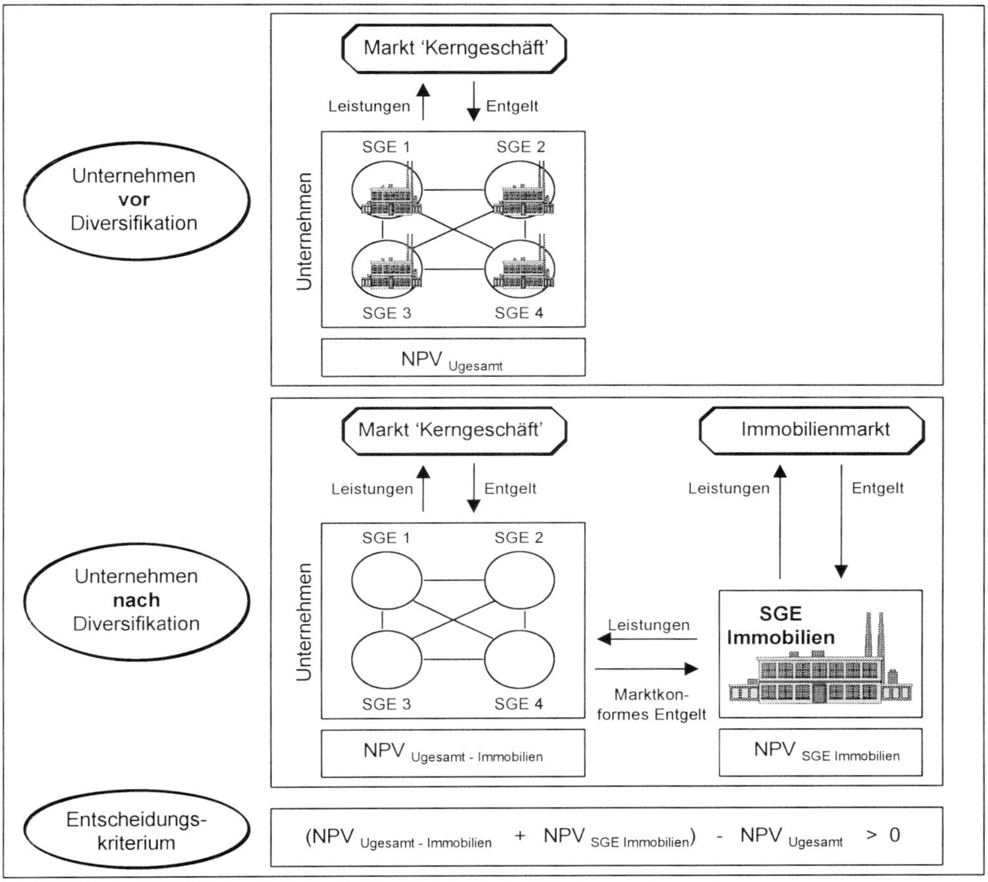

Quelle: Eigene Darstellung

Analysiert ein Unternehmen ein Diversifikationsprojekt unter der Prämisse der Wertsteigerung, müssen stets die Einflußfaktoren auf den Unternehmenswert beachtet werden.[92]

Da die Werttreiber einen direkten Bezug zwischen Strategie und Unternehmenswert herstellen, bedeutet dies konkret, daß im Rahmen der wertorientierten Diversifikationsentscheidung die Ausprägungen der nachfolgend herauszuarbeitenden Kriterien anhand ihres

---

92 Vgl. *Gomez/Ganz*, Konzept, S. 48. *Mirow* (Instrument, S. 105) sieht in dem Shareholder Value Ansatz den Vorteil, daß durch die Offenlegung und Quantifizierung der wichtigsten Einflußfaktoren Transparenz gewährleistet und somit Entscheidungen vereinfacht werden.

Einflusses auf o.g. Werttreiber und somit den Unternehmensgesamtwert beurteilt werden müssen,[93] wie dies in Abbildung 5 schematisch dargestellt ist.

Abbildung 5: Bewertungsschema zur Beurteilung des Wertsteigerungspotentials eines Diversifikationsprojektes

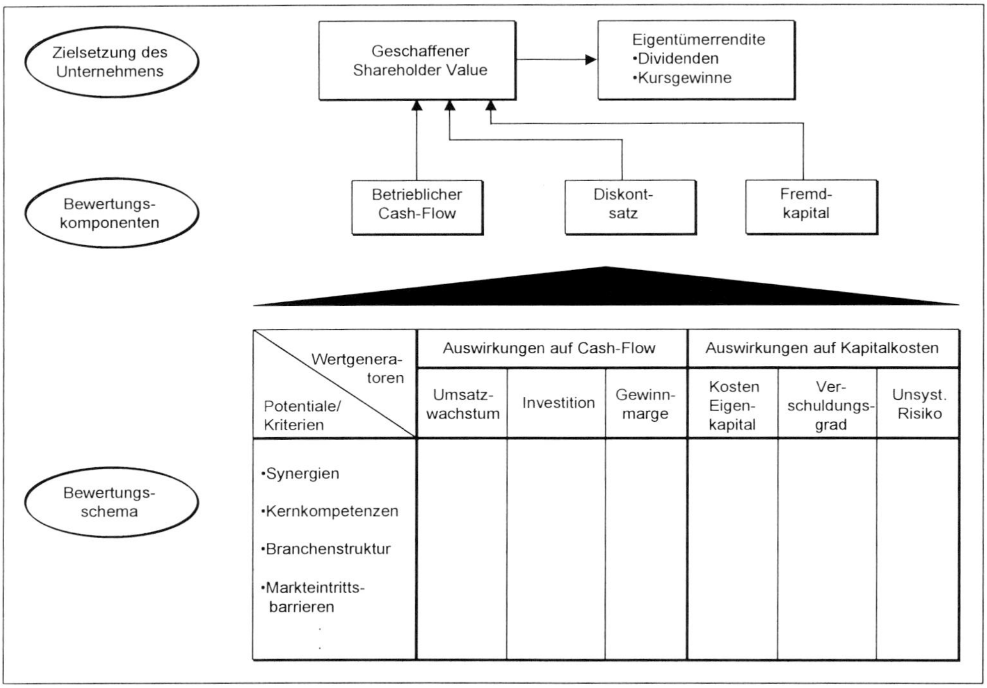

Quelle: Eigene Darstellung in Anlehnung an Ganz, Diversifikationsstrategie, S. 43; Ganz, Erhöhung, S. 244 und Rappaport, S. 79.

93 So auch *Ganz*, Erhöhung, S. 246. In diesem Zusammenhang bezeichnet *Bühner* (Führung, S. 38) den auf Rappaport zurückgehenden Ansatz der Werttreiber als gute Möglichkeit, Wachstumstrategien zu bewerten.

3.2 Auswahl der Entscheidungskriterien

3.2.1 Erfolgsfaktoren der Diversifikation als Parameter der Auswahl von Entscheidungskriterien

"Critical success factors are defined as events, circumstances, conditions or activities that require special attention because of their significance. They can be internal or external and can influence success either positively or negatively. Their essential character is the need for a special awareness [...] to avoid unpleasant surprises or missed opportunities."[94] Daher ist es im Rahmen der Diversifikationsentscheidung die Aufgabe der Unternehmensführung, die Existenz und Ausprägung von Erfolgsfaktoren, die das Ergebnis von Diversifikationsprojekten maßgeblich beeinflussen, zu analysieren bzw. die Fähigkeit des Unternehmens zum Aufbau solcher Erfolgsfaktoren realistisch einzuschätzen. Hierbei ist jedoch zu beachten, daß die Diversifikation nicht am Beginn einer Auseinandersetzung mit strategischen Fragestellungen stehen sollte, sondern am Ende einer kritischen Überprüfung des bisher Erreichten.[95]

Die Diskussion über Erfolgsdeterminanten der Diversifikation ist gegenwärtig von einer Vielzahl vorwiegend empirisch ausgerichteter Arbeiten gekennzeichnet, die sich zum Teil erheblich voneinander unterscheiden und nur einzelne Aspekte beleuchten.[96] Insbesondere fehlt es an einer Einbindung in die Finanzmarkttheorie, obwohl gerade diese wie gezeigt zur Bewertung von Diversifikationsstrategien ein gutes Instrumentarium zu Verfügung stellt. In Anbetracht der Fragestellung der vorliegenden Arbeit wird vorwiegend auf die Arbeit von *Ganz*[97], der Diversifikationsstrategien hinsichtlich ihrer Wirkung auf den Unternehmenswert untersucht und auf die Arbeit von *Jacobs*[98], der einerseits die Unternehmens-ebene und andererseits die Ebene der strategischen Geschäftseinheiten in seine empirische Analyse der Erfolgsfaktoren der Diversifikationsstrategie einbezieht, zurückgegriffen. Die durch die empirische Analyse bestätigten und für die interne Diversifikation in Immobilien ausschlaggebenden Erfolgskriterien sollen im folgenden dargestellt werden. Vor dem Hintergrund des Shareholder Value Ansatzes und der Wertfaktoren sowie den strategischen Ebenen des Unternehmens lassen sich vier maßgebliche Bereiche für eine Analyse identifizieren:

---

94 *Isakson/Sircar*, Success, p. 27.

95 Siehe *Ganz*, Erhöhung, S. 242.

96 Vgl. hierzu insbesondere *Ganz*, Erhöhung, S. 4 f. Für einen Überblick über die Erfolgsfaktorenforschung bei Diversifikation siehe *Jacobs*, Erfolgsfaktoren, S. 38 - 81.

97 *Ganz* (Erhöhung): Die Erhöhung des Unternehmenswertes durch die Strategie der externen Diversifikation, Bern, Stuttgart 1991.

98 *Jacobs* (Erfolgsfaktoren): Strategische Erfolgsfaktoren der Diversifikation, Wiesbaden 1992.

(1) Wettbewerbsvorteile

Da ein großer marktlicher und finanzieller Erfolg der Diversifikation vorwiegend durch den Aufbau einer guten Wettbewerbsposition in Form von Wettbewerbsvorteilen und von Kosten- oder Qualitätsführerschaft erreicht wird,[99] fokussiert der erste Analysebereich auf die strategische Geschäftseinheit und hat aufbauend auf deren spezifischen Stärken, Erfahrungen und Kompetenzen die Möglichkeit zur Generierung und Sicherung von Wettbewerbsvorteilen zum Gegenstand.[100] Wettbewerbsvorteile wirken sich positiv und unmittelbar auf die Werttreiber Umsatzwachstum, Gewinnmarge und somit auch auf den Unternehmens Cash Flow aus. Daher muß bei der internen Diversifikation die Erweiterung des Leistungsprogramms gezielt in solche Produkt-/Marktbereiche erfolgen, in denen aufgrund der internen Ressourcen und unternehmenseigenen Stärken dauerhafte Wettbewerbsvorteile generiert werden können. Die strategischen Wettbewerbsvorteile müssen dabei folgenden Kriterien unterliegen:[101]

- Der Wettbewerbsvorteil muß für eine genügend große Anzahl von Kunden bestehen.
- Der Wettbewerbsvorteil muß ein für die Kunden wichtiges Leistungsmerkmal betreffen und kommunizierbar bzw. für die Kunden wahrnehmbar sein.
- Der Wettbewerbsvorteil sollte von der Konkurrenz schwer einholbar sein.

Während die Diversifikationserfahrung im Unternehmen nur einen schwachen Zusammenhang mit dem Diversifikationserfolg aufweist, leistet die Qualität der Humanressourcen einen hohen Erfolgsbeitrag.[102] Wie bei der Integration der Immobilienebene in die Diversifikationentscheidung noch zu zeigen ist, kommt gerade dem Potential und der Erfahrung der Mitarbeiter für den Erfolg der internen Diversifikation in Immobilien ein hoher Stellenwert zu und bedarf demzufolge einer genauen Untersuchung im Rahmen der Diversifikationentscheidung. Eine schon im Vorfeld der Diversifikation vorhandene Marktorientierung ist zudem als positiv zu beurteilen.[103]

---

99 Vgl. *Jacobs*, Erfolgsfaktoren, S. 215 f. Siehe auch *Ganz*, Erhöhung, S. 244 f.; *Chatterjee/Wernerfelt*, Link, p. 34 und *Remmerbach*, Märkte, S. 102.

100 Vgl. *Hinterhuber*, Denken, S. 19 f.; *Jacobs*, Erfolgsfaktoren, S. 2; *Steinmann/Schreyögg*, Management, S. 150 und *Scheffler*, Konzern, S. 17. Für den Aufbau der Wettbewerbsvorteilen ist es notwendig, daß die Unternehmensführung die Erfolgsfaktoren für das neuzugründende Geschäft kennt. Vgl. *Campbell et al.*, Value, p. 85.

101 Nach *Kotler/Bliemel*, Marketing-Management, S. 472 und *Simon*, Wettbewerbsvorteile, S. 465.

102 Siehe *Jacobs*, Erfolgsfaktoren, S. 221 f.

103 Vgl. *Jacobs*, Erfolgsfaktoren, S. 246 und *Bühner*, Strategie, S. 265.

(2) Synergien und Kernkompetenzen

Nach *Porter*[104] bezieht sich eine weitere Analyseebene innerhalb der wertsteigernden Diversifikationsentscheidung auf die Möglichkeit zum Aufbau der o.g. Wettbewerbsvorteile durch die Ausnutzung von Synergien zwischen der zu gründenden Geschäftseinheit und dem Konzern mit seinen bereits bestehenden Geschäftseinheiten.[105] Realisierte Synergien haben auf der einen Seite Einfluß auf die Gewinnmarge und auf der anderen Seite auf das Risiko des Gesamtunternehmens.[106]

Im Rahmen der Diversifikation können durch Verflechtungen zwischen den einzelnen Geschäftsfeldern innerhalb des Gesamtunternehmens Verbundeffekte genutzt werden.[107] *Porter* unterscheidet drei Verflechtungsarten,[108] von denen die materiellen und immateriellen hier dargestellt werden sollen.[109] Materielle Verflechtungen beruhen darauf, daß Aktivitäten von verschiedenen Geschäftsbereichen gemeinsam durchgeführt werden (Aufgabenzentralisation), wohingegen die immateriellen Verflechtungen auf dem Transfer von Management Know-how zwischen den einzelnen Konzernbereichen aufbauen. Während die materiellen Verflechtungen sich vor allem kostensenkend auswirken, zielen die immateriellen Verflechtungen in erster Linie auf den Aufbau von Wettbewerbsvorteilen. Erfolgserhöhend im Sinne des ressourcenbasierten Strategieansatzes erweisen sich in diesem Zusammenhang die bereits aufgebauten Kernkompetenzen im Stammgeschäft des Unternehmens. "Kernkompetenzen sind integrierte und durch organisationale Lernprozesse koordinierte Gesamtheiten von Technologien, Know-how, Prozessen und Einstellungen"[110] und können als Basis für den Aufbau von Wettbewerbsvorteilen in einem neuen Produkt-/ Marktbereich angesehen werden.[111] Auch *Bühner* bewertet das Vorhandensein von Kernkompetenzen als eine Möglichkeit zur Wertsteigerung bei Diversifikationen,[112] da diese darauf abzielen, daß "aufgrund bestimmter Fähigkeiten des Konzerns - die größere Hebelwirkung auf den Gesamtwert haben als das einzelne Geschäft [...] - zusätzlicher Wert geschaffen wird."[113] *Ganz* sieht insbesondere in den strategischen Kompetenzen Fähigkeit und Bereitschaft zum Lernen, personelle Zusammensetzung der Führungsspitze und gelebte Unternehmenskultur einen Erfolgsfaktor für die wertorientierte Diversifikation.[114]

---

104 Siehe hierzu *Porter*, Konzerne, S. 33 - 35. Vgl. auch *Rappaport*, Wertsteigerung, S. 83 - 87.

105 *Ganz* (Diversifikationsstrategie, S. 39 f.) sieht in den Synergien die Grundlage zum Aufbau von Wertsteigerungspotentialen bei einer Diversifikation. Siehe auch *Copeland et al.*, Unternehmenswert, S. 52 und *Campbell et al.*, Value, pp. 81 f.

106 Das Kriterium der Risikoreduktion führt Porter jedoch nur als Nebenkriterium bei der Diversifikationsentscheidung an, da dies nie das Hauptziel einer Diversifikation sein sollte. Vgl. *Porter*, Konzerne, S. 33.

107 Siehe *Bühner*, Strategie, S. 142 - 147 und *Jacobs*, Erfolgsfaktoren, S. 230 - 235.

108 Vgl. *Porter*, Wettbewerbsvorteile, S. 413 - 415 und *Porter*, Konzern, S. 41.

109 Von der dritten Art, den Konkurrenzverflechtungen soll hier abstrahiert werden, da diese keinen nennenswerten Beitrag zur Fragestellung dieser Arbeit liefern.

110 *Hinterhuber*, Denken, S. 11.

111 Vgl. *Bühner*, Strategie, S. 36 f; *Hinterhuber*, Denken, S. 122 und *Prahalad/Hamel*, Kernkompetenzen, S. 68 f.

112 Siehe *Bühner*, Führung, S. 68. Vgl. hierzu auch *Campbell et al.*, Value, p. 85.

113 *Lewis/Stelter*, Steigerung, S. 25.

114 Siehe *Ganz*, Erhöhung, S. 218 - 221.

Aufgrund der positiven Wirkungen der Aufgabenzentralisierung, des Know-how Transfers und dem Vorhandensein von Kernkompetenzen im Stammgeschäft der Unternehmung[115] ist vor dem Eintritt in neue Märkte ein Synergietest durchzuführen, bei dem das Synergiepotential und die Chancen zur Realisierung dieser Synergien sowie die Möglichkeiten zur Übertragung bzw. Bündelung von Kernkompetenzen überprüft werden.[116] Eng mit dem Synergieargument verwandt ist auch das Kriterium der Nähe des neuen Produkt-/Marktbereiches zu dem bisherigen Kerngeschäftsfeld, das ebenso positiv für die Diversifikation beurteilt werden kann.[117] Verwandte Geschäftsfelder fördern die Nutzung von Synergieeffekten und erleichtern zudem die Übertragung von Know-how sowie die Reduktion von Komplexität. Ähnlichkeiten zwischen dem neuen Geschäftsfeld und dem bisherigen Kerngeschäft bedürfen insbesondere bei der internen Diversifikation einer gesonderten Beachtung.[118]

(3) Portfoliomanagement

Neben den vorhergehenden, eher auf Ebene der strategischen Geschäftseinheiten angesiedelten Kriterien hat *Jacobs* weitere, die Gesamtunternehmensebene betreffende Erfolgsfaktoren ermittelt,[119] die den Einfluß der neuen Geschäftseinheit auf das bestehende Unternehmensportfolio und speziell auf die Stabilität und Höhe des Unternehmens Cash Flows sowie auf das Unternehmensgesamtrisiko zum Inhalt haben.[120]

In diesem Zusammenhang kann der Konzernstrategie des Portfoliomanagement, bei der die einzelnen strategischen Geschäftseinheiten relativ autonom agieren und nach finanziellen, wertorientierten Portfoliogesichtspunkten zusammengefügt werden, einen deutlich positiven Einfluß auf den Erfolg von Diversifikationsprojekten konstatiert werden.[121] In Anbetracht der notwendigen Ressourcenallokation innerhalb des Portfoliomanagement, kommt auf der einen Seite der Analyse der Situation und Entwicklung der bestehenden Geschäftsfelder sowie der für die Diversifikation zur Verfügung stehenden finanziellen Ressourcen der Unternehmung ein hoher Stellenwert zu.[122] Auf der anderen Seite muß der Einfluß der neuen Geschäftseinheit auf den Cash Flow, das Risiko und somit den Wert des Gesamtportfolios untersucht werden.

Neben diesen rein finanziellen Portfolioaspekten sollte jedoch zusätzlich eine Horizontal-

---

115 Vgl. *Jacobs*, Erfolgsfaktoren, S. 231 - 235; *Ganz*, Erhöhung, S. 84 f. und *Bühner*, Führung, S. 58.

116 Siehe *Porter*, Konzerne, S. 33 - 35; *Prahalad/Hamel*, Kernkompetenzen, S. 69; *Rappaport*, Wertsteigerung, S. 83-87; *Jacobs*, Erfolgsfaktoren, S. 251; *Copeland et al.*, Unternehmenswert, S. 52 und *Campbell et al.*, Value, pp. 81 f. Nach *Ganz* (Diversifikationsstrategie, S. 107) hängt der ökonomische Wert von Synergien von ihrer Verfügbarkeit, Umsetzbarkeit und der Vielfalt der Anwendungsmöglichkeiten ab. *Nehls* (Diversifikation S. 60) macht dagegen auf die Gefahr der Überschätzung von Synergien aufmerksam.

117 Vgl. *Jacobs*, Erfolgsfaktoren, S. 235 und *Hoffmann*, Erfolg, S. 58.

118 Siehe auch *Jacobs*, Erfolgsfaktoren, S. 250.

119 Vgl. *Jacobs*, Erfolgsfaktoren, S. 118.

120 Siehe auch die in Fn. 82 angegebene Literatur.

121 *Jacobs*, Erfolgsfaktoren, S. 240.

122 Siehe *Gälweiler*, Quantifizierung, S. 8; *Hedley*, Strategy, S. 91 und *Bühner*, Strategie, S. 258.

strategie[123] verfolgt werden, bei der Ziele und Strategien verwandter Geschäftsbereiche koordiniert und die o.g. Verflechtungen sichergestellt werden.[124] *Ganz* identifiziert vor diesem Hintergrund das Vorhandensein eines hohen strategischen Beziehungsgrades zwischen den einzelnen strategischen Geschäftseinheiten als weiteren wesentlichen Erfolgsfaktor für Diversifikationsprojekte.[125] Entsprechend der Funktion der Konzernebene "bestehen umso größere strategische Gemeinsamkeiten, je geringer die Unterschiede zwischen den Geschäftsfeldern in den vier Bereichen der Ressourcenallokation, Strategieentwicklung, kulturellen Identität und Kontrolle sind."[126] Dies bedeutet konkret, daß die diversen Geschäftsfelder im Portfolio vergleichbare Managementfähigkeiten erfordern und ein geringes Konfliktpotential aufweisen sollen sowie ähnlichen Erfolgs- und Risikofaktoren obliegen müssen.[127] Da, unabhängig von operativen Verbindungen der Geschäftsfelder, ein hoher strategischer Beziehungsgrad zur Komplexitätsbewältigung auf Konzernebene und somit zur Kostenreduktion und Erhöhung des Unternehmenswertes beiträgt,[128] muß die Analyse der strategischen Gemeinsamkeiten in die Diversifikationsentscheidung integriert werden.

(4) Branchenattraktivität

Damit ein Diversifikationsprojekt Wert generiert, muß die ausgewählte Branche eine hohe strukturelle Attraktivität aufweisen, denn diese determiniert direkt die Branchenrentabilität und wirkt somit mittelbar auf das Umsatzwachstum und die Gewinnmarge des Unternehmens ein.[129] In diesem Zusammenhang ist die Analyse der Markteintrittsbarrieren unerlässlich. Nach *Jacobs* Untersuchungen erschweren die mit dem Eintrittsbarrieren einhergehenden Kosten erheblich den Aufbau von Wettbewerbsvorteilen und wirken sich somit ungünstig auf den Diversifikationserfolg und die Gewinnmarge aus.[130] Beim Eintritt in neue Märkte sehen sich Unternehmen im allgemeinen mit vier Arten von Markteintrittsbarrieren konfrontiert. Hierzu gehören die strukturellen und natürlichen Eintrittsbarrieren sowie die institutionellen und strategischen Barrieren. Letztere werden von etablierten Unternehmen bewußt errichtet, um Newcomer abzuschrecken.[131] Obwohl den strategischen Barrieren die größte Bedeutung beim Markteintritt zukommt, bedarf es aufgrund ihrer Kostenwirkung einer Analyse jeglicher Eintrittsbarrieren. Neben den erwähnten direkten Eintrittsbarrieren gilt es auch die Wettbewerbsintensität in der anvisierten Branche zu analysieren, da eine

---

123 Vgl. zur Horizontalstrategie insb. *Porter*, Wettbewerbsvorteile, S. 461 - 482.

124 Vgl. hierzu *Porter*, Wettbewerbsvorteile, S. 461 - 523; *Hoffmann*, Erfolg, S. 55 und *Jacobs*, Erfolgsfaktoren, S. 254 f.

125 Siehe *Ganz*, Erhöhung, S. 234 f.

126 *Ganz*, Diversifikationsstrategie, S. 23.

127 Zu den strategischen Gemeinsamkeiten siehe detailliert *Ganz*, Erhöhung, S. 234.

128 Siehe *Ganz*, Erhöhung, S. 236.

129 Vgl. auch Abschnitt 4.2.3 dieser Arbeit auf S. 259 f. und *Ganz*, Erhöhung, S. 115.

130 Siehe insb. *Porter*, Konzerne, S. 33 - 35. Vgl. auch *Jacobs*, Erfolgsfaktoren, S. 216 und *Hoffmann*, Erfolg, S. 54.

131 Siehe hierzu *Jacobs*, Erfolgsfaktoren, S. 105 f. Hierzu zählen auch potentielle Vergeltungsmaßnahmen der etablierten Anbieter, da diese als Eintrittsbarriere wirken.

hohe Intensität den Markteintritt hemmen kann und in aller Regel mit geringen Renditen einhergeht.[132]

Da die vorhandenen internen Ressourcen des Unternehmens maßgeblich zum Überwinden der Markteintrittsbarrieren beitragen können, kommt deren Untersuchung auch in diesem Zusammenhang ein hoher Stellenwert zu.[133]

Abschließend und die Eingangshypothese dieser Arbeit stützend, kann festgehalten werden, daß ein bedeutender Einfluß auf den Erfolg der Diversifikation von der Diversifikationsplanung ausgeht. *Jacobs* schreibt hierzu: "Unternehmen, die ihre Diversifikationsprojekte detailliert planen, erzielen einen deutlich höheren Erfolg als solche, die hier weniger sorgfältig vorgehen. Umfassende Analyse-, Planungs- und Kontrollaktivitäten tragen vor allem dadurch zu einer Verbesserung des finanziellen Diversifikationserfolgs bei, als sie den Weg für eine gute Wettbewerbsposition im Zielmarkt ebnen."[134] Um eine umfassende Analyse der Diversifikation in Immobilien zu garantieren und den Aufbau von Wettbewerbsvorteilen in diesem Segment zu ermöglichen, werden nachfolgend immobilienbezogene Analysekriterien vorgestellt.

3.2.2 Integration der Immobilienebene in die strategische Diversifikationsentscheidung

In Anbetracht der Tatsache, daß betriebliche Immobilien und die mit ihnen verbundenen Aktivitäten bei der internen Diversifikation diejenigen Unternehmensressourcen darstellen, die einer erfolgreichen Verwertung auf externen Märkten zugeführt werden sollen, bedarf es im Vorfeld der Diversifikation neben der Analyse der allgemein gültigen Erfolgsfaktoren einer genauen Untersuchung dieser internen Ressourcen im Hinblick auf mögliche Wettbewerbsvorteile und auf ihr Vermarktungspotential. Dem gegenübergestellt ist die Untersuchung der spezifischen Charakteristika und Entwicklungen der Märkte, auf denen der Absatz dieser Leistungen vorgesehen wird, erforderlich.

In Anbetracht der Tatsache, daß sich Immobilien in ihrer Funktion als Wirtschaftsgut in hohem Maß von anderen Wirtschaftsgütern unterscheiden, wird die nachstehende Identifikation der immobilienbezogenen Diversifikationskriterien an den Besonderheiten der Immobilien einerseits als Wirtschaftsgut und andererseits als Unternehmensressource angelehnt:

---

132 Vgl. auch *Kreikebaum*, Unternehmensplanung, S. 66 und *Jacobs*, Erfolgsfaktoren, S. 218.

133 Vgl. *Jacobs*, Erfolgsfaktoren, S. 127.

134 *Jacobs*, Erfolgsfaktoren, S. 226. Siehe auch *Remmerbach*, Märkte, S. 102.

(1) Verbundenheit betrieblicher Immobilien mit der Kerntätigkeit des Unternehmens

Der Definition von Non Property Unternehmen[135] zufolge, stellt der Großteil der betrieblichen Immobilien ein notwendiges Element im Rahmen des primären Leistungserstellungsprozesses der Unternehmen dar und verschließt sich daher einer aktiven Vermarktung. Der Immobilienbestand muß demnach im Rahmen der Diversifikationentscheidung nach seinem Grad der Betriebsnotwendigkeit klassifiziert werden. Hierbei bietet sich die Einteilung in betriebsnotwendige und nicht betriebsnotwendige Immobilien, die marktorientiert verwertet werden können, an.[136] Die Analyse der Betriebsnotwendigkeit stellt zudem einen guten Ansatzpunkt zur Aufdeckung von Wertsteigerungspotentialen der Unternehmensimmobilien dar, die z.B. durch Umnutzungen oder Flächeneinsparungen an für die Vermarktung attraktiven Standorten realisiert werden können.[137] Hierbei muß jedoch, um den Fortbestand des Unternehmens zu sichern, ein Abgleich mit den Zielen und dem zukünftigen Immobilienbedarf des Unternehmens stattfinden.[138] Aus diesem Grund kommt der Einbindung der Diversifikationsentscheidung in die strategische Unternehmensplanung und der Analyse und Prognose der Entwicklung der Kerngeschäfte des Unternehmens ein hoher Stellenwert zu.[139]

(2) Standortgebundenheit von Immobilien

Herausragendes und namengebendes Merkmal einer Immobilie ist ihre Ortsgebundenheit. Aufgrund ihrer Verbundenheit mit dem Boden wird die Qualität einer Immobilie und somit auch ihr Wertsteigerungspotential maßgeblich durch den Standort bzw. das bauliche Umfeld determiniert.[140] In Anbetracht der Tatsache, daß es sich beim Immobilienbestand von Non Property Unternehmen hauptsächlich um industriell genutzte Immobilien handelt, herrschen hier in aller Regel eher unattraktive Industriestandorte in Randlagen vor, die z.T. in bestehende Strukturen eingebunden sind.[141] In diesem Zusammenhang gilt es folglich vor einer Diversifikation zu prüfen, ob die vorhandenen Standorte eine aktive Vermarktung zulassen und somit Wertsteigerungspotential in sich bergen.[142] Dies bedeutet konkret, daß auf der einen Seite die Marktattraktivität der Standorte und auf der anderen Seite die vor-

---

135 Zur Definition von Non Property Unternehmen siehe Kap. 2.2, S. 218 dieser Arbeit.

136 Siehe *Levy/Matz*, Objectives, pp. 26 f.; *Levy/Matz*, Implementing, p. 59, *Santora*, Leadership, p. 8.

137 *Wilson* (Role, S. 28) faßt dies so: "CREEs [Corporate Real Estate Executives, d. Verf.] must take an aggressive approach to disinvestment. Favorable value gaps between net book value and market value of real estate assets, [...], should be exploited." Siehe auch *Falk*, Immobilien-Handbuch, Kap. 20.9, S. 5 und *Jewett*, Surplus, p. 8

138 Siehe *Davis/Vogelzang*, Holdings, p. 42; *Dues*, Process, p. 11 und *Falk*, Immobilien-Handbuch, Kap. 20.9, S. 4.

139 Vgl. hierzu *Cameron/Duckworth*, Support, p. 39 f. Auch *Bühner* (Strategie, S. 258) sieht in der Situation des Kerngeschäfts einen Auslöser für Diversifikationen.

140 Siehe auch *Murfeld*, Wohnungswirtschaft, S. 445; *Heuer*, Wohnungsmärkte, S. 23; *Schlich*, Mieter, S. 330; *Eekhoff*, Bodenmarkt, S. 4; *Graaskamp*, Role, p. 315 und *Bone-Winkel*, Immobilienfonds, S. 27 f.

141 Ein Gegenbeispiel können 900 ha zumeist brachliegende und an die Essener Innenstadt angrenzende Betriebsfläche von Krupp-Hoesch angeführt werden. Vgl. hierzu *Falk*, Immobilien-Handbuch, Kap. 20.9, S. 2.

142 Werden für die Vermarktung attraktive Standorte identifiziert, die jedoch als betriebsnotwendig eingestuft sind, muß im Rahmen des aktiven Immobilienmanagement über eine Verlagerung der betrieblichen Tätigkeiten auf für die Vermarktung unattraktivere Standorte nachgedacht werden. Siehe auch *Beretitsch*, Immobilienmanagement, S. 7.

handenen und potentiellen Wettbewerbsfaktoren der bestehenden Gebäude beurteilt werden müssen, wobei vor allem auf die spezifischen Grundstücks- und Standortfaktoren, wie z.B. Vorteilhaftigkeit der Lage, die Entwicklung des Umfeldes sowie auf die Grundstücksbeschaffenheit, Altlastensituation und die Einbindung der Immobilien in vorhandene Strukturen, gesondert einzugehen ist.[143]

Darüber hinaus ist auch eine baurechtliche Prüfung notwendig, bei der die zulässige Nutzung innerhalb des jeweiligen Bebauungsplans und eine generelle Akzeptanz von Re-Development und Umnutzungen an den speziellen Standorten bei Behörden und Anliegern zu prüfen sind.[144]

(3) Heterogenität von Immobilien

"Eng verbunden mit dem Faktor der Ortsbindung ist die Eigenschaft der Heterogenität der Immobilie. Jede Immobilie ist einzig; sie unterscheidet sich von anderen im wesentlichen durch ihre Lage, ihre Gestaltung und ihre Nutzung."[145] Da Immobilien für die Unternehmen ein Ressourcen- und Nutzungspotential verkörpern und hauptsächlich der Unterstützung des betrieblichen Leistungprozesses dienen,[146] sind diese zumeist auf die spezifischen Bedürfnisse der Unternehmen ausgerichtet.[147] Demnach sind Unternehmensimmobilien in aller Regel für Drittnutzungen unattraktiv und müssen, bevor sie einer Vermarktung zugeführt werden können, eine Umnutzung bzw. eine Re-Development durchlaufen. In Anbetracht dessen kommen mit der Drittverwendungsfähigkeit und Nutzungsflexibiltät der bestehenden Immobilien zwei weitere Kriterien für die Analyse des unternehmenseigenen Immobilienbestandes hinzu. Bei der Analyse der Drittverwendungsfähigkeit sind neben den baulichen Gegebenheiten insbesondere auch die Einflüsse der Bevölkerungs- und Wirtschaftsstruktur, die Ortslage und die Brancheneinflüsse sowie die Einflüsse aus Verträgen, Gesetzen und der Stadtplanung zu beachten.[148]

Die Heterogenität und Standortgebundenheit von Immobilien bedingen ferner eine Aufspaltung des Immobilienmarktes in räumliche und sachliche Teilmärkte und somit Marktintransparenz.[149] Um dieser Marktintransparenz und dem damit einhergehenden Risiko eines Engagements auf dem Immobilienmarkt zu begegnen, ist die Untersuchung aller mit den Betriebsimmobilien in Verbindung stehenden Märkte und deren zukünftiger Entwicklung unabdingbar.

---

143 Vgl. z.B. *Bone-Winkel*, Immobilienfonds, S. 182 - 187.

144 Siehe hierzu *Falk*, Immobilien-Handbuch, Kap. 15.1, S. 6.

145 *Bone-Winkel*, Immobilienfonds, S. 28. Vgl. auch *Heuer*, Wohnungsmärkte, S. 22 f. Gerade der Immobilienbestand von Industrieunternehmen ist durch Heterogenität geprägt. Vgl. auch Fallbeispiel, S. 268.

146 Vgl. *Schäfers*, Unternehmensimmobilien, S. 16 f.

147 Siehe hierzu auch *Giroux/Boyle*, Appraisal, p. 145.

148 Siehe *Schmitz-Mokramer*, Gewerbeimmobilien, S. 443 und *Giroux*, Disposition, p. 190 f.

149 Siehe *Eekhoff*, Bodenmarkt, S. 3; *Ferguson/Heizer*, Real Estate, p. 27; *Falk*, Immobilien-Handbuch, Kap. 4.1, S. 2; *Dubben/Sayce*, Property, p. 27 und *Bone-Winkel*, Immobilienfonds, S. 28.

Vor dem Hintergrund der Marktintransparenz und der Größe sowie Heterogenität des unternehmenseigenen Immobilienbestandes gestaltet sich darüber hinaus die Befriedigung des hohen immobilienbezogenen Informationsbedarfs im Rahmen der Diversifikationsentscheidung schwierig. Aus diesem Grund kommt dem Vorhandensein eines leistungsstarken Immobilieninformationssystems als Entscheidungsbasis sowie dem Aufbau von spezifischen Marktkenntnissen eine entscheidende Rolle für eine erfolgreiche Diversifikation zu.[150]

(4) Heterogenität der immobilienbezogenen Leistungen

Durch die vielen Aufgabenfelder, die mit Immobilien verbunden sind, haben sich in Non Property Unternehmen zahlreiche Immobilienaktivitäten entlang der Immobilienwertschöpfungskette herausgebildet. Diese reichen von der Akquisition und Projektentwicklung über die technische und kaufmännische Bewirtschaftung des Immobilienbestandes bis hin zur Verwertung und Altlastensanierung.[151]

In diesen vielfältigen Bereichen wurden im Lauf der Entwicklung der Unternehmen unterschiedliche personelle Ressourcen und Know-how bzw. Kompetenzen aufgebaut. Bei der Diversifikationsentscheidung gilt es nunmehr zu prüfen, in welchen Bereichen die Unternehmung über genügend Ressourcen, Stärken bezüglich Organisation, Kostenstruktur und Unternehmenskultur[152] sowie spezifische Fähigkeiten und Marktkenntnisse verfügt, die den Aufbau von dauerhaften Wettbewerbsvorteilen und Differenzierungen zur Konkurrenz ermöglichen und infolgedessen ein erfolgreiches Agieren der Geschäftseinheit am Markt wahrscheinlich machen.[153]

(5) Langlebigkeit von Immobilien

Die Immobilie ist mit einer Nutzungsdauer von ungefähr einhundert Jahren eines der langlebigsten Wirtschaftsgüter,[154] wobei bei Immobilien zwischen einer ökonomischen und physischen Nutzungsdauer unterschieden werden muß. Als Folge des technischen Fortschritts und des schnellen Wandels in der Informations-, Kommunikations- und Produktionstechnologie und deren erheblichen Einfluß auf die Gestaltung von Bürogebäuden und Produktionsimmobilien, ist die physische Lebensdauer von Immobilien i.d.R. länger als deren ökonomische.[155] Aufgrund des Alters der meisten Industrieunternehmen und der seit Gründung dieser Unternehmen im Laufe der Zeit historisch und unstrukturiert gewachsenen, unternehmenseigenen Immobilienbestände, ist eine zunehmende technische und

---

[150] Vgl. hierzu *Dahlmann*, Assets, pp. 4 f.; *Giroux*, Disposition, p. 188 und *Schäfers*, Unternehmensimmobilien, S. 76.

[151] Siehe auch das Fallbeispiel, S. 268.

[152] Siehe *Salvaneschi*, Areas, p. 36 und *Levy/Matz*, Implementing, pp. 56 f. Vgl. hierzu auch *Ganz*, Erhöhung, S. 244.

[153] Vgl. *Hinterhuber*, Denken, S. 19 f.; *Jacobs*, Erfolgsfaktoren, S. 2; *Steinmann/Schreyögg*, Management, S. 150 und *Scheffler*, Konzern, S. 17.

[154] Diese Nutzungsdauer wird von allen Autoren angegeben. Vgl. anstatt aller *Murfeld*, Wohnungswirtschaft, S. 445 und *Heuer*, Wohnungsmärkte, S. 23.

[155] Vgl. z.B. *Ferguson/Heizer*, Real Estate, p. 5 und *Graaskamp*, Role, p. 315.

somit auch ökonomische Obsoleszenz einzelner und vor allem der als nicht betriebsnotwendig eingestuften Immobilien nicht auszuschließen.[156] Im Rahmen der Diversifikationsentscheidung gilt es demnach den Zustand und die Werthaltigkeit der für die Vermarktung bestimmten Immobilien zu prüfen und darauf aufbauend den Aufwand für erforderliche Modernisierungen oder Neuentwicklungen zu schätzen.

(6) Hohe Investitionskosten und lange Produktionsdauer

Den hohen Investitions- und Folgekosten und dem notwendigen Langfristengagement[157] im Immobilienmarkt zufolge, birgt die Diversifikation in Immobilien und speziell in die Projektentwicklung ein hohes Risiko in sich. Immobilienbezogene Risiken lassen sich in externe und interne Risiken einteilen. Während zu den externen Risiken das Entwicklungs-, Standort-, Genehmigungs-, Fungibilitäts- und Vermarktungsrisiko zählen, subsumieren sich unter den internen Risiken das Baugrundrisiko sowie das Qualitäts-, Kosten- und Terminrisiko.[158]

Diese Risiken gilt es im Vorfeld der Diversifikation zu evaluieren und aus Sicht des Unternehmens zu bewerten, respektive den vorhandenen finanziellen Ressourcen und der generellen Risikobereitschaft[159] des diversifizierenden Unternehmens gegenüberzustellen.

Im Zusammenhang mit den Investitionskosten sind auch die hohen Transaktionskosten im Immobilienbereich zu nennen. Hierunter fallen die Kosten bei der Übertragung von Immobilien und die Informations- und Suchkosten, die aufgrund der Marktintransparenz entstehen.[160] Ein Kriterium bei der Diversifikation in Immobilien muß es demnach sein, daß sich durch die Ausgründung der immobilienbezogenen Aktivitäten und mit Hilfe des Konzernclearings Kosten im Innenverhältnis des Unternehmens einsparen lassen.[161]

---

156 Siehe *Giroux/Boyle*, Appraisal, p. 145. Für den Einfluß von technologischen Veränderungen auf Büroimmobilien vgl. auch *Schäfers*, Unternehmensimmobilien, S. 54 - 59.

157 Siehe *Bone-Winkel*, Immobilienfonds, S. 29.

158 Vgl. z.B. *Diederichs*, Grundlagen, S. 56 und *Pensel*, Grundstücksunternehmen, S. 370. Die erwähnten Risiken gelten vor allem für ein Engagament in der Immobilienprojektentwicklung. Zu Risiko-Management-Techniken siehe *Graaskamp*, Development, pp. 241 - 243.

159 Siehe auch *Levy/Matz*, Objectives, p. 27.

160 Vgl. *Bone-Winkel*, Immobilienfonds, S. 30. Nach *Nourse* (Performance, p. 6) macht die Zentralisierung der Immobilienaktivitäten dann Sinn, wenn durch die Erbringung und Bündelung interner Leistungen Transaktionskosten eingespart werden können.

161 Zu Transaktionskosten siehe *Picot/Dietl*, Transaktionskostentheorie, S. 178 - 183; *Bea*, Kooperation, S. 2525 und auch *Ganz*, Erhöhung, S. 198 - 218.

Abschließend kann festgehalten werden, daß aufgrund der besonderen Stellung von Immobilien im Leistungsprozeß der Unternehmen und im allgemeinen Wirtschaftsgefüge, der Analyse des Immobilienbestandes und seiner Wertsteigerungsmöglichkeiten sowie der immobilienbezogenen Stärken des Unternehmens ein hoher Stellenwert im Rahmen des nachfolgend vorzustellenden Diversifikationsentscheidungsprozesses zukommen muß.

3.3 Synthese der Kriterien und Phasenschema des Entscheidungsprozesses

Detaillierte Analyse- und Planungsaktivitäten haben wie bereits gezeigt einen hohen Einfluß auf den Erfolg eines Diversifikationsprojektes.[162]

Um die mit dem Diversifikationsprojekt in Beziehung stehenden zahllosen Einzelinformationen und intuitiven Denkansätze in einen logischen Zusammenhang zu bringen, bietet sich eine systematisches, schrittweises Vorgehen an, im Rahmen dessen die Chancen einer neuen strategischen Geschäftseinheit beurteilt werden können.[163] In Anbetracht der Vielschichtigkeit des Entscheidungsprozesses und der verschiedenen dadurch betroffenen unternehmerischen Ebenen erfolgt in Abbildung 6 zuerst eine Zusammenfassung und Zuordnung der in den vorangegangenen Abschnitten herausgearbeiteten Analysekriterien zu folgenden Unternehmensebenen:[164]

- *Ebene der Unternehmensführung*: Hierzu zählen alle Kriterien, die im Rahmen der wertorientierten Optimierung des Gesamtunternehmensportfolios analysiert werden müssen.
- *Ebene der strategischen Geschäftseinheiten*: Auf dieser Ebene wird die Möglichkeit zum Aufbau von Wettbewerbsvorteilen durch die Ausnutzung und Erschließung von Synergiepotentialen zwischen den Geschäftseinheiten untersucht.
- *Immobilienebene:* Hierbei handelt es sich um Kriterien, die auf das Wertsteigerungs- und Vermarktungspotential der unternehmensinternen Immobilienressourcen abzielen. Es erfolgt eine Unterteilung in die Analyse der Managementressourcen einerseits und die Evaluierung des Immobilienbestandes (inklusive externer Analyse) andererseits.

162 Vgl. Abs. 3.2.1 und dort insb. S. 236.

163 Siehe auch *Wittek*, Diversifikation, S. 131.

164 Die Einteilung erfolgt analog zu Abbildung 3, S. 225.

Abbildung 6: Zusammenfassung der Kriterien für eine Diversifikationsentscheidung in Immobilien

Ebene der Unternehmensführung

Übergeordnete Unternehmensziele:
- Wertsteigerung
- Wettbewerbsvorteile
- Ertragspotentiale
- Werte und Einstellungen

Ausgewogenheit Unternehmensgesamtportfolio:
- Stabilität, Höhe Cash-Flow
- Risikoreduktion
- Verfügbare finanzielle Ressourcen
- Situation/Entwicklung bestehende Geschäftsfelder

Strategische Gemeinsamkeiten:
- Ressourcenallokation
- Strategieentwicklung
- Kulturelle Identität
- Kontrolle

⇓

Strategischer Beziehungsgrad
Fähigkeit zur Komplexitätsbewältigung

Ebene der strategischen Geschäftseinheiten

Immaterielle Verflechtungen:
- Vorhandene und potentielle Stärken, Erfahrungen und Kernkompetenzen der SGE's
- Möglichkeit zur Übertragung von Fähigkeiten, Know-how und Kernkompetenzen

Materielle Verflechtungen:
- Möglichkeit zur Aufgabenzentralisierung

Nähe Immobilienaktivitäten zu bisherigen Geschäftsfeldern

⇓

Chance zur Realisierung der Verflechtungen und zur Übertragung/Bündelung von Kernkompetenzen

Immobilienebene

Intern

Managementressourcen
- Vorhandene und potentielle Stärken, Erfahrungen und Kernkompetenzen im Immobiliensektor
- Vorhandene Marktorientierung
- Informationssystem
- Existierende und potentielle Risiken
- Möglichkeiten zum Konzernclearing

Immobilienbestand
- Betriebsnotwendigkeit
- Drittverwendungsfähigkeit
- Nutzungsflexibilität
- Zustand/Alter/Werthaltigkeit
- Technische/ökonomische Obsoleszenz

Extern

- Chancen und Risiken der Unternehmensumwelt
- Branchenattraktivität

Standortanalyse:
- Marktattraktivität
- Wettbewerbsfaktoren
- Vorteilhaftigkeit der Lage
- Entwicklung Umfeld
- Einbindung in vorhandene Strukturen
- Baurechtliche Prüfung

Quelle: Eigene Darstellung

Um darüber hinaus Ordnung, Methodik und Struktur in die dynamischen und normalerweise unstrukturierten Entscheidungsprozesse zu bringen und eine Erleichterung und Qualitätsverbesserung dieser Prozesse zu ermöglichen, muß die Entscheidung in ein formales Planungssystem eingebunden werden.[165] Die Festlegung der Diversifikationsstrategie ist dabei Aufgabe der Unternehmensleitung im Rahmen der dem Portfoliomanagement zugehörigen Ressourcenallokation.[166] In Anbetracht der Tatsache, daß ein klares Verständnis der Ausgangsposition der Unternehmung, d.h. ihres gegenwärtigen Zustandes, ihrer Identität, ihres Stiles und ihrer bestehenden Strategien, bei der Bestimmung des Ausmaßes der Neuorientierung der Unternehmung erforderlich ist,[167] muß die Diversifikationsentscheidung als ein gesamtplanerischer mehrstufiger Top-down-Prozeß verstanden werden,[168] der nachfolgend idealtypisch dargestellt ist:

(1) Analyse der übergeordneten Unternehmensziele.

(2) Aufstellen des Ist- und des Ziel-Portfolios; Ermitteln der vorhandenen finanziellen Ressourcen.

(3) Formulieren der Ziele für die Diversifikation in Immobilien.

(4) Erfassen der Synergiepotentiale zwischen den strategischen Geschäftseinheiten und Einschätzen der Chancen einer Realisierung der Synergien und der Übertragung bzw. Bündelung von Kernkompetenzen.

(5) Einschätzen des Vermarktungspotentials des unternehmenseigenen Immobilienbestandes; externe Analyse des Immobilienmarktes.

(6) Ermitteln der internen Stärken, Schwächen und Erfahrungen im Immobilienmanagement.

(7) Abschätzen des möglichen Zielerreichungsgrades und Ableiten von Handlungsoptionen.

Abbildung 7 faßt diesen Prozeß übersichtsartig zusammen und ordnet den einzelnen Schritten die verantwortlichen Unternehmensebenen sowie die Analysekriterien, -ziele und -instrumente zu.

---

165 Vgl. auch *Hinterhuber*, Denken, S. 30.

166 Siehe *Bühner*, Strategie, S. 21.

167 Vgl. *Hinterhuber*, Denken, S. 13.

168 So auch *Bühner*, Strategie, S. 25.

Abbildung 7: *Darstellung des Analyseprozesses der Diversifikation in Immobilien*

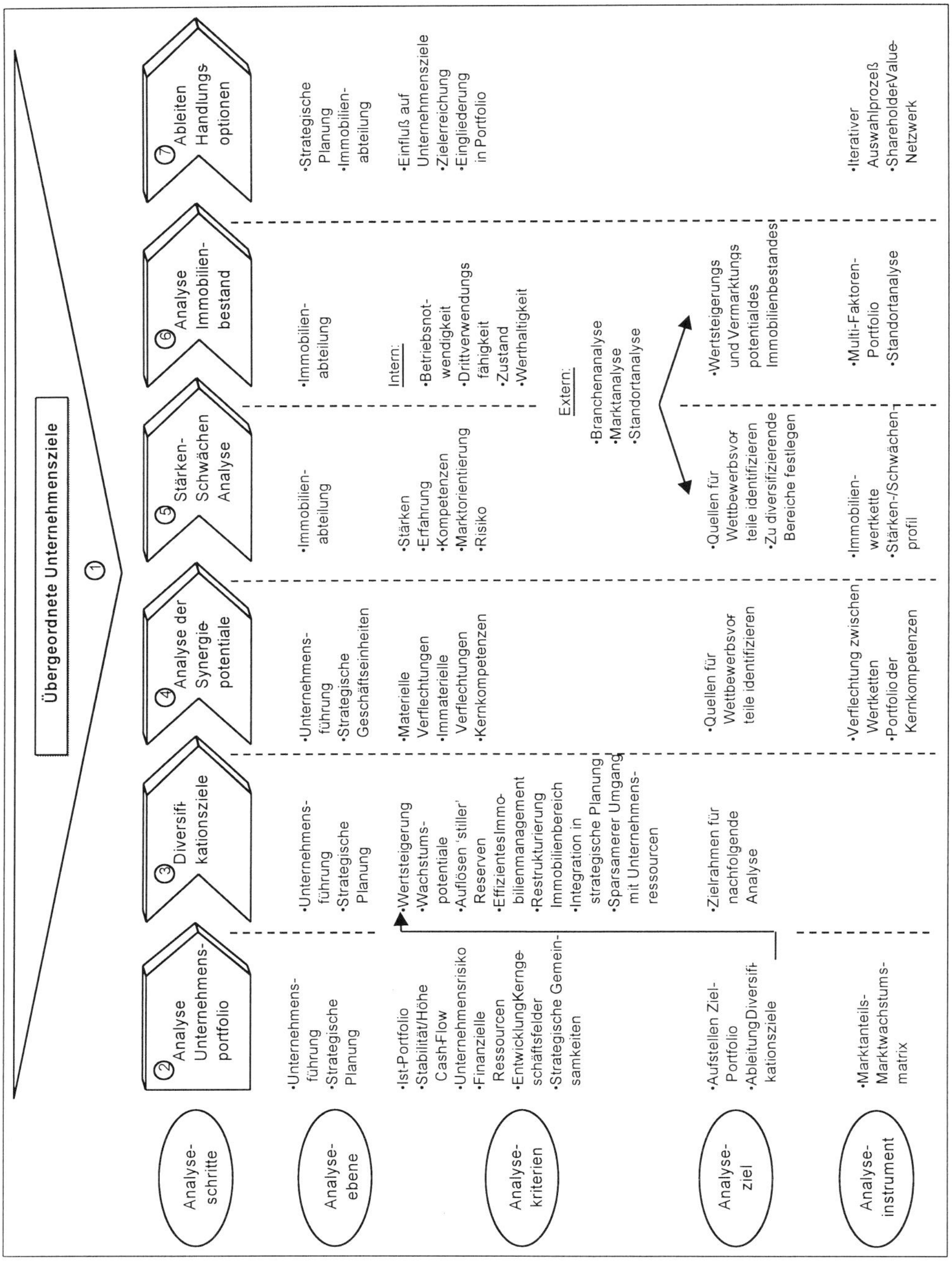

Quelle: Eigene Darstellung

Innerhalb der sieben identifizierten Schritte muß eine generelle Offenheit zur Umwelt und zu internen Veränderungen bestehen, damit neue Informationen, Korrekturen sowie Rückmeldungen Berücksichtigung bei der Entscheidung finden können.[169] Da bei der Markteintrittsplanung die Ziele der Unternehmung im Mittelpunkt stehen,[170] ist die konsequente Implementierung des Konzeptes der Wertsteigerung auf Unternehmensebene wesentliche Voraussetzung, um die Ausgründung des Immobilienbereichs und dessen 'Re-Integration' in das Unternehmensportfolio nach wertorientierten Maßstäben beurteilen zu können. Im vorgestellten Entscheidungsprozeß stellen demgemäß die Zielvorgaben der Schritte (1) bis (3) den Bezugsrahmen der Analyse dar. Hierbei leiten sich die Diversifikationsziele aus der Situation des Gesamtunternehmens ab und bilden den Maßstab zur Messung der möglichen Zielerreichung und zur Ableitung der Handlungsoptionen. Innerhalb dieses Zielrahmens werden in den Schritten (4) bis (7) aus der Abstimmung der unternehmenseigenen immobilien- und nichtimmobilienbezogenen Ressourcen mit den marktlichen Möglichkeiten in diesem Segment, resultierende Diversifikationsoptionen ermittelt und ausgewählt.

Um diesen Entscheidungprozeß zu unterstützen, sollen im folgenden Modelle der strategischen Planung, die der Analyse der Kriterien innerhalb der einzelnen Schritte des Analyseschemas dienen, vorgestellt und auf die vorliegende Fragestellung angewandt werden.

---

169 Vgl. hierzu *Allesch/Poppenhäger*, Umwelten, S. 12 - 20.

170 Vgl. auch *Remmerbach*, Märkte, S. 97.

4 Ganzheitliches Analysemodell der Diversifikationsentscheidung

4.1 Strategische Situationsanalyse auf Gesamtunternehmensebene

4.1.1 Analyse des Unternehmensportfolios

Die Unternehmensportfolioanalyse hat mit Hinblick auf den Shareholder Value Ansatz die Beurteilung des Einflusses der potentiellen strategischen Geschäftseinheit 'Immobilien' auf das Gesamtunternehmensportfolio und somit auf den Unternehmenswert zum Ziel. Die Portfolioanalyse stammt ursprünglich aus dem finanzwirtschaftlichen Bereich und bezeichnet dort unter dem Namen Portefeuille-Theorie eine nach den Kriterien erwartete Rendite, Varianz der Rendite und Kovarianz der Einzelinvestitionen optimale Mischung mehrerer Investitionsalternativen.[171]

Die auf diesem Grundgedanken aufbauende Portfolioanalyse gehört seit nunmehr zwanzig Jahren zum festen Bestandteil der strategischen Unternehmensplanung und soll dieser beim Aufbau dauerhafter Erfolgspotentiale Hilfestellung leisten.[172] Im Rahmen der strategischen Unternehmensplanung und ihrer Geschäftsfeldorientierung[173] dienen die Portfoliomodelle zur Visualisierung der bestehenden Produkt-/Marktbereiche des Unternehmens

---

[171] Siehe *Druckarzyck*, Finanzierung, S. 226 - 233; *Markowitz*, Selection, pp. 77 - 91; *Hahn*, Zweck, S. 221 und *Bühner*, Strategie, S. 187 - 196.

[172] Vgl. *Neubauer*, Erfolgspotentiale, S. 1. Als Hauptkritikpunkte an den Portfoliomodellen werden vor allem die Limitierung der Erfolgsdeterminanten und deren empirische Gültigkeit sowie die durch die Bildung von Geschäftseinheiten hervorgerufene starke Fragmentierung des Unternehmens angeführt. Für eine kritische Stellungnahme zu den Portfoliomodellen siehe auch *Neubauer*, Erfolgspotentiale, S. 111 - 116 und *Kreikebaum*, Unternehmensplanung, S. 91 - 93.

[173] Siehe auch Abschnitt 2.1, insb. S. 213-215 dieser Arbeit.

(i.S.v. einzelnen Investitionsalternativen)[174] und zur Allokation der knappen Ressourcen in die Produkt-/Marktbereiche bzw. strategische Geschäftseinheiten.[175]

Aufbauend auf den Determinanten des Erfolgspotentials haben sich verschiedene Modelle der Portfolioanalyse herausgebildet, bei denen jedoch das Vorgehen im Rahmen der Analyse ähnlich ist. Hierbei wird auf Basis der Abgrenzung der strategischen Geschäftsfelder und der Bestimmung und Analyse der Erfolgsdeterminanten das Ist-Portfolio erstellt, aus dem sich dann in Hinblick auf das Ziel-Portfolio strategische Optionen ableiten lassen.[176] Da sich jede Strategie nur im Rahmen der verfügbaren Mittel bewegen darf und die finanziellen Ressourcen einen limitierenden Faktor darstellen, muß bei der Ableitung der Strategien und der Auswahl von Handlungsoptionen der finanzielle Rahmen der Unternehmung beachtet werden.[177] Gerade in Verbindung mit der Diversifikationsentscheidung in Immobilien ist ein hinreichend genaues Wissen über den längerfristigen notwendigen Mittelbedarf und das verfügbare Finanzierungspotential unabdingbar.[178] Um diese Abstimmung der finanziellen Ressourcen zu gewährleisten, bietet sich die Analyse anhand der von der Boston Consulting Group (BCG) entwickelten Marktanteils-/Marktwachstums-Matrix an.

BCG hat auf Basis eigener Studien und Untersuchungen das Marktwachstum und den relativen Marktanteil als die wesentlichen zwei Faktoren für die strategische Position einer Geschäftseinheit identifiziert[179] und hierauf aufbauend die eindimensionale Marktanteils-/ Marktwachstumsmatrix (BCG-Matrix) entwickelt[180], die nachfolgend dargestellt ist.

Basierend auf dem Konzept der Erfahrungskurve[181] wird davon ausgegangen, daß eine Marktanteilserhöhung zur Senkung der Stückkosten und Erhöhung des Cash Flows führt. Dagegen steht das Marktwachstum, das, bedingt durch den Investitionsbedarf, einen Cash Flow Verbrauch zur Folge hat.[182]

---

174 Vgl. *Grill et al.*, Visualisierung, S. 83.

175 Hierbei wird davon ausgegangen, daß Cash und Investitionen in einem diversifizierten Unternehmen von einer Geschäftseinheit zur anderen transferiert werden können. Vgl. *Hendersen*, Unternehmens-Portfolio, S. 305. Siehe auch *Kreikebaum*, Unternehmensplanung, S. 87 f; *Wind/Mahajan*, Portfolios, S. 33, *Gälweiler*, Quantifizierung, S. 7; *Clarkeson*, Portfolio, S. 312; *Grünewald*, Instrument, S. 3 und *Bühner*, Strategie, S. 167.

176 Vgl. *Wind/Mahajan*, Portfolios, S. 35 f. und *Schulz*, Instrument, S. 107.

177 Siehe *Gälweiler*, Vorwort, S. 3 - 5.

178 Vgl. hierzu *Gälweiler*, Quantifizierung, S. 8 und *Hedley*, Strategy, S. 91.

179 Vgl. *Hedley*, Strategy, S. 192 f. und *Wittek*, Diversifikation, S. 138.

180 Siehe *Neubauer*, Erfolgspotentiale, S. 10 f.

181 Vgl. *Hendersen*, Portfolio, S. 288. Zu dem Konzept der Erfahrungskurve siehe *Kreikebaum*, Unternehmensplanung, S. 77 - 87; *Bühner*, Strategie, S. 168 - 174 und *Strüven*, Grenzen, S. 6 - 9.

182 Siehe *Kreikebaum*, Unternehmensplanung, S. 89 und *Hahn*, Zweck, S. 226.

Abbildung 8: Marktanteils-/Marktwachstumsmatrix nach BCG

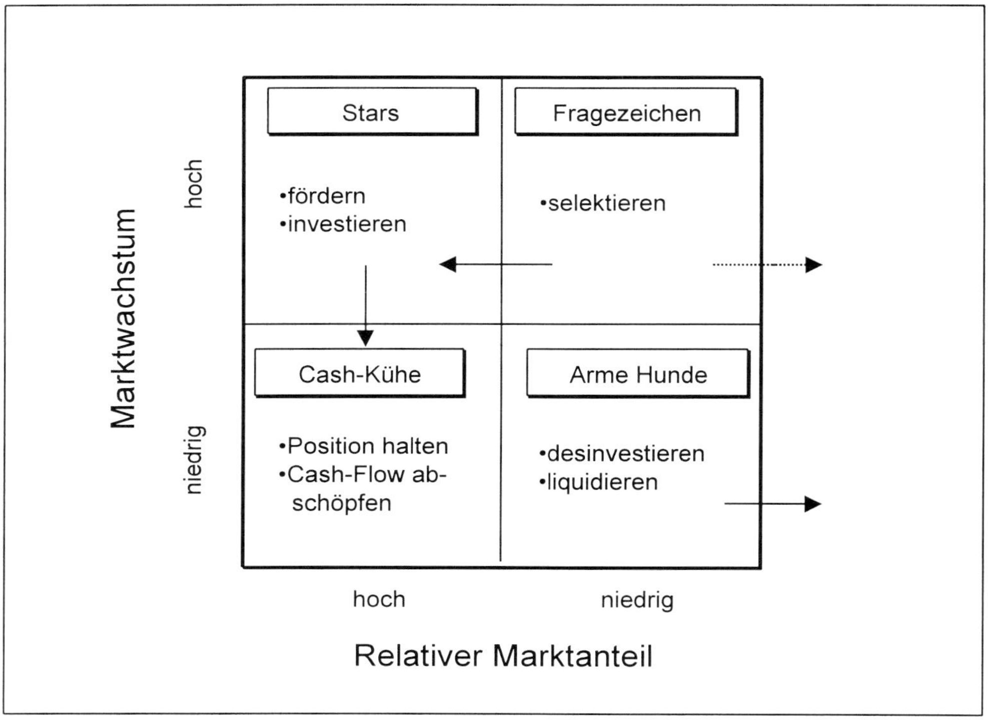

Quelle: Eigene Darstellung in Anlehnung an *Hedley*, Strategy, S. 193 und *Bühner*, Strategie, S. 169.

Aufgrund ihrer Cash Flow Charakteristik lassen sich die zuvor abgegrenzten strategischen Geschäftseinheiten einer der folgenden vier Portfolio-Kategorien zuordnen:[183]

- *'Stars'* sind Geschäftseinheiten, die zur Verteidigung ihrer Marktführerschaft auf einem schnell wachsenden Markt einen hohen Cash Flow Bedarf haben.
- *'Cash-Kühe'* stellen Geschäftseinheiten mit einem hohen relativen Marktanteil in Märkten mit niedriger Wachstumsrate dar und generieren somit einen Cash Flow Überschuß, der zur Finanzierung der anderen Geschäftseinheiten zur Verfügung steht.
- *'Fragezeichen'* benötigen wegen ihres geringen relativen Marktanteils in stark wachsenden Märkten zusätzliche Finanzmittel, da der generierte Cash Flow nicht ausreicht, die Investitionen zu decken.

---

183 In Anlehnung an *Hedley*, Strategy, S. 194; *Hendersen*, Portfolio, S. 287 f; *Schulz*, Instrument, S. 55 f.; *Wittek*, Diversifikation, S. 139 - 141; *Strüven*, Grenzen, S. 14 und *Hahn*, Zweck, S. 227.

- *'Arme Hunde'* nennt man Geschäftseinheiten mit niedrigem Marktanteil und Wachstum und somit einem negativen Cash Flow.

Aufgrund dieser Positionierung innerhalb des Ist-Portfolios und dem Ziel eines nach Cash Flow- und Unternehmenswertgesichtspunkten ausbalancierten Portfolios der Gesamtunternehmung lassen sich sog. Normstrategien ableiten. Die den vier Matrixfeldern zugeordneten Strategien (Investitionstrategie für 'Stars', selektive Strategien für 'Fragezeichen', Abschöpfungsstrategie für 'Cash-Kühe' und Desinvestitionsstrategie für 'Arme Hunde') zielen darauf ab, die 'Stars' und ausgewählten 'Fragezeichen' durch die Finanzmittel der 'Cash Kühe' und liquidierten 'Fragezeichen' zu finanzieren.[184]

Im Vorfeld der Diversifikationsentscheidung müssen demzufolge die bestehenden strategischen Geschäftseinheiten, auf Basis der momentanen und potentiellen Entwicklung in den jeweiligen Geschäftsfeldern, im Portfolio positioniert werden, um hieraus Rückschlüsse auf den Unternehmens Cash Flow und das Unternehmensrisiko zu erhalten.[185] Die hieraus ableitbaren Strategien im Hinblick auf die Ressourcenallokation bilden den Handlungsrahmen und das Soll-Konzept für die Diversifikation. Nach der sorgfältigen Analyse des Immobilienbereiches, kann dann antizipiert werden, ob sich die strategische Geschäftseinheit 'Immobilien' mit ihren auf den internen Ressourcen aufbauenden Cash Flow- und Risikocharakteristika in das Unternehmensportfolio einfügt und durch einen hohen strategischen Beziehungsgrad[186] sowie einer Sicherung der langfristigen Ertragskraft zur Portfoliooptimierung und Wertsteigerung beiträgt.

In Anbetracht der Tatsache, "daß nur in Geschäften, in denen Kernkompetenzen vorhanden sind, längerfristig eine geforderte Rendite erbracht [...] werden kann"[187], soll neben dieser eher finanziellen Betrachtungsweise der BCG-Matrix das Portfolio der Kernkompetenzen vorgestellt werden. Diese Form des auf der Stärken-/Schwächen-Analyse aufbauenden Portfolios ermöglicht eine Identifikation der Unternehmensstärken, die für die Formulierung der Diversifikationsstrategie und den noch vorzustellenden Synergietest wesentlich sind.

Auf dem Gedanken aufbauend, daß die Beurteilung von Unternehmensressourcen in starkem Maß von den Potentialen und Kompetenzen der wichtigsten Konkurrenten abhängt,[188] findet bei der vorangestellten Stärken-/Schwächenanalyse eine Verbindung der intern ausgerichteten Ressourcenanalyse und der externen Konkurrentenanalyse statt. Im ersten Schritt, der Ressourcenanalyse, werden die wichtigsten zu beurteilenden unternehmensinternen Ressourcen ausgewählt, wobei Selektion und Einteilung der Ressourcen in aller

---

[184] Vgl. *Bühner*, Strategie, S. 174. Durch den Fokus auf den Unternehmens Cash Flow läßt sich das Portfoliomodell gut mit der Zielsetzung des Shareholder Value (vgl. Abschnitt 3.1.1 dieser Arbeit) vereinbaren. Siehe hierzu auch *Miles*, Renaissance, pp. 322 f.

[185] Siehe *Ganz*, Erhöhung, S. 244; *Ansoff*, Diversification, p. 115 und *Gomez/Ganz*, Konzepte, S. 48.

[186] Vgl. *Gomez/Ganz*, Konzept, S. 47.

[187] *Bühner*, Führung, S. 58.

[188] Siehe *Steinmann/Schreyögg*, Management, S. 172 und *Kreikebaum*, Unternehmensplanung, S. 46.

Regel analog der Wertschöpfungskette des Unternehmens erfolgt.[189] Im zweiten Schritt, der Konkurrentenanalyse, wird nach der Auswahl der wichtigsten Wettbewerber versucht, diejenigen Stärken und Schwächen der Konkurrenz zu beurteilen, die auch Gegenstand der Unternehmensanalyse sind, um diese dann im dritten Schritt mit Unterstützung eines Stärken-/Schwächen-Profils relativ zu denen der eigenen Unternehmung darstellen und vergleichen zu können.[190]

Hinterhuber[191] erweitert diese Methodik i.S. des ressourcenbasierten Strategieansatzes[192], indem er als zweite Betrachtungsebene die relative Kompetenzstärke integriert. Mit dem in Abbildung 9 vorgestellten Schema ermöglicht dieser Ansatz eine Identifikation und Bewertung der Kernkompetenzen des Unternehmens aus Kundensicht.

Abbildung 9: Identifikation der Kernkompetenzen

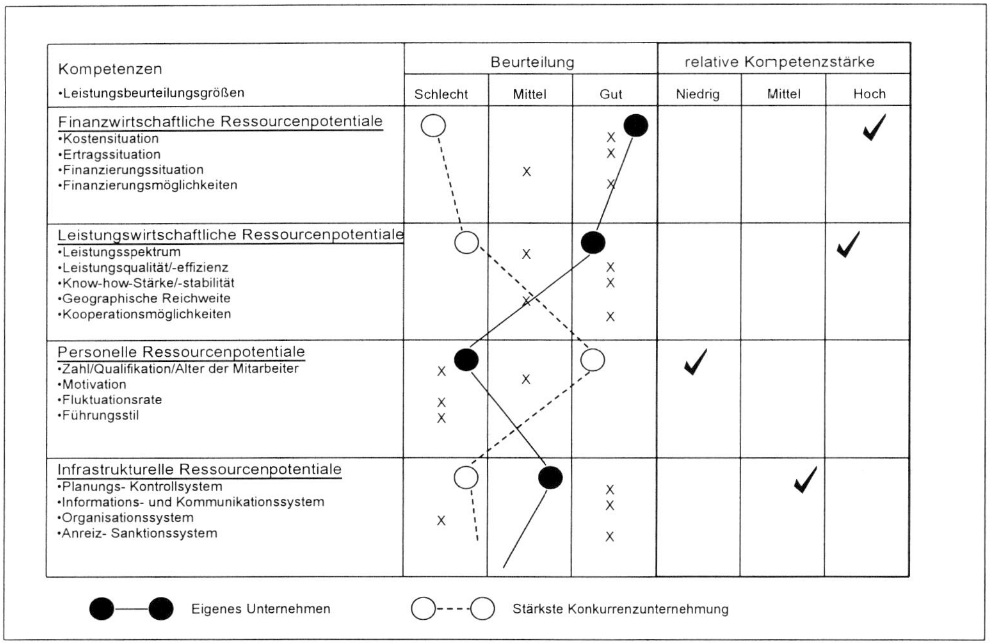

Quelle: Eigene Darstellung in Anlehnung an *Hinterhuber*, Denken, S. 127 und *Schäfers*, Unternehmensimmobilien, S. 108

---

189 Siehe auch *Gälweiler*, Grundlagen, S. 354 - 356; *Kreikebaum*, Unternehmensplanung, S. 65 und *Hinterhuber*, Denken, S. 126. Zu dem Konzept der Wertkette siehe auch den folgenden Abs. 4.1.2.

190 Vgl. *Kreikebaum*, Unternehmensplanung, S. 64; *Staehle*, Management, S. 603 und *Steinmann/Schreyögg*, Management, S. 183. Zur Anwendung des Stärken-/Schwächen-Profils siehe exemplarisch *Bone-Winkel*, Immobilienfonds, S. 156.

191 Vgl. *Hinterhuber*, Denken, S. 125 - 130.

192 Vgl. Abschnitt 2.1, S. 218 f.

Der Kundenanalyse kommt in diesem Zusammenhang mit der Erfassung der artikulierten und idealerweise der noch nicht artikulierten Produktwünsche ein hoher Stellenwert zu, da sich mit ihrer Hilfe die kritischen Erfolgsfaktoren der Unternehmung aus dem Blickwinkel der Kunden ableiten lassen.[193] Auf Basis der folgenden Fragen kann beim Aufstellen des Stärken-/Schwächen-Profils die Existenz von Kernkompetenzen überprüft werden:[194]

(1) Verfügt die Unternehmung über Technologien, Know-how oder Prozesse, die den Nutzen oder die Wettbewerbsfähigkeit der Kunden in einem Ausmaß steigern, das über dem der Konkurrenten liegt?

(2) Sind die Kernkompetenzen so abgeschirmt, daß sie von den Konkurrenten nicht oder nur sehr schwer imitierbar sind?

(3) Dienen die Kernkompetenzen mehreren Geschäftseinheiten?

(4) Eröffnen sie den Zugang zu neuen Geschäftsfeldern?

Auf der Identifikation der Kernkompetenzen basierend, kann das sog. Portfolio der Kernkompetenzen aufgestellt werden.

Abbildung 10: Das Portfolio der Kernkompetenzen

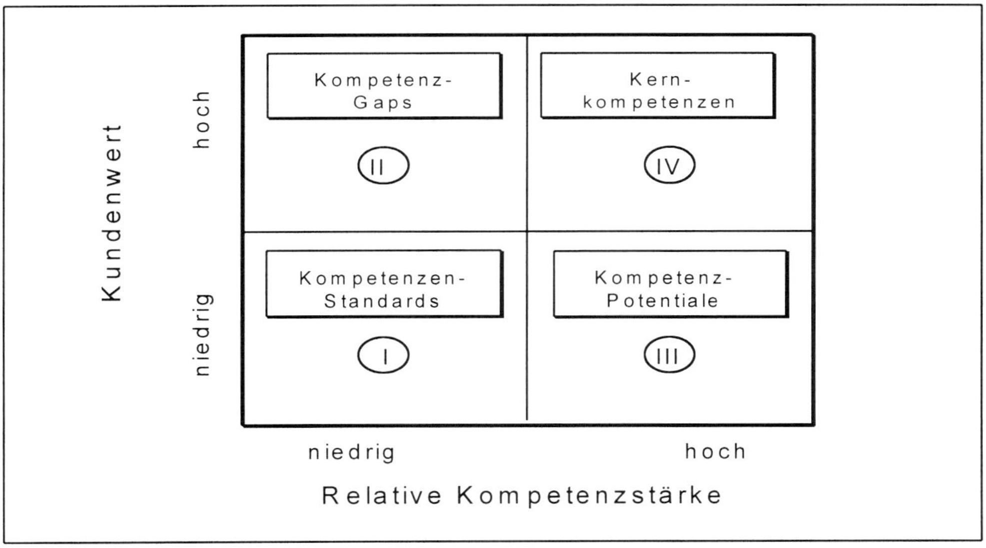

Quelle: *Hinterhuber*, Denken, S. 132

193 Vgl. *Hinterhuber*, Denken, S. 126 - 128.

194 Nach *Hinterhuber*, Denken, S. 12.

Hierbei erfolgt analog Abbildung 10 eine Positionierung in vier Quadranten anhand der Kriterien Kundenwert und relative Kompetenzstärke,[195] wobei hauptsächlich Fähigkeiten der Quadranten IV (Kernkompetenzen) und III (Kompetenz-Potentiale) die Quelle für die Wettbewerbsfähigkeit der neuzugründenden strategischen Geschäftseinheit bilden.

Als Fazit der vorgestellten Portfoliomodelle läßt sich somit festhalten, daß der Fokus der Diversifikationsentscheidung darauf liegen muß, "eine wirksame und ausgewogene Sammlung von Geschäftseinheiten und Kernkompetenzen aufzubauen."[196]

4.1.2 Analyse der Synergiepotentiale

"Ein Unternehmen, das eine Konzernstrategie entwickeln will, sollte [...] alle Möglichkeiten von Know-how Transfer und Aufgabenzentralisierung ausloten. Die Muttergesellschaft wird dabei nicht nur Wege finden, um Wettbewerbsvorteile bestehender Konzerntöchter zu verbessern, sondern auch neue Diversifikationschancen entdecken."[197]

Ausgangspunkt für die Analyse der materiellen und immateriellen Verflechtungen zwischen den bestehenden und der neuzugründenden strategischen Geschäftseinheit bildet die Wertkette nach Porter,[198] die als Analyseinstrument auf Ebene der strategischen Geschäftseinheiten ansetzt.[199] Hierbei werden die einzelnen Geschäftseinheiten in einer Kette von primären und unterstützenden Wertschöpfungsaktivitäten unterteilt.[200] Der wesentliche Vorteil der Wertkette besteht darin, daß sie einerseits Schnittstellen zu vor- und nachgelagerten Wertketten aufzeigt und andererseits eine Analyse der realisierten und potentiellen Synergien zwischen Wertketten von verschiedenen Geschäftsbereichen ermöglicht.[201] Potentiell ist es zwar denkbar, daß eine strategische Geschäftseinheit jegliche Wertaktivitäten und Kompetenzen mit anderen Geschäftseinheiten teilt. Eine Aufgabenzentralisierung ist jedoch nur dann sinnvoll, wenn sie zu einem dauerhaften Wettbewerbsvorteil führt, d.h. wenn die Vorteile der Aufgabenzentralisation deren Kosten[202] aufwiegen und eine differenzierungsrelevante Aktivität, also Kernkompetenzen betreffen.[203] Genauso führen immaterielle Verflechtungen nur zu Wettbewerbsvorteilen, "wenn die kosten- oder differenzier-

---

195 Vgl. *Hinterhuber*, Denken, S. 130.

196 *Hinterhuber*, Denken, S. 201. Siehe auch *Prahalad/Hamel*, Kernkompetenzen, S. 66 und S. 74.

197 *Porter*, Konzerne, S. 47.

198 Vgl. *Jacobs*, Erfolgsfaktoren, S. 148 und *Porter*, Wettbewerbsvorteile, S. 415. Zu einer ausführlichen Darstellung der Wertkette siehe *Porter*, Wettbewerbsvorteile, S. 59 - 92.

199 Siehe *Steinmann/Schreyögg*, Management, S. 175 und *Rappaport*, Wertsteigerung, S. 87.

200 Siehe *Porter*, Wettbewerbsvorteile, S. 63; *Steinmann/Schreyögg*, Management, S. 174 und S. 176; *Kreikebaum*, Unternehmensplanung, S. 93 f. und *Cameron/Duckworth*, Support, pp. 20 f.
Unternehmensimmobilien lassen sich bei der unterstützenden Tätigkeit Beschaffung einordnen. Vgl. *Schäfers*, Unternehmensimmobilien, S. 110.

201 Vgl. *Steinmann/Schreyögg*, Management, S. 175.

202 Unter die Kosten der gemeinsamer Durchführung fallen nach *Porter* (Wettbewerbsvorteile, S. 423) die Koordinations-, Kompromiß- und Inflexibilitätskosten.

203 Siehe *Porter*, Wettbewerbsvorteile, S. 415 f.

ungsbezogenen Verbesserungen in der das Know-how übernehmenden Unternehmenseinheit im Wert über den Transferkosten liegt."[204]

Abbildung 11: Analyse der Verflechtungen zwischen Unternehmenseinheiten

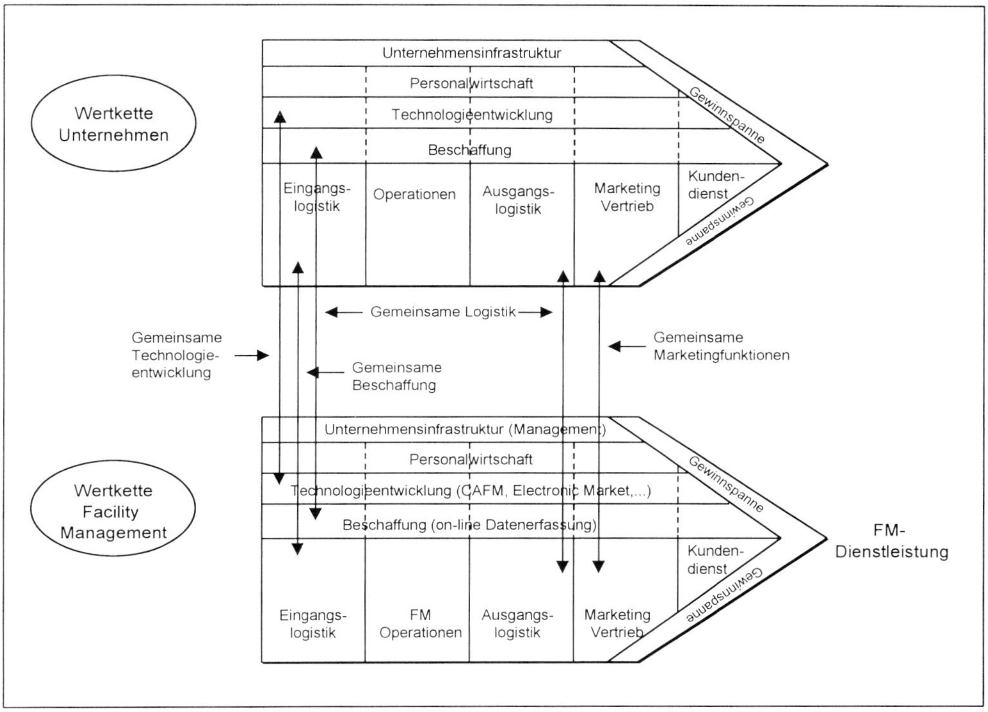

Quelle: Eigene Darstellung in Anlehnung an *Porter* ,Wettbewerbsvorteile, S. 417 und *Frutig/Reiblich*, Objekte, S. 33.

Innerhalb des Unternehmens lassen sich, wie in Abbildung 11 gezeigt, durch eine Verknüpfung der Wertschöpfungsketten einzelner Geschäftseinheiten diejenigen Wertaktivitäten herausarbeiten, die durch eine gemeinsame Ausführung oder den Transfer der bereits identifizierten Kernkompetenzen einen erheblichen Teil zu Kosteneinsparungen und Wettbewerbsvorteilen beitragen können.[205]

---

204 *Porter*, Wettbewerbsvorteile, S. 445.

205 *Ganz* (Diversifikationsstrategie, S. 39) sieht vor allem auf der Ebene der primären Wertschöpfungstätigkeiten eine wichtige Quelle für Synergien. Für die Anwendung im betrieblichen Immobilienmanagement siehe auch *Schäfers*, Unternehmensimmobilien, S. 113- 116.

Der Vergleich der jeweiligen Glieder der Wertschöpfungskette stellt somit im Rahmen der Diversifikationsentscheidung ein geeignetes Instrument dar, Verflechtungspotentiale zu identifizieren.[206]

4.2 Strategische Situationsanalyse auf Immobilienebene

"Tritt ein Unternehmen auf Basis seiner besonderen Stärken in einen neuen Markt ein, so mag dies die Erfolgschancen wesentlich erhöhen."[207] Aus diesem Grund und im Sinn der internen Ausrichtung des ressourcenbasierten Strategieansatzes wird bei der Analyse auf Immobilienebene primär darauf abgezielt, diejenigen Leistungen herauszufiltern, die aufgrund ihrer Ressourcenstärke eine erfolgreiche Vermarktung auf externen Märkten wahrscheinlich machen. In einem ersten Schritt wird hierbei der unternehmenseigene Immobilienbestand auf sein inhärentes Entwicklungs-, Vermarktungs- und Wertsteigerungspotential untersucht. Daneben muß im zweiten Schritt eine Analyse des internen Immobilienmanagement im Hinblick auf Stärken, Erfahrungen und Kernkompetenzen erfolgen, um die für die Diversifikation erfolgversprechende Aktivitäten zu identifizieren. Da jede Leistung auch auf Märkten abgesetzt werden muß, ist die Kenntnis der Attraktivität der anvisierten Märkte und Branchen unabdingbar. Deshalb wird neben den beiden intern ausgerichteten Analysen abschließend die Methodik der externen Branchen- und Umweltanalyse vorgestellt.

4.2.1 Analyse des Immobilienportfolios

Für die Analyse des Entwicklungs-, Vermarktungs- und Wertsteigerungspotentials des unternehmenseigenen Immobilienbestandes wird ein Vorgehen gewählt, bei dem analog der Portfolioanalyse auf Unternehmensebene, die einzelnen Immobilien als eigenständige strategische Geschäftsfelder angesehen und anhand ausgesuchter Kriterien in einer Portfoliomatrix positioniert werden. Hierbei bildet das mehrdimensionale, von McKinsey und General Electric gemeinsam entwickelte Portfoliomodell, das auf den Determinanten Marktattraktivität und Wettbewerbsposition beruht, das analytische Grundgerüst. Diesem Modell liegt im Gegensatz zur BCG-Matrix keine explizite Kausalität der Variablen zugrunde, vielmehr werden die Normstrategien (Investition/Wachstum, Selektion und Abschöpfung) aus der Multi-Faktoren-Analyse, die zur Einschätzung der o.g. Faktoren führt, abgeleitet.[208]

Als wichtigste Kriterien für die Marktattraktivität (externer Faktor) werden hier Stabilität und Flexibilität der Branche, und für die Wettbewerbsposition (interner Faktor) Finanzkraft und Wettbewerbsvorteil genannt.[209] Dieses Modell besitzt den Vorteil, daß es nicht nur durch vergangenes Handeln determiniert wird, wie dies z.B. beim Marktanteil der BCG-Matrix der

---

206 Siehe *Ganz*, Diversifikationsstrategie, S. 39.

207 *Jacobs*, Erfolgsfaktoren, S. 252.

208 Vgl. *Hahn*, Zweck, S. 228 und *Neubauer*, Erfolgspotentiale, S. 34 f.

209 Siehe hierzu *Bühner*, Strategie, S. 175 f. und *Schulz*, Instrument, S. 53 f.

Fall ist, sondern eine Verbindung vergangener und zukünftiger Entwicklungen herstellt.[210] Darüber hinaus kann dieses Portfoliomodell für die Diversifikationsentscheidung in Immobilien kontextadäquat abgeändert werden, indem die das Vermarktungs- und Wertsteigerungspotential der Immobilien determinierenden Kriterien Eingang finden. Aufgrund der Komplexität, Heterogenität und regionalen Streuung des Immobilienbestandes von Non Property Unternehmen findet hierbei in einem ersten Schritt eine Einteilung bzw. Abgrenzung der Immobilien in strategische Geschäftseinheiten statt.[211] Als Abgrenzungskriterien bieten sich für Unternehmensimmobilien vor allem die Nutzungsart bzw. der Immobilientyp sowie die Ballungsraumzugehörigkeit an.[212] Im zweiten Schritt erfolgt anhand der in Kapitel 3.2.2 herausgearbeiten Kriterien die Beurteilung jeder Immobilie und ihres Standortes im Hinblick auf ihr Wertsteigerungspotential (interner Faktor) und die Marktattraktivität des Standortes (externer Faktor). Um die Standortattraktivität zu erfassen, kann auf die in der Immobilienwirtschaft vorherrschende Standort- und Marktanalyse zurückgegriffen werden,[213] unter der das "systematische Sammeln, Gewichten und Auswerten von direkt und indirekt mit einer Immobilie in Zusammenhang stehenden Informationen zu verstehen"[214] ist. Hierbei erfolgt eine Untergliederung in Mikro- und Makroanalyse. Während bei der Analyse des Mikrostandortes das unmittelbare Umfeld untersucht wird, stellt die Analyse des Makrostandortes eine auf das weitere Umfeld der Immobilie 'heruntergebrochene' Analyse der globalen Umwelt dar.[215]

Auf Basis dieser Bewertung des Immobilienbestandes und der Standorte werden für die einzelnen, nach den Kriterien Nutzungsart und Ballungsraumzugehörigkeit gebildeten Geschäftsfelder Portfolios aufgestellt, die in einer weiteren Aggregationsstufe aufgrund von Punktbewertungen und Gewichtungen in ein Gesamtportfolio integriert werden.[216] Mit Hilfe dieser Vorgehensweise, die in den Abbildungen 12 und 13 exemplarisch dargestellt ist, gelingt es, den gesamten Immobilienbestand eines Unternehmens und dessen Entwicklung zu visualisieren und vergleichbaren Bewertungsmaßstäben zu unterwerfen.[217] Je weiter und vielzahliger die strategischen Einheiten 'Immobilien' in den links oberen Quadranten positioniert sind, desto wahrscheinlicher ist ein hohes inhärentes Wertsteigerungs- und Vermarktungspotential. Trifft dieses mit Erfahrungen und Kompetenzen im Projektentwicklungs- und Vermarktungsbereich zusammen, kann eine gute Ausgangsposition für die Diversifikation im Sinne einer aktiven Verwertungsstrategie innerhalb des Immobilienmanagement als gegeben betrachtet werden.

---

210 Vgl. *Timmermann*, Grundbausteine, S. 6.

211 Siehe *Bone-Winkel*, Immobilienfonds, S. 175 ff. und *Schäfers*, Unternehmensimmobilien, S. 125.

212 So auch *Schäfers*, Unternehmensimmobilien, S. 126 und *Cameron/Duckworth*, Support, p. 20.

213 Siehe auch *Fink*, Portfolio-Management, S. 7.

214 *Muncke*, Marktanalyse, S. 106.

215 Vgl. *Miles et al.*, Development, pp. 311 - 329; *Stadelmeyer/Falk*, Research, S. 353 - 356 und *Schnermann*, Projektentwicklung, S. 364 - 366.

216 Zur beschriebenen Vorgehensweise siehe *Bone-Winkel*, Immobilienfonds, S. 180 f. und für das Scoringmodell S. 188 f. Vgl. auch *Schäfers*, Unternehmensimmobilien, S. 129 f.

217 Vgl. *Bone-Winkel*, Bewertung, S. 5. Siehe auch *DeLisle*, Model, pp. 18 f.

Abbildung 12: Immobilien-Portfoliomodell für die Diversifikationsentscheidung

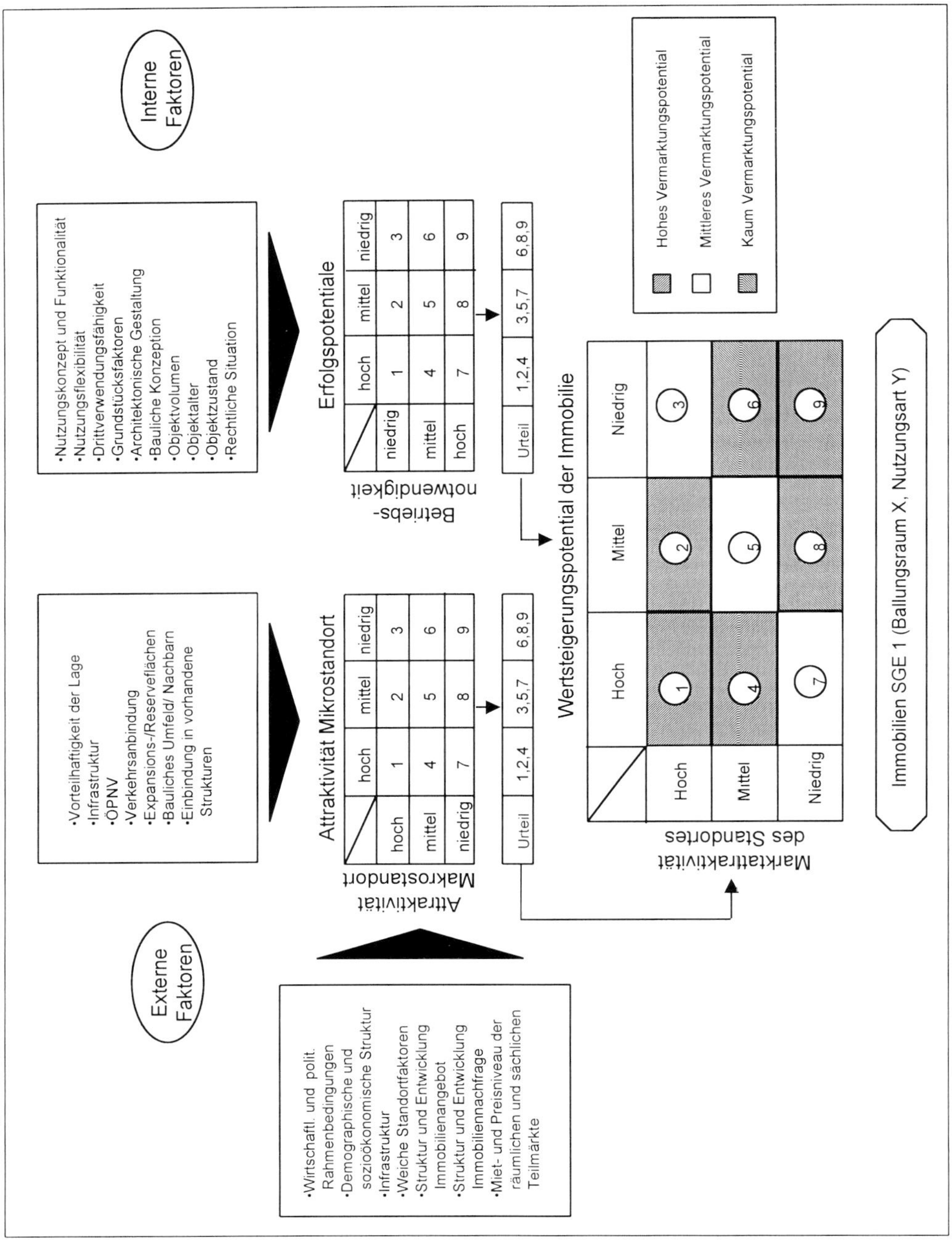

Quelle: Eigene Darstellung in Anlehnung an *Bühner*, Strategie, S. 175 und *Bone-Winkel*, Immobilienfonds, S. 108

Abbildung 13: Hierarchisches Gesamtimmobilienportfolio

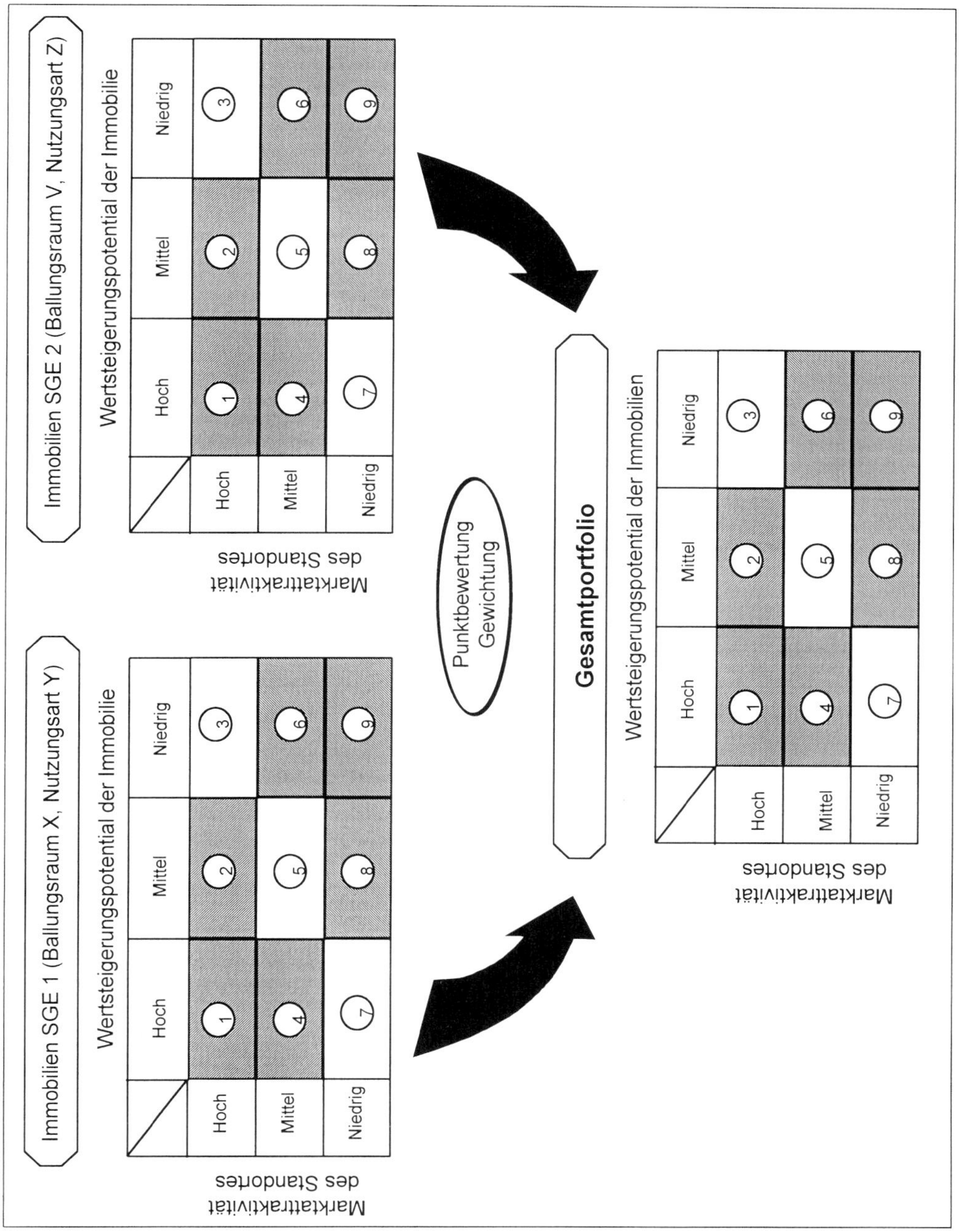

Quelle: Eigene Darstellung in Anlehnung an *Bone-Winkel*, Immobilienfonds, S. 181 und *Schäfers*, Unternehmensimmobilien, S. 129.

4.2.2 Analyse des Diversifikationspotentials der immobilienbezogenen Aktivitäten

Aufgabe dieses Planungsschrittes ist die Ermittlung der internen Situation innerhalb des Immobilienmanagement, um daraus Rückschlüsse über das Vermarktungspotential der einzelnen Aktivitäten zu ziehen, bzw. die Leistungen zu bestimmen, die aufgrund ihrer Stärken, Kompetenzen sowie der Fähigkeit Wettbewerbsvorteile aufzubauen, eine marktorientierte Ausgründung ermöglichen. Um diese Aktivitäten und deren strategische Wettbewerbsvorteile zu identifizieren, zeigt Abbildung 14 eine mögliche Verknüpfung des im Rahmen der Portfolioanalyse vorgestellten Stärken-/Schwächen- und Kompetenzprofils mit der Wertkette des betrieblichen Immobilienmanagement.

Abbildung 14: Analyse des Diversifikationspotentials immobilienbezogener Leistungen

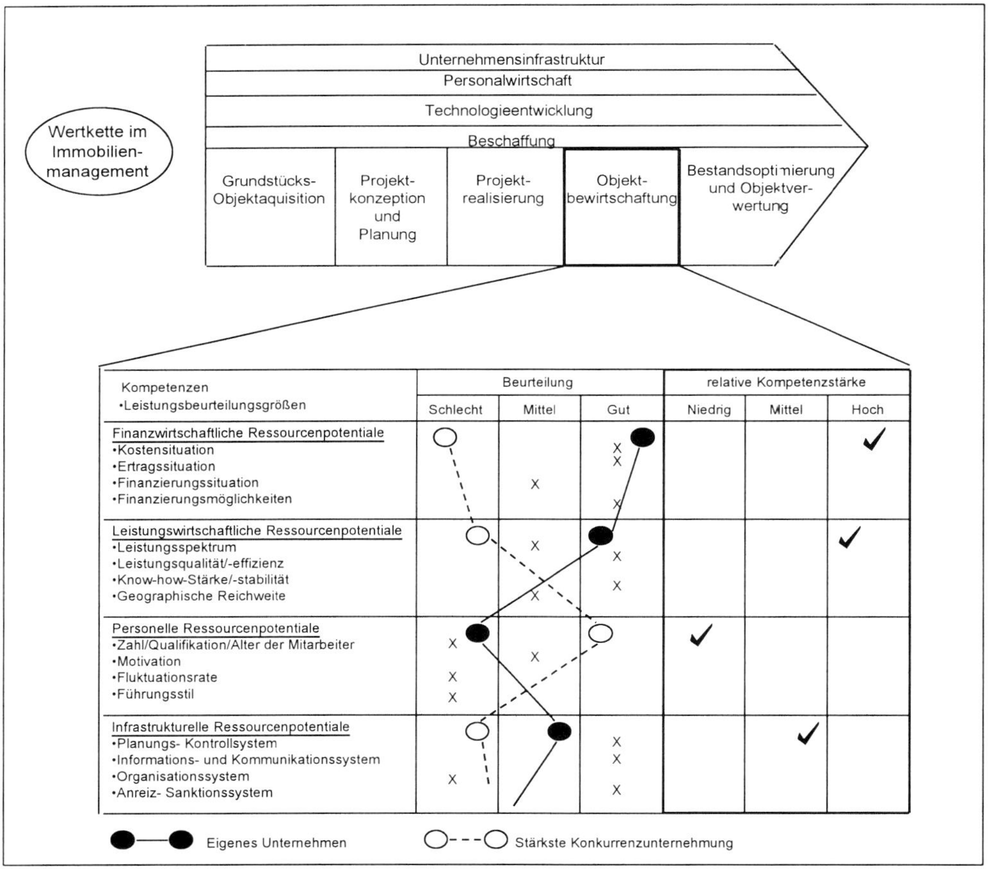

Quelle: Eigene Darstellung in Anlehnung an *Ernst*, Wertschöpfung, S. 7; *Schäfers*, Unternehmensimmobilien, S. 108 und 113 sowie *Hinterhuber*, Denken, S. 127.

Porter bezeichnet die einzelnen Aktivitäten innerhalb der Wertkette als "Bausteine des Wettbewerbsvorteils." [218] In diesem Kontext liegt der Wertkette der Gedanke zugrunde, daß eine Geschäftseinheit nur dann langfristig am Markt überleben kann, wenn sie nachhaltige Wettbewerbsvorteile erzielt bzw. wenn die Kosten der erbrachten Leistungen unter dem am Marktpreis gemessenen Kundennutzen liegt.[219] Die vorgeschlagene Verknüpfung der Wertkette des betrieblichen Immobilienmanagement mit dem Stärken-/ Schwächen Profil ermöglicht nun ihrerseits eine systematisierte Erfassung der gesamten, im Unternehmen vorhandenen Immobilienaktivitäten und deren Bewertung mit Hinblick auf Wettbewerbsvorteile und Kernkompetenzen.[220]

Die vorgestellte Stärken-/Schwächenanalyse dient folglich als "Grundlage zur Beantwortung der [...] Frage, ob sich das vorhandene Potential eignet, um Zukunftsmärkte zu erschließen oder in neue Märkte im Sinne einer Diversifikation einzutreten."[221]

4.2.3 Branchen- und Umweltanalyse

Um die Attraktivität der Branchen und Märkte zu evaluieren, in denen sich auf Basis des Immobilienbestandes und der Immobilienaktivitäten ein Absatz von Leistungen erfolgversprechend gestalten könnte, wird in Abbildung 15 mit der Branchenanalyse nach Porter[222] ein Analyseschema der Unternehmensumwelt vorgestellt.

Aufbauend auf der in Harvard vorherrschenden Gedankenrichtung der Industrieökonomik soll bei diesem Modell, ausgehend von der Branchenstruktur, die Wettbewerbssituation und das Gewinnpotential der Branche geschätzt werden.[223]

Porter hat für jede Branche[224] fünf Wettbewerbskräfte identifiziert, die deren Gewinnpotential determinieren. Hierzu gehören die Rivalität unter den bestehenden Wettbewerbern, die Bedrohung durch Ersatzprodukte und durch neue Konkurrenten sowie die Verhandlungstärke der Lieferanten und der Abnehmer.[225]

---

218 *Porter*, Wettbewerbsvorteile, S. 65.

219 Vgl. *Kreikebaum*, Unternehmensplanung, S. 93 und *Porter*, Wettbewerbsvorteile, S. 59.

220 Die Wertkette wird des weiteren als wichtiger Ansatz für die Suche nach Potentialen für die Cash Flow Steigerung und die Steigerung des Unternehmenswertes betrachtet. Vgl. *Knyphausen*, Management, S. 343. Darüber hinaus kann die Wertkettenanalyse einer Branche zur Identifikation von neuen Geschäftsfeldern dienen. Siehe *Stalk et al.*, Geschäfte, S. 88.

221 *Steinmann/Schreyögg*, Management, S. 172.

222 Für eine ausführliche Darstellung siehe *Porter*, Wettbewerbstrategie, S. 25 - 61.

223 Vgl. auch *Kreikebaum*, Unternehmensplanung, S. 66.

224 Porter (Wettbewerbstrategie, S. 27) definiert Branche als "[...] Gruppe von Unternehmen, die Produkte herstellen, die sich gegenseitig nahezu ersetzen können."

225 Vgl. *Porter*, Wettbewerbstrategie, S. 25 - 27. Siehe auch *Kreikebaum*, Unternehmensplanung, S. 67 f. und *Kotler/Bliemel*, Marketing-Management, S. 436 f. *Rappaport* (Wertsteigerung, S. 90) sieht den Zweck der Analyse der Branche vor allem darin, deren Wertsteigerungspotential zu beurteilen.

Abbildung 15: Branchenanalyse nach Porter

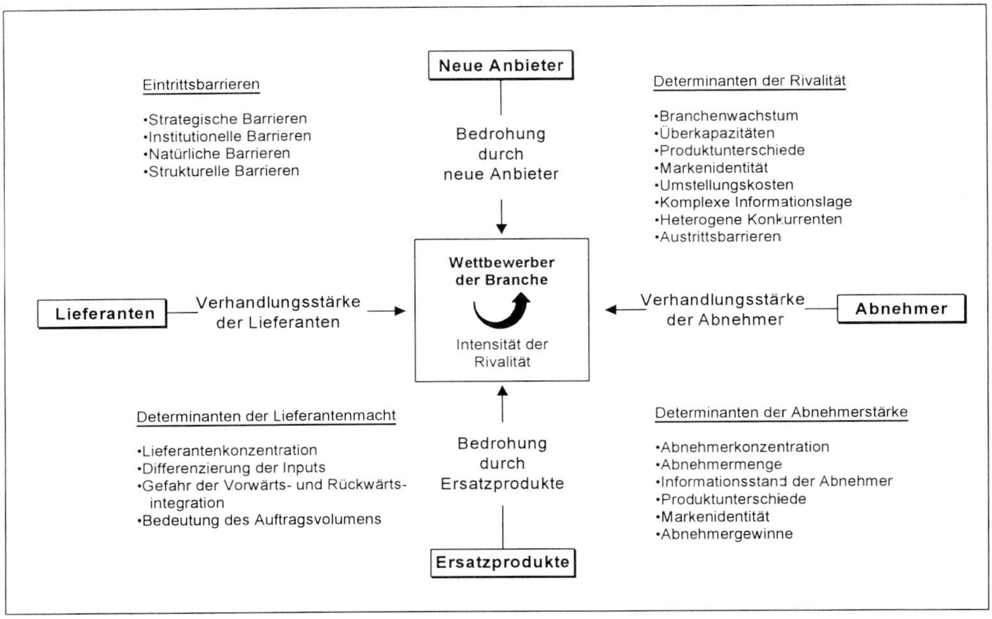

Quelle: Darstellung in Anlehnung an *Porter*, Wettbewerbsstrategie, S. 26

Im Kontext der vorliegenden Arbeit muß es das Ziel der Branchenanalyse sein, aufbauend auf der Einschätzung des Gewinnpotentials, eine Aussage über die Attraktivität einer Branche für den Markteintritt zu ermöglichen. Für diese Fragestellung kommt vor allem der Analyse der Markteintrittsbarrieren eine hohe Bedeutung zu.[226] Nach der *Porter*'schen Branchenanalyse bestimmen sich diese u.a. durch die Mindestbetriebsgröße, den Zugang zu Vetriebskanälen, Umstellungskosten, absolute Kostennachteile, Kapitalbedarf, Käuferloyalität und staatliche Schranken.[227] Die Ausprägung dieser Faktoren sowie die absehbare Reaktion etablierter Wettbewerber[228] determinieren hiernach die Eintrittsattraktivität in die anvisierte Branche.

Um dauerhafte Wettbewerbsvorteile im Rahmen der Diversifikationsstrategie zu schaffen, ist es unumgänglich, neben der Branchenstrukturanalyse, die Entwicklungen in den Hauptkomponenten der allgemeinen betrieblichen Umwelt zu analysieren. Die Untersuchung der Umweltbedingungen im Rahmen der Diversifikationsentscheidung hat zur Aufgabe, Informationen über die relevanten Umwelteinflüsse und deren Veränderungen bereitzustellen,

---

226 Vgl. hierzu insb. *Nehls* (Diversifikation, S. 60 f.), der in den Markteintrittsbarrieren ein Kriterium für die Entscheidung über die Art der Diversifikation sieht. Siehe zur Bedeutung von Markteintrittsbarrieren auf die Diversifikation auch Kap. 3.2.1, S. 235 dieser Arbeit.

227 Siehe *Porter*, Wettbewerbsstrategie, S. 29 - 42 und *Steinmann/Schreyögg*, Management, S. 166 - 171.

228 Siehe hierzu *Porter*, Wettbewerbsstrategie, S. 29 und S. 37 f.

um die sich daraus ergebenden Chancen und Risiken für die potentielle Geschäftstätigkeit des Unternehmens zu erkennen.[229]

Abbildung 16: Sektoren der Umweltanalyse

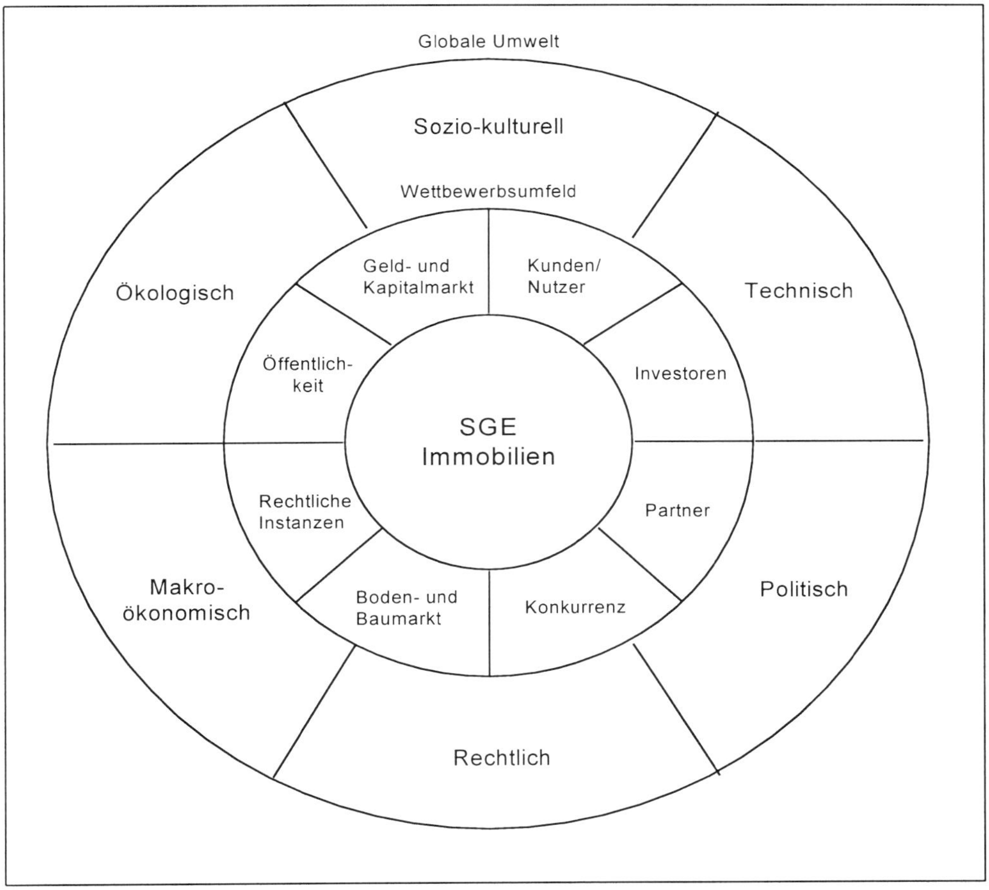

Quelle: Eigene Darstellung in Anlehnung an das Schema bei *Steinmann/Schreyögg*, Management, S. 157

Hierbei sollten möglichst viele Einflußfaktoren und deren Entwicklungen erfaßt und auf ihre Relevanz für einen erfolgreichen Markteintritt geprüft werden. Analog Abbildung 16 bietet sich eine Analyse der politisch-rechtlichen, sozio-demographischen, makro-ökonomischen,

---

229 Vgl. *Kreikebaum*, Unternehmensplanung, S. 34 f.; *Staehle*, Management, S. 576 und *Steinmann/Schreyögg*, Management, S. 151 f.

technischen und ökologischen Umwelt an,[230] da die Ausprägungen dieser Umwelten die Rahmenbedingungen für ein zukünftiges Agieren auf den zu erschließenden Märkten darstellen.

Als Instrument zur Informationsgewinnung im Rahmen der Umweltanalyse haben sich Früherkennungssysteme durchgesetzt, mit denen zukünftige Ereignisse und Entwicklungen rechtzeitig erkannt werden sollen. Diese bauen auf der Erkenntnis auf, daß sich Trends immer seltener aus der Vergangenheit in die Zukunft extrapolieren lassen, sondern in schwachen Signalen ihre Vorboten haben.[231] Um mit diesem komplexen System der Umfeldinformationen zurechtzukommen, stellt die Szenarioanalyse ein geeignetes Instrument dar.

Innerhalb dieser entwickelt das Unternehmen mehrere denkbare, in sich konsistente Zukunftsszenarien (Sequenzen von Ereignissen), damit sie daraus Rückschlüsse auf ihr Handeln und ihre strategischen Entscheidungen in der Gegenwart ziehen kann.[232]

4.3 Integration der Analyseebenen und Darstellung der Handlungsoptionen

In den vorangegangenen Abschnitten wurden Modelle der strategischen Planung für die einzelnen Fragestellungen innerhalb des Analyseschemas zur Diversifikation in Immobilien vorgestellt. Doch "echtes strategisches Management wird allerdings erst dann erreicht, wenn es gelingt, Verknüpfungen zwischen diesen einzelnen Bausteinen herzustellen. Erst in diesen Verknüpfungen liegt der wirkliche Wert dieser [...] Konzepte."[233] Versucht man nun, wie in Abbildung 17, die einzelnen Untersuchungsebenen und Analyseschritte zu einem integrierten Modell zusammenzufügen, wird schnell deutlich, daß die Diversifikationsentscheidung kaum als eine zeitpunktbezogene ad-hoc-Entscheidung bezeichnet werden kann, sondern eher einen koevolutorischen Strategieprozeß des Unternehmens und des Immobilienmanagement darstellt.

Innerhalb dieses Prozesses ist die Gesamtperspektive der Betrachtung, bei der die Immobilienebene und die Gesamtunternehmensebene gleichberechtigt nebeneinanderstehen, unabdingbar, denn der Erfolg eines Diversifikationsprojektes hängt im hohen Maß davon ab, wie gut es sich in eine konsistente Konzernstrategie einfügt.[234] So beeinflußt auf der

---

230 Vgl. anstatt aller *Aaker*, Strategies, pp. 22 -29 und 113 - 124; *Steinmann/Schreyögg*, Management, S. 156 - 162 und für eine Anwendung im Immobilieninvestmentbereich *Bone-Winkel*, Immobilienfonds, S. 118 - 123 sowie für die Anwendung auf Unternehmensimmobilien *Schäfers*, Unternehmensimmobilien, S. 53 - 64

231 Siehe hierzu *Krystek/Müller-Stewens*, Grundzüge, S. 337 - 346, *Staehle*, Management, S 606 f. und *Ansoff*, Management, p. 47.

232 Vgl. *Reibnitz*, Szenario-Technik, S. 26 - 29. Für den exemplarischen Einsatz von Szenarien für die Wohnungsbedarfsprognose siehe *Kornemann*, Wohnungsprognosen, S. 8 - 9.

233 *Andrae*, Führungspraxis, S. 15.

234 So auch *Hoffmann*, Erfolg, S. 54.

einen Seite die Unternehmensebene durch Kernkompetenzen, Synergiepotentiale, strategische Gemeinsamkeiten, finanzielle Ressourcen und den zukünftigen Immobilienbedarf die Auswahl der zu vermarktenden Leistungen und Immobilien. Auf der anderen Seite wirkt die Restrukturierung der Immobilienebene auf Unternehmensprozesse sowie Strukturen der Unternehmenswertketten und des Gesamtunternehmensportfolios ein. In diesem Sinn ist "die systematische Einbeziehung und Aktivierung aller wichtigen Führungs- und Durchführungsebenen [...] eine Grundvoraussetzung für die spätere Akzeptanz und erfolgreiche Umsetzung der strategischen Neuausrichtung."[235] Anhand des Modells wird ferner die Notwendigkeit der Integration der internen und externen Analyse deutlich, denn aus der Abstimmung des internen Potentials mit den Umweltgegebenheiten im Hinblick auf Wettbewerbsvorteile und Kostensituationen einzelner Aktivitäten lassen sich mit dem in Abbildung 18 dargestellten iterativen Auswahlprozeß situationsadäquate Handlungsoptionen ableiten, die im folgenden dargestellt sind:

- Ausgliederung aller immobilienbezogenen Aktivitäten, wobei zu prüfen ist, ob Aktivitäten zu strategischen Geschäftseinheiten zusammengefaßt werden können.
- Ausgliederung nur einzelner ausgewählter Immobilienaktivitäten. Optimierung der restlichen Aktivitäten in Hinblick auf die interne Nutzung, Konzernclearing und eine spätere Ausgründung.
- Externe Diversifikation zur Arrondierung der auszugliedernden Leistungen.
- Keine Diversifikation in Immobilienaktivitäten.
- Optimierung des Immobilienbestandes mit reinen Immobilienveräußerungstätigkeiten.
- Optimierung der Immobilienaktivitäten in Hinblick auf die interne Nutzung und Konzernclearing sowie eine spätere Ausgründung. Beobachtung der Märkte, Aufspüren von Nischen.
- Outsourcing von Aktivitäten mit schlechten Kostenstrukturen oder hohen Kosten zum Aufbau bzw. Halten von Wettbewerbsvorteilen.[236]
- 'Re-Integration' von bereits marktorientierten immobilienbezogenen Aktivitäten.

Die hier ausgewählten strategischen Handlungsoptionen sind nicht als Normstrategien zu verstehen, sondern müssen individuell in Bezug auf die Werttreiber, den Unternehmensgesamtwert und das Unternehmensportfolio bewertet werden.

Dieses, in Abbildung 18 dargestellte, systematische 'Abklopfen' aller Handlungsoptionen in bezug auf das Unternehmensportfolio und den Unternehmenswert schafft die Möglichkeit, mehr Aufmerksamkeit auf das Wertsteigerungspotential der unternehmensinternen Immobilienaktivitäten im Unternehmen zu verlagern.

---

235 *Timmermann*, Grundbausteine, S. 19.

236 Zum Outsourcing von Immobilienaktivitäten siehe auch *Radding*, Outsourcing, pp. 56 - 73.

Abbildung 17: Koevolutorischer Prozeß der Diversifikationsentscheidung in Immobilien

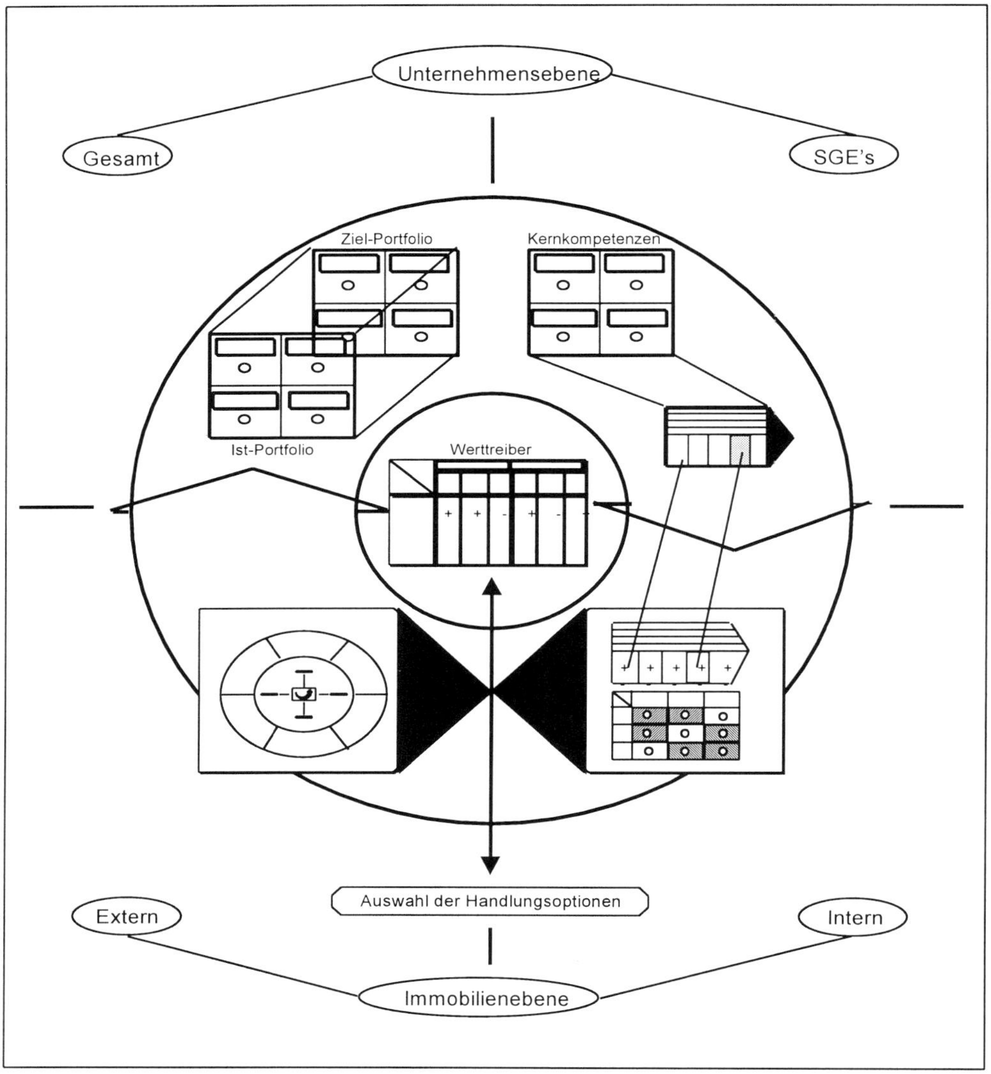

Quelle: Eigene Darstellung

Abbildung 18: Iterativer Auswahlprozeß der Handlungsoptionen

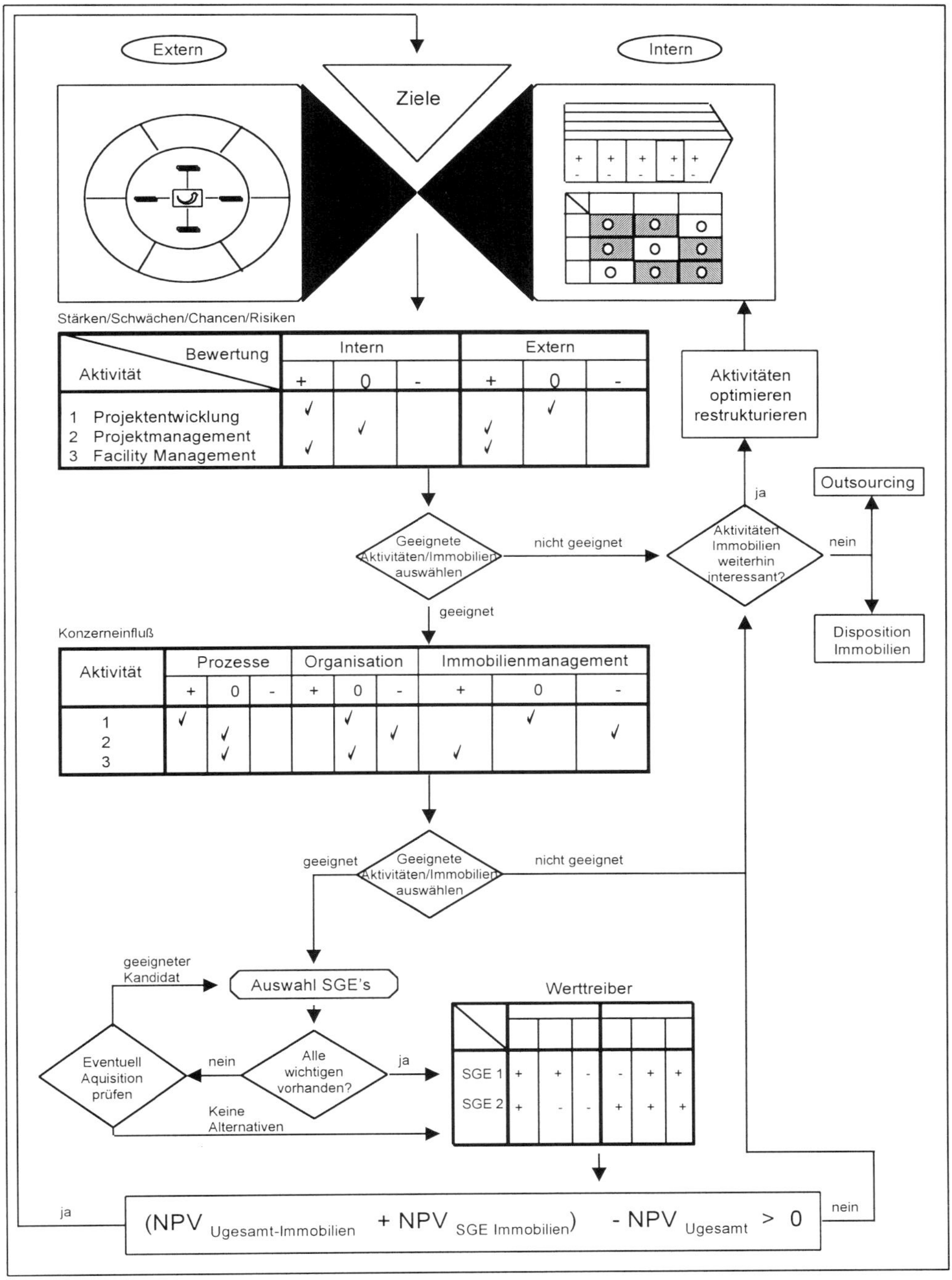

Quelle: Eigene Darstellung

In Anbetracht der Tatsache, "that corporations fund businesses, not projects"[237] müssen Immobilienaktivitäten mit hohem wahrscheinlichen Wertsteigerungspotential und einem hohen strategischen Beziehungsgrad als eigene marktorientierte Geschäftseinheit in das Unternehmensportfolio integriert werden. Diese Neugestaltung des Unternehmensportfolios kann dann als neuerlicher Ausgangspunkt für die weitere Optimierung und Diversifikationsplanung betrachtet werden.

237 *Dues*, Foreword, p. V.

5 Fallbeispiel: "Ausgliederung der Immobilienaktivitäten der Thyssen AG in die Thyssen Immobilien GmbH"[238]

5.1 Ausgangslage

5.1.1 Die Thyssen AG

Thyssen, das elftgrößte deutsche Industrieunternehmen, ist ein stark diversifiziertes, weltweit vernetztes Konzernunternehmen, das in verschiedenen Kerngeschäftsbereichen operiert und im Laufe seiner über 100 jährigen Konzerngeschichte eine vielfältige Produktpalette aufgebaut hat. Hierzu gehören u.a. die Herstellung, Verarbeitung, der Handel und Transport von Stahl und Stahlprodukten, die Herstellung, der Vertrieb und die Wartung von Investitionsgütern, der Bau von Aufzügen, die Automobilzulieferung sowie Telekommunikations- und Schiffbautätigkeiten.

Ausgelöst durch den Strukturwandel bei Stahl, kam es in dem Berichtsjahr 1992/1993 zu einem Einbruch der Geschäftstätigkeit, der mit hohen Verlusten verbunden war und in dessen Folge etwa 1 Mrd. DM Eigenkapital bei Thyssen aufgezehrt wurden. Die darauf folgenden Strukturanpassungen im Bereich Thyssen Stahl und Thyssen Industrie wirkten sich immobilienbezogen in der Weise aus, daß durch Standortveränderungen und Anpassungsprozesse zusätzlich industriell und gewerbliche genutzte Immobilien als betriebsneutral eingestuft werden mußten. Durch einen weiterhin geplanten Arbeitsplatzabbau, z.B. 6.000 Arbeitsplätze bei Thyssen Stahl im Geschäftsjahr 1996/1997, wird sich dieser Trend in Zukunft weiter fortsetzen.

---

238 Das vorliegende Fallbeispiel basiert auf einem Gespräch mit Artur Lechtenböhmer, Prokurist und Leiter des Zentralbereichs Unternehmensentwicklung bei der Thyssen Immobilien GmbH am 20. Januar 1997 in Oberhausen. Des weiteren wurden folgende Quellen für das Fallbeispiel verarbeitet: *Lechtenböhmer*, Konzern, S. 1 – 21; *Thyssen Immobilien GmbH*, Immobilie, S. 5 – 21; *Thyssen Immobilien GmbH*, Geschäftsbericht, S. 6 – 15; *Thyssen AG*, Geschäftsbericht, S. 4 f., S. 21 und S. 42 f.; *Balzer*, Stahl-Gewitter, S. 80 – 89, *Specks*, Schlankheitskur, S. 21; *Specks*, Thyssen-Konzern, S. 21; *o.V.*, Erwartungen, S. 20 und *o.V.*, Wachstumsoffensive, S. 18.

Durch den stagnierenden Umsatz im Geschäftsjahr 1995/1996 (38,7 Mrd. DM, im Vorjahr 39,1 Mrd. DM), einen auf 654 Mio. DM halbierten Gewinn und eine Aktienperformance unter DAX, gerät der Thyssen Konzern zunehmend unter den Zugzwang, die Ertragskraft zu sichern und Shareholder Value zu generieren. Am 22. November 1996 wurde dem Aufsichtsrat ein Konzept vorgelegt, in dem nach Rendite- und Wertschaffungsgesichtspunkten Geschäftsbereiche neu geordnet und auf wenige Kernbereiche reduziert werden sollen.

5.1.2 Immobilienbestand und -management der Thyssen AG bis 1994

Im Immobilienbestand der *Thyssen AG* befanden sich vor der Ausgründung *der Thyssen Immobilien GmbH* 9.000 Hektar (also 9 Mio. m²) bebaute und unbebaute Fläche, die der Erwirtschaftung eines Umsatzes von etwa 36 Mrd. durch 125.000 Mitarbeiter der *Thyssen AG* diente. Durch die über 100-jährige Geschichte (Firmengründer August Thyssen begann schon vor der Jahrhundertwende mit dem Bau von Werkswohnungen) und die vielfältigen Aufgabenbereichen des *Thyssen Konzerns* ist im Laufe der Zeit ein sehr heterogenes Immobilienportfolio entstanden, das mit einem Buchwert von etwa 3,5 Mrd. DM in der Bilanz steht (ca. 15% der Bilanzsumme). So verfügt der Konzern z.B. über geschlossene Industriekomplexe mit vernetzten Infrastrukturen und autargen Medienversorgungssystemen, Fabrikanlagen, Kraftwerke, Lagerhallen, Werften, Hafenanlagen, Verladestationen, Logistikzentren, Wohnanlagen (ca. 40.000 Wohnungen, vor allem ehemalige Werkswohnungen), Verwaltungsgebäude, Schulungszentren, Wohn- und Gewerbebaugrundstücke, industrielle und gewerbliche Reserveflächen, Abbaugebiete sowie Grün-, Ausgleichs- und Verkehrsflächen.

Der Grundbesitz hatte folglich eine rein passive, die Kerntätigkeit unterstützende Funktion und wurde dezentral den einzelnen Bereichen zugeordnet. Dem Immobilienbereich kam bis dato keine eigene operative Funktion zu. Zu den primären Tätigkeitsfeldern der dezentralen Immobilienverwaltung gehörte die Bewertung, Vermessung, Infrastruktur- und Genehmigungsplanung, Altlastensanierung, Gebäudeverwaltung, Immobiliensanierung, Standortplanung, Vermarktung sowie Architektur und Städtebau. Die Bereitstellungskosten der Immobilien sind nur zu schätzen und belaufen sich in einer Größenordnung von etwa 5% der Umsatzerlöse, also bei ca. 1,5 Mrd. DM jährlich.

Trotz dieser Kostenrelevanz und der vorhandenen Know-how Basis konnte jedoch nicht von einem aktiven Immobilienmanagement gesprochen werden, da bei der Immobilienverwaltung eine vorwiegend kostenorientierte Betrachtung vorherrschte und es an der Integration in die strategische Unternehmensplanung und an der unternehmerischen Zielorientierung fehlte.

Durch den o.g. Strukturwandel im Stahlbereich und die hierdurch frei werdenden Flächen fand ein Umdenken bezüglich der Immobilien und deren Management statt. Aus diesen und strategischen Gründen waren die Verwertung des frei werdenden Immobilienvermögens zu prüfen und die Unternehmensbereiche im Hinblick auf die jeweils sinnvolle Nutzung von Immobilien zu analysieren.

5.2 Entscheidung zur Ausgründung des Immobilienbereichs

Die Gründung der Thyssen Immobilien GmbH war das Ergebnis eines langen Prozesses und eng an die Entwicklungen im Kerngeschäft und die Einführung des Corporate Real Estate Management gebunden.

Der eigentliche Entscheidungsprozeß zur Ausgründung der Immobilienaktivitäten in eine eigene, marktorientierte Immobiliengesellschaft hat sich über ein Jahr hingezogen und wurde von der European Business School, Oestrich-Winkel und dem britischen Immobilienunternehmen Driver Jonas, vertreten durch Christopher Jonas beratend begleitet.

Im Hinblick auf das Know-how, das durch die langjährige Bestandssicherung, Bewirtschaftung und den damit verbundenen Immobilienmanagementfunktionen entstanden ist, sowie in Anbetracht des unternehmenseigenen Immobilienpotentials kam man zum Schluß, daß eine Positionierung als Property Company mit einer ausgeprägten Markt-orientierung möglich sei.

Ausschlaggebend bei der Prüfung des Immobilienbestandes war der hohe Anteil nicht betriebsnotwendiger Immobilien, der im Hinblick auf die Verwertbarkeit geprüft werden mußte. Hierbei standen vor allem Faktoren wie Lage, Standort, Altlastensituation und zulässige Nutzung im Vordergrund.

Des weiteren kam dem immobilienbezogenen Know-how ein hoher Stellenwert bei der Diversifikationsentscheidung zu. Hier konnte man auf bestehende Strukturen zurückgreifen. In den Bereichen Wohnungsbau, Liegenschaften und Development standen 300 hochqualifizierte Mitarbeiter zur Verfügung. Die Abteilung Development besaß darüber hinaus bereits eine marktliche Ausrichtung. Diese Abteilung ist auch ein gutes Beispiel für die Möglichkeit Kernkompetenzen des Konzerns auf eine Neugründung positiv zu übertragen, denn für die Gründung des Immobiliendevelopments wurde das bereits erworbene Wissen im Projektmanagement der Thyssen Handelsunion als Fundament genutzt. Weitere für den Immobilienbereich nutzbare Kompetenzpotentiale liegen vorwiegend in den industriellen Leistungen der Thyssen Handelsunion und dem technischen Management Know-how bei Thyssen Industrie.

Die Ziele einer Ausgründung wurden hauptsächlich in der Umsetzung eines aktiven Immobilienmanagement und dem damit verbundenen Beitrag zur Steigerung des Shareholder Value des Konzerns gesehen. Aus dieser Zielsetzung ließen sich weitere Maßgaben für die Ausgründung ableiten:

- Entwicklung der Immobiliengesellschaft als kompetente, marktorientierte Property Company mit einer strukturierten Dienstleistungspalette rund um die Immobilie.
- Umsetzung einer geschäftsfeldorientierten Führungs- und Organisationsstruktur mit flachen Hierarchien.

- Positionierung innerhalb des Konzerns mit zentraler Kompetenz für das Immobilienmanagement (Konzernclearing).
- Umsetzung des strategischen Immobilienmanagement und Integration in die Unternehmensplanung.
- Disposition der als nicht betriebsnotwendig einzustufenden Immobilien.
- Aufbau eines immobilienbezogenen Informationssystems und dessen Integration in das Konzerninformationssystem.
- Vernetzung von Informationsstrukturen als Grundlage für ein Portfoliomanagement.

Am 01. Oktober 1994 wurde der Immobilienbereich der *Thyssen AG* ausgegründet und in eine eigene Gesellschaft, den Konzerngeschäftsbereich *Thyssen Immobilien GmbH,* eingebracht.

5.3 Implementierung, Organisation, Aufgaben und Ergebnisse der Thyssen Immobilien GmbH

Mit der Gründung der *Thyssen Immobilien GmbH* wurden alle Immobilienaktivitäten des Thyssen Konzerns in die neue Gesellschaft eingebracht, die Immobilien hingegen blieben Eigentum der jeweiligen Konzernbereiche. Als nicht betriebsnotwendig eingestufte Immobilien (also auch der gesamte Wohnungsbestand) wurden jedoch auf die *Thyssen Immobilien GmbH* übertragen.

Die *Thyssen Immobilien GmbH* ist der *Thyssen AG* zugeordnet und unterliegt einer strikten Geschäftsfeldorientierung.

Die *Thyssen Immobilien GmbH* fungiert als Holding, die die strategische Führung und Planung der einzelnen Geschäftsfelder übernimmt. Hierbei operieren die einzelnen Geschäftsfelder selbständig und werden durch Führungsgesellschaften nach dem Profit-Center Prinzip gesteuert.

Nachfolgende Abbildung verdeutlicht die Einordnung der *Thyssen Immobilien GmbH* in den Konzern und zeigt deren Geschäftsfelder auf:

Abbildung. 19: Organigramm Thyssen Immobilien GmbH

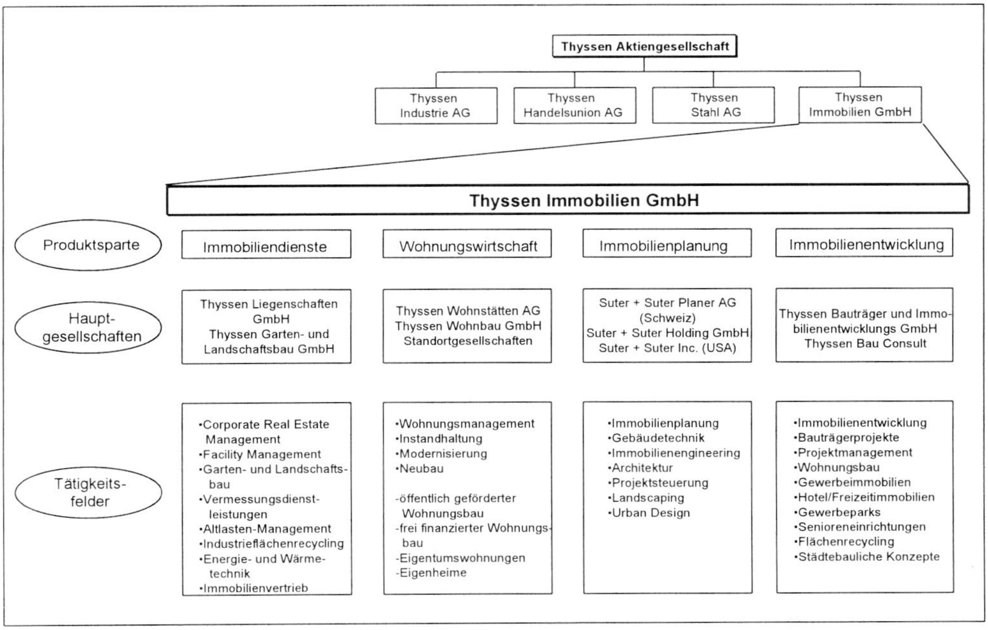

Quelle: *Lechtenböhmer*, Konzern, o.S.

Die Sparte Immobilienplanung und -engineering wurde durch die Akquisition (= externe Diversifikation) der deutsch/schweizerischen Unternehmensgruppe *Suter + Suter* am 01. Oktober 1995 aufgebaut. Hiervon versprach man sich eine nachhaltige Stärkung des Akquisitionspotentials und die Erschließung regionaler und internationaler Märkte sowie Synergieeffekte und Know-how Transfer auf den bestehenden Bereich Immobilienentwicklung.

Im folgenden sollen die einzelnen Geschäftsfelder und deren Aufgaben (externe sowie auch konzerninterne) dargestellt werden:

- *Wohnungswirtschaft*

Die Geschäftstätigkeit der *Thyssen Wohnstätten AG* orientiert sich an der Finanzierung, Vorhaltung, Verwaltung und Steuerung des etwa 40.000 Wohnungen umfassenden eigenen Bestandes.

Während in der Vergangenheit die Unternehmenspolitik der Gesellschaft vorwiegend auf die Bereitstellung von preisgünstigem Wohnraum für Mitarbeiter des *Thyssen Konzerns* ausgerichtet war, soll sich das Unternehmen nun im Zuge der Marktorientierung (insbesondere im Hinblick auf den Wegfall der Gemeinnützigkeit) auch neuen Marktsegmenten widmen und sich zukünftig auf folgende Aufgabenbereiche konzentrieren:

- Optimierung des Wohnungsangebotes insbesondere für Thyssen-Belegschaftsmitglieder (im Geschäftsjahr 1994/1995 wurden hier rund 134 Mio. DM investiert).
- Maximierung der Wettbewerbsvorteile bezogen auf Lage, Ausstattung und Substanz für die langfristig zur Bewirtschaftung im Bestand verbleibenden Immobilien.
- Rationalisierung der Verwaltung bei weiterer Verbesserung des Dialogs mit den Mietern im Zusammenhang mit Betreuung und Beratung in Miet- und Wohnungsfragen.
- Ausbau im Ansatz vorhandener und Aufbau neuer Geschäftsfelder, mit der Maßgabe, das vorhandene technische und kaufmännische Know-how erfolgreich zu vermarkten.
- Weiterer Ausbau wohnungsspezifischer Dienstleistungen, wie z.B. Instandsetzung und Sanierung, Energie- und Wärmelieferungskonzepte, Facility Management, Kabel- und Informationsdienste, Verwaltung für Dritte, Baubetreuung und Immobilienvertrieb.

Im Geschäftsjahr 1994/95 wurde in dieser Sparte ein Außenumsatz von 295,9 Mio. DM mit 184 Mitarbeitern erzielt, der im Jahr 1995/96 um 2,1 % gesteigert werden konnte.

- *Immobiliendienste*

Der Bereich Immobiliendienste obliegt der Führung der *Thyssen Liegenschaften GmbH* und steht für konzerninterne Aufgaben des Immobilienmanagements als fachkompetenter und neutraler Dienstleister im Verhältnis zu den anderen Konzern-Geschäftsbereichen zur Verfügung. Das Ziel dieses Bereiches ist der Aufbau eines aktiven, strategisch ausgerichteten Immobilienmanagement im Thyssen Konzern und die Realisierung bestehender Wertschöpfungspotentiale.

Im Folgenden sollen die vor allem intern ausgerichteten Aufgaben dieses Bereichs erläutert werden:

- Das Konzernclearing kann als Mittelpunkt der Tätigkeiten dieses Bereichs mit einer Koordinationsfunktion für Immobilienfragen innerhalb des Thyssen Konzerns angesehen werden. Für die Umsetzung der o.g. Zielsetzung, den Aufbau eines aktiven Immobilienmanagement, ist es erforderlich, daß ein systematischer Informationsaustausch zwischen dem Bereich *Thyssen Liegenschaften* und den übrigen Bereichen des *Thyssen Konzerns* organisiert wird. Dazu hat *Thyssen Immobilien GmbH* zunächst regelmäßige Konsultationen mit den Konzerngeschäftsbereichen eingerichtet, in denen ein Abgleich der Standortplanungen erfolgt und somit eine Früherkennung der zu erwartenden Veränderungen des Immobilienbedarfs und Unterstützungsmöglichkeiten bei Expansionsmaßnahmen des Konzerns möglich sind. Weitere Aufgaben im Rahmen des Konzernclearings sind die Unterstützung der Geschäftsbereiche durch Verwertung nicht mehr betriebsnotwendiger Grundstücke und die Beratung der Geschäftsbereiche bei Akquisitionen und Veräußerungen von Immobilien.
- Im Hinblick auf das Konzernclearing unterliegt der Aufbau des Immobilieninformationssystems dem Ziel, jederzeit Informationen über die gesamten Liegenschaften, Gebäude und Anlagen, über Nutzungsentgelte eigener oder angemieteter Objekte und über Planungen der Unternehmensbereiche zur Verfügung zu stellen.
- Zusammen mit *Thyssen Bauträger- und Immobilienentwicklungs GmbH* soll ein professionelles Immobiliendevelopment durchgeführt werden. Hierdurch soll eine höhere Wertschöpfung als durch die reine Veräußerung der Liegenschaften für den Konzern erzielt werden.
- Ein weiteres unverzichtbares Aufgabenfeld ist die Erfassung und Fortschreibung des betriebsneutralen Immobilienbestandes. Dazu wurde eine systematisierte Vorgehensweise der Grundstücksprüfung und Einschätzung entwickelt, die es ermöglicht, den Immobiliengesamtbestand in steuerbare Einheiten zu ordnen. Die als nicht betriebsnotwendig eingestuften Immobilien werden nach Portfolio-Gesichtspunkten kategorisiert und bei *Thyssen Immobilien* 'geparkt', und - sofern ein Interesse an Developmentmaßnahmen, Eigeninvestitionen des Wohnungsbaus oder anderer Vorhaltemaßnahmen besteht - von der *Thyssen Immobilien GmbH* den jeweiligen Zweckbestimmungen zugeführt.

- Bedingt durch die Tatsache, daß momentan die verschiedenen Konzernbereiche ihre Immobilien noch in eigener Regie verwalten, soll geprüft werden, ob die Reorganisation und Zentralisierung des Facility Management wirtschaftlich Sinn macht und durchgeführt werden soll.

Neben diesen internen Leistungen erbringt die *Thyssen Liegenschaften* auch noch Immobiliendienstleistungen für Dritte. Hierunter fallen z.B. die Finanzierungsberatung, kaufmännische und technische Dienstleistungen und der Garten- und Landschaftsbau.

Im Geschäftsjahr wurde in dieser Sparte ein Außenumsatz von 16,1 Mio. DM mit 95 Mitarbeitern erzielt, der vor allem durch die Verwertung nicht betriebsnotwendiger Immobilien auf 32,2 Mio. DM nahezu verdoppelt werden konnte.

- *Immobilienentwicklung*

Führungsgesellschaft dieser Sparte ist die *Thyssen Bauträger und Immobilienentwicklungs GmbH*. Aufgabe der Gesellschaft ist es, Immobilienprojektentwicklungen auf konzerneigenen und -fremden Grundstücken durchzuführen. Die Produktpalette reicht von Wohnungsbauten über Geschäfts- und Dienstleistungszentren bis hin zu Hotel- und Freizeitimmobilien, wobei Größenordnungen über einem Projektvolumen von 20 Mio. DM angestrebt werden.

Im Geschäftsjahr 1994/95 wurde in dieser Sparte ein Außenumsatz von 33 Mio. DM mit 18 Mitarbeitern erzielt. Im darauffolgenden Jahr mußte aufgrund der schwierigen Marktbedingungen ein Rückgang auf 20, 4 Mio. DM hingenommen werden.

Im Hinblick auf den großen Flächenbestand innerhalb des Thyssen Konzerns sind für die Bewältigung der vielfältigen, auf diese Sparte zukommenden Entwicklungsaufgaben Akquisitionen von Projektentwicklungsunternehmen geplant.

- *Immobilienplanung und -engineering*

Dieser Bereich wurde durch die Akquisition der deutsch/schweizerischen *Unternehmensgruppe Suter + Suter* aufgebaut und ergänzt somit die bisherige Produktpalette der *Thyssen Immobilien GmbH* und weitet deren Absatzmärkte aus.

Leistungsschwerpunkte der 1995 von Thyssen übernommenen Gruppe sind:

- Generalplanung und Architektur
- Technische Gebäudeplanung
- Projektsteuerung
- Beratung und Immobilienengineering

Die Unternehmensgruppe Suter + Suter hat sich auf folgende Immobilienarten spezialisiert: Banken- und Verwaltungsgebäude, Logistikzentren, Pharmabetriebe, Fabrikanlagen und Krankenhäuser. Vorrangige Absatzmärkte sind Deutschland, die Schweiz der mittlere Osten und Südostasien.

Die Unternehmensgruppe *Suter + Suter* beschäftigt etwa 300 Mitarbeiter.

Die gesamte Sparte Immobilienplanung hat 1995/96 erstmals einen Umsatz von 58,5 Mio. DM ausgewiesen.

Die Umsätze der gesamten *Thyssen Immobilien Gruppe* beliefen sich im Geschäftsjahr 1994/1995 auf 356,4 Mio. DM (inklusive Innenumsätze von 15,2 Mio. DM, exklusive der Umsätze von Suter + Suter, die erst im Geschäftsjahr 1995/96 einbezogen wurden) und im darauffolgenden Jahr auf 422,9 Mio. Die gesamte Gruppe erwirtschaftete in ihrem ersten Geschäftsjahr ein Ergebnis vor Ertragssteuern von 27,6 Mio. und erzielte somit eine Umsatzrendite von 7,7%. Diese liegt deutlich unter der konzernweit vorgegebenen Mindestrendite von 12,5%. Es muß jedoch im Hinblick auf den immensen Wohnungsbestand neben dem Kriterium der Cash-Rendite der Vermögenszuwachs aus dem Immobilienportfolio in die Betrachtung einbezogen werden.

Im zweiten Geschäftsjahr konnte aufgrund der Verwertung nicht betriebsnotwendiger Immobilien ein Ergebnis vor Ertragssteuern von 57,3 Mio. DM erwirtschaftet und somit eine Umsatzrendite von 13,5 % erzielt werden.

Im nachinhein kann festgestellt werden, daß bei der Diversifikation keine größeren Fehler unterlaufen sind. Die *Thyssen Immobilien Gruppe* ist der einzige Geschäftsbereich im Konzern, der sich intensiv mit den Konzerngesellschaften als Kunden beschäftigt. Als Immobiliendienstleister ist die *Thyssen Immobilien Gruppe* auf die Kooperation aller Bereiche angewiesen, wobei die Akzeptanz der Funktion dieser Gruppe in allen Konzernbereichen noch einer Gewöhnungszeit bedarf.

Erschwert wurde die Ausgründung der *Thyssen Immobilien Gruppe* dadurch, daß es zu wenig Beispielunternehmen des industriellen Bereiches gab, an denen man sich hätte orientieren können.

Strategisch wird sich eine stärkere Entwicklung hin zum Ausbau wertschöpfungsintensiver Dienstleistungen vollziehen, um die Cash Rendite des Wohnungsbauportfolios zu verbessern.

Zusammenfassend können als ausschlaggebende Punkte für die erfolgreiche Diversifikation zur *Thyssen Immobilien Gruppe* das vorhanden Know-how der Mitarbeiter und das Potential des Immobilienbestandes und die sich etablierten Dienstleistungsstrukturen angeführt werden. Darüber hinaus darf nicht übersehen werden, daß die Konzernführung die Ausgründung positiv gesteuert und deren Erfolg somit stark unterstützt hat.

Im Rahmen des am 22. November 1996 dem Aufsichtsrat vom Vorstandsvorsitzenden Dr. Dieter H. Vogel vorgelegten Konzept zur Geschäftsbereichbereinigung wurde das Immobiliengeschäft als potentielles Kerngeschäftsfeld mit guten Chancen als Kerngeschäftsfeld im neu strukturierten Thyssen Konzern zu verbleiben, eingestuft.

6 Zusammenfassung und abschließender Ausblick

Das Ausgangsproblem dieser Arbeit bildete die Erkenntnis, daß eine detaillierte Analyse und Planung für den Diversifikationserfolg ausschlaggebend ist, es jedoch an einer tiefergehenden wissenschaftlichen Auseinandersetzung des Diversifikationsprozesses und speziell der Analyse der Diversifikation in Immobilien mangelt.

Vor diesem Hintergrund wurde die wesentliche Aufgabe der Arbeit darin gesehen, Erfolgskriterien für eine Diversifikation in Immobilien zu identifizieren und deren Operationalisierung in einem integrierten Analysemodell zu ermöglichen. Um diesem Anspruch zu genügen, wurde aufbauend auf der momentanen Situation des betrieblichen Immobilienmanagement, die Diversifikation als ein mögliches Instrument zur strategischen Neuausrichtung von Non Property Unternehmen vorgestellt und die mit der Diversifikation in Immobilien in Verbindung stehenden Ziele als Bezugsrahmen für die weitere Analyse herangezogen. Im Verlauf der Arbeit konnte gezeigt werden, daß die Diversifikation als Wachstumsstrategie hauptsächlich auf die Steigerung des Unternehmensgesamtwertes durch das Erschließen neuer Produkt- und Marktbereiche für das Unternehmen zielt.

Um die strategiebedingte Wertsteigerung einer Diversifikation in Immobilien zu quantifizieren, stellt der Shareholder Value Ansatz, bei dem die geplante Diversifikation nach kapitalmarkttheoretischen Grundsätzen beurteilt wird, das notwendige Instrumentarium zur Verfügung. Innerhalb des Shareholder Value Ansatzes haben sich Werttreiber als geeignete Möglichkeit erwiesen, einen Bezug zwischen den Erfolgskriterien der Diversifikationsstrategie und dem Unternehmenswert herzustellen. Die Werttreiber bilden deshalb auch den Mittelpunkt des vorgestellten Analysemodells und stellen hierbei die Verbindung zwischen dem Diversifikationsprojekt und der strategischen Unternehmensplanung dar.

Um dieses Analysemodell überhaupt erst zu ermöglichen, mußten im zweiten Teil der Arbeit Erfolgskriterien der Diversifikation auf Gesamtunternehmens- sowie auf Immobilienebene identifiziert und in einen idealtypischen siebenstufigen Analyseprozeß überführt werden. Während auf Ebene des Gesamtunternehmens der Einfluß der neuen Geschäftseinheit auf das Ist-Portfolio und Möglichkeiten zum Erschließen von Synergiepotentialen zwischen den Geschäftseinheiten im Vordergrund stehen, zielt die Analyse auf Immobilienebene haupsächlich darauf ab, daß den Immobilien und den mit ihnen verbundenen Aktivitäten inhärente Vermarktungspotential zu bestimmen. Um die Existenz der Erfolgskriter-ien und ihre Ausprägungen in Non Property Unternehmen festzustellen, wurden Modelle der strategischen Planung vorgestellt und kontextadäquat angepaßt. Hierbei haben sich vor allem die Portfolioanalyse und die Wertkette als hilfreiche Analyseinstrumente erwiesen. Aufgrund der Notwendigkeit, die vorliegenden Einzelinformationen zu einem integrierten strategischen Konzept zu verbinden, bildete die Synthese der einzelnen Modelle in einem koevolutorischen Prozeß den Abschluß dieser Arbeit. Als Erkenntnis aus diesem Prozeß konnte festgehalten werden, daß die Diversifikationsentscheidung keine zeitpunktfixierte ad-hoc Entscheidung darstellt, sondern daß im Rahmen des Optimierungsprozesses eine kontinuierliche Integration des Immobilienmanagement in die strategische Planung und Zielsetzung des Unternehmens zu erfolgen hat. Somit erfährt auch die Eingangshypothese, daß die Diversifikationsentscheidung in Immobilien einer ganzheitlichen Betrachtungsweise unter Einbeziehung der Bereiche Immobilienmanagement, strategische Planung und Finanzmarkttheorie bedarf, eine Bestätigung.

Bei einer konsequenten Ausrichtung des Optimierungsprozesses am Zielkriterium Unternehmenswertsteigerung stellt die Diversifikation in Immobilien eine gute Möglichkeit dar, auf die geänderten Anforderungen im Kerngeschäft der Unternehmen zu reagieren und internen Herausforderungen zur Reduktion von Kosten und Mobilisierung interner Potentiale zu begegnen. Dies wurde auch anhand des Fallbeispiels der aus dem Thyssen Konzern ausgegliederten Thyssen Immobilien GmbH gezeigt.

Hierbei muß jedoch beachtet werden, daß eine Diversifikation in Immobilien für Non Property Unternehmen eine grundlegende Änderung ihrer unternehmerischen Ausrichtung zur Folge hat. Auf Basis des immensen Einflusses einer neugegründeten strategischen Geschäftseinheit 'Immobilien' auf das Gesamtunternehmensgefüge, kann in Fragen zu der Implementierung und Organisation der Diversifikation sowie dem Management der Geschäftseinheit und ihrer Einbindung in den Konzern ein großes Feld für weitere wissenschaftliche Betätigung gesehen werden.

Aufgrund der Größe und Flächenpotentiale der internen Immobilienbestände bewirken zunehmende Diversifikationen von Industrieunternehmen in Immobilien und die damit einhergehende marktorientierte Verwertung der nicht betriebsnotwendigen Immobilien darüber hinaus eine Verschiebung der Wettbewerbskräfte und Strukturen innerhalb der Immobilienmärkte.

In Anbetracht der aktuellen Lage auf dem Immobilienmarkt mit hohen Leerständen und Überkapazitäten ist ein zusätzliches Immobilienangebot, das aus verwerteten Unternehmensbeständen resultiert, als kritisch einzustufen.[239] Eine schwierige Aufgabe für den Immobilienmarkt stellt demnach die Absorption der zu vermarktenden Immobilien dar.

Hiermit wird das Immobilienmanagement in Non Property sowie auch in Property Unternehmen vor eine neue unternehmerische Herausforderung gestellt. Im Hinblick auf die Größe und Heterogenität der unternehmenseigenen Immobilienbestände müssen die Leistungsträger der Immobilienwirtschaft neue, kreative Nutzungs- und Vermarktungskonzepte für ehemals betrieblich genutzte Flächen und Gebäude entwickeln, um die Akqui-sition von Mietern oder Investoren und somit den Erfolg eines aktiven Immobilienmanagement und einer Diversifikation in Immobilien zu gewährleisten.

---

239 Siehe hierzu auch *Jensen*, Boden, S. 162 - 164.

Literaturverzeichnis

Aaker, D. A. *(Strategies):* Developing Business Strategies. Second Edition, New York et al. (John Wiley & Sons) 1988.

Allesch, J./Poppenhäger, B. *(Umwelten):* Betriebliches Innovations-Management in dynamischen Umwelten. In: Allesch, J./Brodde, D. (Hrsg.): Praxis des Innovationsmanagements: Planung, Durchführung und Kontrolle technischer Neuerungen in mittelständischen Unternehmen. Berlin (Erich Schmidt) 1986, S. 11 - 26.

Andreae, M. *(Führungspraxis):* Portfolio-Management in der Führungspraxis: Information, Motivation, Organisation, Kontrolle. In: Agplan (Hrsg.): Portfolio Management: Ein strategisches Führungskonzept und seine Leistungsfähigkeit. Berlin (Erich Schmidt) 1982, Kennzahl 4837.

Ansoff, H. I. *(Diversification):* Strategies for Diversification. In: Harvard Business Review, Vol. 35, 1957, No. 5, pp. 113 - 124.

Ansoff, H. I. *(Management):* Strategic Management. London (Macmillan Press) 1979.

Ansoff, H. I./Leontiades, J. C. *(Portfolio):* Strategic Portfolio Management. In: Journal of General Management, Vol. 4, Autumn 1976, No. 1, pp. 13 -29.

Apgar IV, M. *(Costs):* Uncovering Your Hidden Occupancy Costs. In: Harvard Business Review, Vol. 71, May-June 1993, No. 3, pp. 124 - 136.

Arthur Andersen *(Assets):* Wasted Assets? A survey of corporate real estate in Europe. London, May 1995.

Arthur Andersen *(Management):* Real Estate in the Corporation: The Bottom Line from Senior Management. o.O., 1993.

Arthur Andersen *(Value):* Real Estate in the Corporation: Adding Value to the Bottom Line. o.O, erscheint voraussichtlich 1997.

Baan, W. *(Rolle):* Die Rolle des Shareholder-Value-Konzeptes in der strategischen Planung des RWE-Konzerns. In: Bühner R. (Hrsg.): Der Shareholder Value Report: Erfahrungen, Ergebnisse, Entwicklungen. Landsberg/Lech (Moderne Industrie) 1994, S. 127 - 143.

Ballwieser, W. *(Moxter):* Adolf Moxter und der Shareholder Value-Ansatz. In: Ballwieser W. (Hrsg.): Bilanzrecht und Kapitalmarkt, Festschrift zum 65. Geburtstag von Prof. Dr. Adolf Moxter, Düsseldorf, 1994, S. 1379 - 1407.

Balzer, A. *(Stahl-Gewitter):* Stahl-Gewitter. In: Manager Magazin, 26. Jg., 1996, Heft 12, S. 80 - 89.

Bea, F. X. *(Kooperation):* Diversifikation durch Kooperation. In: Der Betrieb, 41. Jg., 1988, Heft 50, S. 2521 - 2526.

Becker, J. *(Marketing-Konzeption):* Marketing-Konzeption: Grundlagen des strategischen Marketing-Managements. 4., verb. und erw. Aufl., München (Vahlen) 1992.

Beretitsch, S. *(Immobilienmanagement):* Immobilienmanagement eines Industrieunternehmens. Unveröffentlichte Unterlagen zum 61. Managementkongress "Corporate Real Estate Management und strategisches Facility Management" von Bernd Heuer Dialog am 3. Juni in Frankfurt/Main.

Berger, R. *(Wege):* Neue Wege der betrieblichen Immobiliennutzung durch Corporate Real Estate-Management. Unveröffentliche Unterlagen, München, Februar 1995.

Bergmann, J. *(Beurteilung):* Shareholder Value-orientierte Beurteilung von Teileinheiten im internationalen Konzern. Aachen (Shaker) 1996. Zugl.: Münster, Univ., Diss., 1994.

Biggadike, R. *(Business):* The risky business of diversification. In: Harvard Business Review, Vol. 57, 1979, No. 3, pp. 103 - 111.

Bloch, B. M. *(Walk):* Management of Real Corporate Assets: 'Walking the Walk' in the Financial World. In: Corporate Real Estate Executive, Vol. 11, September 1996, No. 7, pp. 30 - 33.

Bone-Winkel, S. *(Bewertung):* Ansatzpunkte für eine strategische Bewertung von Immobilienbeständen. In: Der langfristige Kredit (LFK), 46. Jg., 1995, Heft 3, S. 4 - 7.

Bone-Winkel, S. *(Immobilienfonds):* Das strategische Management von offenen Immobilienfonds unter besonderer Berücksichtigung der Projektentwicklung von Gewerbeimmobilien. In: Schulte (Hrsg.): Schriften zur Immobilienökonomie, Band 1, Köln (R. Müller), 1994. Zugl.: Oestrich-Winkel, European Business School, Diss., 1994.

Braun, P./Haller, P./ Oesterle, E. *(Erfolg):* Facility management: Erfolg in der Immobilienbewirtschaftung. Berlin, Heidelberg (Springer) 1996.

Brown, R. K./Arnold, A. L./Rabianski, J. S. et al. *(Managing):* Managing Corporate Real Estate. New York et al. (John Wiley & Sons) 1993.

Bruhn, M. *(Marketing):* Marketing: Grundlagen für Studium und Praxis. Sonderausgabe, Wiesbaden (Gabler) 1990.

Bühner, R. *(Führung):* Unternehmerische Führung mit Shareholder Value. In: Bühner R. (Hrsg.): Der Shareholder Value Report: Erfahrungen, Ergebnisse, Entwicklungen. Landsberg/Lech (Moderne Industrie) 1994, S. 9 - 75.

Bühner, R. *(Strategie):* Strategie und Organisation: Analyse und Planung der Unternehmensdiversifikation mit Fallbeispielen. 2., überarb. und erw. Aufl., Wiesbaden (Gabler) 1993.

Bühner, R. *(Unternehmensdiversifikation):* Portfolio-Risikoanalyse der Unternehmensdiversifikation von Industrieaktiengesellschaften. In: Zeitschrift für Betriebswirtschaft (ZfB), 53. Jg., 1983, Heft 11, S. 1023 - 1037.

Cameron, I./Duckworth, S. *(Support):* Decision Support. Hrsgg. von The Industrial Development Research Foundation (report no. 51), o.O., May 1995.

Campbell, A./Goold, M./Alexander, M. *(Value):* The Value of the Parent Company. In: California Management Review, Vol. 38, Fall 1995, No. 1, pp. 79 - 97.

Chatterjee, S./Wernerfeld, B. *(Link):* The link between resources and type of diversification: Theory and evidence. In: Strategic Management Journal, Vol. 12, January 1991, No. 1, pp. 33 - 48.

Chronley, J. A. *(Responsibilities):* Clarifying Responsibilities with Other Departments. In: Silverman, R. A. (Hrsg.): Corporate Real Estate Handbook. New York et al. (McGraw-Hill) 1987, pp. 81 - 88.

Clarkeson, J. S. *(Portfolio):* Über das Portfolio hinaus. In: Oetinger B. (Hrsg.): Das Boston Consulting Strategie-Buch, Düsseldorf et al. (Econ) o. J., S. 309 - 320.

Copeland, T./Koller, T./Murrin, J. *(Unternehmenswert):* Unternehmenswert: Methoden und Strategien für eine wertorientierte Unternehmensführung. Frankfurt/Main, New York (Campus) 1993.

Dahlmann, N. *(Assets):* Determining Real Property Assets. In: Silverman, R. A. (Hrsg.): Corporate Real Estate Handbook. New York et al. (McGraw-Hill) 1987, pp. 3 - 15.

Davis, R./Vogelzang, R. *(Holdings):* Enhancing Shareholder Value through Strategic Re-Engineering of Corporate Real Estate Holdings. In: Corporate Real Estate Executive, Vol. 10, July/August 1995, No. 4, pp. 41 - 42.

Day, G. S./Fahey, L. *(Strategy):* Putting Strategy into Shareholder Value Analysis. In: Harvard Business Review, Vol. 68, 1990, No. 2, pp. 156-162.

DeLisle, J. R. *(Model):* A Multi-Period, Interactive Portfolio Model for Corporate Real Estate. In: Industrial Development, Vol. 157, May/June 1988, No. 3, pp. 17 - 23.

Deutsch, C. *(Nebel):* Stochern im Nebel. In: Wirtschaftswoche, Nr. 26, 20.06.1996, S. 86 - 87.

Diederichs, C. J. *(Grundlagen):* Grundlagen der Projektentwicklung/Teil 2. In: Bauwirtschaft, 48. Jg., Dezember 1994, Heft 12, S. 55 - 58.

Druckarczyck, J. *(Finanzierung):* Theorie und Politik der Finanzierung. 2., völlig neugestaltete Aufl., München (Vahlen) 1993.

Dubben, N./ Sayce, S. *(Property):* Property Portfolio Management: An Introduction. London, New York (Routledge) 1991.

Dues, J. J. *(Foreword):* Foreword. In: Brown, R. K./Arnold, A. L./Rabianski, J. S. et al.: Managing Corporate Real Estate. New York et al. (John Wiley & Sons) 1993, pp. V - VI.

Dues, J. J. *(Trends):* New Trends in Corporate Real Estate: Real Estate in the Corporation: Adding Value to the Bottom Line, Linking Real Estate Decisions to Corporate Strategy. Unveröffentlichte Unterlagen zu der Konferenz "Corporate Real Estate

Management 1997" von Heidrick & Struggles International Inc. und Management Forum Starnberg am 13. November 1996 in Gravenbruch.

Dues, J. J. *(Process):* Real Estate Management and the Corporate Planning Process. In: Industrial Development, Vol. 151, July/August 1982, No. 4, pp. 9 - 11.

Ebert, L. P. *(Future):* The Future of Corporate Real Estate. In: Ernst & Young (Hrsg.): The Digest of Corporate Real Estate. San Francisco 1993, pp. 5 - 8.

Eekhoff, J. *(Bodenmarkt):* Wohnungs- und Bodenmarkt. Tübingen (Mohr) 1987.

Ernst, D. *(Wertschöpfung):* Die Auswirkungen der Wertschöpfung im Corporate Real Estate auf die Finanzierungsstruktur bzw. den Kurswert des Unternehmens. Unterlagen zum 33. Management Congress von Bernd Heuer und Frankfurter Allgemeine Zeitung in Frankfurt Neu-Isenburg am 2./3. Mai 1994.

Falk, B. *(Immobilien-Handbuch):* Immobilien-Handbuch - Wirtschaft, Recht, Bewertung. 3. Aufl., Loseblattsammlung in 3 Bd., Landsberg/Lech (Moderne Industrie) Grundwerk 1991.

Ferguson, J./Heizer, J. *(Real Estate):* Real Estate Investment Analysis. Boston, London (Allyn & Bacon) 1990.

Fink, W. *(Portfolio-Management):* Portfolio-Management von Immobilien. Unver-öffentlichte Unterlagen zu der Konferenz "Corporate Real Estate Management 1997" von Heidrick & Struggles International Inc. und Management Forum Starnberg am 13. November 1996 in Gravenbruch.

Frieling, M. *(Immobilienwirtschaft):* Corporate Real Estate Management - Chancen und Risiken für die Immobilienwirtschaft. Unveröffentlichte Unterlagen zu der von Management Circle veranstalteten Konferenz "Immobilienmarketing" in Berlin am 24. Oktober 1995.

Frutig, D. /Reiblich, D. *(Objekte):* Facility Management: Objekte erfolgreich verwalten und bewirtschaften. Zürich (Versus Verlag) 1995.

Gadient, S. I./Hook, R. C. *(Function):* Organizing, Staffing, and Compensating the Corporate Real Estate Function. In: Silverman, R. A. (Hrsg.): Corporate Real Estate Handbook. New York et al. (McGraw-Hill) 1987, pp. 61 - 79.

Gällweiler, A. *(Grundlagen):* Unternehmensplanung - Grundlagen und Praxis. Neuausgabe bearb. von M. Schwaninger, Frankfurt, New York (Campus) 1986.

Gälweiler, A. *(Quantifizierung):* Die finanzielle Quantifizierung der Portfolio-Wirkungen als Grundlage des Portfolio-Managements. In: Agplan (Hrsg.): Portfolio Management: Ein strategisches Führungskonzept und seine Leistungsfähigkeit. Berlin (Erich Schmidt) 1982, Kennzahl 4836.

Gälweiler, A. *(Vorwort):* Vorwort. In: Agplan (Hrsg.): Portfolio Management: Ein strategisches Führungskonzept und seine Leistungsfähigkeit. Berlin (Erich Schmidt) 1982, S. 1 - 6.

Ganz, M. *(Diversifikationsstrategie):* Diversifikationsstrategie: Wertsteigerung durch den Einstieg in neue Geschäftsfelder. Stuttgart (Schäffer-Poeschel), Zürich (Neue Zürcher Zeitung) 1992.

Ganz, M. *(Erhöhung):* Die Erhöhung des Unternehmenswertes durch die Strategie der externen Diversifikation. Bern, Stuttgart (Haupt) 1991. Zugl.: St. Gallen, Hochsch. für Wirtschafts-, Rechts- und Sozialwiss., Diss., 1991.

Giroux, B. P. *(Disposition):* Asset Disposition. In: Silverman, R. A. (Hrsg.): Corporate Real Estate Handbook. New York et al. (McGraw-Hill) 1987, pp. 187 - 194.

Giroux, B. P./Boyle, H. D. *(Appraisal):* Appraisal and Market Analysis. In: Silverman, R. A. (Hrsg.): Corporate Real Estate Handbook. New York et al. (McGraw-Hill) 1987, pp. 139 -152.

Gomez, P./Ganz, M. *(Konzept):* Diversifikation mit Konzept - den Unternehmenswert steigern. In: Harvard Manager, 14. Jg., 1992, Heft 1, S. 44 - 54.

Gop, R. *(Bilanz-Kur):* Bilanz-Kur mit Flächen-Diät. In: Immobilien Manager, o. Jg., 1994, Heft 2, S. 6 - 14.

Graaskamp, J. A. *(Role):* The Role of Investment Real Estate in Portfolio Management. In: Jarchow, S. P. (Hrsg.): Graaskamp on Real Estate. Washington (ULI) 1991, pp. 310 - 363.

Graaskamp, J. A. *(Development):* Fundamentals of Real Estate Development. In: Jarchow, S. P. (Hrsg.): Graaskamp on Real Estate. Washington (ULI) 1991, pp. 228 - 265.

Grill, E./Kaschewski, P./König, R. *(Visualisierung):* Strategische Unternehmensplanung: Computergestützte Informationsanalyse und Visualisierung durch Portfolios. Hallbergmoos (AIT) 1989.

rünewald, H.-G. *(Instrument):* Portfolio-Analyse als Instrument zur Beurteilung der strategischen Gesamtsituation. In: Agplan (Hrsg.): Portfolio Management: Ein strategisches Führungskonzept und seine Leistungsfähigkeit. Berlin (Erich Schmidt) 1982, Kennzahl 4833.

Hagemann, H./Meyersiek, D. *(Vorwort):* Vorwort zur deutschen Ausgabe. In: Copeland, T./Koller, T./Murrin, J.: Unternehmenswert: Methoden und Strategien für eine wertorientierte Unternehmensführung. Frankfurt/Main, New York (Campus) 1993, S. 9 - 14.

Hahn, D. *(Stand):* Stand und Entwicklungstendenzen der strategischen Planung. In: Hahn, D./Taylor, B. (Hrsg.): Strategische Unternehmungsplanung. Strategische Unternehmungsführung: Stand und Entwicklungstendenzen. 5., neu bearb. und erw. Aufl., Heidelberg (Physica) 1990, S. 3 - 30.

Hahn, D. *(Zweck):* Zweck und Entwicklung der Portfolio-Konzepte in der strategischen Unternehmensplanung. In: Hahn, D./Taylor, B. (Hrsg.): Strategische Unternehmungsplanung. Strategische Unternehmungsführung: Stand und Entwicklungstendenzen. 5., neu bearb. und erw. Aufl., Heidelberg (Physica) 1990, S. 221 - 253.

Hedley, B. *(Strategy):* Strategy and the "Business Portfolio". In: Hahn, D./Taylor, B. (Hrsg.): Strategische Unternehmungsplanung. Strategische Unternehmungsführung: Stand und Entwicklungstendenzen. 5., neu bearb. und erw. Aufl., Heidelberg (Physica) 1990, S. 191 - 202.

Hendersen, B. D. *(Portfolio):* Das Portfolio. In: Oetinger B. (Hrsg.): Das Boston Consulting Strategie-Buch, Düsseldorf et al. (Econ) o. J., S. 286 - 291.

Heuer, J. H. B. *(Wohnungsmärkte):* Die Wohnungsmärkte im gesamtwirtschaftlichen Gefüge. In: Jenkins, H. W. (Hrsg.): Kompendium der Wohnungswirtschaft, 2. Aufl., München, Wien (Oldenbourg) 1994, S. 22 - 40.

Hinterhuber, H. H. *(Denken):* Strategische Unternehmensführung. Band I. Strategisches Denken: Vision, Unternehmenspolitik, Strategie. 6., neubearb. und erw. Aufl., Berlin, New York (de Gruyter) 1996.

Hoffmann, F. *(Erfolg):* So wird Diversifikation zum Erfolg. In: Harvard Manager, 11. Jg., 1989, Heft 4, S. 52- 58.

Isakson, H. I. /Sircar, S. *(Success):* The Critical Success Factors Approach to Corporate Real Estate Management. In: Real Estate Issues, Vol. 15, Spring/Summer 1990, No. 1, pp. 26 - 31.

Jaben, J. *(Climate):* Valuation, management of corporate real estate heats up as business climate cools. In: National Real Estate Investor, Vol. 32, August 1990, No. 9, pp. 48 - 58.

Jacob, H. *(Aufgaben):* Die Aufgaben der strategischen Planung - Möglichkeiten und Grenzen. Teil 2. In: Jacob H. (Hrsg.): Schriften zur Unternehmensführung. Band 30, Strategisches Management 2. Wiesbaden (Gabler) 1983, S. 55 - 85.

Jacobs, S. *(Erfolgsfaktoren):* Strategische Erfolgsfaktoren der Diversifikation. Wiesbaden (Gabler) 1992. Zugl.: Mannheim, Univ., Diss., 1991.

Jensen, S. *(Boden):* In Grund und Boden. In: Manager Magazin, 26. Jg., 1996, Heft 5, S. 154 - 171.

Jewett, C. L. *(Surplus):* How to market surplus real estate. In: Harvard Business Review, Vol. 55, January-February 1977, No. 1, pp. 7 - 10.

Joroff, M. L. *(Decade):* Corporate Real Estate 2000 - Management Strategies for the next Decade. In: Industrial Development, Vol. 161, May/June 1992, No. 3, pp. 1 - 6.

Joroff, M. L./Louargand, M./Lambert, S./Becker, F. *(Management):* Strategic Management of the fifth Resource: Corporate Real Estate. Report of Phase 1. Hrsg. von The Industrial Development Research Foundation (report no. 49), o.O., May 1993.

Joroff, M. L./Louargand, M./Lambert, S./Becker, F. *(Resource):* Strategic Management of the Fifth Resource: Corporate Real Estate. In: Industrial Development, Vol. 162, September/October 1993, No. 5, pp. 14 - 19.

Kimbler, L. B. *(Establishing):* GTE Corporate Real Estate: A Case Study in Establishing Proactive Real Estate Management. In: Industrial Development, Vol. 156, May/June 1987, No. 3, pp. 9 - 12.

Knyphausen, D. *(Management):* Wertorientiertes Strategisches Management. In: Zeitschrift für Planung, 1992, Heft 4, S. 331 - 352.

Kornemann, R. *(Wohnungsprognosen):* Zur Brauchbarkeit und Notwendigkeit von Wohnungsprognosen für ertragsorientierte Investoren. In: Der langfristige Kredit (LFK), 41. Jg., 1990, S. 574 - 577.

Kotler, P./Bliemel, F. W. *(Marketing-Management):* Marketing-Management: Analyse, Planung, Umsetzung und Steuerung. 7., vollst. neu bearb. und für den dt. Sprachraum erw. Aufl., Stuttgart (Schäffer-Poeschl) 1992.

Kreikebaum, H. *(Unternehmensplanung):* Strategische Unternehmensplanung. 5. Aufl., Stuttgart, Berlin, Köln (Kohlhammer) 1993.

Krystek, U./Müller-Stewens, G. *(Grundzüge):* Grundzüge einer strategischen Frühaufklärung. In: Hahn, D./Taylor, B. (Hrsg.): Strategische Unternehmungsplanung. Strategische Unternehmungsführung: Stand und Entwicklungstendenzen. 5., neu bearb. und erw. Aufl., Heidelberg (Physica) 1990, S. 337 - 336.

Lambert, S./Poteete, J./Waltch, A. *(High-Performance):* Generating High-Performance Corporate Real Estate Service. Hrsgg. von The Industrial Development Research Foundation (report no. 52), o. O., July 1995.

Lechtenböhmer, A. *(Konzern):* Corporate Real Estate im Thyssen-Konzern. Unveröffentliche Unterlagen, Essen 18.10.1995.

Lechtenböhmer, A. *(Trends):* Trends und Entwicklungen im Corporate Real Estate Management. Unveröffentlichtes Thesenpapier zur Podiumsdiskussion des 61. Managementkongress "Corporate Real Estate Management und strategisches Facility Management" von Bernd Heuer Dialog am 3. Juni1996 in Frankfurt/Main.

Levy, G. M./ Matz, E. S. *(Implementing):* Implementing Strategic Objectives. In: Silverman, R. A. (Hrsg.): Corporate Real Estate Handbook. New York et al. (McGraw-Hill) 1987, pp. 43 - 60.

Levy, G. M./Matz E. S. *(Objectives):* Choosing Strategic Objectives. In: Silverman, R. A. (Hrsg.): Corporate Real Estate Handbook. New York et al. (McGraw-Hill) 1987, pp. 17 - 32.

Lewis, T. G./Stelter, D. *(Steigerung):* Steigerung des Unternehmenswertes: Total-value-Management. Landsberg/Lech (Moderne Industrie)1994.

Markowitz, H. *(Selection):* Portfolio Selection. In: The Journal of Finance, 7. Jg., 1952, Heft 3, pp. 77 - 91.

Miles, A. W. *(Renaissance):* Die Renaissance des Portfolios. In: Oetinger B. (Hrsg.): Das Boston Consulting Strategie-Buch, Düsseldorf et al. (Econ) o. J., S. 321 - 326.

Miles, M. E. /Malizia, E. E./Weiss, M. A. et al. *(Development):* Real Estate Development: Principles and process. Second printing, Washington (ULI) 1992.

Mirow, M. *(Instrument):* Shareholder Value als Instrument der internen Unternehmensführung. In: Bühner R. (Hrsg.): Der Shareholder Value Report: Erfahrungen, Ergebnisse, Entwicklungen. Landsberg/Lech (Moderne Industrie) 1994, S. 91 - 105.

Muncke, G. *(Marktanalyse):* Standort- und Marktanalyse in der Immobilienwirtschaft: Ziele, Gegenstand, methodische Grundlagen, Datenbasis und Informationslücken. In: Schulte, K.-W. (Hrsg.): Handbuch Immobilien-Projektentwicklung. Unter Mitarb. von B. Heuer; S. Bone-Winkel, Köln (R. Müller) 1996, S. 101 - 154.

Murfeld, E. (Hrsg.) *(Wohnungswirtschaft):* Spezielle Betriebswirtschaftslehre der Grundstücks- und Wohnungswirtschaft. Hamburg (Hammonia) 1995.

Nehls, R. G. *(Diversifikation):* Diversifikation: Vieles glänzt, wenig paßt. In: Harvard Manager, 10. Jg., 1988, Heft 3, S. 57 - 62.

Neubauer, F.-F. *(Erfolgspotentiale):* Portfolio-Management: Erfolgspotentiale vor Planungsritualen. 3., völlig überarb. Aufl., Neuwied (Luchterhand) 1989.

Nölting, A. *(Stein):* Stein des Anstoßes: Konglomerate. In: Manager Magazin, 26. Jg., Dezember 1996, Heft 12, S. 146 - 158.

Nordalm, V. *(Instrument):* Property Value Management als Instrument einer ganzheitlichen Immobilienwirtschaft. Unveröffentlichte Unterlagen zu der Konferenz "Corporate Real Estate Management 1997" von Heidrick & Struggles International Inc. und Management Forum Starnberg am 13. November 1996 in Gravenbruch.

Nourse, H. O. *(Managing):* Managing Corporate Real Estate in the 1990s. In: Industrial Development, Vol. 160, March/April 1991, pp. 18 - 21.

Nourse, H. O. *(Performance):* Using Real Estate Asset Management to Improve Strategic Performance. In: Industrial Development, Vol. 155, No. 3, May/June 1986, pp. 1 - 7.

o.V. *(Erwartungen):* Thyssen Stahl setzt hohe Erwartungen in die neue Walzgießtechnik. In: Frankfurter Allgemeine Zeitung, 17. Januar, Nr. 14, 1997, S. 20.

o.V. *(Grundkapital):* Brau und Brunnen muß im laufenden Jahr das Grundkapital angreifen. In: Frankfurter Allgemeine Zeitung, 14. Dezember, Nr. 292, 1996, S. 19.

o.V. *(Immobilienaktivitäten):* Immobilienaktivitäten bei deutschen Unternehmen. In: Immobilienzeitung, 16.06.1995, Nr. 13, S. 21.

o.V. *(Wachstumsoffensive):* Thyssen startet Wachstumsoffensive in den Kerngeschäften. In: Frankfurter Allgemeine Zeitung, 28. Januar 1997, Nr. 23, S. 18.

Obermeier, G. *(Umsetzung):* Die Umsetzung des Wertsteigerungskonzeptes in einem Holding Konzern. In: Bühner R. (Hrsg.): Der Shareholder Value Report: Erfahrungen, Ergebnisse, Entwicklungen. Landsberg/Lech (Moderne Industrie) 1994, S. 77 - 90.

Patel, P. S. *(Umsetzung):* Praktische Umsetzung des Portfolio-Konzeptes. In: Agplan (Hrsg.): Portfolio Management: Ein strategisches Führungskonzept und seine Leistungsfähigkeit. Berlin (Erich Schmidt) 1982, Kennzahl 4838.

Pensel, Jens *(Grundstücksunternehmen):* Bemerkungen zur Bewertung von Grundstücksunternehmen. In: Die Wirtschaftsprüfung, 46. Jg., 1993, Heft 12, S. 365 - 370.

Picot, A./Dietl, H. *(Transaktionskostentheorie):* Transaktionskostentheorie. In: Wirtschaftswissenschaftliches Studium (WiSt), 19. Jg., April 1990, Heft 4, S. 178 - 183.

Pittmann, R. H. *(Integration):* Integration of Real Estate into Corporate Strategy: a Progress Report. In: Industrial Development, Vol. 158, January/February 1989, No. 1, pp. 2 - 3.

Porter, M. E. *(Konzerne):* Diversifikation - Konzerne ohne Konzept. In Harvard Manager, 9. Jg., 1987, Heft 4, S. 30 - 49.

Porter, M. E. *(Wettbewerbstrategie):* Wettbewerbstrategie (Competitive Strategy): Methoden zur Analyse von Branchen und Konkurrenten. 8. Aufl., Frankfurt/Main, New York (Campus) 1995.

Porter, M. E. *(Wettbewerbsvorteile):* Wettbewerbsvorteile (Competitive Advantage): Spitzenleistungen erreichen und behaupten. 4. Aufl., Frankfurt/Main, New York (Campus) 1996.

Prahalad, C. K./Hamel, G. *(Kernkompetenzen):* Nur Kernkompetenzen sichern das Überleben. In: Harvard Manager, 13. Jg., 1991, Heft 2, S. 66 - 78.

Radding, A. *(Outsourcing):* Corporations' In-House Real Estate Operations Give Way to Outsourcing. In: National Real Estate Investor, Vol. 34, 1992, No. 9, pp. 56 - 73.

Raffée, H. *(Marketing):* Grundfragen und Ansätze des strategischen Marketing. In: Raffée, H./Wiedmann, K.-P. (Hrsg.): Strategisches Marketing. Ungekürzte Sonderausgabe, Stuttgart (Schäffer-Poeschl) 1989, S. 3 - 33.

Rappaport, A. *(Strategies):* Selected strategies that create shareholder value. In: Harvard Business Review, Vol. 59, 1981, No. 1, pp. 139 - 149.

Rappaport, A. *(Wertsteigerung):* Shareholder Value: Wertsteigerung als Maßstab für die Unternehmensführung. Stuttgart (Schäffer-Poeschl) 1994.

Reibnitz, U. *(Szenario-Technik):* Szenario-Technik: Instrumente für die unternehmerische und persönliche Erfolgsplanung. 2. Aufl., Wiesbaden (Gabler) 1992.

Remmerbach, K.-U. *(Märkte):* Vorsicht beim Einstieg in fremde Märkte. In: Harvard Manager, 10. Jg., 1988, Heft 4, S. 97 - 103.

Rietze, H. P. *(Immobilienmanagement):* Immobilienmanagement eines Industrieunternehmens. Unveröffentlichte Unterlagen zum 61. Managementkongress "Corporate Real Estate Management und strategisches Facility Management" von Bernd Heuer Dialog am 3. Juni in Frankfurt/Main.

Salvaneschi, L. *(Areas):* Selecting Areas of Real Estate Activity. In: Silverman, R. A. (Hrsg.): Corporate Real Estate Handbook. New York et al. (McGraw-Hill) 1987, pp. 33 - 41.

Santora, P. *(Leadership):* CRE Leadership - Value Added in Strategic Monetizations. In: Arthur Andersen (Hrsg.): Corporate Real Estate Executive Report, Vol. 2, Spring 1995, No. 2 Special Report, pp. 7 - 8.

Schäfers, W. *(Unternehmensimmobilien):* Strategisches Management von Unternehmensimmobilien. Bausteine einer theoretischen Konzeption und Ergebnisse einer empirischen Untersuchung. In: Schulte K.-W.: Schriften zur Immobilienökonomie, Band 3, Köln (R. Müller), 1997. Zugl. Oestrich-Winkel, European Business School, Diss., 1996.

Scheffler, H. E. *(Konzern):* Strategische Planung im Konzern. In: Jacob H. (Hrsg.): Schriften zur Unternehmensführung. Band 30, Strategisches Management 2. Wiesbaden (Gabler) 1983, S. 7 -31.

Schlich, H. *(Mieter):* Die Mieter als Nachfrager. In: Jenkins, H. W. (Hrsg.): Kompendium der Wohnungswirtschaft, 2. Aufl., München, Wien (Oldenbourg) 1994, S. 330 - 368.

Schmitz-Mokramer, G. *(Gewerbeimmobilien):* Beurteilung von Gewerbeimmobilien und Bewertung an ausgewählten Beispielen aus Sicht eines Kreditinstitutes. In: Falk, B. (Hrsg.): Gewerbe-Immobilien, 6. Überarb. und erw. Aufl., Landsberg/Lech (Moderne Industrie), S. 442 - 445.

Schnermann, J. *(Projektentwicklung):* Projektentwicklung für Gewerbe-Immobilien. In: Falk, B. (Hrsg.): Gewerbe-Immobilien. 6., überarb. u. erw. Aufl., Landsberg/Lech (Moderne Industrie) 1994, S. 359 - 372.

Schulte, K.-W. *(Grundlagen):* Grundlagen des Corporate Real Estate Management. Unveröffentlichte Unterlagen zu der Konferenz "Corporate Real Estate Management 1996" von Heidrick & Struggles International Inc. und Management Forum Starnberg am 29. November 1995 in Gravenbruch.

Schulte, K.-W. *(Immobilienökonomie):* Immobilienökonomie als Wissenschaft. In: Bronner, O. (Hrsg.): Immobilien in Europa II: Märkte in Bewegung, Wien (Der Standard Bibliothek) 1992, S. 231-236.

Schulz, P. *(Instrument):* Die Portfolio-Analyse als Instrument der strategischen Planung in industriellen Klein- und Mittelbetrieben: Möglichkeiten, Probleme und Lösungsansätze. Frankfurt am Main et al. (Lang) 1988. Zugl.: Trier, Univ., Diss., 1988.

Siegert, T. *(Lenkungsinstrument):* Shareholder-Value als Lenkungsinstrument. In: Schmalenbachs Zeitschrift für betriebswirtschaftliche Forschung (Zfbf), 47. Jg., 1995, Heft 6, S. 580 - 607.

Siegert, T. *(Unternehmenssteuerung):* Marktwertorientierte Unternehmenssteuerung. In: Bühner R. (Hrsg.): Der Shareholder Value Report: Erfahrungen, Ergebnisse, Entwicklungen. Landsberg/Lech (Moderne Industrie) 1994, S. 107 - 126.

Simon, H. *(Wettbewerbsvorteile):* Management strategischer Wettbewerbsvorteile. In: Zeitschrift für Betriebswirtschaft (ZfB), 58. Jg., 1988, Heft 4, S. 461 - 480.

Sladack, J. A./Wahn, S. T. *(Unit):* Proving the Worth of an In-House Corporate Real Estate Unit. In: Industrial Development, Vol. 160, February 1991, No. 4, pp. 12 - 14.

Specks, F. *(Schlankheitskur):* Schlankheitskur bei Thyssen. In: Rheinische Post, 23. November 1996, Nr. 273, S. 12.

Specks, F. *(Thyssen-Konzern):* Der Thyssen-Konzern soll schlanker werden. In: Rheinische Post, 23. November 1996, Nr. 273, S. 12.

Stadelmeyer, A./Falk, M. *(Research):* Immobilien Market Research. In: Falk, B. (Hrsg.): Gewerbe-Immobilien, 6., überarb. u. erw. Aufl., Landsberg/Lech (Moderne Industrie) 1994, S. 339 - 358.

Staehle, W. H. *(Management):* Management: Eine verhaltenswissenschaftliche Perspektive. 7. Aufl., überarb. von P. Conrad und J. Sydow, München (Vahlen) 1994.

Stalk, G./Pecaut, D. K./Burnett, B. *(Geschäfte):* Wachstumschancen? Nutzen Sie ihr Know-how für neue Geschäfte. In: Harvard Manager, 19. Jg., Heft 1, 1997, S. 81 - 89.

Steinmann, H./Schreyögg, G. *(Management):* Management: Grundlagen der Unternehmensführung: Konzepte - Funktionen - Fallstudien. 3., überarb. und erw. Aufl., Wiesbaden (Gabler) 1993.

Strüven, P. *(Grenzen):* Das Portfolio; Grundgedanken - Leistungsfähigkeit - Grenzen. In: Agplan (Hrsg.): Portfolio Management: Ein strategisches Führungskonzept und seine Leistungsfähigkeit. Berlin (Erich Schmidt) 1982, Kennzahl 4832.

Suckut, S. *(Unternehmensbewertung):* Unternehmensbewertung für internationale Akquisitionen: Verfahren und Einsatz. Wiesbaden (Dt.-Univ.) 1992. Zugl.: Köln, Univ., Diss. 1992.

Thyssen Immobilien GmbH (Hrsg.) *(Geschäftsbericht 94/95):* Geschäftsbericht 1994/95. Essen 1995.

Thyssen Immobilien GmbH (Hrsg.) *(Geschäftsbericht 95/96):* Geschäftsbericht 1995/96. Essen 1996.

Thyssen Immobilien GmbH (Hrsg.) *(Immobilie):* Produkte und Dienstleistungen rund um die Immobilie. Essen, o. J.

Timmermann, A. *(Grundbausteine):* An Haupterfolgsfaktoren orientierte Geschäftsfeldstrategien: Grundbausteine der Multi-Faktor-Portfolio-Methode. In: Agplan (Hrsg.): Portfolio Management: Ein strategisches Führungskonzept und seine Leistungsfähigkeit. Berlin (Erich Schmidt) 1982, Kennzahl 4835

Vancil, R. F./Lorange, P. *(Planning):* Strategic planning in diversified companies. In: Hahn, D./Taylor, B. (Hrsg.): Strategische Unternehmungsplanung. Strategische Unternehmungsführung: Stand und Entwicklungstendenzen. 5., neu bearb. und erw. Aufl., Heidelberg (Physica) 1990, S. 598 - 608.

Veba AG (Hrsg.) *(Geschäftsbericht):* Geschäftsbericht 1995. Düsseldorf 1995.

Veba Immobilien (Hrsg.) *(Partner):* Veba Immobilien - Partner für Lebensräume. o.O. 27.03.1996.

Wehrheim, M. *(Grundlagen):* Grundlagen der Rechnungslegung, Buchführung, Einzelabschluß, Abschlußanalyse. Obertshausen (Context) 1994.

Weichs, C. *(Aspekte):* Corporate Real Estate - Strategische und operative Aspekte. Unterlagen zum 33. Management Congress von Bernd Heuer und Frankfurter Allgemeine Zeitung in Frankfurt Neu-Isenburg am 2./3. 5. 1994.

Wenner, D. L./LeBer, R. W. *(Managing):* Managing for Shareholder Value - From Top to Bottom. In: Harvard Business Review, Vol. 67, 1989, No. 6, S. 52 - 65.

Wilson, P. *(Role):* The Role of Corporate Real Estate in Adding Shareholder Value. In: Corporate Real Estate Executive, Vol. 11, September 1996, No. 7, S. 24 - 29.

Wind, Y./Mahajan, V. *(Portfolios):* Portfolios für Produkte und Geschäftsbereiche. In: Havard Manager (Hrsg.): Strategie + Planung, Band 2. Hamburg 1987.

Wittek, B. F. *(Diversifikation):* Strategische Unternehmensführung bei Diversifikation. Berlin, New York (de SGruyter) 1980.